영산강의 꿈

영산강의 꿈

초판 1쇄 인쇄 2021년 3월 3일
초판 1쇄 발행 2021년 3월 10일

지은이   정찬주
펴낸이   정태욱
펴낸곳   여백출판사

총괄기획   김태윤
편집   이우리, 김미선
디자인   이종헌, 안승철
인쇄   성광인쇄
제본   대흥제본

등록   2019년 11월 25일(제2019-000265호)
주소   서울시 성동구 한림말길 53, 4층 [04735]
전화   02-798-2368
팩스   02-6442-2296
이메일   iyeo100@hanmail.net

ISBN 979-11-90946-07-0 03810

임진왜란 명장수 3

영산강의 꿈

진주성 전투 총대장
김천일 의병장 이야기

정찬주 장편소설

여백

충과 효를 두루 갖춘 의병장

마당에 떨어진 솔방울을 주워 모은다. 홍매가 피고 있지만 꽃샘추위가 한두 번은 더 올 것이다. 솔방울을 모아두는 것은 꽃샘추위에 대비해서다. 솔방울은 연기가 나지 않고 의외로 화력이 좋다. 화목난로에 한 바가지만 넣어놓으면 두어 시간은 온기를 뿜는다. 이것도 장수들의 필수전략인 유비무환이라면 유비무환이다.

어제 <영산강의 꿈> 교정지를 들고 출판사 분들이 찾아왔다. 나는 문장 위주로 속독을 하고 아내는 매의 눈으로 정독하고 있다. 분업인 셈이다. 이번 <영산강의 꿈>은 임진왜란 장수시리즈로 세 번째이다. 첫 번째는 이순신의 동지인 보성출신 선거이 장수 이야기였고, 두 번째는 명량해전을 승리로 이끈 강진 출신 김억추 장수 이야기였으며, 이번에는 임진년에 근왕의병을 최초로 거병한 나주출신 김천일 의병장 이야기다. 앞으로도 서너 명의 장수를 더 쓰고 싶고 자료준비와 답사도 마친 상태이다.

김천일 의병장이 나를 사로잡은 이유는 두 가지였다. 하나는 임진왜란 역사에 있어서, 전국 최초로 한양을 탈환하고 임금을 호위하겠다는 근왕의병을 거병했다는 점이다. 지역을 방위하는 향토의병은 많았지만 근왕의병은 최초였다. 두 번째는 문무를 겸비하고 충(忠)과 효(孝)를 두루 갖춘 의병장이었다는 사실이다.

김천일 의병장은 어떤 인물이고 활약상은 무엇이었을까? 역사 교과서에 단 몇 줄로 소개되고 있어 그의 드라마틱한 생에 비하면 너무 피상적이어서 아쉽다. 그래서 나는 김천일 의병장의 생애를 소설이란 장르 속에 조명해보고 싶었던 것이다. <영산강의 꿈>은 소설적인 허구가 가미됐지만 어디까지나 사실에 근거하고 있다는 것을 말씀드린다. 상상력을 허락 받은 작가이긴 하지만 역사를 왜곡시켜서는 안 되기 때문이다.

김천일 의병장은 중종 32년(1537)에 나주 흥룡마을에서 태어난다. 그런데 출생한 지 이틀 만에 모친을 잃고 반년 만에 다시 부친마저 여의어 외조부모 밑에서 성장한다. 이후 15세 때 처음으로 담양에 사는 숙부를 찾아가 글을 배운다. 18세 때는 김효랑 군수의 딸 김해김씨와 혼인한다. 그런 뒤 19세 때는 전북 태인의 이항 선생을 찾아가 본격적으로 수학(修學)을 한다. 37세 때까지는 나주 극념당에서 제자들을 가르치다가 초야의 인재로 발탁되어 군기시주부가 되고, 이어서 전라도 용안현감, 3년 후에는 강원도사, 경상도사가 되고, 52세 때는 수원부사가 된다. 그러나 토지개혁을 추진하다가 왕실 권력층의 비방과 탄핵으로 파직당하고 나주로 귀향한다. 이후 극념당에서 강학을 하던 중 임진왜란이 발발한다. 이에 김천일 의병장은 나주에서 선조 25년(1592) 5월 16일 창의해서 6월 3일 출병한다. 수원 독성산성에서 왜군을 맞아 수성하고, 용인의 금령역 왜군을 공격하여 승리한다. 이어서 강화도로 들어가 양화도전투와 한상쇄군 교탄삭선 등을 성공적으로 수행한다. 선조는 김천일 의병장의 공을 인정하여 창의사라는 군호를 내린다. 창의사는 도원수급의 군권을 갖는 시호였다. 이후 남하하는 왜군을 추격하여 진주성에 이른다. 진주성에 입성한 까닭은 진주는 호남의 관문이기 때문이었다. 그러나 10만 왜군과 맞서 싸우다가 중과부적으로 남강에 투신, 순절한다. 왜군 역시 큰 타격을 입고 부산 등으로 후퇴한다. 결과적으로 진주성전투에서 총사령관을 맡았던 김천일 의병장은 곡창지대인 호남과 조선을 지켜낸다. 정유재란을 승리로 이끄는 발판을 마련했던 것이다. 이와 같은 공으로 순절한 지 10년에는 좌찬성에 추증되고, 13년에는 선조가 사당에 정렬사(旌烈祠)란 사액을 내린다. 또한 순절한 지 25년에는 광해군이 영의정을 추증한다. 순절한 이후 김천일 의병장의 위상은 더욱 높아졌던 것이다.

의병장이 영의정을 추증 받은 것은 조선역사에 있어서 아주 드문 일이다. 그만큼 김천일의 인품이 개결하고 충의가 높았다는 사실을 방증하는 것이다. 작가인 나로서도 김천일 의병장에게 매료된 것이 있다면 문무와 충효를 두루 갖춘 한국인이었다는 점이다. 이는 한국인이라면 결코 잃지 말아야 할 한국인의 참모습(정체성)을 지닌 분이었다는 것을 의미하기도 한다. 호남인의 울타리를 넘어서 국가적인 인물로 존경받아 마땅하다는 당위성을 갖는 분인 것이다.

<작가의 말>을 마치자니 생각나는 분들이 많다. 먼저 나주시청 홈피에 <영산강의 꿈>을 연재할 수 있도록 배려해준 나주시청 여러분께 깊은 감사를 드린다. 언양김씨 대종회 김남전 회장님도 잊을 수가 없다. 또한 몇몇 분이 연재하는 동안 전화를 주거나 방문하시어 저를 격려하고 응원해주셨다. 모두 소설 집필에 동행했던 고마운 분들이다.

6

그런 까닭에 나는 혼신의 힘으로 더욱 최선을 다했던 것 같다. 격조 있게 편집 발간해준 여백출판사 여러분에게도 고마움을 전하고 싶다. 국란에 목숨을 아끼지 않은 김천일 의병장의 위상은 밤하늘의 별처럼 더욱더 빛날 것으로 믿어 의심치 않는다.

2021년 3월 이불재에서
벽록 정찬주

차례

극념당

북서풍이 재신산 산자락을 넘어와 영산강 갈대밭을 거칠게 흔들었다. 누런 갈대들이 서걱거리며 울부짖었다. 영산포 어부들은 매서운 북서풍을 된하늬바람이라고 불렀다. 그래도 금성산 솔숲을 할퀴며 불어오던 삭풍보다는 모질기가 덜했다. 지난달 칼바람 삭풍은 살을 에듯 불어 젖히곤 했던 것이다. 아침 해는 옅은 눈구름에 가리어 아직 보이지 않았다. 하늘은 식어버린 시래기국물 같았다.

이윽고 모래알 같은 싸락눈이 희끗거렸다. 투망을 챙겨들고 강으로 나가려던 흥룡마을 떠꺼머리 장정들은 목을 움츠렸다. 입춘 전후에 핀 매화꽃을 시샘하는 꽃샘추위였다. 재신산 밑에 자리한 흥룡마을 고샅길에도 싸락눈이 쌓여갔다. 사랑방에 누워서 쿨럭쿨럭 기침을 토해내던 김천일이 마루로 나와 마당가에 피어 있는 매화꽃을 응시했다. 노비 막둥이가 김천일을 보고는 멈칫했다. 막둥이는 투망을 들고 있었다.

"영감마님, 날씨가 겁나게 추와불그만이라우. 부삭에 군불 쪼깐 땔께라우?"

"갠찮다. 니도 니길 짓인세. 투망질허로 가느냐?"

"안방마님께서 강에 나가서 괴기 쪼깐 잡아오라고 허그만요."

원래 나주 청엄역 말구종이던 막둥이는 김천일이 수원부사를 파직당하고 내려온 다음해부터 들어온 노비였다. 강원관찰사를 지내다가 나주목사로 부임한 임윤신이 청엄역 말구종을 보내주었던 것이다. 의로운 일을 하다가 탄핵당해 낙향한 김천일을 위로하기 위해서였다. 막둥이는 김천일의 종마를 키우고 집안의 농사를 거들었다. 둘째부인 제주양씨가 시켰다는 말에 김천일은 막둥이를 붙잡지 않았다. 어젯밤에 양씨부인이 내일은 묵은 김치로 민물매운탕을 끓여 상에 올리겠다는 말을 했기 때문이었다. 얼큰한 민물매운탕을 한 사발 비우고 나면 코에서 불이 난 것처럼 온몸을 뜨겁게 달군 고뿔이 사라지기도 했던 것이다.

싸락눈이 매화꽃을 두들기자 매화향기가 더 진동했다. 김천일은 싸락눈 위에 떨어지는 매화꽃을 보면서 도리질을 했다.

'니는 낙화를 함시로도 향기를 냉기는구나!'

싸락눈은 북서풍을 타고 기세를 더했다. 안채 뒤 대숲의 푸른 댓잎들을 두들기며 흔들어댔다. 바람도 합세하듯 우우우 소리치며 불었다. 기와집 안채 양옆 곡간이 달린 별채와 헛간의 초가이엉이 들썩들썩 거풋거렸다. 별채 글방에서 〈소학〉을 읽다가 인기척에 나온 장남 김상건이 말했다.

"아부지 요런 날도 극념당에 가실라요?"

"입춘이 지났응께 인자 훈련을 시작해야제. 준비허그라."

"요세 고뿔로 심들어 허시든디 갠찮을께라우?"

"두째 상곤이는 말을 끌게 허그라. 막둥이는 방금 강으로 나가부렀다.”

　김상건은 활과 화살을 준비했다. 장전(長箭)의 화살촉은 끝이 뭉툭하고 버들잎처럼 생긴 훈련용 유엽전(柳葉箭)이었다. 헛간 말뚝에 묶어둔 종마는 둘째아들 김상곤이 끌고 나왔다. 이름만 종마이지 새끼를 낳지 못하는 늙은 말이었다. 수원부사 이전 순창군수, 담양부사 시절부터 김천일이 사적으로 구해 타고 다니던 종마였다. 늙었다고는 하지만 그래도 막둥이가 말먹이꾼답게 관리를 잘하여 목덜미나 엉덩이에 윤기가 흘렀다.

　김천일이 선조21년(1588)에 낙향해서 나주 부근의 유생들에게 성리학을 가르치다가 어느 날 무술훈련으로 돌아선 까닭은 선조20년(1587) 흥양(고흥) 손죽도에 침입한 왜구들의 만행을 나사율로부터 생생하게 들고 나서였다. 나사율은 금천현감을 사직하고 고향인 나주에 내려와 남해의 소식을 환히 알고 있었던 것이다. 뿐만 아니라 김천일이 십구 세에 태인 칠보산으로 이항을 찾아갔을 때인 명종10년(1555)에도 왜구들이 완도, 해남 달량포까지 노략질한 바 있었으므로 언젠가는 영산강을 타고 나주로 쳐들어오리라고 우려해오던 참이었다. 나사율은 나사침의 사촌동생인데 김천일과는 이항 문하에서 함께 수학했던 동문이기도 했다.

　이항은 성리학을 실천하는 도학자이면서도 왜구 침입을 경계하여 무술훈련을 제자들에게 강조한 선비였던 바, 김천일도 예외는 아니었다. 그래서인지 이항의 제자 중에는 문무를 겸비한 관군장수와 의병장이 많았다. 김천일, 백광훈, 나사율, 최경회, 고종후, 황진, 변사정, 김제민 등이 그들이었다.

"향교 활터로 몬자 가자."

김천일 부자는 향교 뒤에 있는 활터정자인 사정(射亭)으로 갔다. 말고삐는 둘째아들 김상곤이 잡았다. 늙은 종마도 싸락눈 쌓인 산길이 미끄러운지 또각또각 나아가지 못했다. 머리를 유난히 끄덕거리며 마지못해 발굽을 뗐다. 사정이 있는 활터는 성 안팎에 하나씩 있었다. 나주목 장졸들이 습사(習射)하는 활터는 성 안의 군기고와 감옥 사이에 있었고, 유생들이 사용하는 활터는 성 밖의 향교 담장 밖에 있었다.

향교는 텅 비어 있었다. 겨우내 비워둔 탓에 공자 위패를 봉안한 대성전 앞의 명륜당 방문마다 구멍이 숭숭 뚫려 으스스했다. 향교 마당에는 바람에 날려 온 낙엽 무더기가 이리저리 뒹굴었다. 김천일 부자는 대성전으로 들어가 절을 했다. 그런 뒤 곧바로 활터로 갔다.

"아부지, 오늘은 활만 쏘시고 들어가시지라."

"으째서 내가 막둥이헌테 극념당에 목검을 갖다놔라고 했겄냐. 검술이란 학문과 달리 하루라도 쉬믄 몸이 따라주지 않는 법이다. 학문은 머리로 허지만 검술은 몸에 익어야 허는 것이여."

"아부지 몸이 시방 편찮으신께 드린 말씸이지라."

"내 걱정 허지 말어라. 일재 선상님께서 칼허고 붓을 모다 다룰 줄 알아야 대장부 선비라고 말씸허셨느니라."

일재(一齋)는 이항의 호였다. 이항이야말로 문무를 겸비한 당대의 걸출한 도학자였다. 이항의 관향은 성주(星州). 아버지는 의영고 주부(主簿)인 이자영, 어머니는 전주최씨. 그는 연산군 5년(1499)에 한양 신촌동에서 태어나 선조9년(1576) 6월에 태인 분동에서 별세했다.

이항은 이십대 중반까지 무술과 무학(武學)에 전념하다가 백부로부터 깨우침을 받아 성현의 글을 가까이했다. 특히 이십팔 세 때 도봉산 망월암으로 들어가 주희의 <백록동강규>를 읽고는 더욱 분발했다. 중종33년(1538) 사십 세가 되자, 벼슬길을 단념한 뒤 모친을 모시고 태인으로 내려와 농사를 지으면서 학문에 전념했다. 다음해에는 전라감사 김정국이 칠보산 보림사 부근에 학문을 강론하도록 정사(精舍)를 마련해주었다.

이때부터 호남의 각 지방에서 유생들이 모여들었고, 이항은 강학에 온 힘을 쏟았다. 그러면서 당대의 대선비 백인걸, 기대승, 김인후, 노수신 등과 교유하며 학문이 더욱 깊어졌다. 퇴계 이황과 달리 이기(理氣)를 논함에 있어 이와 기가 하나라는 일체론을 주장해 이황의 비판을 받기도 했다.

명종21년(1566)에는 이항의 학문적 위상이 조정에까지 알려져 경전에 밝고 행실을 닦은 재야선비를 뽑을 때 첫 번째로 선발되어 의영고령(義盈庫令)을 제수 받았다. 의영고란 호조의 한 기관으로 기름, 꿀, 후추, 과일 등의 물품을 관리하는 관청이었다. 이어서 이항은 임천현감으로 부임했다. 종6품의 현감으로 부임할 때는 명종이 짐승 털과 비단으로 만든 귀마개를 하사하면서 격려했다. 그러나 이항은 8개월 만에 병환으로 사임했다. 명종이 의원을 보내 문병했지만 이항은 끝내 임천 관아를 떠났다.

선조 초기에도 의빈경력, 선공감부정, 사용원정을 역임한 뒤 선조7년(1574)에 사헌부 장령을 거쳐 장악원정을 지냈으나 병이 악화되어 태인으로 돌아왔다. 선조가 의원을 네 차례나 보냈지만 결국 일어나지 못한 채 이항은 눈을 감고 말았다.

김천일은 눈썹과 턱수염에 달라붙은 싸락눈을 털어냈다. 과녁은 삼십여 보쯤 되어 다른 활터보다 짧은 거리였다. 습사를 성근지게 해온 선비라면 누구나 맞출 수 있는 과녁이었다. 그러나 추운 날씨와 바람 탓에 손이 곱아 습사를 제대로 할 수는 없을 것 같았다. 바람이 없는 날이라면 화톳불이라도 놓아 몸을 녹일 수 있겠지만 그럴 수도 없었다. 활과 화살을 가져온 김상건이 말했다.

"아부지, 바람도 불고 날씨가 싸헌께 활쏘기는 담에 허시지라우."

"이왕 여그까지 왔응께 오늘은 2순씩만 쏴불고 극념당으로 가자."

화살 1순(巡)은 다섯 발이었다. 2순씩 쏜다는 것은 열 발을 쏘자는 말이었다. 과녁 주위에서 화살을 줍고 명중인지 아닌지를 확인하는 연전꾼은 노비 막둥이가 해왔지만 차남 김상곤이 맡았다. 김상곤이 손을 호호 불며 과녁으로 갔다. 사대에 선 김천일은 화살을 얹지 않고 시위를 힘껏 잡아당겨 보곤 했다. 바람까지 매섭게 불어 명중은 어렵겠지만 하루라도 활을 놓지 않는다는 태도가 김천일에게는 중요했다.

김천일이 먼저 1순을 쏘았다. 한 발만 명중했다. 나머지 네 발은 과녁을 빗나갔다. 김상곤이 과녁 뒤에서 나와 떨어진 화살을 주웠다. 몸이 조금 풀어졌는지 2순째는 세 발을 맞추고 두 발은 과녁 위로 날아갔다. 싸락눈이 또다시 한바탕 장대비처럼 쏟아졌다. 눈을 제대로 뜨기도 힘들었지만 장남 김상건은 2순을 연달아 쏘아 일곱 발을 명중하고 세 발만 날렸다. 김천일이 칭찬했다.

"니는 무술에 소질이 있는갑다. 활 잡은 지 몇 년 만에 애비를 앞서 부렀으니 말이다. 반다시 시상이 니를 부를 때가 있을 것이다. 영념허그라."

"아니그만요. 아부지는 시방 편찮으신께 그래라우. 지가 어처케 아부지를 따라간다요."

"아니여. 니 동상 상곤이는 심써서 훈련해도 늘 그 자리가 아니냐? 니 동상은 무술보담 면학에 진력해야 좋을 거 같다."

이번에는 김상건이 연전꾼이 되고 김상곤이 사대(射臺)에 섰다. 아버지 김천일을 닮아 몸이 허약한 김상곤은 활시위조차 힘껏 잡아당기지 못했다. 상체를 바들바들 떨며 쏘는 화살이 잘 날아가서 명중할 리 만무했다. 1순 가운데 네 발은 과녁을 한참 벗어났고 겨우 한 발이 과녁 상단을 맞혔다. 의기소침해진 김상곤은 2순까지 쏘지 않고 활터에 떨어진 화살을 주우러 갔다. 김천일이 잰걸음으로 다가온 김상건에게 말했다.

"좌우당간에 니 동상은 집에서 부모를 봉양하고 학문에 전념해야 좋을랑갑다."

"부모님 봉양은 지나 상곤이나 자식 도리지라우. 다만 무술이건 학문이건 모다 필요헌 것인께 분수껏 갈고 닦아야 허겄지라우."

"니 성제가 무술과 학문의 소질을 반반씩 섞어 태어났드라믄 을매나 좋았겄느냐. 허허허."

김천일이 소리 내어 공허하게 쓴웃음을 웃었다. 첫째부인인 김씨부인에게서도 뜻을 이루지 못했고, 둘째부인인 양씨부인에서도 그런 아들을 갖지 못했다는 쓴웃음이었다. 그런데다 이제는 병약한 중늙은이가 되어 득남이란 꿈도 꿀 수 없는 일이었다. 다행히 활터를 벗어나자 싸락눈이 멎고 북서풍도 잦아들었다. 김천일은 다시 종마를 탔다. 부자가 극념당을 가는 이유는 딘 하나였다. 공격과 방어의 검술을 익히

기 위해서였다. 김천일이 이항 문하에 있을 때 무학(武學) 가운데서 필사해둔 검법 서책을 놓고 부자가 반복해서 훈련하는 것이 극념당의 일과였다.

그러나 극념당(克念堂)의 원래 기능은 학문을 토론하고 시회(詩會)를 갖는 정사였다. 김천일이 복암강 언덕에 정사를 지은 것은 명종18년(1563) 이십칠 세 때였다. 스승 이항이 다음과 같은 구절을 당부하며 극념당이란 당호를 지어 주었다. 당호는 <서경> 다방편(多方篇)의 구절에서 극념(克念, 생각을 이루어내다)이란 단어를 빌려온 말이었다.

'성인이라도 생각하지 않으면 오직 미치광이가 되고, 미치광이라도 생각을 이루어낸다면 능히 성인이 된다(惟聖罔念作狂 能狂克念作聖).'

잠시라도 성인 생각하기를 잊지 말고 항상 느슨해지려는 자신을 경계하라는 뜻이었다. 뿐만 아니라 스승 이항은 김천일에게 좌우명 삼아 수신제가하라며 곡진하게 한 문장을 써서 보냈다.

'다른 사람의 그릇됨을 논하기 좋아하면 그 은밀한 화(禍)가 반드시 내게 미치어 화를 받게 되고, 다른 사람의 악함을 들추어내기 좋아하면 그로 인해 나타난 재앙(災殃)이 반드시 한 번은 내게 이르러 오게 된다.'

극념당 소문에 박순이 바로 시를 보내왔고, 백광훈 등이 찾아와 시판에 시를 짓고 돌아갔다. 나주출신으로 당시 성균관사성(成均館司成)

박순은 김천일보다 열네 살 위였다. 대사헌, 이조판서, 우의정, 좌의정을 지내다가 15년간 영의정을 지낸 인물이었다. 성리학에 정통했고 특히 <주역>에 뛰어났으며 문장과 글씨에 능했는데, 율곡 이이, 우계 성혼 등과 깊이 사귀어 '세 사람의 용모는 다르나 마음은 하나이다.'라는 세평이 났을 정도였다. 고봉 기대승과 고경명도 극념당에 들러 당호의 의미를 되새겼으며 호남의 유생들이 드문드문 찾아왔다.

김천일은 나주성 서문인 서성문과 남문인 남고문을 지나는 동안 성문을 지키는 군졸만 보았을 뿐, 자신에게 관아의 소식을 전해주곤 했던 통인(通引)이나 색리(色吏)를 만나지 못했다. 통인은 고을 관아나 역참을 오가며 공문 같은 문서를 수령하거나 전하는 일을 했고, 색리란 구실아치 신분으로서 세금징수 같은 관아의 잡무를 보는 사람을 일컬었다.

극념당은 광주에서 흘러오는 황룡강과 화순에서 발원한 지석강이 합수하는 복암강 언덕에 있었다. 영산강 상류인 그곳을 유별나게 복암강이라고 부른 까닭은 큰 바위들이 겹쳐서 엎드려 있기 때문이었다. 활처럼 완만하게 휘어진 복암강은 두 강물의 합수로 수심이 깊어져 잉어, 붕어, 가물치, 쏘가리 등이 모여들었다. 그래서인지 어부들의 조각배 한두 척이 늘 떠 있게 마련이었다.

복암강이 내려다보이는 극념당에 올라서야 늙은 종마가 푸르르 진저리를 쳤다. 김천일이 안장에서 내리자 긴 갈기를 흔들며 앞발로 땅바닥을 탁탁 찼다. 목이 마르다는 몸짓이었다. 옹달샘은 극념당 앞으로 울타리처럼 둘리진 내숲 속에 있었다.

"방은 어저께 막둥이가 군불을 무자게 땠다고 허드그만요."

"검술 훈련은 밖에서 허니께 방이 따땃혈 필요는 읎어야. 땔나무라도 쓰잘떼기읎이 낭비허지 말어라."

"아부지를 생각해서 군불을 떼났겄지라우."

"충직헌 막둥이 맴이야 으째서 모르겄느냐. 방에 들어갈 일이 읎은께 허는 말이제."

"곱은 손이라도 쪼깐 녹이시고 목검을 잡으시지라우. 그래야 막둥이가 섭섭허지 않겄지라우."

"알았다. 근디 요 시판(詩板)을 본께 또 일재 선상님이 생각난다야."

김천일이 가리키고 있는 시판에는 이항의 <태산가(泰山歌)>가 쓰여 있었다. 김천일은 <태산가> 시판을 볼 때마다 그냥 지나친 적이 없었다. 반드시 한 번씩 소리 내어 중얼거렸다.

태산이 높다 하되, 하늘 아래 뫼이로다.

오르고 또 오르면, 못 오를 리 없건마는

사람이 아니 오르고, 뫼만 높다 하더라.

誰云泰山高 自是天下山

登登復登登 自可到上頭

人旣不自登 每言泰山高

이항이 <대학>이나 <소학>을 가르치다가 여러 제자들에게 학문을 권면하고 흥을 돋우기 위해 지은 시였다.

"요 정사와 가장 어울리는 시다. 그렇다고 학문에만 전념허라는 시라고 받아들이믄 오해다. 성현의 글 못지않게 무학도 중허다고 선상님께서 말씸허셨느니라. 근디 요새 사람덜은 선상님께서 성현의 학문만 공부했던 선비람서 오해허고 있드라."

"아부지, 지는 일재 선상님도 선상님이지만 옥봉 아재 시가 참말로 좋그만요."

무술보다 학문에 마음을 둔 둘째아들 김상곤의 말에 김천일이 대답했다.

"두 말허믄 잔소리여. 한때 옥봉을 넘는 시가 읊었제. 서체도 마찬가지고. 아직도 옥봉을 삼당시인(三唐詩人)이라 허고 팔문장(八文章)이라고 허지 않느냐. 저 시판의 시는 극념당을 성주허고 나서 옥봉이 여그까지 찾아와 지은 시여."

김천일과 옥봉(玉峰) 백광훈은 나이가 같았으므로 스스럼없는 친구로 지냈다. 백광훈은 김천일을 만났을 때 그의 호인 건재(健齋)보다는 꼭 사중(士重)이라고 불렀다. 사중은 김천일의 또 다른 이름인 자(字)였던 것이다. 김천일이 극념당을 지은 지 6년째인 선조2년(1569) 삼십삼세 때 백광훈에게 극념당 서까래 밑에 걸어둘 시를 부탁하자, 기러기가 날아가는 초겨울에 찾아와서 다음과 같은 <제김사중강사(題金士重江榭)>란 시를 지었던 것이다.

어부는 작은 조각배를 띄워
해질 무렵에 강으로 나가고
외로운 기러기 울며 가는데
신은 접지고 노 접지었구나

漁人乘小艇
日夕向江中
獨鳥鳴猶去
靑山重復重

　백광훈이 극념당을 강사(江榭)라고 한 것은 강(江)에 기댄 정자라는
의미를 돋보이게 하기 위해서였다. 사(榭)에는 본래 풍경에 '기댄다'는
멋들어진 뜻이 있음이었다. 백광훈이 사(榭)자를 쓰지 않고 정사를 줄
여 사(舍)자만 붙여 강사(江舍)라고 썼어도 무방했을 터였다. 이때는 이
미 김천일이 나주 부근의 유생들을 불러 강학을 열고 있을 무렵이었
던 것이다.

　김천일 부자는 온기가 남아 있는 아랫목 이부자리 밑으로 언 손을
밀어 넣었다. 두 아들이 김천일을 보더니 배시시 웃었다. 두 아들의 손
이 동시에 아버지 손 위로 올라가 있었다. 부자가 무슨 결의를 하듯 서
로의 손을 합친 셈이었다. 김상건이 평소의 성정대로 우직하게 말했다.

　"아부지, 옥봉 아재도 일찍부텀 왜구덜허고 싸웠담시로요."

　"스무 살도 안 돼서 싸와부렀어. 내가 열아홉 살 때 일재 선상님 문
하로 들어갔느니라. 그때 옥봉은 해남 달량포로 내려가 왜구넘덜허고
싸왔는디 나는 옥봉의 그 기개가 맘에 들어. 조화를 부리는 천기(天
機)와 기개가 넘쳐부러 개결헌 격조의 시를 짓넌 시인은 드물다마다."

　그런 이유로 김천일과 백광훈은 일찍부터 의기투합했다. 극념당을
짓기 이전부터 교유를 했고 진도로 유배 온 노수신을 함께 찾아갔으며
노수신이 해배되자 한양으로 올라가 시를 주고받았던 것이다.

잠시 후. 김천일 부자는 극념당 앞 '엎드려 있는 바위(伏巖)' 위로 올라가 목검을 들고 검술훈련을 했다. 반반한 바위 너머는 낭떠러지였다. 아찔한 낭떠러지 밑은 두 강물이 합쳐지는 깊고 시퍼런 강이었다. 정신을 집중하지 않고 한 발이라도 헛디디면 바위 너머로 추락할 수도 있었다. 김천일 부자는 기합소리를 우렁차게 지르며 목검으로 공격하고 방어하는 훈련을 시작했다. 둘째아들 김상곤은 두려워서 초장부터 등에 식은땀을 흘렸다.

좋은 인연들

　재신산 다랑이밭들은 하나같이 갈맷빛이었다. 지난겨울 혹독한 칼바람을 이겨낸 보리들이 다랑이밭들을 가득 채우고 있었다. 그러나 재신산 산자락의 나무숲은 아직 연둣빛이었다. 오리나무 새잎들이 막 솟아나고 있었다. 생강나무는 영춘화와 앞서거니 뒤서거니 다투며 노란 꽃을 피웠다. 봄기운은 사람에게도 시나브로 전해지는 법이었다. 김천일은 봄볕을 쬐는 것만으로도 기운이 났다. 마당을 한 바퀴 돌면서 한껏 기지개를 켰다. 홍룡마을에 살다가 남고문 밖 마을로 이사 간 늙은 김 서객(書客)이 오기로 한 날이었다.

　김 서객은 색리들이 세금을 거두어 오면 이청에서 곡식장부를 정리하는 등 문식(文識)이 있는 아전이었다. 곡식장부뿐만 아니라 감옥에 갇힌 무지렁이들의 하소연을 글로 적어 목사에게 보고하거나, 목사의 편지를 대신 쓰기도 하고, 심지어는 의원처럼 민간요법 처방을 알려주기도 하는 구실아치였다. 목사가 김 서객을 가까이 하는 까닭은 여러 장부에 밝기 때문이었다. 김 서객은 호방아전이 토호세력의 자제에게 군역을 면제한다거나 색리가 세금을 속여 딴 주머니를 찬다거나 하는 등의 부정한 일을 훤히 꿰고 있었던 것이다.

목사와 자주 독대하는 김 서객은 누구보다도 관아의 정보에 밝았고 빨랐다. 김천일은 나주관아에 무슨 일이 없나 하고 은근히 그를 기다렸다. 한참 만에 김천일은 사랑방으로 들어와 차남 김상곤을 불렀다.

"아부지, 부르셨는게라우?"

"곧 사람이 올 것인께 사랑방으로 보내그라."

"아침 일찍부텀 손님이 온다고라우?"

"니도 잘 알 것이다. 김 서객이 온다고 했다."

김상곤은 그와 한 마을에 살았으므로 잘 알았다. 흥룡마을 서당 출신으로 제법 문식이 들어 다른 아전들과는 다른 구실아치였다. 김천일이 마당에 있다가 사랑방으로 들어온 것은 자존심 때문이었다. 종3품의 수원부사를 지낸 벼슬아치가 품계가 없는 구실아치를 마당에까지 나와서 기다린다는 것은 체통 없는 일이었다. 그러나 김천일은 김 서객을 마음속으로는 정이 오가는 친지처럼 살갑게 대했다. 자신이 외지로 돌 때도 알게 모르게 곡식을 보내주고 배 수확 철이면 한 지게씩 챙겨주었던 것이다.

"아부지, 김 서객이 그래도 의리가 있어라우."

"내가 도와준 것도 읊는디 그런다마다."

"아부지가 극념당에서 시회를 열 때 불러준께 그란 거 같어라우. 거그는 양반 사족덜만 모이는 곳인디 김 서객은 중인이 아닌게라우."

"시회란 시 잘 짓는 사람덜 자리여. 양반이라도 시 한 수 못 짓는 사람이 을매나 많으냐. 김 서객 시는 옥봉도 알아주더라."

양반 시회에 중인이 낀다는 것은 매우 드문 일이었다. 그러나 김천일은 재야선비나 향교 유생들에게 양해를 구한 뒤 김 서객을 불러 시를 읊조리게 했다. 김 서객은 오언율시를 잘 지었는데, 그는 삼당시인이라 불렸던 백광훈이나 고경명에게 격려의 말을 듣기도 했다.

"오늘도 극념당에는 가실 거지라우?"

"김 서객을 만난 뒤 갈 것인께 그리 알아라."

이윽고 마당에서 김 서객의 목소리가 들려왔다.

"부사 나리, 겨십니까요? 뵙고 잪어 싸게 왔그만요."

"들어와불게. 나도 지달리고 있었네."

김 서객은 술병과 보따리를 들고 있었다. 김상곤이 마당으로 내려가 보따리를 받아들었다.

"영산포에서 홍어를 구해 왔는디 잘 삭었는지 모르겄소잉."

"워미, 코를 찌르는 냄시가 무자게 나부요."

김상곤은 부엌데기 여종을 불러 김 서객이 가져온 홍어를 넘겨주었다. 사랑방으로 들어온 김 서객이 김천일에게 납죽 큰절을 올렸다.

"무신 일로 날 보자고 했는가?"

"나리 뵌 지가 오래 된 거 같습니다요. 그래서 왔그만요."

"허허허. 나는 갓끈 떨어진 사람이네. 인자 썩은 동앗줄이란 말이여."

"나리, 섭섭헌 말씀이그만요. 제가 나리를 뵙는 것은 출세헐라고 그란 것이 아니그만요. 그래도 나리께서 저의 콩알 만헌 재주를 알아보시고 늘 격려를 해주셨그만이라우. 나리의 은혜를 어처케 잊어불 수 있겄습니까요."

김 서객이 다소 장황하게 말하자 김천일이 민망한 듯 손사래를 쳤다.

"고것이 먼 은혜란 말인가. 신세를 진 사람은 바로 나여. 김 서객이 보낸 배는 아조 특별헌 품질인지 대청마루 독에 시안 내내 보관해도 썩지 않고 특히 고뿔에 효험이 있단마시."

"아이고메! 지난해 가실에 배 한 지게 보낸 걸 갖고 멀 고로코름 말씀허십니까요."

"참말로 허는 말이네만 해마다 시안 내내 달고 댕긴 지침이 몰라보게 잦아들드란마시."

"나리, 오늘은 술을 갖고 와부렀습니다요. 낼쯤 배를 구해 보내불랍니다요."

"아니네. 어처케나 많이 보냈는지 독에 아직 남아 있다고 허네."

"배로 병을 치료허는 방법이 여러 가지가 있습니다요."

김 서객은 배를 이용해서 병을 치료하는 방법까지 잘 알고 있었다. 중국의 의서 <본초강목>을 들먹이며 근거를 대기까지 했다. 배는 폐와 신장에 좋으며 담을 제거하고 열을 내리는 것은 물론 종기의 독과 술독을 푼다고 <본초강목>에 나와 있다는 것이었다.

"김 서객은 은제 중국 의서까정 보아부렀는가. 맬갑시 김 서객을 마실사람덜이 찾아댕기는 것은 아닌 거 같네."

"나리, 과찬이십니다요. 중국 의서까지 들먹일 거 읎이 나주 사람덜 민간요법도 뛰어납니다요."

김천일이 가져온 술병을 보면서 김 서객에게 눈치를 주었다. 그러나 김 서객은 자신의 말에 취한 듯 향리에 전해오는 민간요법을 눈치 없이 끄집어냈다. 고뿔에 걸렸을 때 배를 달여 먹으면 가래와 기침을 멎게 하고 배차를 마시면 술독을 풀어주는데, 배 속을 파서 도라지, 생강, 꿀, 밤, 대추 등을 넣고 황토진흙으로 두껍게 싼 뒤 숯불에 구웠다가 꺼내 먹으면 독한 고뿔에도 효험이 있다는 것이었다. 김천일이 김 서객의 말을 귓등으로 흘리며 말했다.

"들고 온 술은 뭣인가?"

"나리께서 좋아허시는 청주입니다요."

"고뿔도 나아가고 있응께 한 잔 헐까?"

김천일이 입맛을 다시자마자 부엌데기 여종이 개다리소반에 잘근잘근 칼질한 홍어 안주를 들고 들어왔다. 김 서객이 흰 사발에 맑은 청주를 따라 김천일에게 두 손으로 권했다. 그러자 김천일도 청주를 한잔 따라 김 서객에게 내밀었다.

"술은 함께 마셔부러야 술맛이 더허는 법이네."

"아이고메, 고맙그만요."

김천일은 단숨에 마시고는 턱수염에 묻은 청주를 손으로 쓱 훔쳤다. 그러나 김 서객은 반 잔만 마시고는 사발을 내려놓았다.

"으째서 다 마시지 않는가? 내게 무신 헐 말이라도 있는가?"

"사실은 관아 소식을 전해드릴라고 왔그만요."

"말해보게."

"메칠 내로 새 목사 나리가 올 것입니다요. 전주에서 공문을 수령해 온 통인에게 직접 들었그만이라우."

윤우신 후임으로 선조23년(1590) 12월에 부임한 민인백이 겨우 세 달밖에 보내지 않았는데 새 목사로 교체된다는 소식이었다. 김천일은 내심 아쉬웠다. 달포 전에도 관아 동헌에서 민인백과 밤새 대취하도록 마시며 의기투합했던 것이다. 민인백은 송강 정철의 신임을 듬뿍 받았던 인물이었고, 김천일은 외동딸을 정철의 셋째아들 정진명에게 시집보내 친사돈의 인연이 있었다.

"부임해오는 목사는 누구신가?"

"경흥부사, 김해부사를 지낸 분이라고 헙니다요."

"그라믄 이경록 목산갑네. 효령대군 6대손이신디 무신이네. 나주목사는 오래 전부텀 문신을 보냈는디 무신이 오는 것을 보니 영전이그만. 허나 나허고는 잘 맞을 거 같네."

부사는 종3품이고 목사는 정3품이었다. 그러나 품계의 서열보다는 문신의 자리인 나주목사에 무신이 온다는 것은 이례적인 일이었다. 여진족을 방어하는 함경도 경흥부사 시절 전공을 크게 세운 보상임이 분명했다.

청주 몇 잔에 김천일의 얼굴은 혈기 좋은 젊은이처럼 불콰해졌다. 몸이 쇠약해진 탓도 있었지만 연거푸 마신 낮술 탓이었다. 김천일은 낮술을 가능한 한 빨리 마시곤 했다. 그래야만 날마다 해오던 일이나 미뤄둔 공부를 할 수 있었다. 김 서객이 고맙게도 김천일의 속마음을 알고 일어나 주었다.

"나리, 시간을 내주시어 고맙습니다요."

"무신 소리인가. 찾아와 주니 내가 고마와부네."

김 서객이 사랑방에서 나간 뒤 부엌데기가 약절구에 배를 갈아 숙취에 효험이 있는 배즙을 들여왔다. 배즙 한 사발을 마시자 술이 넘어갔던 목구멍과 뱃속이 조금은 시원해졌다. 마당에는 벌써 주인을 기다리는 종마가 순하게 눈을 껌벅거리고 있었다. 김천일은 사랑방 소나무 반닫이 속에서 편지 한 장을 꺼냈다. 반닫이 속에는 상소와 서신 초안들이 가득했다. 김천일에게는 누군가가 그리우면 그것들을 꺼내 다시 읽어보는 버릇이 있었다. 김천일 저고리 속주머니로 들어간 것은 미암

(眉巖) 유희춘에게 보냈던 편지 초안이었다. 이십구 세의 김천일을 전라 감사 송찬에게 천거해주었던 사람은 당시 홍문관 응교(정4품) 유희춘이었다. 기대승의 상소로 선조1년(1568)에 유배지인 함경도 종성에서 돌아와 복권된 유희춘은 과거급제하기 전까지 대부분 해남에서 나고 자란 해남사람이었는데, 그의 부친 유계린은 나주출신 최부의 첫째사위였다.

종마는 머리를 끄덕이며 강둑길로 나아갔다. 막둥이가 고삐를 잡으면 종마는 순해졌다. 막둥이와 종마는 서로의 마음을 읽는 듯했다. 종마가 목이 마르다거나 쉬고 싶어 할 때 막둥이는 곧 알아차렸다. 종마 또한 막둥이가 어디로 가려 하는 것인지 금세 눈치를 채고 방향을 잡았다. 종마의 갈기가 강바람에 휘날렸다.

논들마다 강물이 돌돌 들어와 고랑을 채우고 있었다. 두어 달이 지나면 못자리의 모들도 강바람에 물결처럼 출렁거릴 터였다. 농사꾼들이 종마를 타고 가는 김천일을 보고는 멀리서 고개를 꾸벅 숙이며 인사했다. 그래도 토박이 농사꾼들은 농사지을 논밭이라도 있어서 다행이었다. 남해 바닷가에 사는 농사꾼이나 어부들은 왜구들의 노략질을 피해 팔자에 없는 유랑민이 되어 강둑길을 따라 어디론가 하염없이 피난을 오갔다. 피난 중에 굶어 죽는 이들도 부지기수였고, 농가에서 도둑질하다가 붙잡혀 관아에 질질 끌려가는 이들도 많았다. 그때마다 김천일은 가슴이 미어져 장탄식을 내뱉곤 했다.

극념당에는 장남 김상건이 먼저 와 무술훈련을 하고 있었다. 말발굽 소리를 듣고는 김상건이 극념당 오솔길로 내려왔다.

"아부지, 인자 오십니까?"

"김 서객이 와서 술 한 잔 허고 오는 참이다."

"활터는 들리지 않으셨그만이라우."

"술 마신 뒤에는 활터에 가지 않는 벱이다. 습사허다가 실수허믄 사람이 다치니라."

"차라리 오늘은 집에서 그냥 쉬어불지 나오셨습니까."

"극념이라는 뜻이 있지 않느냐. 이루어낼 극(克), 생각 염(念). 성인에 대한 생각을 이루어내 그치지 않아야만 미치광이가 되지 않는 벱이다. 일재 선상님의 당부를 내 어찌 잊었느냐."

"다보사 주지승이 그란디 고것을 염념상속(念念相續)이라고 허드만요."

"허허. 주지승이 공부 쪼깐 헌 중 같다. 생각과 생각 사이 잡념이 들어가지 않고 순일헌 상태가 염념상속일 것이다."

"오메, 아부지는 절공부도 해부렀소잉."

"불경을 본 것이 아니라 월출산 도갑사 고승이 극념당에 찾아와서 갈켜주더라. 긍께 그때 절공부란 것도 헛것이 아니구나, 허고 깨달았제."

"근디 아부지, 상곤이는 으디 갔당가요?"

"내가 심부름 쪼깐 보냈다. 메칠 후에는 시방 있는 목사가 다른 디로 가불고 새 목사가 올 모냥이다. 시간을 내주믄 관아로 찾아가겠다고 상곤이 편에 편지를 보냈다."

"시방 목사 나리가 아부지허고는 말이 통허는 사이지라우?"

"사돈이 중간에 끼어 있은께 그란다."

사돈이란 성절이었다. 뿐만 아니라 김천일은 정철과 소년기의 친구

사이였다. 나주 외가에서 성장한 김천일이 십오 세 때 창평 옛집으로 가서 숙부에게 글을 배우고 있을 무렵이었다. 을사사화에 연루되어 유배 갔던 정철의 아버지가 마침내 해배되자, 한양 태생인 정철 역시 십육 세 때 아버지를 따라 조부 산소가 있는 담양 창평으로 내려와 10여 년을 살면서 호남사람들과 크고 작은 인연을 맺었던 것이다. 김천일은 극념당에 올랐지만 술기운 때문에 검술훈련은 생략했다.

"오늘은 니 성제덜끼리만 훈련허그라. 나는 방에 들어가 쉬어야 헐랑갑다."

"아부지, 상곤이를 지달렸다가 훈련헐랑께 방에 들어가셔서 쉬어부쑈."

김천일은 무심코 흘러가는 강을 내려다보았다. 아침 햇살을 난반사하는 강물이 섬섬하게 눈부셨다. 광주와 화순에서 흘러온 물이 합쳐지는 곳의 강물은 도도하기까지 했다. 극념당 단칸방은 서늘했다. 그러나 창호를 넘어온 아침 햇볕으로 방바닥 한 쪽은 따스했다. 김천일은 저고리 속주머니에서 편지를 꺼냈다. 유희춘 선생에게 보냈던 편지 초안이었다. 외조모를 3년간 시묘한 김천일의 효행이 알려지자, 나주목사 한복과 홍문관 응교 유희춘이 김천일을 효행유생으로 전라감사 송찬에게 천거했는데, 김천일은 고마워하면서도 벼슬길에 나아감을 거부하고 말았다. 김천일은 자신을 길러준 외조부와 외조모에 대한 효행을 밖으로 자랑하거나 소문낼 일이 아니라고 보았고, 극념당을 지은 지 5년째 접어들어 한참 성리학 공부에 진력해야 할 때였으므로 벼슬길이 부담스러웠던 것이다.

그러나 그때나 지금이나 수많은 유생들 중에서 자신을 천거했던, 고인이 된 지 벌써 14년이나 된 미암 유희춘 선생을 생각할 때 고맙고 송구하기 그지없었다. 김천일이 유희춘 선생에게 보냈던 사과의 편지 초안은 23년이 지난 것으로 종이는 누렇게 변했고 나들나들 닳아 있었다. 김천일이 그만큼 자주 꺼내서 보곤 했다는 증거였다.

<미암 유희춘 선생님께 올리는 서신(上柳眉巖希春書)

　무진년 좋은 날에 엎드려 존경하는 미암 선생님의 온갖 복을 생각하옵니다. 사모하는 마음 늘 지극하여 저의 심정을 감당치 못하겠사옵니다.

　불초 천일은 학식과 생각이 어둡고 어리석어 항상 제 한 몸의 운세와 다스림을 제대로 하지 못하여 지난해 가을부터 병을 얻은 것이 몸에 배어 편안한 날이 거의 없었으므로, 지난번에도 남평에 나아가 뵙지를 못했는데, 지금은 더욱 심한 한병(寒病)을 얻어 드디어 고질 증세를 보이고 있사옵니다.

　이처럼 방 깊숙이 들어앉아 능히 외출을 못하여 진원에 가서 뵙지 못하였습니다. 늘 사모하는 회포를 풀지 못하고 항상 맺힌 뜻을 아뢰지도 못한 채 북쪽을 향해 창연히 바라보고만 있으니 죽는다고 하여도 섭섭한 마음이 남을 것 같사옵니다.

　그런데 듣건대, 방백(전라감사)이 나라의 명을 받아 숨어사는 선비를 구하는데, 미암 선생님께서 불초 천일을 천거하셨단 말이 있사오나 놀랍고 황송하여 몸 둘 바를 모르겠사옵니다. 미암 선생님께서 후생 소사들 아끼시어 여기에 이르게 되었지만 저에게는 깊은 한이 될 것

이옵니다.>

갑자기 편지 초안을 잡은 김천일의 손이 떨렸다. 뿐만 아니라 김천일은 콧잔등이 찡하여 어금니를 꽉 물고 눈을 감았다. 다음의 글월은 너무도 일찍 부모님을 여읜 사실과 자신을 길러준 외조부와 외조모 사연이었다. 늘 꺼내 볼 때마다 눈물을 흐르게 하는 구절이었다. 김천일은 다시 눈을 떴다.

<미암 선생님께서 불초의 심정을 깊이 살피지 못하셨기 때문에 그러한 것이오니 감히 저의 심정을 진술하나이다. 저 천일은 태어난 다음날에 어머니를 여의고 일곱 달 만에 아버님이 돌아가시어 나주의 외할아버지와 외할머니 손에 자랐던 바, 외할아버지께서는 천애고아가 된 저의 외롭고 가여운 처지를 측은하게 여기시어 목숨이나마 이어가기를 원하셨으므로 학문을 가르칠 뜻이 없으셨습니다. 그래서 저는 열다섯 살이 가깝도록 <천자문>도 배우지 못하여 눈앞의 것들을 제대로 분별하지 못하고 어리석기가 그지없어 이리저리 떠돌아다닐 뿐이었습니다. 더 성장하여 세상에 나가보니, 제 또래는 다 책을 끼고 다니며 학업에 열중하고 있는데 저 혼자만 무지한 것 같아 부끄러웠으므로 비로소 배움에 뜻을 두게 되었사옵니다.>

김천일은 스승 일재 선생을 만난 인연에 기어코 눈물을 한두 방울 방바닥에 떨어뜨리고 말았다. 육신을 태어나게 해준 분이 부모라면 스승은 자신의 영혼을 태어나게 해준 분이라고 늘 생각해 왔던 것이다.

<나이 열아홉이 가까워지자 다행히 좋은 벗의 안내를 받아 일재 선생님의 문하에 들어가 처음으로 사람 되는 학업이 있음을 알고, <소학>을 배우기 시작하였지만 만물의 이치를 터득하는 자세는 항상 병 때문에 흐트러졌을 뿐만 아니라 태만한 학업 습관으로 배우다 말다 하였기로 <대학>과 <중용>, <논어>와 <맹자>도 제대로 외워 통달하지 못한 채 유유범범 하면서 나이가 서른이 지나니 마치 천리 길을 가는데 한 발자국쯤 옮긴 것과 같은 형상이오나 밤낮으로 걱정하는 것은 늘 뜻을 이루지 못하고 죽는 것이옵니다.

마침내 성취가 되고 못되고는 가히 알 수 없는 것이지만 이 같은 저의 사정은 애석한 일이옵니다. 만약 미암 선생님께서 이런 저의 뜻을 깊이 살피셨다면 반드시 딱하게 생각하시어 저로 하여금 사람의 아름다움을 이루게 하여주실 것이옵니다. 무슨 연유로 급하지 않은 저를 천거하시는 것이옵니까. 지금의 천거는 저에게 탄식을 주는 것이고, 다른 사람에게는 조롱거리가 될 것이므로 그 마땅함이 사라지어 모두에게 이로운 바가 없고 이로움 대신 한탄의 상처만 더할 뿐이옵니다.

엎드려 바라옵건대, 사랑하는 마음으로 굽어 살피시어 저의 천거를 그만두심을 베푸시어 저를 구원하여 주심이 어떠신지요. 이런 저의 뜻을 허락하여 주시옵기를 간절히 바라옵니다. 병증이 쌓이는 고질이 심해져 눈은 나빠지고 손마저 떨리어 정성을 다하지 못한 어지러운 글발과 제대로 갖추지 못한 글 솜씨로 이를 데 없는 황공한 마음을 놓을 수 없나이다.>

그때 밖에서 나늘 김상건의 목소리가 들려왔다. 김천일은 깜짝 놀라면서 편지를 주섬주섬 말아 저고리 속주머니에 넣었다.

"아부지, 상곤이가 목사 나리를 안내해 이짝으로 오고 있그만요."

"알았다. 달려가서 정중허게 모시그라."

며칠 후면 떠날 나주목사 민인백이 극념당으로 오고 있다는 것인데, 김천일은 놀라지 않을 수 없었다. 시간을 내어주면 자신이 관아로 들어가려 했으나 목사가 직접 찾아오고 있다니 고맙지만 자못 미안하기도 했다.

이별주

　강물에 난반사하는 햇살은 극념당을 에워싼 대숲에도 떨어졌다. 강
바람이 불어오자 댓잎에 내려앉은 햇살이 사금파리처럼 반짝였다. 김
천일은 극념당 마루에 쌓인 먼지를 수수빗자루로 쓸었다. 극념당 토방
까지 햇살이 깊이 들어와 마루는 동경(銅鏡)인 듯 환했다. 오래 된 송판
마루는 번질번질 윤이 났다. 민인백은 말에서 내려 산기슭 아래서부터
걸어 올라오고 있었다. 말 앞에는 김상건이 안내를 하고, 뒤에는 김상
곤과 관노들이 뒤따랐다. 관노 중에는 등짐을 진 사람도 있었다. 김천
일은 극념당 사립문까지 나가 민인백을 맞이했다.

　"목사께서 오셔불 줄은 미처 생각허지 못해부렀소"

　"건재 어르신께서 보낸 편지를 보고 바로 달려왔습니다."

　"아이고, 이 중늙은이가 관아로 가뵈는 것이 예의지라."

　사십 세의 민인백은 나이에 비해 위엄이 있었다. 이목구비가 분명
하고 수염은 숯덩이처럼 검었다. 말할 때마다 민인백은 허리를 꼿꼿이
세웠다. 등짐을 지고 온 관노가 마루에 대나무상자를 올려놓았다. 민
인백이 말했다.

　"긴제 어르신, 이별주를 마시러 왔습니다."

"여그를 떠나신다는 말이그만요."

"맞습니다. 무신이 아닌데도 중추부로 갑니다. 아마도 마땅한 자리가 없어서 중추부로 가 대기하라는 전하의 뜻인 것 같습니다."

"곧 떠나신당께 아숩기 짝이 읎어부요."

"우상 대감께서 잘 모시라고 당부하셨는데 세 달 만에 떠나려고 하니 저 역시 아쉽습니다."

민인백이 말한 대감이란 우의정 정철이었다. 정철로서는 김천일이 사돈이자 소년기의 친구였으니 그런 부탁이나 덕담은 할 수 있었을 터였다. 더구나 정철은 민인백과의 인연이 깊었다. 민인백이 선조17년(1584) 삼십삼 세에 별시문과 대과(大科)에 응시했을 때부터 인연을 맺었던 것이다. 초시(1차 시험) 즉 생원과, 진사과, 성균관 유생 중에서 340명을 선발하여 복시(2차 시험)를 치러 33명을 합격시키고, 어전에서 전시(殿試, 판정시험)를 거쳐 갑과(3명) 을과(7명) 병과(23명)로 등급을 결정하는 것이 대과였는데, 그때 종2품 대사헌이었던 정철이 등급을 결정하는 독권관(讀券官)으로 참가했음이었다.

정철은 민인백의 답안지를 보고는 전시를 총감독하고 있던 좌의정 명관(命官)에게 "민인백의 문장에는 어떤 일을 이룰 만한 담대함이 있고 또 그 일을 꾸밀 만합니다." 하고 선뜻 장원으로 추천했다. 이후부터 민인백은 스승의 예를 갖추어 정철을 찾아다녔다. 그러한 이유로 시비가 뒤따랐다. 정철은 서인의 영수였던 것이다. 민인백이 정철과 가깝게 지내자, 동인의 견제가 들어왔고 그는 외직으로 밀려났다. 민인백이 안협(安峽)현감을 제수 받았을 때였다. 친구는 부임하지 말라고 권유했다. 그러나 민인백은 "이미 벼슬하여 임금을 섬기고 있는바, 마른 곳이든 젖은 곳이든 피하지 않으려고 하네. 어찌 내직, 외직을 따진단 말인가. 내 일찍 풍악에 들고 싶었으니 안협고을 또한 다행일세."라고 했을 뿐이었다. 흉년이 들어 백성들에게 선정을 베푼 공으로 한양으로 돌아왔지만 또 다시 동인들이 위세를 부려 이번에는 진안현감으로 내려갔다.

민인백이 진안에서 정여립을 만난 것은 운명이었다. 선조22년(1589) 때였다. 정여립은 민인백보다 6년 연상이었다. 민인백은 진안현감에 부임한 지 얼마 안 되었는데도 죽도로 정여립을 찾아갔다. 정여립은 이미 전라도 일대에 명망이 높았던 것이다. 죽도에 서실을 지어놓고 전국 규모의 대동계를 조직하여 매달 활쏘기대회를 여는 등 세력이 자못 왕성했다.

김천일이 극념당 마루에 오르지 않고 있는 민인백에게 말했다.

"풍광은 냇중에 보셔불고 마루에 오르시지라."

"아, 극념당에서 내려다보이는 영산강에 넋을 잃을 뻔했습니다."

그제야 민인백이 도리질하면서 시선을 돌렸다. 무엇에 홀린 듯 꿈쩍 않고 서 있었던 자신이 믿기지 않았던지 또 도리질을 했다. 민인백이 극념당에 오른 것은 처음이었다. 작년 12월에 부임해와 향교와 서원만 순시했을 뿐 관내의 정자까지는 미처 돌아볼 겨를이 없었던 것이다. 민인백이 극념당 마루에 오르자, 관노가 기다렸다는 듯이 가져온 짐을 마루 끝에 풀었다.

술병과 미역을 튀긴 부각과 노루고기를 말린 육포가 안주로 나왔다. 경기도 태생인 민인백이 좋아할 만한 안주였다. 겨울이 제철인 홍어는 없잖나. 외지에서 온 관원이 짚 위에서 삭힌 홍어 맛을 알려면 나주에서 적어도 일 년은 살아야 했다. 김천일이 말했다.

"사돈 대감께서 인품이나 문장이 담대허다고 말씀허셨는디 전혀 틀림이 읎는 거 같아부요."

"아이고, 과찬이십니다. 건재 어르신."

"뜻을 나누고 잪었는디 벌써 이별이라 섭섭허요."

"우상 대감께서는 저의 스승과 같은 분입니다. 건재 어르신께서 우상 대감과 사돈이시자 소싯적 친구라고 하시니 나주가 낯선 저는 은근히 든든했습니다. 어르신을 곁에 오래 모시고 싶었지만 전하의 명이니 어쩔 수 없습니다."

"시언찮은 사람을 우상 대감허고 견주니 민망해부요. 자, 술이나 한 잔 헙시다."

"반가워서 군말을 많이 했습니다."

민인백이 먼저 김천일의 잔에 막걸리를 따랐다. 김천일도 민인백의 잔에 막걸리가 넘치도록 부었다.

"아이고, 건재 어르신. 술이 넘치겠습니다."

"마음 심(心)자 술인께 넘쳐야지라. 하하하."

두 사람은 너털웃음을 터트리며 단숨에 들이켰다.

"이번에는 저의 믿을 신(信)자 술을 받으셔야 합니다."

순식간에 이름붙인 마음 심자의 술과 믿을 신자의 술이 몇 순배 돌았다. 얼굴이 불콰해질 무렵에는 노랑나비 한 마리가 극념당 마루로 날아와 너울너울 날았다. 밖으로 나갔다가 또 다시 들어와 마루 안을 맴돌았다. 민인백이 노랑나비를 지그시 보더니 말했다.

"건재 어르신, 꽃에만 향기가 있는 것이 아니라 지금 마시는 술에도 향기가 있는 것 같습니다. 나비는 향기를 쫓는 미물이 아닙니까?"

"목사께서 고로코롬 말씸허신께 술맛이 더 나분 것 같으요. 술을 마시는 것이 아니라 향기를 마시는 것 같으요. 하하하."

강바람을 쐬며 술을 마시면 좀체 취하지 않는 법이었다. 두 사람 역시 술잔을 네댓 번 돌렸지만 얼굴이 불콰해졌을 뿐 정신은 여전히 맑았다. 이윽고 김천일이 비밀을 물어보듯 민인백의 귀에 얼굴을 가까이 대고 물었다.

"목사께서는 정여립을 첨 만났을 때부텀 역모를 눈치 채부렀다는 소문이 있든디 참말로 그랬소?"

"건재 어르신께서는 왜 갑자기 정여립을 꺼내시는 것입니까?"

"진안현감으로 겨실 때 벌어진 일이라서 물어본 거시라."

민인백이 입술을 손가락으로 가리면서 대답하기를 주저했다. 백주의 대낮에 그때의 일을 말하기가 난처하다는 표정이었다. 그러자 김천일이 극념당 토방 그늘에서 쉬고 있는 김상건을 불러 말했다.

"목사 나리와 긴히 헐 얘기가 있응께 니덜은 쪼깐 물러가 있그라. 술자리가 파허믄 부를 틴께."

김상건과 김상곤이 관노들을 데리고 사립문 밖으로 나갔다. 그제야 민인백이 주변을 한 번 둘러본 뒤 말했다.

"정여립을 처음 만났을 때부터 그 자의 태도에서 역모의 그림자를 느꼈습니다. 그는 머잖아 큰일을 저지를 사람 같았습니다."

"정여립은 본시 서인의 영수 율곡을 추종허다가 동인 세력이 커져 분께 율곡을 비난험시로 동인의 영수 이발을 찾아가 벼신헌 까닭에 전하의 눈 밖에 난 사람이지라."

"맞습니다. 벼슬길이 막히자 진안으로 내려왔지요. 그래도 전하께서 왜 미워하셨는지를 알고 근신했다면 경사(經史)와 제자백가서에 통달한 사람이니 벼슬길이 다시 열렸을 것입니다. 동인도 그의 재주가아까워 힘써 추천하고 있었으니 말입니다. 헌데 그것도 모르고 기인, 승려, 모사꾼들을 모아 기고만장하다가 자기 무덤을 스스로 판 사람이지요."

"율곡은 물론 서인이라면 가리지 않고 자신을 후원했던 박순, 성혼까지 비판했으니 전하께서 불쾌하셨겠지라."

"정여립에게는 역모의 피가 흐르는 것 같았습니다."

민인백이 목마른지 자작으로 술을 마셨다. 그러더니 자신이 말한 '역모의 피'를 증명이라도 하듯 정여립을 처음 만났을 때를 무덤덤하게 회상했다.

"진안현감으로 부임해 가서 곧 그 자를 찾아 죽도로 갔습니다. 그 자를 따르는 다른 고을 수령이나 유생들이 많으니 도움이 될까 해서였습니다."

그런데 그때 민인백은 정여립에게서 모반의 그림자가 어른대는 것을 느꼈다. 그의 서실에 칼과 활을 든 사내들이 우르르 몰려다니고 있었고, 정여립은 전주부윤 남언경의 요청으로 선조20년(1587)에 남해 손죽도에 쳐들어온 왜구를 토벌하고자 지원했던 공을 자랑삼아 큰소리로 떠들었다.

"서실 부근 활터에는 시방 활쏘기대회를 허고 있소. 전국에서 모인대동계 용감헌 계원덜이지라. 우리 계원덜이 손죽도까지 내려가서 관군도 무서와허는 왜구덜을 물리쳤지라."

그러나 사실은 정여립의 대동계 계원들이 관군과 함께 손죽도에 갔을 때는 이미 왜구들이 도망쳐버리고 없었다. 어쨌든 전주부윤이 정여립에게 원군을 요청할 정도라면 대동계 전력은 관군에 버금간다고 볼수 있었다. 민인백은 거침없는 정여립의 기세에 은근히 위축되었지만 패기만만한 민인백도 그대로 기가 꺾일 사람은 아니었다. 민인백은 어깨를 펴면서 정여립의 속마음이 무엇인지 슬쩍 떠보았다.

"얼마 전 세상을 떠난 자순을 만난 적이 있소"

자순(子順)이란 임제의 자, 또 다른 이름이었다. 지나치게 자유분방하고 얽매임을 싫어해서 이십이 세 전에는 스승도 두지 않았던 인물이었다. 그에게 진정한 스승이 있다면 팔백 독(讀)을 한 <중용>뿐이었다. 그는 예조정랑을 거쳐 홍문관지제교(弘文館知製敎)까지만 벼슬하고 풍광 좋은 산천을 찾아서 유람하다가 삼십구 세로 고향 나주에서 세상을 떠난 인물이었다.

민인백이 던진 말에 정여립은 즉각 반응했다. "그때 자순이 뭣이라고 헙디까?" 하고 물었다. 민인백은 정여립에게 임제와 나눈 얘기를 그대로 전했다. 임제가 그의 성정대로 호방하게 "예로부터 나라의 이름이 있는 곳에서는 모두 천자라고 칭하는데 우리나라만 홀로 그렇지 못하다."고 말했을 때 민인백이 "농담이라도 그런 말을 입 밖에 꺼내지 말라"며 손사래 쳤다고 전했다. 그러자 정여립이 급한 성격을 참지 못하고 "백성의 뜻을 얻지 못한 임금이 무슨 임금인가"고 모반의 말을 입에 담았다며 민인백이 김천일에게 말했다.

뿐만 아니라 놀란 민인백이 자리에서 일어나려 하자 정여립이 "천하는 공 물(公物)인네 어찌 주인이 따로 있겠는가?"라고 거침없이 말했다는 것이었다. 천하가 모든 백성의 것(公物)이라는 말은 임금의 지존을 부정하는 말이었다. 민인백은 정여립의 말에 충격을 받지 않을 수 없었다. 임제와 정여립의 말은 같은 듯했지만 그 결이 판이하게 달랐던 것이다.

민인백이 생각하는 임제의 말은 구속을 싫어하고 호방한 성격으로 말미암은 것이었지만 정여립의 말에는 임금에 대한 불만이 드리워져 있음이었다. 임제가 죽기 전 아들들이 보는 앞에서 "천하의 여러 나라가 제왕을 일컫지 않은 나라가 없었다. 오직 우리나라만은 끝내 제왕을 일컫지 못하였다. 이와 같이 못난 나라에 태어나 죽는 것이 무엇이 아깝겠느냐! 너희들은 조금도 슬퍼할 것이 없느니라. 그러니 내 죽거든 곡을 하지 말라"고 한 것도 대장부의 호방한 기질에서 비롯했던 유언이라고 할 수 있었다. 칼과 술을 좋아하고 이리저리 떠돌아다니며 기녀와 친구를 사귀며 어울렸던 그가 세상에 던지는 사자후가 아닐 수 없었다.

정여립의 언행은 끝내 피비린내 나는 소용돌이의 진원지가 되었다. 이른바 선조22년(1589) 10월에 터진 기축옥사(己丑獄事)였다. 동인과 서인이 끝내 맞부딪친 비극의 발화점이었다. 서인이 동인을 제거할 음모를 꾸몄다. 정여립이 대동계를 전국으로 확대시켜 역성혁명을 준비한다는 소문을 퍼뜨렸다. 그러자 백성들 사이에서는 '이가(李家)는 망하고 정가(鄭家)가 흥한다'는 <정감록>의 참언까지 떠돌았다.

마침내 선조22년 10월 1일. 황해감사 한준, 안악군수 이축, 재령군수 박충간, 신천군수 한응인 등이 연명하여 다음과 같은 고변을 하기에 이르렀다.

<정여립 일당이 한강의 결빙기를 틈타 한양으로 진격하여 대장 신립과 병조판서를 살해하고 병권을 장악한 뒤 반란을 일으키려 합니다.>

고변의 주동자는 한준이었다. 한준은 전라감사로 있다가 손죽도 왜변을 잘 대처하지 못해 황해감사로 좌천된 인물이었다. 왜구를 토벌하고자 관군이 아닌 대동계 계원들까지 동원한 수모를 당했으므로 정여립에 대한 사감이 한 자락 남아 있던 참이었다. 정여립과 가까운 동인의 연루자들이 차례로 의금부에 잡혀왔다. 동인의 영수 이발도 의금부에 하옥되었다.

한편, 금구에 있던 정여립은 달려온 안악의 유생 변숭복에게 급보를 듣고는 아들 정옥남과 박충령 등과 함께 일단 죽도로 피신했다. 지리산 오지로 숨지 않고 자신의 야망을 키워온 죽도 서실로 갔다. 선조의 명을 받고 한양에서 내려온 선전관과 금부도사는 진안 관아로 가서 협조를 구했다. 이에 진안현감 민인백은 금부도사에게 관군을 지원했다. 금부도사는 관군을 거느리고 즉시 죽도로 달려가 정여립을 포위했다. 정여립은 더 버티지 못하고 칼로 자신을 찔러 자살했다. 정여립의 시신은 아들 정옥남 등과 함께 한양으로 압송됐다. 정여립은 한양에서 능지처참의 극형을 당했고, 정옥남 등은 감옥에서 처형당했다. 정여립 일당이 죽음으로써 모반은 사실로 굳어져버렸다.

위관 정철이 정여립 모반사건을 조사하면서 동인들의 정예인사는 거의 제거되었다. 동인의 영수 이발은 아들, 노모와 함께 혹독한 고문으로 눈을 감았고, 정여립과 9촌간인 우의정 정언신은 함경두 종선으로 유배를 가서 죽었다. 이렇게 해서 선조22년부터 선조24년까지 3년 동안 숙청된 인물은 1천여 명에 달했다. 특히 전라도 동인들이 대부분 비명에 눈을 감았는데, 김천일로서는 가슴 아픈 일이었다. 동인이나 서인이나 목숨은 같은 것이었고 한 임금을 보필하는 신하였음이었다. 이 점에 있어서 김천일은 강경한 정철과 달리 온건한 이이, 성혼과 뜻을 같이했다.

민인백이 단정하듯 말했다.

"정여립의 집에서 압수한 <제천문(祭天文)>은 망측하기 짝이 없습니다. 전하의 실덕을 일일이 열거하여 왕조의 운수가 다했음을 고하지 않나, 천명의 조속한 이행을 기도하는 흉참한 문구가 있었습니다. 이런 글이 나왔는데도 역모를 모의한 자가 아니라고 할 수 있겠습니까? 우상 대감이 정여립과 서신을 주고받은 연루자들을 척결하는 것은 온당한 처사라고 생각합니다."

"허나 과유불급이라는 말도 있지라. 너무 많은 인재덜이 숙청을 당해 자꼬 짠헌 생각이 들으요. 우상 대감을 지지허는 전하께서 은제 동인 쪽으로 돌변헐지 모르는 일이고."

술병을 세 병이나 비운 뒤 두 사람은 자리에서 일어났다. 이별주라고 했지만 사실은 석별의 정을 나눈 것이 아니라 2, 3년 동안 세상을 크게 뒤흔든 이야기를 주고받게 한 술이 되고 말았다. 그만큼 정여립 모반사건은 모든 사람들에게 흡입력이 강했다. 민인백이 말했다.

"이별주 하러 왔다가 얄궂은 이야기만 하고 갑니다."

"이별주는 이별주일 뿐이지라. 극념당에 와서 술잔을 나누었는디 이보다 더헌 이별주가 으디 있겠소? 다만, 한양에 가시는 목사께 드리는 부탁만은 들어주기를 바라요."

"무슨 부탁입니까?"

"우상 대감께 전라도 창평시절을 잊지 마시고, 갑신년(1584)에 돌아가신 도우 율곡 선생의 조제론을 상기해 보시라고 말씀해 주시지라."

"율곡 선생님은 붕당 자체가 문제가 아니라 군자의 당인지 소인의 당인지 분별하는 것이 중요하다고 말씀하셨지요."

김천일이 정철에게 창평시절을 잊지 말라고 한 것은 전라도 선비들의 은혜를 생각해 전라도 출신 동인들을 그만 숙청하라는 뜻이었고, 율곡 이이의 조제론(調劑論)을 상기해 보라는 것은 이제는 동인과 서인이 화합해야 한다는 김천일의 간절한 지론이었다. 이이는 동인과 서인의 분열이 심해지자, 양쪽이 다 옳고 양쪽이 다 틀릴 수 있다는 양시양비론을 주장했는데, 동인과 서인 모두가 군자를 지향하는 사류(士類)이기 때문에 양쪽이 조절하고 화합할 수 있다고 보았던 것이다. 그것이 바로 이이의 조제론이었다.

김천일은 민인백이 극념당을 떠난 뒤에도 한참 동안 마루에서 서성거렸다. 민인백에게 부탁했지만 스승 같은 정철에게 김천일의 말을 그대로 전할 수 있을까, 의심이 들어서였다. 차라리 우계 성혼에게 편지를 써서 부탁하면 어떨까도 싶었다. 정철과 성혼은 나이가 엇비슷할뿐더러 도의지교(道義之交)로 사귄 친구였으므로 무슨 말을 해도 다 이해하는 사이였기 때문이었다.

"상건아, 먹을 갈그라."

"아부지, 으디다 서신을 쓸라고 그라요?"

"우계 선생헌네 긴히 할 말이 있은께 그란다."

김천일은 방에서 필통을 가져왔다가 붓은 꺼내지 않았다. 묵향만 맡고는 성혼에게 편지 쓸 생각을 접었다. 민인백을 믿고 일단 한 달이라도 기다려보자는 생각이 들어서였다. 편지는 언제나 쓸 수 있었고, 또 위험했다. 위관 정철이 성혼의 요청으로 정언신을 구제하려고 힘썼지만 정여립의 서실에서 정언신의 편지가 여러 통 나와 함경도 종성으로 유배를 보낼 수밖에 없었던 것이다.

"아부지, 술기운 땜시 그라요?"

"정신이 흐려서 그란 것이 아니다. 정여립 옥사로 본께 이 붓이 재앙의 문도 되드라."

김상건은 김천일의 속마음을 헤아리지 못하고 고개를 갸웃거렸다. 그림자가 길어지는 신시(申時)가 지나자 강바람이 선득선득 불어왔다. 서늘한 냉기가 파고들어 김천일은 옷깃을 여몄다.

"오늘은 그냥 집에 돌아가실랑가요?"

"그러자. 이미 이별주도 마셔부렀고 묵향도 맡았은께 말이여."

김상건은 그늘에 매어둔 종마를 끌고 왔다. 종마는 김천일이 올라타자 종종걸음으로 극념당 오솔길을 내려갔다. 영산강 너머에는 석양이 기울고 있었다. 석양은 영산강 강변의 넓은 들녘에 금싸라기 같은 빛을 뿌렸다.

사나운 봄비

봄비가 낙화를 재촉하듯 세차게 두들겼다. 동남풍이 들이치자 벚나무 꽃잎들이 동헌 마루까지 날아들었다. 동헌 뒷산에서 흰나비 떼처럼 날아드는 벚나무 꽃잎들이었다. 봄비는 이슬비처럼 부드럽게 내리다가도 장대비같이 사납게 변덕을 부렸다. 민인백 후임으로 부임해 온 이경록 나주목사는 관내 현황을 파악한 뒤 무너진 성을 보수하는 일부터 했다. 여러 고을에서 양민들을 불러와 사역을 시켰다. 나주향교 교생들도 정9품의 훈도(訓導) 책임 하에 사역을 나왔다. 강학을 맡고 있는 향교의 교수(종6품)나 훈도가 좋아할 리 없었다. 목사는 향교의 강학현황을 매달 전라감사에게 보고하도록 돼 있는데, 사역은 규정 위반이었다.

농번기에 사역을 하는 양민 농사꾼들의 불만은 컸다. 그러나 이경록 목사는 아랑곳하지 않았다. 이경록은 무장 출신이었다. 그는 성을 보수하고, 군적(軍籍)과 무기를 점고하고, 군졸들을 훈련시키는 공무를 중요시했다. 이전에 나주를 거쳐 갔던 목사들과는 사뭇 달랐다. 지휘봉 같은 날창을 들고 다니며 수시로 현장을 점고했다. 군관들이 이경록의 눈치를 보느라고 잰걸음을 했다. 제 자리를 지키지 않는 군관은 가차 없이 치도곤을 당했다. 마을에 양민 농사꾼을 데리러 갔던 군관 하나가 동헌으로 달려와 보고했다.

"양민덜이 모다 논밭으로 나가불고 읎습니다요."

"이 사람아, 비 오는 날 어떻게 사역을 시키겠는가. 그칠 줄 알았더니 계속 내리는구면."

군관의 속마음은 달랐다. 군관도 마을 사람들의 편이었다. 날마다 사역에 불려 다니는 양민들의 불만을 알고 있었으므로 사실은 비가 줄기차게 내리기를 바랐던 것이다. 군관은 이경록이 동헌 마루 호상에 앉아 있지 않고 왔다 갔다 하는 모습을 보면서 물러났다. 군관이 사라지자 이경록은 동헌방으로 들어갔다.

동헌방 한쪽에는 검대(劍臺)가 있었다. 검대에는 장검 두 자루가 놓여 있었다. 동헌방은 무장이 기거하는 분위기가 물씬 풍겼다. 이층장 위에는 붉은 수술이 달린 투구가 놓여 있고, 벽에는 검붉은 가죽갑옷이 두 벌이나 걸려 있었다. 앉은뱅이책상 위에는 벼루와 붓통이 먼지가 낀 채 방치돼 있었다.

이경록.

효령대군 6대손으로 아버지는 오위장을 지낸 이간이었다. 어린 시절부터 무관인 아버지를 따라서 말타기와 활쏘기를 했으며 선조9년 (1576) 무과에 급제하여 선전관이 되었다가 단성현감에 이어 호조좌랑을 제수 받았다. 이후 하동현감과 고성현감을 지내면서 선치하였다. 두만강 강변마을에 여진족의 노략질이 빈번해지자 무장 출신들을 함경도로 보낼 때 그도 역시 경흥부사로 발탁되어 갔다.

그런데 선조20(1587) 가을, 둔전으로 개발한 녹둔도에 여진족이 쳐들어와 군졸 10명이 피살당하고, 추수하던 농사꾼 106명이 포로로 잡혀 간 데다 말 15필을 잃는 등 수비를 실패한 책임으로 조산보 만호 이순신과 함께 하옥됐다가 풀려나 백의종군하였다. 이후 이듬해 여진족의 근거지인 시전부락을 초토화시키는 전투에서 공을 세웠다.

이때 선거이와 김억추도 참전하였는데, 이경록은 전공을 인정받아 김해부사가 되었다. 선조는 나주목사로 임명하려 하였지만 대간들이 나주에는 문관이 가야 한다고 주장하여 김해부사로 먼저 갔던 것이다. 그러나 선조는 올해 3월 20일에 이경록을 애초 마음먹은 대로 나주목사로 임명해 보냈다. 뿐만 아니라 선조는 속옷감과 바지저고리옷감 1벌을 하사해 이경록을 격려했다.

봄비가 오는 바람에 김상건 형제도 홍룡마을 집에서 쉬었다. 사역을 나가지 않고 모처럼 별채에서 먹을 갈며 <명심보감>을 작은 소리로 읽었다. 묵향이 좁은 방에 퍼졌다. 김상곤이 먼저 붓을 들었다.

樹欲靜而風不止
子欲養而親不待
나무는 고요하고자 하지만 바람이 그치지 않고
자식은 효도하고자 하지만 부모는 기다려주지 않는다.

이번에는 김상건이 붓을 들고 단번에 써내려갔다.

天不生無祿之人

地不長無名之草·

하늘은 복록 없는 사람을 내지 않고

땅은 이름 없는 풀을 기르지 않는다.

두 사람은 글을 써놓고 나서 번갈아가며 소리 내어 읽고는 웃었다. <명심보감> 가운데 서로가 마음에 담아둔 구절들이었다. 형제가 쓴 두 구절에는 그들의 마음이 투영돼 있었다. 형은 부모를 봉양하고자 하는 장남의 기질이 엿보였고, 동생은 세상에 나아가 무엇을 할지 고민하고 있는 속내를 드러내보였던 것이다.

밖에서 헛기침 소리가 났다. 작년보다 눈에 띄게 강건해진 아버지 김천일이었다. 김상곤이 방문을 열고 나가 말했다.

"아부지, 출타 준비헐게라우?"

"비오는 날에 뭣을 허겄냐? 니덜맨치로 글이라도 읽어야제. 사람이 게으르믄 못써."

"무신 일이 있는게라우?"

"어저께 밤에 김 서객이 왔다가 갔는디 안 좋은 소식을 들어부렀다."

별채 방으로 들어온 김천일이 벼루를 한쪽으로 밀치며 앉았다. 엄지손가락에 먹물이 묻었지만 개의치 않고 김천일이 말했다.

"큰일 나부렀시야."

"먼 일이요, 아부지."

"한양 사돈 대감이 탄핵당했는갑다."

"좌상까정 오른 대감께서 그럴 리가 읎습니다."

"사돈 대감께서 동인덜을 엥간히 다뤘어야 했는디, 너무 강허게 몰아붙이다가 덫에 걸려부렀으니 인자 으째야쓰까나."

"아부지, 손에 묻은 먹물을 닦으시지라우."

"오늘은 나도 붓을 드는 날인갑다. 영상을 지낸 우계 대감에게 편지나 한 장 써야 헐랑갑다."

"인자 우계 대감님도 사돈 대감님 땜시 곤욕을 치르겄그만요."

"우계 대감이야 베슬에 초연헌 사람이니 사돈 대감 모냥 곤욕이야 치르겄느냐."

정철은 동인의 영수 이산해와 유성룡의 지략에 넘어가 덫에 걸린 꼴이 돼버렸다. 덫이란 세자를 책봉하는 건저(建儲) 문제였다. 선조의 정비인 의인왕후는 병약하여 아들을 낳지 못했다. 반면에 후궁들에게는 여러 명의 왕자들이 있었다. 이는 훗날 왕세자를 책봉할 때 조정을 불안하게 할 수 있는 요소였다. 따라서 사전에 왕세자 책봉을 해두어야만 훗날의 혼란을 제거할 수 있었다. 정철은 영의정 이산해, 우의정 유성룡, 부제학 이성중 등과 논의하여 선조에게 건저 문제를 건의하기로 합의했다. 그런데 이때 동인의 영수 이산해는 정여립 모반사건 때 당한 것을 복수하기 위해 건저 문제를 이용하기로 결심했다.

이산해는 선조가 총애하던 후궁 인빈김씨의 오빠 김공량과 결탁한 뒤, 인빈김씨를 몰래 만나 서인들이 인빈의 아들 신성군과 인빈김씨를 죽이려 한다고 무고하였다. 인빈김씨는 즉시 선조를 찾아가 울면서 들은 이야기를 전했다. 선조는 사실관계를 알아보지도 않고 분기탱천했다.

한편, 징철은 이산해의 음모를 전혀 알지 못한 채 광해군을 세자로 책봉할 것을 건의했다. 자리에 함께 있던 이산해와 유성룡은 이미 논의했던 태도와 달리 동조하지 않고 침묵했다. 노한 선조는 대간의 탄핵을 유도해 정철의 관직을 박탈했다. 서인 윤두수와 윤근수 형제, 백유성, 유공진 등은 외직으로 쫓겨났다. 서인의 영수 정철의 실각은 서인들의 몰락과 동인의 득세를 불러왔다.

김천일이 두 아들에게 큰일 났다고 한 것은 정철에게 다가올 혹독한 시련 때문이었다. 대간이 정철을 탄핵했다는 것은 선조와 이산해의 뜻이라고 해도 틀림없었다. 그러니 이번에는 실각뿐만 아니라 신상에 큰 화가 있을 것이 분명했다.

"으쩌믄 유배를 가실지도 몰라야. 당허기만 했든 동인덜이 가만히 있겄냐 말이다. 모질게 짓밟을라고 허겄제."

"아부지도 서인인디 피해가 읎을께라우?"

"나야 베슬을 등지고 사는 사람인디 먼 일이 있겄냐만 사돈 대감하고 엮은다믄 헐 수 읎제. 허나 우상에 오른 유성룡 대감이 온화헌 성정이라 모진 영상 이산해 대감허고는 다를 것이다."

"그럴께라우?"

"율곡 대감이 그랬서야. 비록 동인이지만 유성룡 대감은 뜻이 산맨치 높고 강맨치 짚다고말여."

일찍이 율곡 이이가 영의정 이산해와 우의정 유성룡의 도량이 크게 다르다고 평했다는 것이었다. 이이의 평은 틀림없었다. 훗날 동인 중에 이산해 같은 강경파는 북인이 되고 온건파는 남인이 되었는데, 유성룡은 남인을 유하게 이끌었던 것이다. 김상곤이 말했다.

"아부지, 사돈 대감은 앞으로 어쩌케 될께라우?"

"유성룡 대감 덕분에 극형은 면헐 것인디 아마도 한양서 살기는 심들 것 같다는 생각이 든다. 동인덜 시상이 됐는디 눈앞에 두고 잘겄냐. 멀리 보내불라고 허제."

"유배형에 처해질 거라는 말씸이그만요."

"극형을 당허는 것보다 낫지 않겄냐. 사돈 대감의 실력이야 으디로 가겄냐. 일단 한양을 떠나 있다 보믄 살아날 수가 생길 것이다."

"참말로 아숩그만요. 사돈 대감을 찾아가 제자가 되고 잘었는디 인자 틀렸그만이라우."

김상곤이 정철을 찾아 한양으로 올라가서 제자가 되고 싶었는데, 이제는 물거품이 됐다는 하소연이었다. 그러자 김천일이 닦달하듯 말했다.

"맬갑시 그런 소리 말그라. 새옹지마란 말도 들어보지 못했느냐. 시방 불운이 은제 행운으로 바뀔지 모른 것이란마다."

실제로 김천일은 정철이 유배를 간다고 하더라도 목숨을 잘 보전해서 후일을 도모해야 한다고 믿었다. 선조가 지금은 인빈김씨의 아들 신성군을 총애한다고 하지만 열한 살인 그의 나이가 너무 어리기 때문이었다. 나이로 치자면 공빈김씨의 아들 임해군이 선조에게는 장남이 되었다. 그러나 임해군은 성격이 난폭하고 포악하여 일찌감치 세자 후보에서 멀어졌고, 그의 친동생 열일곱 살의 광해군이 왕자들 가운데 가장 총명하여 대신들의 신임을 많이 받았던 것이다. 따라서 김천일의 생각은 혹시라도 훗날 광해군이 세자로 책봉된다면 정철도 복귀될 것이라고 판단했다. 김상곤이 또 말했다.

"사돈 대감께서 불운이 얼릉 행운으로 바꽈졌으믄 좋겄그만요."

"아무리 전하께서 신성군을 총애헌다고 하지만 에린께 불가능해야. 긍께 사돈 대감이 믿을 것은 새옹지마뿐이여. 시방으로서는 벨 수 있겄냐."

"지도 여그서 공부함서 지달려야 쓰겄그만요."

"함은. 어만 생각 말고 공부에만 심써야 써."

입을 다물고만 있던 김상건이 말했다.

"아부지, 지는 사돈 대감께서 옳은 일을 하셨다는 생각이 드는그만요. 광해군께서 왕세자가 되는 것이 맞지라우. 지는 기회가 온다믄 광해군을 따를라요."

김천일은 겁 없이 말하는 김상건이 대견하기도 했지만 짐짓 표정을 바꾸면서 말했다.

"이놈아! 사돈 대감께서 광해군을 책봉할라고 허다가 시방 곤욕을 치르고 있는디 무신 말을 함부로 허는 것이냐."

"임해군은 심성이 독허고, 신성군은 나이가 에리당께 드리는 말씸이지라우. 광해군이 왕자덜 가운데 가장 총명허담시로요. 그렇다믄 누구를 따라야 허겄습니까."

"새로 온 목사는 왕실 종친이라고 허드라. 니 말이 목사 귀에 들어가믄 으쩔라고 그라냐. 낮말은 새가 듣고 밤말은 쥐가 듣는다는 말을 모른단 말이냐."

김천일은 김상건의 말을 잘랐다. 실제로 소문이 나면 무슨 불똥이 튈지 몰랐다. 나주사람 중에도 동인이 많았다. 기축옥사 때 국문을 받고 장살당한 정개청은 나주향교 훈도였고, 그의 외가는 나사침 가(家)

였는데 모두가 동인이었던 것이다. 따라서 나주 유생들 중에 다수는 서인인 김천일을 은근히 경원하기도 했다. 그러나 김상건은 곧고 우직한 성격대로 굽히지 않았다.

"누가 뭣이라고 해도 사돈 대감께서 광해군을 책봉혈라고 했던 것은 옳은 일이그만요. 삐뚤어진 입이라도 말은 바로 해야지라우."

"소나기가 내릴 때는 으째야 허겠느냐. 처마 밑에서 가만히 서 있음시로 비가 그치기를 지달려야제 나대서야 되겠느냐. 함부로 나서는 것은 바보짓이란 말이다. 긍께 오늘부텀 광해군을 입 밖에 내지 말그라."

방문이 환해졌다가 어두워졌다. 번개가 서너 번 쳐댔다. 잠시 후에는 천둥소리가 요란하게 문종이를 찢을 듯한 기세로 들려왔다. 어느새 순하게 내리던 봄비가 다시 사나워지고 있었다. 김천일이 방문을 열어젖히자 소똥만 한 두꺼비 한 마리가 보였다. 두꺼비는 별채 토방 위까지 올라와 비를 피하고 있었다. 작년에 나타났다가 사라졌던 그 두꺼비 같았다. 두꺼비는 해질 무렵이나 하늘이 흐릴 때마다 나타나 집을 한 바퀴 엉금엉금 돌곤 했던 것이다. "니덜 근신허라고 베락치는 갑다. 알겠느냐?"

"예, 아부지."

"시상이 에러와졌어야. 해안서는 왜구덜이 수시로 노략질허고, 한양서는 동인 서인 싸우고 있응께 허는 말이다. 내우외환인디 우리가 어쩌케 살아야 허겠냐. 헐 말이 있드라도 꾹 참고 우리라도 우리 자리를 지대로 지킴시로 잘 살아야 허지 않겠느냐."

"아부지, 영념허겠습니다."

"저 두꺼비를 보그라. 우리가 저놈을 알아주든 알아주지 않든 우리

집을 지키고 있지 않느냐. 인심은 아칙에 다르고 저녁에 다르니 시상 일에 너무 개의치 말그라. 다만 자기가 허는 일이 진실허다믄 하늘도 알고 땅도 알아주는 법이다."

두꺼비가 김천일의 이야기를 듣는 듯 토방 위에서 잠자코 있었다. 사람을 두려워하지 않는 것이 여느 미물과 달랐다. 인기척에도 놀라지 않고 느릿느릿 기어갈 때는 늠름하기조차 했다. 벼락을 쳐대도 꿈쩍하지 않고 큰 눈을 끔벅거릴 뿐이었다. 김천일은 두꺼비가 집을 지켜주는 것도 고맙지만 그 일편단심을 본받을 만하다고 생각했다.

"나는 니덜이 두꺼비맨치로 묵묵히 살고 두꺼비 태도같이 의연했으 믄 좋겄다."

"두꺼비가 사람 말을 알아듣는 거 같그만이라우."

이윽고 두꺼비가 굼뜨게 움직였다. 자신을 칭찬해 주니 민망한 듯 자리를 떴다. 느리게 슬쩍슬쩍 물러났지만 곧 눈앞에서 사라졌다. 비바람이 불어 젖히자 마당가에 핀 붉은 모란 꽃잎이 떨어졌다. 흩날리는 빗발에 방문턱이 젖었다. 땅바닥에 떨어진 모란 꽃잎들은 도랑물을 타고 점점이 흘러갔다.

사랑방으로 돌아온 김천일은 소나무 반닫이를 열었다. 우계 성혼에게 편지를 쓰려고 오래 전에 보낸 편지 초안을 꺼냈다. 동인과 서인의 붕당을 걱정하기는 그때나 지금이나 마찬가지였다. 선조16년(1583) 순창군수 시절에 썼던 편지 초안이었다. 김천일은 벼루에 먹을 갈면서 편지 초안을 대충 읽었다. 새로 쓰는 편지에 같은 말을 반복하지 않기 위해서였다. 편지는 날씨로 시작해서 성혼의 벼슬이 더해진 것을 축하하는 문장으로 시작하고 있었다. 이후는 김천일이 하고 싶은 심중의 말이었다.

<조정은 붕당으로 나누어진 것이 병입니다. 식견이 있는 선비도 다자기 이익만을 도모하는 사람으로 변하여 상대를 비난하고 이기려고만 하는 위태로운 멸망의 화(禍)를 키우는 이때입니다. 전하께서는 명공(明公, 성혼)을 의지하는 바가 된 이상, 넘어지는 나라를 위해 계책을 세우시고 전하를 밤낮으로 보좌하지 않을 수 없겠습니다.>

다음의 문장은 공정한 마음과 인재 등용을 잘하여 붕당의 폐해를 막아달라는 바람이 드러나 있었다. 이는 김천일의 한결같은 소망이었다. 지금도 김천일의 바람이 있다면 오직 공정한 마음으로 사사로운 인사를 하지 않는 것이었다.

<반드시 공정한 마음을 넓히고 쓸 만한 인재를 사랑하시되, 그 능력에 따라 직책을 담당케 하여 마침내 사사로운 붕당의 무리로 하여금 군자의 크고 공정한 뜻을 지녀야 함을 알게 하십시오. 돌이켜 부끄럽게 하여 어리석음이 교화되는 효과가 나타난다면 이 나라의 선비와 백성들은 그 혜택을 받게 될 것입니다.>

이윽고 김천일은 성혼에게 보낼 편지를 쓰기 시작했다. 몸이 회복됐다고는 하지만 사지가 쇠약해진 탓에 붓을 잡은 손이 떨렸다. 따라서 바르게 앉아서 꾹꾹 눌러쓰는 해서보다는 가늘게 흘려 쓰는 초서를 택했나. 김천일은 정철의 친구인 성혼에게 어려움에 처한 정철을 대신

위로해 달라는 내용을 단숨에 썼다.

<송강에게 부탁하시되, 옛사람의 의로움을 생각하여 결단코 물러가는 의로움만을 고집하지 말고 몸을 낮추어 낮은 위치에 두고, 굳세게 서서 흔들리지 않으면서 나라를 위하고자 하는 뭇사람들의 마음을 진정시키고 힘을 북돋운다면, 그것이 무너져가는 나라를 위한 계책이 된다면 비록 나라가 잘 다스려지고 천하가 평안해지는 결과를 보지 못할지언정 국운이 쇠약해지는 지금의 위급한 처지를 구할 수는 있을지도 모르겠습니다. 생사를 결정하는 마당에 이르러서는, 세상을 구제하는 능력의 차이는 하늘의 뜻에 매인 바 자신이 어찌할 도리가 없는 것입니다.

예(禮)로 나아가고 의(義)로 물러가는 도리를 모르는 것은 아니로되, 송강 같은 이는 이미 나라를 위해 죽을 지위에 들어갔으니 물러간들 다시 돌아갈 곳이 없습니다. 우리같이 자유로운 사람들과 견줄 바가 아니므로, 지금 물러가시면서 비록 다시 몸을 빼도 죽음을 면할 곳은 없을 것이니 천일은 간절히 바랍니다. 어리석은 듯이 가만히 있으면서도, 틈을 엿보는 무리들이 송강의 마음을 해치거나 바르지 못한 의론들을 지어내어 송강을 흔들지 않도록 영공께서 도와야 합니다.

엎드려 바라오니 살피고 헤아리시어 가르쳐주심으로 천일의 미혹함을 풀어주소서. 끝으로, 올해도 만복을 기원하오며 예를 갖추지 못하고 이만 줄입니다.>

곤경에 처한 정철에게 직접 말하지 못하고 성혼에게 부탁의 말을 전하는 방식의 편지였다. 이처럼 김천일은 사돈이자 옛친구인 정철을 늘 위하면서도 어려워했다. 정철은 성정이 직선적이었고 그 자리에서 할 말을 다해버리곤 했는데, 김천일은 매사에 신중하고 언행이 무거웠다. 대신, 한번 결심하면 물러서지 않았다. 타협해서 구부러지기보다는 부러지는 쪽을 선택했다.

봄비는 더욱 거세졌다. 누군가가 모래를 흩뿌리듯 방문을 후드득 후드득 때렸다. 김천일은 영산강을 떠올렸다. 강물이 화가 난 듯 흙탕물로 돌변해 범람하면 그 피해는 고스란히 양민들에게 돌아갔다. 김천일은 장대비 같은 봄비가 그치기를 바랐다.

왜왕의 야욕

이경록 목사는 성벽 보수가 마무리되자, 금성산 정상에 망루를 세우고 장졸을 주둔시켰다. 또한 동문(동점문)과 남문(남고문), 서문(서성문) 밖에 경계초소를 만들어 군졸을 보냈다. 왜구의 침입을 막고, 유랑민에 섞이어 변장하고 다니는 도둑을 검문하기 위해서였다. 소문이 나자 유랑민들은 영산강 너머 나주로 들어오는 것을 꺼려했다. 또한 군창의 군량미나 양민의 밭작물을 훔쳐가던 도둑들도 차츰 나주읍성에는 얼씬거리지 못했다. 그제야 사역에 불려 다니던 양민들의 불만이 잦아들었다. 새로 부임해 온 이경록 목사를 칭송했다. 나주의 토호세력들도 자신들의 재산을 보호해주는 이경록에게 차츰 고개를 숙이고 자발적으로 군량미를 보내는 등 협조하기 시작했다. 사역하느라고 성을 드나들었던 김상건 형제도 마찬가지였다.

"상곤아, 목사 나리가 와불고 나서 뭣인가 바뀐 거 같지 않냐?"

"성도 고로코름 생각해부네잉."

"첨에는 향교 훈도 선상님 불만이 이만저만 아니었제. 공부허는 교생덜 울력시켜분다고 말여."

"향교만 그랬간디? 이짝 농사꾼덜도 불려다님시로 다덜 입이 댓발 나왔었제."

"으쨌든 유랑민도 안 보이고 도둑이 사라진 것은 다행이다."

"무관이라서 그란지 참말로 독허대."

"뭣을 봤는디 그라냐?"

동생 김상곤이 혀를 내두르며 도리질을 하자 형 김상건이 물었다.

"붙잽힌 도둑을 문초헌 뒤에 처단허는디 인정사정 읎드랑께."

"아, 고로코름 모질게 헌께 도둑이 사라져부렀는갑다."

김상곤이 성벽 보수 사역에 나간 날이었다. 향교가 가까운 서문 옆 성이 무너져 주변에 굴러다니는 돌들을 향교 교생들이 끙끙대며 목도해서 나르고 있을 때였다. 아전들이 성 안에서 사역하고 있는 양민들을 동헌으로 모이게 했다. 동헌 마당에는 도둑 한 명이 끌려와 무릎을 꿇고 있었다. 포승줄에 묶인 도둑 양옆에는 나장이 서있고 장검을 든 군관은 동헌 토방에 올라가 있었다. 군관은 아침에 참퇴장으로 지명받았는데, 그는 군졸들을 훈련시키는 군교였다. 군관은 잉어비늘처럼 은빛이 나는 장검을 들고 있었다. 이윽고 이경록이 동헌방에서 나와 동헌 마루 한 가운데 있는 호상에 앉았다. 심문은 어제도 했으므로 최후심문이었다. 이경록이 무겁게 입을 열었다.

"네 이놈, 군창 곡식을 훔친 게 사실이렷다!"

"나리, 목심만 살려주시믄 뭣이든 시키시는대로 다허겄습니다요."

"너무 늦었다. 군창의 곡식은 무기고의 무기보다 더 중하니라. 무기 없이 싸울 수는 있지만 배고프면 싸울 수 없는 것이 군사니라."

"나리! 나리!"

도둑이 소리 내어 울면서 무릎걸음으로 동헌 마루로 다가서려 하자, 나장들이 발길질을 하며 짓밟았다. 땅바닥에 뒹구는 도둑을 보고는 양민들이 혀를 찼다. 도둑이 다시 제자리로 돌아와 무릎을 꿇었다. 이윽고 이경록이 참퇴장에게 지시했다.

"효수형에 처한다. 저놈의 머리를 남문 밖에 매달아 다시는 도둑이 나타나지 않게 하라."

"예, 목사 나리."

도둑은 곧 두 사람의 나장에게 들리듯 동헌 문 밖으로 끌려 나갔다. 남문 밖으로 양민들도 따라서 갔다. 참퇴장은 바쁜 듯 남문 밖 둔덕에 이르자마자 도둑의 목을 단칼에 베어버렸다. 도둑의 목에서 피가 솟구치는가 싶더니 산발한 머리통이 데굴데굴 굴러 도랑에 처박혔다. 그러자 군졸이 들고 온 긴 간짓대 끝에 도둑의 머리를 끈으로 묶어 달았다. 양민들이 도둑의 부릅뜬 눈을 보더니 하나둘 흩어졌다. 김상곤도 슬그머니 그 자리를 떠나 사역하는 곳으로 돌아오고 말았다. 일이 손에 잡히지 않았다. 자꾸만 살고 싶다고 애원하던 도둑의 눈과 서릿발이 선 이경록의 목소리가 떠올라서였다.

"워메, 목사 나리가 무자게 무서와부러. 전투를 해본 무장이라서 눈빛이 다르대."

"근디 아부지허고는 배짱이 맞는갑드라. 메칠 전에 나주 유생덜허고 관아에 들어가 상견례 했는디 아부지가 호평허시드라."

"뭣이라고 말씸허시든가?"

"효령대군 손이라서 그란지 풍채가 훤허고 특히 왕실 종친인디도 유세부리지 않고 겸손허신 디가 있드라고 말씸허시드랑께."

　김천일이 김상건에게 이경록 목사를 호의적으로 평한 것은 사실이었다. 이순신이 조산보 만호 겸 녹둔도 둔전관으로 있을 때였다. 경흥부사 이경록이 녹둔도에서 여진족 도적떼에게 군사와 농사꾼, 말을 잃은 죄로 이순신과 함께 감옥에 있다가, 다음해 1월 여진족 본거지인 시전부락을 초토화시키는 작전에 백의종군 신분으로 참가해 큰 전공을 세운바 보통의 무장은 아니라고 보았음이었다. 왕실 종친이 위험한 함경도 경흥부사로 갔다가 최선을 다했지만 아군의 전력을 일부 잃고 백의종군한다는 것은 효령대군 후손으로서 크나큰 수모였다. 그러나 이경록은 선공후사(先公後私)를 고민했음이 분명했다. 신분이 주는 자존심을 버린 채 목숨을 아끼지 않고 여진족 도적떼를 토벌하는 전투에 참가했다는 사실 자체가 김천일에게 깊은 인상을 주었던 것이다.

　다음날 새벽.

　청암역 말구종이 흥룡마을로 올라왔다. 말구종은 편지를 들고 있었다. 막둥이가 청암역에 말구종 행수노릇을 하고 있을 때 어디선가 흘러들어온 젊은 노비출신 말구종이었다. 막둥이는 그에게 말을 놓았다.

　"아칙 일찍 무신 일인가?"

　"간밤에 오신 현감 나리 심부름을 왔그만이라우."

　"현감 나리라니 으떤 분이신가?"

　"동복 현감 나리시그만요. 오밤중에 오셔갖고 객관서 주무셨지라우."

　동복 현감이라면 황진이었다. 황진은 김천일과 이항 문하에서 공부했던 동문이자 동생 같은 후배였다. 김천일이 삼십육 세 때, 이십삼 세의 황진이 이항을 찾아와 동문이 되었던 것이다. 황진은 본래부터 무인 기질이 강하여 이항의 제자가 된 지 햇수로 6년 만에 무과 급제하여 선전관이 되었다가 거산도 찰방, 이어 함경도 안원보 권관으로서 국경을 수비하다가 통신사 일행이 선조23년(1590) 3월에 왜국으로 갈 때 무관으로 동행했다. 지난달 3월에 귀국해서는 통신사의 정사와 부사, 그리고 서장관이 선조를 알현할 때 동석했고, 곧 진상품과 임금의 하사품을 관장하는 제용감(濟用監) 주부(主簿)로 있다가 동복현감을 제수 받았다. 그러니까 황진은 동복으로 가는 도중에 문도선배 김천일을 만나러 온 셈이었다. 광주에서 화순을 거쳐 동복으로 가는 것이 지름길이었지만 황진은 나주로 내려왔다가 화순으로 가는 길을 택했는데, 이는 그만큼 김천일을 따랐으며 신뢰하고 있다는 증거였다.

"부사 나리께 요 편지를 전해주라고 했그만요."

"알았은께 이리 주그라."

막둥이는 편지를 받아들고 곧 사랑방 앞으로 가서 소리쳤다.

"나리, 동복 현감 나리 편지그만요."

청암역에서 온 말구종은 두 손을 앞으로 모은 채 마당 가운데서 기다렸다. 김천일이 나직한 소리로 대답했다.

"그래? 알았응께 거그 있그라."

김천일이 머리에 망건을 두른 모습으로 나왔다. 갓을 쓰기 전에는 늘 망건 차림이었다. 김천일은 막둥이로부터 편지를 건네받자마자 바로 펼쳐 읽었다.

"명보 동상이 여그까지 왔단 말이냐?"

"청암역 객관에서 주무셨다고 허드그만요."

명보(明甫)는 황진의 자였다. 김천일은 즉시 청암역 말구종에게 말했다.

"얼릉 우리 집으로 모시그라. 막둥이가 모시고 오그라."

"예, 나리."

김천일은 두 아들을 불렀다.

"상건아, 상곤아!"

"시방 명보 동상이 청암역에 와 있는 모냥이다. 니덜은 마실 초입까지 나가서 지다리다가 안내허그라."

김상건 형제도 황진의 이름을 많이 들었기 때문에 지체하지 않고 나갔다. 아버지가 친동생처럼 들먹였던 그 사람이 바로 황진이었던 것이다. 두 형제도 황진이 어떤 인물인지 궁금했다. 집으로 올 것이라고 하니 가슴이 설레기조차 했다.

"성, 장수라고 헌께 풍채가 산맨치 크겄제?"

"상곤아, 장수가 심으로만 싸운다냐? 덕장, 지장, 용장이 있어야."

"성은 뭣이여?"

"나는 덕도 지략도 읎고, 용감허지도 못헌께 무장(無將)이다."

"성, 장수 중에서 최고가 뭣인지를 알어?"

"지장도, 용장도 굴복시키는 덕장이 아니겄냐?"

"내 생각인디 부모 봉양 못헌 사람이 무신 장수겄는가. 긍께 효도 잘하는 효장(孝將)이 최고제. 성이 효장이여. 하하하."

"첨 듣는 말이다만 으째 쪼까 부끄럽다야. 내가 아부지헌테 무신 효도를 했간디 효장이냐."

그때 말발굽 소리가 또각또각 새벽공기를 갈랐다. 말 한 마리가 도

토리나무 숲을 헤치며 홍룡마을로 오르는 길에 들어서고 있었다. 전립(戰笠)을 쓴 사람의 몸이 너무 커서인지 말이 오르막 산길을 힘들어 했다. 말구종이 말고삐를 잡아채는 듯 어잇어잇! 하는 소리가 났다.

황진은 예를 갖추려는 듯 개울을 건너기 전부터 말에서 내렸다. 그런 뒤 등에 멘 장검을 옆구리에 옮겨 찼다. 김상건 형제가 다가가서 고개를 숙이고 인사하자 황진이 말했다.

"건재 성님 아들덜인갑다."

"그라그만요. 아부지께서 마중 나가라고 말씀허셔서 나왔서라우."

"길잽이가 있응께 갠찮은디. 성님도 참말로…"

"말씸 많이 들었그만요. 지덜도 한 번 뵙고 잪었그만요, 긍께 나왔어라우."

"건재 성님은 평강허시고?"

"작년보다 많이 좋아지셨그만요."

"성님께서 강건허셨으믄 시방 좌상, 우상은 지내시고 겨실 거여. 우리 일재 선상님 수제자는 성님이었그든."

황진은 생각나는 대로 거침없이 마음속의 말을 토해냈다. 호방하게 생긴 얼굴처럼 황진은 활달하고 직선적이었다. 이목구비가 또렷했는데, 얼굴은 보통사람보다 길쭉했다. 턱수염이 듬성듬성하고 짧아서 얼굴이 덜 길어 보였다. 큰 눈 위의 눈썹은 짙었고, 팔(八)자 턱수염은 긴 인중을 다 덮은 채 큰 입가로 흘러내렸다.

"성님께서는 무신 일로 소일허신당가?"

"극념당에서 책도 보시고 검술훈련도 허십니다."

"일재 선상님께서 늘 당부허셨네. 선비는 붓과 칼을 다룰 줄 알아야 헌다고."

황진의 우렁우렁한 목소리에 김상곤은 위축이 됐다. 황진은 장수의 풍모를 물씬 풍겼다. 황진이 성큼성큼 걸어가면서 또 물었다.

"자네덜은 무신 공부를 허고 있는가?"

"우리 성제는 성현의 글도 읽고 무술을 익혀왔그만요."

"과거를 준비허는 모냥이그만."

"아부지가 과거응시보다는 도학에만 진력허라고 말씸허신께 요로 코름 집을 떠나지 못허고 있그만요."

이번에는 김상건이 솔직하게 대답했다. 수말스러운 동생 김상곤의 태도와 달랐다. 김상건은 황진이 자신보다 6살 위라는 것을 알고 있었으므로 덜 어려워했다. 황진은 사십이 세였고 자신은 삼십육 세였던 것이다.

김천일이 사립문 밖에까지 나와 기다리고 있다가 황진을 맞이했다. 얼마나 반가운지 서로 두 손을 맞잡고는 놓지 못했다. 이윽고 김천일의 눈가에 물기가 어렸다. 황진도 말을 잇지 못했다.

"건재 성님! 무사허시그만요."

"자네도 여전하네잉!"

"명보, 긴 얘기는 방에 들어가서 허세."

"네, 성님."

사랑방에는 그 사이에 부엌데기가 들여온 개다리소반 술상이 놓여 있었다. 안주는 홍어회였다. 장독에 푹 삭힌 홍어회인 듯 냄새가 코를 찔렀다. 김천일이 부엌데기에게 홍어 중에서 가장 오래 삭힌 것을 내오라고 지시했던 것이다. 홍어 냄새가 코를 찌르면 입안에 침이 고이고, 한번 맛을 본 사람이라면 누구라도 잊지 못하는 것이 홍어회였다.

두 사람은 사랑방으로 들어와서 곧바로 맞절을 했다. 그런 뒤 김천일이 술상을 당겼다.

"명보, 내 술 한 잔 받게. 내 맴이네."

"아이고메, 무신 말씸입니까? 지가 따르는 술을 몬자 받으셔야지라우."

"그란가?"

김천일은 황진이 백자사발에 한가득 따른 막걸리를 한 방울도 남기지 않고 마셨다. 수염에 묻은 막걸리를 손으로 쓸면서 이번에는 김천일이 권했다.

"자, 인자 명보가 내 술을 받게."

"성님, 죄송허그만요."

"뭣이 죄송허다는 말인가?"

"왜국서 돌아온 뒤부텀 술을 마시지 않기로 했그만요."

"술을 가찹게 했던 명보가 단주를 했다니 믿어지지가 않네."

"장차 큰 난리가 날 거 같은디 나라에 은혜를 입은 지가 주색을 가찹게 해서야 되겠습니까?"

"그래, 고것도 명보답네. 미구에 큰 난리가 날 거 같은가?"

"왜국 군사덜이 쳐들어와불 거 같아부요. 오죽허믄 왜국서 전대를 털어 눈에 든 이 칼을 샀겠습니까? 왜놈이 쳐들어오면 이 칼로 왜놈의 목을 베불랍니다."

김천일은 술을 마시고 황진은 백자사발에 숙취용으로 내온 배즙을 따랐다. 황진은 통신사로 따라가 왜왕을 만난 이야기부터 김천일에게 보고하듯 상세하게 말했다.

"왜국에 건너가 왜왕 풍신수길을 다섯 달 만에 만났는디 태도가 안하무인이드만요. 자리를 박차고 나와불라다가 포도시 참았그만요."

통신사 정사 병조첨지 황윤길, 부사 성균관 사성 김성일, 서장관 홍문관 전적 허성, 무관 황진 등 2백여 명이 왜국으로 건너가 교토 다이토구지(大德寺)에 유숙한 지 다섯 달 만에야 도요토미 히데요시(豊臣秀吉)를 그것도 단 한 번 만났다. 조선 통신사 일행을 철저하게 무시하는 도요토미 히데요시의 오만한 태도였다. 그는 통신사 일행을 위한 연회도 베풀지 않았다. 그가 정사를 보는 당(堂)으로 들어간 통신사 일행은 몹시 당황했다. 조선 국왕의 명을 받들고 온 사신들인데도 홀대했다. 예의를 모르는 왜인의 근성이 그대로 드러났다. 더구나 그는 아기 울음소리가 나자 방으로 들어가 버렸다.

잠시 후, 다시 나타난 그의 모습은 왜왕이라기보다는 시정잡배와 같이 천박했다. 평상복으로 갈아입고 나온 그는 늦둥이 아기를 안고 나와 어르면서 통신사 일행에게 자랑하듯 당 안을 돌아다녔다. 그러다가 난간에 기대어 조선 악공들에게 음악을 연주하도록 명했다. 그러나 여러 곡을 감상하던 중에 아기가 오줌을 싸자 시자를 불렀다. 한 여자가 경망스럽게 종종걸음으로 달려와 아기를 받았다. 그는 다시 옷을 갈아입고 나왔다.

통신사 일행 모두가 황당해 했다. 특히 김성일의 얼굴은 붉으락푸르락했다. 황윤길은 헛기침을 하며 꾹 참았고 황진은 자리를 박차고 나갈 셈으로 궁둥이를 들썩였다. 그러나 도요토미 히데요시는 아랑곳하지 않았다. 그 자리에서 선조의 서신에 대한 답서도 주지 않고 나가서 기다리라고 했다.

며칠 뒤. 답서를 받은 황윤길과 김성일은 분통이 터졌다. 김성일은 왜왕의 답서를 읽으면서 부르르 떨었다.

<관백은 조선 국왕 합하에게 글을 올리나이다.

보내준 글월은 향을 사르며 읽어 두세 차례 접었다 폈다 했습니다. (중략) 사람이 한 번 세상에 태어나서 백 세를 채우기 어렵거늘 어찌 답답하게 여기 왜국에만 있겠습니까? 나라가 멀리 떨어져 있고 산천이 가리어 있다지만 거리낄 것 없이 대명국에 한 번 뛰어 들어가 우리나라 풍속을 중국 사백여 주에 바꾸어보고 천자의 도성에서 정치와 문화를 억만 년이나 베풀어보려는 것이 내 마음 가운데 있으니 귀국이 앞장서서 명나라에 들어가 준다면 장래의 희망이 있고 눈앞의 걱정이 없을 것입니다. (하략)>

도요토미 히데요시의 답서는 황윤길과 김성일을 놀라게 했다. 조선과 중국을 침략하겠다는 그의 야욕이 드러나 있었다. 그는 중국 땅을 왜국의 풍속으로 바꾸고 천자의 도성에서 영원히 다스려보고 싶은데 조선이 앞잡이가 되어준다면 앞으로 걱정할 일이 없을 것이라고 터무니없는 망상에 사로잡혀 있었다. 문장도 무례하고 조악하기 짝이 없었다. 조선의 국왕을 '전하'라고 해야 옳은데, 정1품의 벼슬을 높여 부를 때의 말인 '합하(閣下)'를 쓰고 있었다.

마침내 선조24년 3월, 통신사 일행을 태운 배가 부산포에 닿았다. 정사 황윤길은 부산포에 내리자마자 '반드시 왜적이 침범할 것'이라는 장계를 올렸다. 한양에 올라와서도 같은 내용을 아뢰었다. 통신사 일행 중에서 선조에게 불려온 사람은 황윤길, 김성일, 허성, 황진이었다.

서인은 황윤길과 황진, 동인은 김성일과 허성이었다. 그런데 김성일은 황윤길과 달리 선조에게 반대로 아뢰었다.

"전하, 왜국이 아직 군사를 일으킬 기미가 보이지 않으니 걱정 없사옵니다."

"방금 윤길은 왜적이 반드시 침범할 것이라고 말했는데 틀린 것이냐?"

"윤길이 부산에서 서둘러 장계를 올린바 미리 인심을 동요시켰으니 잘못된 일이옵니다."

서장관으로 왜국을 다녀온 허성과 무관 황진도 선조의 질문에 대답했다. 두 사람은 황윤길과 김성일의 말을 다 취하면서도 왜적이 침범할 것이라고 보고했다. 그러니 네 사람 중에 세 사람이 침범할 것이라고 아뢴 셈이었다. 그런데도 선조는 무슨 연유인지 김성일의 손을 들어주고 말았다.

김천일이 술잔을 놓고 말했다.

"전하께서 비록 동인을 총애허신다고 허지만 아숩네. 다수 의견을 참작허셨으믄 으쨌을까 허는 안타까움이 들어부네."

"율곡 선상님이 겨셨을 때만 해도 밝으셨던 전하신디 으째서 뜬금없이 어두워지셨는지 나도 모르겄어라우."

"긍께 말이네. 근디 왜왕 풍신수길 인상은 으쩌든가?"

"눈구녁이 쥐눈맹치로 쪼깐헌디 광채가 번뜩이는 것으로 보아 담력과 지략은 엥간헌 것 같습디다."

"명보는 왜국이 침략헌다고 보는그만. 나도 그라네. 왜구덜이 손죽도에 대규모로 침범한 까닭은 우리 조선의 수군전력을 미리 떠보려는 속셈이라고 판단했었네."

"성님허고 지는 늘 맴이 통했지라우. 지는 동복으로 가믄 재산을 털 어서라도 말을 사서 말타기와 활쏘기를 밤낮으로 익혀불라요."

"자네 무술은 일재 선상님께서 알아주셨네. 제자덜 중에서 무술제 일이라고 허시지 않았는가."

"아이고, 성님. 사실은 무술연마보담 주색에 빠져 산 세월이 더 길었 그만요."

"으쨌든 일재 선상님을 뵀을 그때의 초심으로 되돌아간다고 헌께 다행이네."

김천일과 황진은 오전 내내 정담을 나누었다. 어느새 해가 중천에 떠올랐다. 그래도 김천일은 못다 한 말이 있는지 아쉬워했고, 황진은 석양이 지기 전에 동복관아에 도착해야 한다며 자리에서 일어났다. 황 진은 두어 번이나 붙잡는 김천일의 손을 뿌리쳤다.

왜군 침략

왜군이 침입할 것이라는 황진의 예측은 정확하게 맞아떨어졌다. 물론 왜군의 침략을 예견한 장수는 황진뿐만이 아니었다. 이순신도 마찬가지였다. 이순신은 선조24년 2월에 정3품의 전라좌수사에 부임한 이후 장졸들을 혹독하게 훈련시켜 왔던 것이다. 최근에는 비밀리에 건조한 거북선을 여수 앞바다에 띄우고 함포 시범사격까지 마친 상태였다. 이때 거북선을 건조하는 과정에서 총책임을 맡은 군관은 이순신의 신임이 각별한 전선감조군관(戰船監造軍官)이었던 나주출신 나대용이었다. 나대용과 그의 사촌동생 나치용은 이순신 막하에 스스로 자원해서 들어왔기 때문에 선조에게도 보고하지 않은 거북선 건조를 맡길 정도로 이순신의 신임이 두터웠던 것이다.

왜선들은 부산진성 서문 앞의 굴강과 관방까지 다가와 있었다. 절영도 수졸들 눈에는 보이지 않지만 왜군의 붉은 깃발 상단의 노란 원에는 열십자가 그려져 있었다. 선봉장 고니시 유키나가의 부대는 기독교 군이나 다름없었다.

그러나 조선수군이 막무가내로 밀린 것은 아니었다. 전선에 불을 질러 만든 1차 방어선은 정발의 작전대로 성공했다. 왜군의 공격 속도가 늦춰졌다. 왜군들은 부산진성 서문 쪽으로 곧장 들이닥치지 못하고 부산포 동쪽 소바위(牛巖) 쪽으로 우회하여 상륙하려 했다. 제 1군 소속으로 소 요시토시가 이끄는 왜군 오천 명이었다. 말을 탄 왜군기수들의 흰 깃발에도 열십자가 선명했다. 열십자는 척후병들이 입고 있는 전복에도 그려져 있었다.

다대진과 서평포진, 그리고 가덕도와 거제도의 수군들은 왜군침략 사실을 뒤늦게 알았다. 이곳의 진들은 소라고둥 속처럼 해안 깊숙한 곳에 위치하였으므로 절영도를 지나 부산포로 가는 왜선함대를 직접 볼 수 없었던 것이다. 수졸들은 군관과 진무들의 지시를 받고 나서야 허둥지둥 전투태세로 돌입했다. 실제로 전투를 경험한 적이 한 번도 없었기 때문이었다. 군관들은 휘하 장졸들 목숨이 자신의 전략과 전술에 달렸다고 생각하니 두렵고 초조했다. 지휘능력을 스스로 발휘하고 있는 수장은 부산진 첨사 정발과 다대진 첨사 윤흥신뿐이었다.

초저녁에 정발은 또다시 북문을 통해서 좌수사 박홍에게 전령 진무를 보냈다. 부산포에 정박한 왜선들을 불 질러 왜적들의 퇴로를 없애버리자는 건의였다. 왜군들이 부산진성을 겹겹이 에워싸고 있는 사이에 좌수영 본영 수군으로 하여금 왜선으로 잠입하여 불을 지르자는 작전이었다. 일종의 후방 교란전술이었다. 그러나 박홍은 무모한 작전이라며 전령 진무 앞에서 욕설을 내뱉었다.

"멍청한 장수군. 섶을 지고 불에 뛰어 들어가는 것과 무엇이 다른가."

"수사 나리, 왜선에 불이 붙는다면 적들이 당황하지 않겠는교?"

"이놈아, 성을 지키면서 왜적을 단 한 놈이라도 더 죽여야지 뜬금없이 빈 왜선을 왜 공격한단 말이냐!"

진무는 더 이상 말하지 못하고 부산진성으로 돌아오고 말았다. 박홍의 판단을 전해들은 정발은 자신의 귀를 의심했다. 수사 박홍이 왜적과 싸울 의사가 있는지 없는지 헷갈렸다.

그때 고니시의 편지가 화살에 묶여 성 안으로 날아왔다. 남문루에서 장졸들을 지휘하고 있던 정발은 고니시의 편지를 보고는 입가를 올리며 웃었다.

"흠, 명나라를 치러 가니 길을 비켜달라고? 어림없는 일이다. 왕명은 조선을 침범한 너희들의 목을 치라고 할 것이다."

중위장 장희식이 침을 뱉었다.

"미쳤나. 문디 자슥들!"

정발은 고니시의 무례함을 나무라는 편지를 화살로 보내놓고는 이를 악물었다. 자시(子時;밤 11시-1시)부터는 바다안개가 더욱 짙어졌다. 바다안개는 아군과 왜군들을 엄폐해주었다. 스무 걸음 밖의 사물은 아무 것도 보이지 않았다. 왜군들은 이미 부산포에서 속속 상륙하여 남문과 서문, 동문 밖에서 삼중 횡대 공격대형으로 정렬해 있었다. 그러나 왜군들은 바다안개 때문에 조준사격을 할 수 없었다. 조선수군 역시 마찬가지였다. 왜군이 보이지 않으므로 함부로 화살을 쏘지 못했다. 조선수군의 유리한 점이 있다면 성 위에 거치된 총통 공격이었다. 총통은 먼 거리까지 군집한 왜적들을 박살내는 화포였다.

인시(寅時; 새벽 3시-5시)에 요시토시와 겐소가 정발에게 다시 편지를 묶은 화살을 보냈다. 고니시의 편지와 같은 내용이었지만 문장은 조금 달랐다.

'우리는 조선과 사신왕래를 하고 있어 싸울 의사가 없소. 길을 비켜 준다면 지난날의 우호가 유지되지 않겠소? 우리는 1만8천7백 명의 군 사이지만 첨사의 군사는 고작 6백여 명, 있으나마나 한 양민 4백여 명 인데 어찌 무모하게 목숨을 버리려고 하는 것이오.'

요시토시와 겐소를 통한 고니시의 최후통첩인 셈이었다. 정발은 모 욕감에 치를 떨었다. 즉시 2차 방어선으로 삼은 남문루 밖의 텅 빈 민 가에 불화살을 쏘았다. 불길이 치솟으며 왜군들의 모습이 바다안개 속 에서 희미하게 드러났다. 왜군들은 조선 수군의 화공에 주춤거렸다. 이 에 정발은 정면승부를 걸었다. 화포장에게 명했다.

"발포하라!"

조선수군의 총통이 천둥소리를 내며 불을 뿜었다. 남문과 서문, 그 리고 동문 밖에 정렬한 왜군들의 삼중 횡대가 단번에 흐트러졌다. 왜 군의 첫 사상자가 고니시 앞에서 비명을 지르며 쓰러졌다. 전력의 열 세 때문에 쉽게 성을 내줄 것으로 판단했던 고니시를 비롯한 왜군 장 수들이 당황했다. 왜군들이 바닷가 쪽으로 후퇴했다.

그러나 날이 밝아지는 묘시(卯時; 새벽 5시-7시)를 기다렸다는 듯 후퇴 했던 왜군들이 남문과 서문, 동문 가까이 다가왔다. 전열을 가다듬은 왜군들이 다시 다가와 조총공격을 시작했다. 정발도 물러서지 않았다. 왜적과의 거리가 더욱 좁혀지기를 기다렸다가 활을 쏘는 사부들에게 소리쳤다.

"활을 쏘아라!"

묘시 내내 성 안팎으로 비명 소리가 난무했다. 총통과 비명 소리에 날이 훤히 밝았다. 성을 삼중으로 에워쌌던 왜군들은 또다시 후퇴하여 보이지 않았다. 조총의 탄환이 박힌 부산진성의 성문들은 굳게 닫혀 있었다. 총통과 화살을 맞고 죽은 왜군들의 시신이 즐비했다. 성 위의 군사들이 일제히 함성을 질렀다. 수졸들이 후퇴한 왜군들에게 야유를 보냈다.

어두운 성 밖에서 조총으로 공격했지만 왜군의 전력은 위력적이지 못했다. 먼 거리에서는 화살이 더 정확했다. 왜군들은 고니시의 독전에도 불구하고 남문과 서문, 동문을 공략하지 못했다. 성문을 접근하지 못하게 나무장애물에다 마름쇠가 깔려 있었고, 성 위에서는 화살이 비 오듯 쏟아졌기 때문이었다. 왜군 1백여 명이 피를 흘린 채 널브러져 있었다. 총통에 맞은 왜군은 형체를 알아볼 수 없을 정도로 시신이 찢겨져 있었다. 아군의 피해는 여남은 명의 부상자뿐이었다.

부산진성 새벽 전투는 정발의 승리였다. 그렇다고 전투가 끝난 것은 아니었다. 왜군들은 사시(巳時;오전 9시-11시)를 기해 일제히 인해전술로 공격해 왔다. 이번에는 서문 밖의 산자락으로 올라 성을 내려다보며 조총을 쏴댔다. 새벽전투와 달리 고지를 선점해 공격했다. 성 위의 수졸들이 쓰러지자 그 틈을 이용해 사다리를 성벽에 가져다 세웠다. 수졸들이 끓는 물을 붓고 쇠도리깨로 기어오르는 왜군들을 후려쳤다. 그러나 쇠도리깨를 든 수졸들이 하나 둘 조총에 쓰러졌다. 활을 쏘던 진무도 얼굴에 탄환을 맞고 피투성이가 되었다. 서문 쪽 고지에서 쏘아대는 조총 사격에 성 안의 수군들은 속수무책으로 당했다.

이윽고 북문이 열렸다. 수졸들이 맞섰으나 왜군의 인해전술에 밀렸다. 수천 명의 왜군들이 밀물처럼 북문으로 밀고 들어왔다. 수졸들이 왜군들과 뒤엉켜 백병전으로 맞섰다. 거리는 피로 얼룩졌다. 왜군의 잘린 머리통이 굴러다녔다. 양민들은 죽창과 몽둥이로 맞섰고, 아녀자들은 돌멩이를 던졌다. 그러나 2만 명에 가까운 왜군들과 대적해 싸우기에는 역부족이었다. 성안이 왜군들로 넘쳐나자 수졸들은 객사와 동헌, 군기고, 장청, 진무청 지붕으로 올라갔다. 기왓장을 뜯어 던졌다. 기왓장을 맞은 왜군이 뒹굴면 내려가 목을 쳤다. 검은 전포를 입은 정발도 객사 지붕으로 올라가 외쳤다.

"성을 버리는 자는 목을 벨 것이다!"

정발 좌우에는 군관 이정녕과 중위장 장희식이, 뒤에는 부사맹 이정현이 호위하고 있었다. 군관 이정녕이 소리쳤다.

"사또, 성을 빠져나가 구원병이 올 때까지 기다리이소. 그때 다시 싸우십시더."

정발의 눈에 핏발이 서렸다.

"나는 마땅히 이 성의 귀신이 될 것이다. 다시는 그따위 말을 하지 말라."

정발은 왜군들의 표적이 돼 있었다. 왜군들은 정발을 향해서 조준사격을 했다. 그러나 정발은 객사 지붕을 이리저리 뛰어다니며 전투를 지휘하였으므로 왜군들이 쉽게 조준사격을 하지 못했다.

정오가 되어서는 수군의 항전 기세가 수그러들었다. 성 안 거리를 수졸들과 양민들의 시신들이 뒤덮었다. 왜군들은 어린 아이 시신까지 확인사살하고 다녔다. 정발이 조총에 거꾸러지고 호위하던 군관들까지 모두 객사 지붕에서 굴러 떨어지자 항전의 기세는 더욱 잦아들었다. 왜군 장수 마쓰라 시게노부가 고니시에게 보고했다.

"적장을 쓰러뜨렸습니다."

"바보 같은 놈들! 대군을 가지고도 고작 천여 명의 군사들과 일전일퇴를 하다니."

"독한 놈들입니다. 전사할 때까지 모두 싸우고 있습니다."

시게노부가 머리를 절레절레 흔들며 말했다.

"시체더미에 숨은 놈들도 있을 것이고 도망친 놈들도 있겠지."

"장군, 시체더미를 뒤져 숨은 적을 찾아내겠습니다."

"그럴 시간이 없다. 우리는 군사를 나누어 다대성과 동래성을 공격해야 한다."

고니시는 전투를 중지시켰다. 그리고 객사로 가 정발의 시신을 확인하고는 말했다.

"적장이지만 존경스러운 장수다. 정 장군의 고향을 물어 장사지낼 수 있게 옮겨주어라."

"예."

소 요시토시가 얼굴에 묻은 피를 닦으며 대답했다. 전공을 세우려고 미쳐버린 듯한 마쓰라 시게노부가 객사 마당에 왜군 1군기를 꽂았다. 1군기는 붉은 비단의 긴 깃발로 상단에는 열십자가 그려져 있었다. 잠시 후에는 부산진성의 대장기가 내려지고 왜군의 대장기가 올라갔다.

선봉장 고니시는 부산진 전투에서 1백4십여 명을 잃은 제 1군의 군사를 둘로 나누어 오무라 요시사키 휘하의 1천 명과 고지마 스미하루 휘하의 7백 명은 다대진성으로, 나머지 1만7천여 명은 동래성으로 보냈다.

정오가 지난 미시(未時, 오후1시-3시)에 한 무리의 장졸과 양민들이 다대진성으로 달려왔다. 부산진성을 탈출한 사람들이었다. 성한 장졸들은 한 사람도 없었다. 얼굴이 찢기고 팔다리가 탈골한 중상을 입고 있었다. 양민들도 마찬가지였다. 머리를 싸맨 사내, 얼굴에 하나같이 검댕을 칠한 처녀와 아낙네, 겁에 질린 아이들이 성문 안으로 들어왔다. 윤흥신은 부산진성이 무너졌음을 직감했다. 여자들이 얼굴에 검댕을 바른 것은 왜군들에게 더럽고 추하게 보이려는 위장술이었다. 부산진성 여자들은 추한 모습으로 겁탈을 피했다. 뿐만 아니었다. 왜군들에게 붙들리면 갑자기 불구자 흉내를 내며 도리질하거나 다리를 절거나 괴성을 질렀다. 윤흥신 앞에 무릎을 꿇은 부산진성 군관이 말했다.

"첨사 나리, 왜놈에게 포로가 되가꼬 왜국에 끌려가느니 차라리 다대진에서 싸우다 죽으려고 왔십니더."

수염이 반백이 된 윤흥신이 대답했다.

"그렇다. 우리 다대진 수군은 결코 성을 내어주지 않을 것이다. 나 윤흥신은 방어만 하지 않고 왜적들에게 먼저 공격할 것이다."

윤흥신이 군관들과 세운 육전의 전술은 매복이었고, 해전은 선제화공이었다. 왜군이 다대진성으로 오는 길목에 매복하고 있다가 타격을 가하며, 왜군 선봉대의 수군이 다대포로 상륙하기 전에 불화살을 날려 침몰시키는 전술이었다. 매복 작전에 나가는 수군은 백병전에 능한 군사를 뽑았다. 그리고 화공작전에 투입되는 수군은 명궁수를 차출했다.

윤흥신은 서평포진 수군들을 다대진성의 2차 방어군으로 편성했다. 서평포진 수군은 부산진성이 무너졌다는 급보를 받고는 좌수사 박홍의 허락을 받아 두 식경 전쯤 다대진성 수군에 합류했던 것이다. 윤흥신은 다대진 일대의 지리에 밝은 토병 출신 군관을 매복조 장수로 정한 뒤 지시했다.

"왜놈들은 부산진성 남쪽에 있는 천마산을 우회하여 부산포에 떠 있는 왜선들의 엄호를 받으며 해변 길로 내려올 것이다. 그러다가 동매산과 봉화산 사이의 산길을 타고 들어와 우리 성을 공격하지 않겠느냐. 이곳 지리에 밝다는 것이 우리의 장점이다. 우리는 협곡에 매복하여 일렬종대로 산길을 타는 왜군의 허리를 여지없이 지자총통으로 타격할 것이다. 그러면 왜놈들은 겁을 먹고 오합지졸이 되어 갈팡질팡 흩어져 버릴 것이다."

윤흥신의 이복동생 윤흥제도 또 다른 매복조에 따라나섰다. 윤흥제가 위험을 무릅쓰고 매복 작전에 나서는 것은 수졸들의 사기를 충천케 하기 위해서였다. 윤흥제는 매복조 군관의 만류를 망설임 없이 뿌리쳤던 것이다.

"매복은 우리에게 맡겨 주이소. 처사님은 첨사 나리를 보좌하는 기 더 낫지 않겠는교."

"왜놈들이 지나는 길목을 지키고 있다가 공격하는 매복은 위험하긴 하지만 효과가 아주 큰 전술이오. 내 목숨을 내놔야 군사들도 목숨을 내놓고 싸우지 않겠소? 내가 형님을 따라온 것은 나 역시 이때를 기다린 것이오. 그러니 말리지 마시오."

사실, 윤흥신이 매복 작전을 구상했을 때 적극 지지한 사람은 윤흥제였다. 전력이 열세인 수군이 봉화산 산자락 숲에 숨어 있다가 왜군을 공격하여 전과를 올리는 작전은 매복밖에 없었다. 불시에 왜군 공격조의 허리를 공격하여 팔다리를 오합지졸로 만들어버리는 전술이 매복 작전이었던 것이다.

검은 투구와 전포를 입은 왜군들이 일렬종대로 다가왔다. 형형색색의 기를 든 기수 뒤로 척후병과 같은 차림의 왜군들이 물소 떼처럼 몰려왔다. 군관은 여전히 손을 위아래로 흔들며 기다리라는 신호만 보냈다. 동매산 매복조도 왜군들을 발견하고 몸을 더 숨겼다. 아직은 봉화산 매복조 군관이 효시를 쏘아 올리기 전이었다. 수졸들은 입안의 침이 바싹바싹 말랐다. 매복조 군관이 중얼거렸다.

'쪼매만 기다리자, 기다리자.'

매복조 군관은 눈앞에 나타나는 왜군의 숫자를 세고 있었다. 왜군이 눈앞에서 오륙백 명쯤 지나가고 있을 때였다. 그제야 허공에 효시를 쏘았다. 그런 뒤 소리쳤다.

"발포 하라! 화살을 쏴라!"

갑자기 화포공격을 당한 왜군이 방향을 잡지 못하고 도망치다가 쓰러졌다. 엎드려 조총을 쏘지만 당황하여 허공을 향할 뿐이었다. 엎드린 왜군에게는 매복조 수졸들이 화살을 쏘았다. 다시 한 번 더 화포공격을 하자 왜군의 허리가 힘을 쓰지 못하고 허물어졌다. 뒤따라오던 후미의 왜군들은 다급하게 후퇴를 했다. 다만 선두의 왜군들이 방향을 잡고 조총 공격을 해왔다. 화살보다는 조총이 더 위력적이었다. 수졸들이 하나 둘 쓰러지자 매복조 군관이 다시 소리쳤다.

"이선으로 물러나 공격하라."

매복조는 군관의 지시에 따라 산자락으로 더 올라가 쫓아오는 왜군에게 화살을 쏘았다. 지휘관을 잃은 왜군이 더 응전하지 못하고 왔던 산길을 따라 물러섰다. 바로 그때 이번에는 윤흥제가 이끄는 매복조 수졸들이 후퇴하는 왜군들을 공격했다. 왜군들이 순식간에 장작개비 넘어지듯 쓰러졌다. 그러나 동매산 매복조 수졸들은 후퇴하는 왜군을 뒤쫓아 가지는 않았다. 수군전력이 왜군보다 열세였으므로 협곡에서 타격만 가하고 말았다.

다대진 굴강 전투도 선제화공으로 왜선들이 물러났다. 세 척의 왜선 중 한 척이 불에 타 침몰했던 것이다. 바다로 뛰어내린 왜수군들을 갈고리로 건져 올려 다 죽여 버렸다. 굴강의 바다가 피로 붉게 물들었다. 부산진성 전투에서 죽은 장졸들의 복수였다.

윤흥신은 성문을 열고 나와 승전한 다대진 군사를 맞이했다. 성 위에는 꽹과리와 징, 바라와 소라고둥을 불며 승전을 자축했다. 윤흥신이 군관들을 일일이 포옹한 뒤 소리쳤다.

"그대들이야말로 조선의 장졸들이다. 이것이 바로 임금님께 충성하는 길이다. 허나 승리를 자축하기에는 아직 이르다. 왜놈들은 반드시 다시 공격해 올 것이다. 나 윤흥신의 전술은 방어가 아니라 공격이다. 공격이 최선의 방어라는 것을 오늘 그대들에게 보여주었다. 놈들이 오면 나는 또 다시 선제공격으로 격퇴할 것이다."

윤흥신의 목소리는 오십삼 세의 중늙은이답지 않게 쩌렁쩌렁했다. 단호한 목소리는 수졸들에게 전의를 북돋았다. 이윽고 1천 명의 다대진 장졸들은 윤흥신을 따라 객사 앞으로 모였다. 전시였으므로 보름날 지내는 망궐례를 하루 앞당겨 지냈다.

동래성전투

고니시는 임시군막을 나와 얼굴을 찡그렸다. 부산진성 전투의 잔상이 눈앞에 어른거렸다. 일만 팔천 칠백 명의 군사가 일천 명의 조선수군들에게 밀렸다는 사실이 믿어지지 않았다. 어느새 석양이 지고 하늘에 핏빛 놀이 가득했다. 까마귀 떼들이 놀이 번진 하늘을 가로질러 갔다. 까마귀 떼가 사라진 쪽에서 말 한 마리가 달려왔다. 검은 투구를 쓴 왜군이었다. 왜병이 고니시 앞에 무릎을 꿇었다.

"장군님!"

"무엇이냐?"

"다대진성을 가는 도중에 당했습니다."

"적들이 매복이라도 하고 있었단 말이냐?"

"그렇습니다. 장군님."

"우리 사상자는 얼마나 되느냐?"

"정확하게 파악하지 못했습니다만 이삼백 명은 될 것 같습니다."

고니시는 소 요시토시의 오천 명 군사 중에서 다대진성 공격부대를 차출할까 잠시 생각하다가 아라마 장수의 단일부대로 바꾸었다. 소 요시토시의 오천 군사는 대마도 출신들로 주로 장사를 하던 상인 출신이었던 것이다. 그러므로 전쟁 경험이 없는 데다 이익을 따지는 소 요시토시 부대보다는 전투 경험이 있는, 아라마 장수가 이끄는 부대가 더 잔인하고 용감할 것 같아서였다.

"오무라와 고지마 장수의 군사들을 출병시킨 것이 실수다. 아무리 작은 성이지만 고양이가 쥐를 잡듯 해야 한다. 아라마 장수의 군사들은 잔인하다. 전투는 잔인해야 한다. 너그러워서는 안 된다."

아라마 휘하의 군사가 다대진성으로 출병하는 것을 본 고니시는 비로소 안심했다. 야릇한 미소를 지었다. 그러나 고니시는 첫 전투에서 실패한 오무라와 고지마 장수를 문책하지 않았다. 동래성 전투에서 만회하도록 기회를 주었다.

"조선에 출병해서 처음으로 패전했다. 그러나 우리는 몇 백배 몇 천배로 복수해야 한다. 오무라 장수와 고지마 장수에게 기회를 주겠다."

날빛이 스러졌다. 동래성 십리 밖의 산자락과 들판이 왜군들이 까마귀 떼처럼 시커멓게 덮었다. 동래성을 삼중 사중 오중으로 겹겹이 에워싼 왜군들이었다. 잠시 후 어둠의 장막이 드리워지자 바다안개가 스멀스멀 기어 올라왔다. 보름달이 빛을 잃었다. 이윽고 바다안개는 구렁이가 먹이를 감아버리듯 곧 보름달을 휘감아버렸다.

한편, 밤새 다대진성 성벽을 타고 올라온 바다안개는 이른 아침까지도 성 안에 머물렀다. 날씨가 맑았던 며칠 사이에 가장 짙은 바다안개였다. 성을 수비하는 수졸들은 바다안개의 한기로 얼굴에 도톨도톨 소름이 돋아 있었다. 자시를 넘어서는 바다안개가 서늘한 밤공기에 섞여 살얼음처럼 차가워졌던 것이다. 윤흥신은 전시였지만 수졸들에게 모닥불을 허락했다. 나뭇가지들이 젖어서 잘 타지 않았지만 수졸들은 곁

불을 쬐는 것만으로도 한기를 견딜 수 있었다. 왜군에게 성의 위치가 이미 노출된 상태였으므로 굳이 모닥불을 끄릴 필요는 없었다.

"왜군이 밤새 공격하지 못한 것은 부산진성 새벽전투에서 패했기 때문이다. 우리 군사들은 새벽에 따뜻한 국밥이라도 먹은 뒤라 사기가 충만하다. 하지만 왜놈들은 추위와 두려움에 떨고 있다. 이때가 바로 공격할 호기이지 않겠느냐?"

왜군들은 총통의 공격목표가 되므로 밤새 모닥불을 피우지 못했다. 짙은 바다안개를 믿고 왜군의 한 진영에서 모닥불을 피웠다가 여지없이 총통공격을 받았던 것이다. 전날 다대진성 군사의 매복 작전으로 적잖은 군사를 잃었으므로 사기가 꺾인 요인도 있었다. 전투경험이 많은 아라다 장수 휘하의 왜군이라 해도 별 수 없었다. 다대진성 윤흥신 첨사의 담대한 전술에 두려움을 느끼고 있었던 것이다.

"형님, 왜놈들은 이제 곧 공격을 할 것입니다. 그러니 우리 군사가 성문을 열고 나가서는 안 됩니다. 전력이 약한 우리는 성을 의지해서 싸울 수밖에 없습니다."

윤흥제가 앞으로 나와 말하자 참좌군관도 거들었다.

"첨사 나리, 왜놈들은 우리가 성문을 열고 나와 공격하기를 유인하고 있십니더. 말려들어서는 안 됩니더."

"허참!"

바다안개가 차츰 걷히고 있었다. 아침 해가 다대포 바다 위에서 빛을 뿌리고 있었다. 갈치 떼처럼 은빛으로 반짝이는 바다가 멀리 보였다. 윤흥신은 건너편 산자락에 붉고 노란 대장기를 바라보면서 이를 악물었다. 적장의 임시군막 앞에 대장기가 장대 끝에 올라가 있었다.

"남의 땅에 함부로 깃발을 꽂다니. 너희들은 반드시 남의 땅을 침략한 대가를 치를 것이다."

"왜장을 제 손으로 죽일 낍니더."

참좌군관도 턱을 부르르 떨며 말했다. 윤흥신은 다시 성 안을 순찰하러 나섰다. 어제 승리를 맛본 수졸들의 사기는 충천해 있었다. 밤새 바다안개의 축축한 한기에 떨었다고는 하지만 눈빛은 펄펄 살아 있었다.

그런데 아라마는 영리했다. 임시군막에서 나오지 않은 채 공격의 때를 노리고 있었다. 밤을 새운 부장들은 애가 탔다. 짙은 바다안개로 야간공격을 하지 못한 것까지는 이해했지만 아침이 돼도 도무지 아라마의 명령이 떨어지지 않고 있기 때문이었다. 일부 부장은 성 안으로 쳐들어가 노략질하여 전리품을 챙기고 싶어서 안달했다. 아라마가 벌떡 일어나 말했다.

"고지를 선점하는 것이 승부의 관건이다. 부산진성 전투도 서문 산자락에 올라 공격한 것이 주효했다. 다대진성은 북문 쪽 산자락을 확보해 조총공격을 해야 한다. 그러면 다대진성을 무너뜨릴 수 있다."

아라마는 공격지점과 시점을 정확하게 분석하고 있었다. 그는 다대진성을 삼중으로 포위하는 척하면서 북문 쪽에 승부를 거는 전략을 짜놓고 있었다.

"장수는 두 번 실수해서는 안 된다. 우리 군사가 부산진성에서 한때 좌절했지만 나는 두 번 다시 반복하지는 않을 것이다."

아라마는 다대진성의 매복조에게 당한 분함을 이기지 못해 휘하 장졸들에게 진인하게 보복할 것을 주문했다.

"저항하는 적들은 철저하게 보복하라. 그래야 항복하는 놈들이 생긴다. 생포했더라도 의심이 가면 가차 없이 죽여도 좋다."

독이 올라 있기는 고니시도 마찬가지였다. 어제 오후 동래성 십리 밖에서 작전회의를 끝낸 고니시는 부산진성으로 돌아가 전과를 보고받은 뒤, 새벽이 되어서야 지원군과 보급부대 군사들까지 총동원하여 임시군막으로 돌아왔다. 어제 야영한 군사와 지원군까지 합치면 총 3만여 명의 군사였다. 고니시의 전략은 단순했다. 전력을 최대한 증강하여 속전속결로 동래성을 함락시킨다는 것이었다.

고니시는 부산진성 전투와 달리 새로운 전술도 지시했다. 일선공격의 왜군들 등에는 붉은 깃발을 달게 했고, 이선공격의 왜군들에게는 장수처럼 붉은 복장을 한 허수아비를 들게 했다. 부산진성 전투에서 당한 조선군의 화살공격에 대한 방어책이었다. 깃발로는 조선군을 현혹하고 왜장 전포를 입힌 허수아비는 화살공격을 유도하기 위한 위장술이었다.

하룻밤 휴식을 취한 휘하 장수들도 고니시의 심정과 같았다. 부산진성의 공방과 다대진성에서 매복공격으로 당한 조선군의 일격에 자존심이 몹시 상해 있었던 것이다. 고니시는 휘하 장수들에게 동래성을 공격하여 무자비하게 보복하라는 명을 내려놓고 있었다.

선조 25년 4월 15일 진시(辰時).

동래부사 송상현은 3만 명의 왜군들이 동래성을 포위하기 전에 이미 관민을 성 안으로 불러들여 방어 작전을 펴고 있었다. 정발 장군의 전령에게 왜군침략의 급보를 받은 뒤부터 수성 전략을 수립했던 것이다. 해자가 없는 성문 밖에는 마름쇠를 깔고 목책을 세웠으며 가시덩굴로 울타리를 쳤다. 곳곳에 웅덩이를 파 인분을 넣고 나뭇잎으로 덮었다. 남문 앞 해자에는 물을 끌어와 벙벙하게 채웠다. 양민들에게는 널빤지를 구해오게 하고 목수들은 그 널빤지로 방패를 만들게 했다.

"부산진성 전투서 우리덜은 조총공격에 당해부렀느니라. 그란께 우리덜은 조총공격을 막을 방패가 필요헌 것이여."

사십이 세의 송상현은 야심과 패기가 넘쳤다. 작년에 동래부사로 부임해 와 왜침에 대비하여 성 밖에 나무를 심어 숲을 조성했는데 복병을 배치하고자 하는 전술이었다. 멀리서는 성이 숲에 가려 보이지 않도록 은폐하는 이점도 있었다.

"양인덜은 기왓장을 뜯어서 성 우그로 옮겨부러라."

일부러 깬 기왓장은 날카로워 성 위에서 던지면 흉기로 변했다. 군기고와 열여섯 채의 곡식창고와 동헌, 객사, 내아 등 주요건물만 남겨놓고 모든 건물들의 기왓장을 전투 전에 걷어내 성 위로 옮겼다. 물론 돌멩이도 성 위에 수북이 쌓아 격전에 대비했다.

송상현은 마지막 사열을 받으려고 남문루 호상에 앉았다. 장수가 앞에 서고 창과 활을 든 군졸들이 종대로 줄을 지어 섰다. 동래부의 군사가 가장 많았고, 경상좌병영의 군사가 가장 작았는데 도합 3천4백여 명이었다.

동래부 1천5백여 명/ 양산군 7백여 명/ 울산군 7백여 명/ 경상좌병영 4백여 명/ 범어사, 국청사 의승군 1백여 명

경상좌병영 병사는 이각이었고, 양산군수는 조영규였고, 울산군수
는 이언함이었다. 주장(主將)은 이각, 좌위장은 울산군수 이언함, 중위
장은 양산군수 조영규, 의승장은 만홍과 성관이었다. 그런데 중위장
조영규가 아직 보이지 않았다. 송상현에게 허락을 받고 양산으로 갔다
가 돌아온다고 했는데 여태 보이지 않고 있었다.

송상현 좌우에는 군관 송봉수와 김희수가 보좌하고 있었다. 원래는
조방장 홍윤관이 송봉수의 자리에 있었는데 그는 척후병들과 함께 정
탐하러 나가고 없었다. 이윽고 장성 출신의 조영규가 북문을 통해 달
려와 엎드렸다. 말을 타고 급히 달렸는지 그의 얼굴은 땀과 흙먼지로
범벅이 돼 있었다. 조영규가 굵은 땀을 훔치며 말했다.

"부사 나리, 왜놈덜에게 안 들킬라고 오다봉께 늦어부렀습다요."

"노모는 뵈얐소?"

조영규가 이른 아침에 갑자기 양산의 노모를 뵙고 오겠다고 하소연
하여 허락했던 것이다. 전투를 앞두고 있었으므로 난감했지만 어머니
란 말에 인정상 막을 도리가 없었기 때문이었다.

"인자 나라를 위해 사사(私事)를 돌아볼 수 없는 몸이라고 말씀드렸
지라우."

"내 맴이 시방 숯땡이멩키로 타부렀그만. 으짜든지 와줘서 고맙소."

조영규는 노모와 헤어지면서 다시 보지 못할 것 같은 생각이 들어
울었다. 아들 조정노에게 할머니 봉양을 부탁했고, 장성 집으로 돌아
가라고 일렀다. 자신이 죽는다면 아들이 대를 이어야 했다. 그때였다.
정탐을 나갔던 조방장 홍윤관이 돌아와 보고했다.

"부사 나리, 적은 많고 우리는 적으니 당해낼 수 없을 것 같소. 사태

가 위급하니 일단 소산(蘇山)에 물러나 험고한 지형을 의지하여 방어하는 것이 어떻겠소?"

"성주(城主)가 자기 성을 지켜야제 으디로 가겠소?"

송상현이 단호하게 거절하자 장사와 같이 생긴 경상좌병사 이각이 얼굴을 찌푸렸다. 술을 마셨는지 콧등이 붉었다. 큰 몸집에 비해 목소리는 의외로 작았다. 홍윤관에게 묻고 있었다.

"왜놈들은 어디까지 와 있소?"

"남문 십리 밖에 진을 치고 있소."

"군사는 얼마나 되던가요?"

"메뚜기 떼처럼 밭은 물론이고 농주산 산자락을 뒤덮고 있소."

"대군이라는 보고가 사실이구먼요."

이각은 왜군에게 공포를 느끼는지 모기만한 소리로 중얼거렸다. 이윽고 무언가를 작심한 듯 큰 몸집을 뒤뚱거리며 송상현에게 다가와 말했다.

"부사는 이 성을 지키시오. 나는 절제장(節制將)이니 본영(울산)을 지켜야 하오. 여기에 있을 수 없소."

송상현이 항의하듯 말했다.

"동래성을 구원해줄라고 왔음서 으째서 주장께서 성을 떠나신단 말씀이오?"

"싸우기 용이한 소산역으로 나가서 지원하겠소."

송상현은 병사 이각을 더 붙잡지 못했다. 이각은 2십여 명의 장졸만 남긴 채 북문으로 빠져나갔다. 송상현은 자존심이 상해 더 사정하지 않았다. 장졸 3천여 명과 성 안으로 들어온 양민 1만7천여 명 등 2만여 명으로 왜군과 맞서 싸울 생각을 했다.

왜군은 고니시 휘하의 1만5천 명의 선봉대와 부산진성에서 새벽에 출발하여 합류한 왜수군이 섞인 지원군 1만5천 명 등 3만여 명이 움직였다. 동래성을 이중, 삼중, 오중으로 포위할 수 있는 대군이었다. 공격 선봉대는 고니시의 부대이고 지원군은 뒤에서 엄호할 것이었다.

고니시는 사시가 되자 동래성 남문 앞으로 왜군 척후장 야나가와 시게노부를 보냈다. 말에 탄 야나가와는 남문 앞에서 팻말을 들고 흔들었다. 그러자 남문을 열고 군관 송봉수가 나갔다. 야나가와 장수가 든 팻말에는 이렇게 쓰여 있었다.

싸우려면 싸우고, 싸우지 않으려면 길을 빌려 달라(戰則戰矣 不戰則假道).

군관 송봉수는 야나가와가 건네준 팻말을 들고는 침을 퉤 뱉으며 성 안으로 돌아와 즉시 남문루로 올라갔다. 지켜보고 있던 송상현도 고니시가 보낸 팻말을 보고는 비웃었다. 그러면서 자신이 직접 붓으로 팻말에 글을 썼다. 남문루에는 벼루와 붓이 준비돼 있었다.

싸우다 죽는 것은 쉽지만, 길을 빌려 주기는 어렵다(戰死易 假道難).

송봉수가 성 아래로 팻말을 던졌다. 그러자 야나가와가 팻말을 주워들고 성 위를 노려보더니 말을 타고 돌아갔다. 동래성 장졸들도 가만히 있지 않았다. 징과 꽹과리를 치며 고니시에게 돌아가는 야나가

와를 향해 야유했다. 송상현은 군관들에게 각자의 위치로 돌아가도록
명했다.

"싸움은 시방부텀이여. 우리는 하나로 뭉쳤응께 왜놈덜은 우리 기
세를 결코 꺾지 못헐 것이여. 알겠능가?"

"예, 부사 나리!"

널빤지방패를 든 군사들이 성 위에서 소리쳐 대답했다. 양민들도 성
안에서 기왓장과 농기구, 죽창을 들고 복창했다. 아전과 군노, 여종 할
것 없이 송상현을 따르겠다고 맹세했다. 드디어 황령산 산자락과 농주
산 취병장에 진을 치고 있던 왜군들이 남문 밖에 검은 물소 떼가 달려
오듯 나타났다. 송상현은 왜군들이 총통 유효사거리 안에 들자 남문
화포장에게 큰소리로 명했다.

"발포해부러!"

총통이 천둥치듯 폭음을 내며 불을 뿜었다. 왜군 대오 앞에서 흙먼
지가 일어났다. 왜군 서너 명이 보릿단처럼 솟구쳤다가 나동그라졌다.
잠시 후, 왜군은 일제히 조총공격으로 맞대응했다. 전투는 거의 같은
시각에 다대진성에서도 벌어졌다. 먼 거리에는 조총보다 총통이 더 위
력적이었다. 그러나 조총공격도 만만찮았다. 뎃뽀(鐵砲)라 불리는 격발
식 조총은 명중률이 좋았다. 조선군의 화포장들은 총통포신이 식을 때
까지 기다려야 했지만 조총 공격조는 일진, 이진, 삼진이 돌아가며 연
속사격을 했다. 오십 보 이내서는 살상력이 대단하여 꿩의 몸통을 갈
기갈기 찢어버릴 정도로 대단했다. 그래서 조총(鳥銃)이라 불렸다. 널빤
지방패가 무용지물이 됐다. 조총의 총알이 날아와 뚫어버렸다.

"활을 쏴부러!"

널빤지방패 뒤에 있던 사부들이 활을 쏘아 조총 사격수들을 쓰러뜨렸다. 그래도 왜군들이 인해전술로 몰려왔다. 사부들이 활을 쏘면서 지쳤다. 왜군과 성벽과의 거리는 점점 더 좁혀졌다. 돌멩이와 기왓장들이 성 아래로 비 오듯 쏟아졌다. 왜군들은 목책 뒤로 피하거나 뒤로 물러섰다. 이윽고 허수아비를 든 왜군들이 물러났다.

잠시 후에는 조총을 든 왜군들이 다시 앞으로 나와 공격했다. 조총 총알이 또 다시 널빤지 방패들을 관통했다. 사부들이 피하지 못하고 거꾸러졌다. 그 틈을 이용해 왜군들이 성벽에 사다리를 붙였다. 양민들이 죽창으로 밀고 뜨거운 물을 부어 거머리처럼 성벽에 달라붙은 왜군들을 떼어냈다. 의승군들도 긴 장창으로 왜군들의 접근을 저지했다. 등에 깃발을 단 왜군들은 성을 넘어오는데 필사적이었다. 깃발에는 열십자가 그려져 있었다.

송상현은 남문루에만 있지 않고 동서남북의 성문들을 돌아다니며 독전을 지시했다. 그러면서도 주변 군현과 경상좌수영에 보낸 통인 향리들을 초조하게 기다렸다. 연못 안으로 흙탕물이 번지듯 왜군들이 하나둘 성을 기어 넘어오고 있었던 것이다. 그러나 양산군과 울산군의 군사와 범어사, 국청사의 승려들만 응한 상태였고 다른 군현에서는 소식이 없었다. 경상좌수사 박홍이 이끄는 수군은 본영에서 동래성 쪽으로 오다가 왜군들을 보고는 돌아가 버렸다.

송상현은 입술을 깨물었다. 주장인 병사 이각은 소산역 쪽에서 전투를 치르겠다고 핑계대며 이미 후퇴해버린 뒤였고, 좌수사 박홍은 수군을 이끌고 어디론가 가버렸다고 하니 성주(城主)로서 가슴이 미어졌다. 의승군과 양민들이 있다고는 하지만 군사로만 치면 왜군이 3만 명이니 십대 일의 싸움이었다.

성 안의 군사들은 싸우면서 힘을 잃어갔다. 목숨을 내놓겠다는 전의도 소용없었다. 성 안의 양민들이 남문과 서문 쪽으로 한꺼번에 밀렸다. 우왕좌왕하는 양민들 사이에 밟혀죽는 아녀자들이 생겨났다. 이언함이 지키던 동문의 방어선이 먼저 무너졌던 것이다. 북문을 집중공격하리라는 예상을 뒤엎고 왜군들은 동문을 뚫고 들어왔다. 고니시는 휘하의 장수들에게 두 가지를 명했다.

"반항하는 자는 모조리 죽여라. 성주를 찾아 반드시 생포해야 한다."

어느 새 성 안은 조선의 군사와 왜군, 양민, 승병들로 뒤엉켰다. 곳곳에서 목숨을 주고받는 백병전이 벌어졌다. 송상현의 지시는 더 이상 전달되지 않았다. 명을 전하는 군관과 통인들은 전사해 나타나지 않았다. 송상현의 눈가에 눈물이 주르륵 흘렀다. 목멘 소리로 명을 내리지만 입술에 피가 맺힐 뿐이었다.

송상현은 조방장 홍윤관, 군관 송봉수와 김희수 등과 함께 남문루를 지켰다. 남문 성벽 위에는 아직도 많은 군사들이 왜군을 막아 방어하고 있었다. 그러나 한 식경 전부터 전세는 기울고 있었다. 송상현이 신여로에게 동헌으로 가서 조복과 사모를 가져오라 일렀다. 곧 내아에 있던 첩 김섬과 여종 금춘이 조복과 사모를 가지고 남문으로 왔다. 김섬은 함경도 경성판관으로 있을 때부터 인연을 맺은 첩이었다. 송상현은 투구를 벗고 사모를 쓴 뒤 붉은 조복을 입고 호상에 앉아 부하들에게 말했다.

"내 배꼽 아래 껌정콩알 만헌 점이 있응께 죽거든 시체를 살펴 거두어라."

"예, 나리."

"정읍에 부친이 겨시니라. 글을 지을 텡께 느그덜 중에 아무라도 전해주믄 좋겠다."

송상현은 남문루에 비치된 벼루에 먹을 갈게 한 뒤 붓을 들었지만 손이 떨려 잠시 호흡을 가다듬었다. 벼루에 굵은 눈물이 서너 방울 떨어졌다. 이윽고 송상현은 평소에 사용하던 부채에다 아버지 송복흥에게 남기는 시 한 수를 써내려갔다.

고립된 성을 적이 달무리같이 에워싸니
큰 진에서 구원을 오지 못하고
임금과 신하 간의 의리가 더 중하나니
자식으로서 부모은혜를 가볍게 했나이다.
孤成月暈 大鎭不救 君臣義重 父子恩輕

붉은 조복을 입은 송상현은 왜군들 눈에 띄었다. 왜군들이 장도와 창을 들고 달려들었다. 그러나 왜군 한 명이 송봉수와 김희수의 장창에 쓰러졌다. 송상현 앞에서 관노 철수와 매동은 죽창을 들고 막았다. 첩 김섬은 내아로 돌아가다 왜군들에게 잡혀 목이 베였고, 여종 금춘은 포로로 잡혔다. 조방장 홍윤관이 송상현에게 애원했다.

"부사 나리, 전세가 이 지경에 이르렀으니 성 뒤에 있는 험고한 소산으로 가야 합니다. 소산에 의지해 싸운다면 가히 지킬 수 있을 것입니다."

그래도 송상현의 마음은 움직이지 않았다. 송상현이 조용히 말했다.

"조방장, 나는 성을 죽음으로써 지킬라요. 여그서 물러간들 으디로 가겠소? 왜놈덜에게 조선 선비의 절개라도 보여줘야 쓰지 않겠소?"

"그렇다면 저도 부사와 같이 죽겠소."

송상현 곁에서 공무를 도왔던 충직한 향리 대송백과 소송백이 큰 소리로 통곡을 했다. 송봉수와 김희수는 장창을 들고 가까이 오는 왜군의 목을 찔렀다. 그때 왜군 장수 야나가와 시게노부가 다가와 외쳤다.

"부사, 전세는 이미 기울었습니다. 어서 몸을 피하시오."

"무도하그만. 그대덜은 도리를 모르는 야만인이여."

왜군의 척후장인 야나가와는 대마도주 소 요시토시의 부관으로서 겐소 등과 조선 사신일행으로 드나들었던 적이 있는데 환대해준 송상현과 구면이었던 것이다. 야나가와가 소 요시토시의 제의라며 다시 숨을 것을 권했지만 송상현은 거절했다.

바로 그때 왜군들이 무지막지하게 밀려들었다. 숫자를 앞세운 백병전이었다. 살육전은 순식간에 끝났다. 왜군들이 지나간 남문루에는 송상현을 호위하고 있던 조방장, 군관, 향리, 노비 등의 시신이 뒹굴었다. 부산진성에서 당한 왜군들의 보복전은 멈추지 않았다. 아녀자들을 무릎 꿇린 채 뒤에서 칼로 내리치고 어린 아이들 머리통에 조총을 겨냥해서 쏘았다. 서문 밖에 있던 동래향교의 교수 노개방은 성 안으로 들어와 객사에 봉안된 임금님의 궐패를 지키다가 유생 문덕겸, 양조한과 함께 정원루에서 죽었고, 그의 아내 이씨 부인은 밀양에서 왜군을 만나자마자 남편의 과거합격증을 품은 채 낙동강으로 투신하여 자살하고 말았다. 왜군들은 성 안팎에서 투항하지 않고 맞서는 조선 관민들을 인정사정없이 조총과 칼로 죽였다.

천지신명이시여

산비둘기가 뒷산 대숲까지 날아와 구구구 울었다. 대숲에 솟은 팽나무 고목 가지에 앉아 한동안 구슬프게 울부짖었다. 축축한 동풍이 산 등성이를 넘어 불어오고 있었다. 산자락의 참나무 잎들이 허옇게 뒤집어졌다. 물까치들은 흥룡마을 돌담까지 내려와 낮게 날면서 그악스럽게 소리를 질러댔다. 김 서객은 또 김천일을 만나러 흥룡마을을 들어서고 있었다. 관아의 소식을 전해주러 가는 그의 표정은 몹시 침통했다. 고개를 회회 저으며 울상을 짓고 있었다. 김상건을 따라서 사랑방으로 들어선 김 서객은 입술만 달싹거릴 뿐 쉽게 입을 떼지 못했다.

"부사 나리."

"무신 일인가?"

"큰 난리가 나부렀습니다요."

김천일이 김 서객에게 앉으라고 손짓하며 말했다.

"난리라니, 차분허게 말해보게."

"왜놈덜이 부산을 침략했습니다요. 방금 겡상도서 공문이 왔습니다요."

"워메!"

김천일이 자리에서 벌떡 일어나 외마디 비명을 질렀다. 김 서객이 앉을 생각도 못한 채 말했다.

"수만 왜적놈덜이 쳐들어 와서 동래성까지 넘어와부렀다고 헙니다요."

전라좌수영은 이틀 만에, 나주는 닷새 만에 공문이 도착한 셈이었다. 이경록은 경상좌수영 박홍의 군관이 가지고 온 공문을 받고는 즉시 관아의 장졸들에게 전투태세를 지시했다. 전투경험이 있는 이경록은 의외로 침착했다. 군량미를 보관한 군창, 무기고, 관군과 토병의 군적을 점고했다. 그런 뒤 참좌군관을 데리고 성 밖에 있는 금성산 망루와 초소들 순시에 들어갔다.

"아, 우리 수사덜은 뭣을 했단 말인가. 으째서 바다를 내주고 육지서 수모를 당허고 있다는 말인가."

"지도 구신에게 홀린 거멩키로 요상헙니다요."

김상건이 참지 못하고 끼어들었다.

"겡상도 수군은 전라도 수군보다 많고 전선도 서너 배나 된다고 들었는디 사실이 아닌지 모르겄소."

"전선이 많으믄 뭣헌다요. 육전헌답시고 다 자침시켜부렀다고 허요."

"자침이라 허믄 스스로 배를 침몰시켜부렀다는 말인게라?"

"좌수사가 불을 질러 가라앉혀부렀다고 허그만요."

김상건은 어이가 없어 더 묻지 못했다. 김천일이 그제야 자리에 앉으면서 허탈하게 말했다.

"이는 왜놈덜이 해적 출신이라서 수전에 강허고 육전에 약허다는 오산 때문인 거 같그만. 그나저나 부산이 적의 수중에 떨어져부렀으니 으째야쓰까나?"

부산진성, 다대진성, 동래성을 내어주고 말났다는 비보에 김천일은 눈앞이 캄캄했다. 부산은 왜국 섬인 대마도에서 가까운 요해지였다. 이제 왜군의 지원군과 군수물자 수송이 왜왕 도요토미 히데요시 작전대로 용이할 터였다.

"그라고 봉께 터질 것이 터져분 거 같그만. 내 일찍이 왜구덜이 노략질 헐 때부텀 알았다. 왜구덜이 남해안을 지 집 들나들데끼 허드니 기어이 사변을 일으키는구나. 쯧쯧."

"부산진성 첨사는 으떤가?"

"성에서 분투허다가 순절허셨다고 허는그만요."

"나라가 더 크게 쓸 장수인디… 쯧쯧."

"지도 아숩그만요."

김 서객은 십여 년 전에 정발을 만났던 사실을 기억했다. 정발이 해남현감으로 부임해 가는 길에 나주를 들러 김천일을 찾았던 것이다. 김천일은 선조 9년(1576)에 스승 이항 초상을 치른 뒤, 임실현감을 제수받기 전까지 나주로 내려와 몇 년 동안 학문에 매진하던 무렵이었다. 나이는 김천일이 정발보다 열여섯 살 위였지만 그의 패기는 김천일의 뇌리 속에 생생하게 각인돼 있었다. 이목구비가 또렷하고 어깨가 딱 벌어진 체격은 누가 보더라도 무장이었다. 특히 눈초리가 매서워 매의 눈 같았다. 김천일은 동래부사 송상현의 소식도 궁금해서 물었다.

"동래부사는 또 으떤가?"

"부사 나리 역시 장렬허게 순절허셨다고 허는디 분허기 짝이 읎그만요."

"허허."

김천일은 신음을 뱉어냈다. 정읍 출신 송상현은 이항의 제자는 아니었지만 전라도 유생들에게 소문이 자자했고 더욱이 이이를 흠모하는 서인이었으므로 김천일은 언젠가 한 번 탁마하고 싶다는 생각을 해왔기 때문이었다. 물론 나이는 김천일이 열네 살 위였다. 그러나 학문의 자리만큼은 이황과 기대승이 편지를 주고받으며 논쟁했던 것처럼 나이 차이는 중요하지 않았다. 김천일은 탁마의 기회가 연기처럼 사라져 버린 것 같아서 아쉬웠다. 무도한 왜적의 칼에 목숨을 빼앗겼다는 것이 안타까웠다. 김천일은 문득 적개심이 들어 몸을 부르르 떨었다.

"인자 왜적덜은 살아 돌아가기는 심들 것이다."

"아부지, 지도 나서서 싸울랍니다."

"그래야제. 우리가 맨날 뭣을 준비했겄냐. 이때를 지다린 것이다."

"상건아, 술상을 들이라고 허그라."

"당분간 약주를 자시지 않으신다고 했음시로요."

"내가 마실라고 그란 것이 아니다."

황진이 다녀간 뒤로 김천일도 단주(斷酒)하겠다고 자식들에게 말한 바 있었다. 왜적이 침략할 것이니 술을 끊고 무술을 연마하겠다는 애주가 황진의 말을 듣고 김천일도 공감하고 동조했던 것이다. 이항의 제자 중에서 황진만큼 주색에 능한 사람도 없는데, 뜻밖이 아닐 수 없었음이었다.

술상이 들어왔다. 김상건은 아버지 김천일 지시대로 벼루에 물을 붓고 먹을 갈았다. 김 서객이 물었다.

"부사 나리, 뭣을 허실라고 술상을 들인게라우?"

"만고충신에게 술 한 잔 올릴라고 그라네."

"부사, 첨사 나리께서 잡수시라고 헝만요."

"초헌, 아헌, 종헌 시 잔은 드려야 허지 않겠는가."

묵향이 방 안에 짙게 번지자 분위기가 사뭇 숙연해졌다. 김천일이 길쭉한 제사용도로 잘라서 만들어 둔 직사각형 한지 두 장에 세필로 써 내렸다.

忠臣東來府使宋公象賢神位

(충신 동래부사 송공상현 신위)

忠臣釜山浦鎭僉使鄭公撥神位

(충신 부산포진 첨사 정공발 신위)

김상건이 술상 위에 두 신위(神位)를 모셨다. 그러자 김천일이 먼저 술잔에 술을 따른 뒤 모두 함께 큰절했다. 이어서 김천일이 축문 대신 짧게 한 마디 했다.

"만고충신 송공 영령이시여. 만고충신 정공 영령이시여. 부디 무도헌 왜적 무리를 바다 밖으로 몰아내주시고 우리나라 백성덜이 근심 걱정 읎이 살 수 있도록 도와주소서. 비록 예법에 어긋난 자리이오나 정성을 담아 술잔을 올리오니 흠향하소서."

삼헌(三獻)의 순서대로 다음은 김 서객이, 또 김상건이 옷깃을 여미며 머리를 조아리며 조심스럽게 헌주했다. 삼헌이 끝나자, 김천일이 지방을 방문 밖에서 태워 없앴다. 그제야 김 서객이 인사를 했다.

"부사 나리, 인자 지는 가볼랍니다요."

"나라의 비보를 요로코름 알려주니 내 맴을 알아주는 사람은 김 서객뿐이네."

"자리에서 물러나 겨시지만 나리께서는 자나 깨나 나라를 생각허신께 담박질해서 왔그만요."

"나주로 내려온 지 몇 년이 흘렀지만 김 서객이 나를 늘 위로해주니 든든허네."

"지가 나리를 놀라게 허고 어만 소리만 허고 가는지 모르겠습니다요."

김 서객이 고개를 숙였다. 김천일은 김 서객이 새삼 가족 같다고 느꼈다. 재야에 묻힌 중늙은이에게 나라의 소식을 전해주는 김 서객이 없었다면 김천일은 아직도 왜군침략 사변을 모르고 있을 터였다. 김천일은 저물어가는 하늘을 올려다보며 왜적이 물러가기를 빌었다.

'천지신명이여. 왜적을 바다 밖으로 쓸어주소서! 천지신명이시여.'

그러나 왜군은 김천일의 발원(發願)과 달리 북진을 시작했다. 다만 전력의 열세에도 불구하고 목숨을 내놓고 결사 항전하는 조선관군에게 곤욕을 치른 왜군 장수들은 북진의 속도를 조절했다. 왜군 장수들은 전리품 같은 이익을 위해 싸우지만 조선 장수들은 그 반대였던 것이다. 나라의 은혜를 갚고자 싸우는 조선의 장수들은 목숨을 아까워하지 않았고, 오히려 죽는 것을 명예로 여긴 채 분투하고 있으니 혀를 내두를 수밖에 없었다.

이에 왜군은 단독부대보다는 여러 부대가 연합하는 협공작전을 폈다. 압도적인 전력만이 정신무장이 잘된 조선관군을 꺾을 수 있기 때문이었다. 제1군 대장 고니시 유키나가는 중로(中路), 즉 동래-양산-청도-대구-안동-선산-상주-조령으로 북진한다는 계획을 세웠다. 제2군 대장 가토 기요마사는 좌로(左路), 즉 동래-언양-경주-영천-신녕-군위-용궁-조령으로 북진하다가 제1군과 합세하여 올라가 충주성을 함락한 뒤 제1군은 여주-양근(楊州)-용진나루-경기 동로에서 동대문으로 들어가고, 제2군은 죽산-용인-한강나루에서 남대문에 도착한다는 한양입성 작전에 따라 움직였다. 한양입성을 두고 왜왕 도요토미 히데요시는 기독교신자인 고니시 유키나가와 불교신자인 가토 기요마사가 서로 경쟁하도록 유도했다.

왜군 제3군의 대장 구로다 나가마사는 우로(右路), 즉 김해-성주-무계-지례-금산-추풍령-영동-청주-경기도- 한양으로 북진하고, 왜수군 대장 도도 다카도라와 와키자카 야스하루 등은 경상과 호남, 충청의 해안으로 서진하여 한강을 거슬러 올라 한양에 입성한다는 것이었는데, 이 역시 도요토미 히데요시의 재가를 받은 육군과 수군의 합동작전이었다.

한편, 한양의 선조와 대신들은 경상좌수사 박홍이 올린 왜군침략의 장계를 받고는 놀랐다. 날마다 급보로 올라오는 장계는 비보뿐이었다. 경상도의 여러 고을이 차례로 함락되었다는 보고뿐 승첩장계는 없었다. 선조는 대신들과 의논한 끝에 황급히 신립을 도순변사, 이일을 순변사, 김여물을 종사관에 임명한 뒤 김성일을 경상우도 초유사, 김륵을 경상좌도 안집사로 삼아 양민들의 마음을 안정시키고 관군들의 항전을 독려토록 했다.

김 서객이 사랑방을 나간 뒤, 김천일은 양씨부인을 불렀다. 사랑방에는 모처럼 식구들이 다 모여 있었다. 양씨부인은 사랑방에서 조금 전에 무슨 이야기가 오갔는지 알고 있었으므로 긴장했다. 순절한 정발, 송상현 신위를 향해 술을 따르고 엎드렸던 장남 김상건은 침통한 얼굴로 입을 꾹 다물고 있었다. 향교에서 돌아온 차남 김상곤은 무슨 영문인지 모른 채 손에 <근사록>을 들고서 방 안의 무거운 분위기를 의아해 했다. 김천일이 김상곤에게 말했다.

"상곤아, 손에서 책을 놔야허겄다."

"아부지, 무신 말씸인게라우?"

"책 대신 칼을 들어야허겄다. 왜놈덜이 겡상도로 쳐들어왔다."

"아이고메! 인자 나주도 위험허겄그만요."

양씨부인은 긴장한 표정이 역력했지만 목소리는 담담했다.

"영감님, 지도 귀동냥헌 것이 있지라우. 왜적이 은젠가 침략헐 줄 알고 빈 창고에 곡식을 쪼끔씩 모아두었그만요. 곡식이 있어야 군사를 모을 수 있응께라우."

김상건이 계모인 양씨부인을 보며 놀랐다. 김천일도 눈을 둥그렇게 뜨고 말했다.

"부인이 왜란을 짐작했다는 말이요?"

"영감님께서 검술훈련, 습사허시는 것을 보고 지는 지대로 아녀자가 헐 수 있는 일을 했지라우."

"군사에게는 무기보다 곡식이 더 중요헌디, 그 이치를 어쩌께 알았소?"

"무기가 읎어도 꾀를 내믄 싸울 수는 있겄지라우. 근디 배가 고프다믄 무신 재주로 싸우겄는게라우."

김상건이 침통한 표정을 풀고 웃으며 말했다.

"아따, 어머님. 지략이 대단허시그만요."

"영감님 곁에 있다 봉께 그란 것이제, 여자가 알믄 을매나 알겄냐."

양씨부인이 식구들 모르게 별채 빈 창고에 곡식을 가득 채워왔다는 것은 예삿일이 아니었다. 김상건은 물론 김천일도 내심 감탄했다. 궁한 살림살이에도 불구하고 날마다 한두 되씩 절식해서 모았을 텐데, 하루도 거르지 않은 그 인내가 대단했다. 김상곤이 말했다.

"별채 창고라믄 1백석은 되겄지라우잉."

"1백석이믄 몇 백 명 군사가 한 달 묵을 식량은 되겄다. 콩이나 보리허고 섞어서 묵은께 말이다."

양씨부인이 말했다.

"영감님, 관아에 보내 군사덜이 배부르게 묵으믄 잘 싸우겄지라우."

"부인, 아니요. 내가 저 곡식을 써야 쓰겄소."

김천일이 양씨부인의 말을 잘랐다. 관군을 위해 보내는 것도 좋지만 자신이 직접 이용할 날이 올 수도 있을 것 같아서였다. 김상건이 눈치를 채고 물었다.

"아부지, 친히 나서실랑게라우?"

"나주서 내가 창의(唱義)를 허믄 전라도, 겡상도 헐 거 읎이 들불맹키로 일어날 것이다."

"지도 아부지 뜻에 따를라요."

김상건의 말에 김상곤도 나섰다.

"아부지, 지도 성을 도울라요."

"아니다. 상곤이는 몸도 부실허고 헌께 어머니를 봉양험서 집을 지키그라."

"예, 아부지."

"부인, 고맙소. 내 속맴을 차마 꺼내지 못허고 있었는디 부인이 도와주었소."

김천일은 마음속으로 품고만 있다가 자신의 뜻을 식구들에게 알리고 나자 답답했던 속이 후련했다. 자신의 뜻을 격발시켜준 양씨부인의 내조에 마음속 가득 충의(忠義)가 충만해졌다. 김천일은 마음이 격동되어 마당에 있는 막둥이를 불러 또 술을 가져오게 했다.

"막둥아, 술 쪼깐 가져오그라."

"영감님, 오늘은 조심허셨으믄 좋겄그만이라."

"내가 마시자는 것이 아니요. 우리 가족끼리 나라를 구허자고 맴을 모은 날에 천지신명께 술을 올리는 것도 갠찮치 않겄소?"

"지도 영감님을 따라나설라요. 영감님께서는 몸이 성치 않은께 지가 가차이서 있어야 헐 거 같그만이라우."

"상건이가 나를 따라 나선다고 헝께 부인은 상곤이허고 조상님이 겨시는 선영을 잘 지키도록 허씨요."

"그라믄 부탁이 하나 있그만요."

"뭣이요?"

"친정집안 오빠뻘 되시는 분이 있는디 무술에 능헌께 옆에 두고 쓰시믄 으짤게라우?"

"혹시 산숙이가 아니요?"

김천일은 대뜸 양산숙을 지목했다. 나주향교 교생들 중에 김천일을 따르는 사람들은 대부분 서인 계열이었다. 그들 가운데서도 스물네 살 어린 양산숙은 유독 김천일을 흠모하고 의지했다. 스승인 성혼이 김천 일과 자주 편지를 주고받을 정도로 돈독하게 지낸 영향도 컸지만, 그 보다는 어린 시절부터 김천일의 학문과 인품을 보아왔기 때문이었다. 적어도 나주 일대에서는 김천일처럼 문과 무를 겸비한 선비가 드물었 던 것이다.

"맞그만요. 무술에 능허고 영산강을 왔다갔다 헐 만치 수영도 능허 지라우."

"알았소. 오늘은 늦었응께 낼 불러주씨요."

그러나 양씨부인은 무슨 일이든 내일로 미루는 성격이 아니었다. 여 자답지 않게 당장 일을 해결하는 불같은 성격을 가지고 있었다. 양씨 부인이 사랑방을 나가더니 막둥이에게 종마를 끌고 가서 양산숙을 모 셔 오라고 지시했다.

양산숙.

할아버지는 조광조의 시신을 수습한 기묘명현 양팽손이며, 아버지 는 대사성 양응정, 형은 우애가 좋아 무슨 일이든 의기투합해온 양산 룡이었다. 성혼의 문하에서 학문을 익혔지만 벼슬길에 초연하여 무과 든 문과든 과거응시를 멀리했다. 나주에 은거하며 오직 무술연마와 천 문, 지리, 병서를 탐독할 뿐이었다. 체격은 호리호리했고 강직한 성격 이었으므로 늘 직설적으로 말하기를 좋아했다. 동인의 영수 이산해와 유성룡을 배격하는 상소를 올릴 때도 여러 서인들이 머뭇거리자 눈치 를 보지 않고 도끼처럼 일도양단하기를 좋아하는 조헌과 함께 했다.

선대부터 도학을 숭상하는 집안 가풍이었지만 양산숙은 유별나게 무부 기질이 강했다.

이경 무렵이었다. 집 밖에서 막둥이가 종마를 끌고 오는 소리가 들려왔다. 양산숙이 사립문 밖에서 걸걸한 목소리로 소리쳤다.

"건재 어르신, 회원이 왔그만요."

회원(會元)은 양산숙의 자였다.

"왔능가? 얼릉 들어오게."

하늘에는 검은 구름 사이로 창백한 반달이 비쭉 내밀고 있었다. 양산숙이 반달을 등지고 걸어와 사랑방에 들자마자 김천일에게 큰절부터 넙죽 했다.

"어르신, 절 받으씨요."

"자네도 사변 소식을 들었능가?"

"예, 관아에 들어가 접했그만요."

"목사는 으떠시던가?"

"관군과 토병 군적을 봄시로 일일이 점고허시드그만요. 목사 나리 영이 무섭게 서 있응께 관아는 터럭만큼도 동요가 읎그만이라우."

"그래야제. 나는 메칠 안으로 준비되는 대로 창의헐 것이네. 그래서 회원을 불렀네."

"어르신, 지는 어르신 말씸대로 따르겠습니다."

"내 부장이 돼야줄랑가?"

부장(副將)을 시킨다는 것은 심복이 돼주라는 말과 다름없었다. 김천일이 양산숙에게 부장을 맡기려고 한 것은 그의 역량과 자질을 전적으로 믿기 때문이었다. 양씨부인이 말했다.

"오라버니께서 영감님을 도와주신당게 쪼깐 안심이 돼부요"

김천일이 어금니를 꽉 물면서 술잔에 술을 따랐다. 양산숙도 김천일이 든 술잔에 술을 보탰다. 그런 뒤 두 사람은 방문 밖으로 나가 어두운 허공을 향해 술을 네 번 흩뿌렸다. 동서남북에 상주하는 천지신명께 술을 올렸다. 나라에 목숨을 바치겠다는 맹세를 하고, 무도한 왜군을 바다 밖으로 물리쳐 달라고 발원했다. 이제 반달은 보이지 않았다. 구름장이 하늘을 뒤덮고 있었다. 동풍이 거칠게 불었다.

군량미 확보

이른 아침.

김천일은 막둥이를 불러 도롱이 한 벌을 가져 오게 했다. 막둥이가 마른 갈대 잎으로 엮은 도롱이를 가져왔다. 어깨와 상체를 가리는 도롱이였는데, 막둥이가 지난가을에 만든 것이었다. 가랑비가 오는 둥 마는 둥 하는 가운데 이따금 는개가 날렸다. 그래도 김천일은 삿갓을 쓰고 도롱이를 걸쳤다. 김천일은 아들 형제를 불렀다.

"상건아, 상곤아."

"예, 아부지."

초가별채 공부방에 있던 두 형제가 바로 방문을 열고 나왔다.

"남포 외숙 댁에 갈란디 니덜도 갈래?"

"예, 문안인사 드린 지가 쪼깐 됐그만이라우."

"그래야제. 자꼬 찾아뵙는 것이 도리니라."

김천일은 칠십대인 외숙 이광익을 늘 잊지 못했다. 지금 살고 있는 집도 이광익이 물려준 고택이었다. 외조부와 외조모가 김천일을 친손자처럼 보살펴주었다면, 외숙 이광익은 김천일을 친아들처럼 직접 데리고 다니면서 세상을 알게 한 은인이었다. 김천일이 담양 창평을 오가면서 공부하는 동안 재야선비들을 소개해 주었고, 극념당도 외숙 이광익이 물심양면으로 지원해서 지을 수 있었던 것이다.

이광익은 영산포의 남포마을에 살고 있었다. 조상 대대로 살아온 흥룡마을에서 그곳으로 이사를 했음이었다. 영산강 들녘의 논들이 불어나자 거둬들인 곡식을 저장하는 창고 몇 채를 남포에 짓고 관리해야 했던 것이다. 남포에 창고를 지은 까닭은 장삿배들이 오가는 포구가 가깝기 때문이었다. 또한 해남에서 도편수를 불러와 마을 초입에 7칸 기와집을 짓고 빈 초가 두 채를 사들였는데, 초가는 치부책을 들고 다니며 재산을 점고하는 집사와 소작농들을 상대하는 마름 가족이 살게 했다.

김천일은 종마를 탔고 두 형제는 걸었다. 두 형제도 삿갓은 쓰지 않았지만 도롱이 차림이었다. 안개와 흡사한 는개 정도는 도롱이만으로도 옷이 젖지 않았다. 김상건이 말했다.

"아부지, 산숙이 아재는 시원시원해라우."

"큰일을 도모헐 만헌 사람이제."

"산숙이 아재가 아부지를 엄청 따르는 것 같응께 지도 좋아라우."

"될 낭구는 떡잎부텀 알아분다고 허지 않드냐. 에렸을 때부텀 남덜허고 달랐제. 뭔 일이든지 시키믄 죽을 둥 살 둥 허고 책임감 있게 허드라."

"산숙이 아재가 가세했응께 천군만마를 얻은 거 같지라우?"

"상건이 니 말이 맞다. 맴이 맞으믄 하늘을 얻어불 수도 있고, 그렇지 않으믄 서로 망조가 들 수 있는 것이 사람 일잉께 말이여."

남문 밖은 너른 들판이었다. 모를 심기 시작한 들판은 듬성듬성 푸른 빛깔로 바뀌고 있었다. 물고를 손보는 농사꾼들의 모습이 간간이 허수아비처럼 보였다. 종마의 갈기가 는개의 잔 물방울에 축축하게 젖었다. 종마가 갈기를 세차게 흔들 때마다 물방울이 김천일 얼굴까지 튀었다. 말고삐를 동생과 바꾸어 잡은 김상건이 말했다.

"아부지 외숙 댁은 으째서 가신당가요?"

"외숙을 뵌 지가 몇 달 돼부렀어야."

"참봉 하나부지가 편찮은 것은 아니지라우?"

"칠순이 서너 해 지났응께 모르는 일이제. 강건허셔야 헐턴디."

김상건은 눈치는 채고 있었지만 더 묻지 않았다. 아버지는 집에 중대사가 있을 때마다 남포 할아버지에게 의논하러 외가를 찾아가곤 했던 것이다. 이번에는 의병 거병문제로 할아버지를 뵈러 가지 않을까, 하고 김상건은 짐작했다. 그러나 연로한 참봉 할아버지는 직접 의병에 참여하지는 못할 것이고, 다른 방법으로 거병을 도울 수밖에 없을 터였다. 뒤따라오던 김상곤이 말했다.

"아부지, 누가 이짝으로 말 타고 오그만요."

"전포(戰袍) 입은 것을 본께 군관인갑다."

말을 타고 달려오는 사람은 전포 차림의 군관이었다. 그런데 김상건이 곧 군관을 알아보았다. 군관은 나주관군과 토병을 훈련시키는 군교였다. 김상건이 같은 연배인 그를 알아본 것은 어린 시절에 서당을 같이 다녔기 때문이었다. 그는 등에 전령(傳令) 깃발을 달고 있었다.

"워미, 으디로 가는 길인가?"

"우수영으로 가는디 자네는 으쩐 일이여?"

"남포 하나부지 댁에 가는 길이네."

"아이고메, 어르신이그만요."

군교가, 김천일이 삿갓을 뒤로 젖히자마자 알아보고는 말에서 내려 공손하게 인사를 했다. 김천일이 말했다.

"강을 건너갈라믄 남포서 배를 타야겠고만. 얼릉 앞서 가게."

"어르신, 남포서 황포돛배가 올 때까정 지달려야 헌께 시간은 갠찮습니다요."

군마를 태워야 하므로 나룻배보다 큰 황포돛배를 타야 한다는 말이었다. 황포돛배는 영산강 하구 목포에서 장사꾼들이 일정한 간격으로 오르락내리락 했다. 강을 건널 때마다 수시로 부르는 배는 아니었다. 김천일이 종마를 탄 채 군관을 채근했다.

"공무가 우선인께 얼릉 지나 가게."

그러나 전령군관은 김천일보다 앞서 가지 않았다. 종마와 군마가 한 걸음 앞서거니 뒤서거니 했다. 어느 새 안개처럼 떠돌던 는개가 개었고 햇빛이 몇 줄기 비추는 듯했다. 군관이 보고하듯 말했다.

"어르신, 겡상도, 충청도가 큰일 나부렀그만요."

"부산 소식은 메칠 전에 들었는디 인자 충청도까정?"

"나주로 오는 겡상도 충청도 수장덜의 공문덜을 봤응께 틀림없그만이라우."

김상건 형제는 군관이 하는 이야기를 귀 기울여 들었다. 경상도를 짓밟고 있을 왜적들의 만행에 분노가 치밀었다. 어느 땐가는 전라도 쪽으로도 왜적들이 쳐들어오고 말 것이라는 생각도 들었다. 군관이 전하는 말만 듣고도 왜군침략을 실감했다. 그런데 익히 알려진 명장들이 전투 한 번 제대로 치러보지도 못한 채 패배했다는 것은 충격이었다.

조정에서는 부산의 세 성을 내주었다는 비보에 1차 방어선을 상주에 치기로 하고 이일을 순변사로 보냈다. 함경도 북병사를 지낸 이일은 즉시 왜군과 싸울 도성의 장졸들을 모았다. 군적에서 3백여 명을 찾아냈지만 이러저러한 이유로 빠져나가고 남은 80명을 징발했다. 그러나 그 마저도 상주로 내려가는 중에 일부 장졸들이 도망쳐버렸다. 상주에 도착했을 때는 60명밖에 남지 않았다. 상주목사 김해는 이미 숨어버렸고 판관 권길이 몇 십 명의 장졸을 데리고 상주관아를 지키고 있었다. 이 같은 전력으로 1차방어선을 친다는 것은 불가능했다. 더구나 경상순찰사 김수는 대구에서 경상좌수사 박홍과 경상좌병사 이각의 장졸들을 모아 상주로 오기로 했으나 감감무소식이었다. 이일은 상주 판관 권길에게 수비할 군졸들을 모병하라고 지시했다. 권길은 상주 인근 고을에서 급히 농사꾼과 토병 7백여 명을 데리고 왔다. 이일의 눈으로 볼 때 8백여 명의 군사는 오합지졸에 불과했다. 반면에 왜군 제1군 대장 고니시 유키나가의 병력은 1만 8천여 명으로 숫자만으로도 위협적이었다. 그래도 이일은 상주 북쪽 북천 강변에서 8백여 명에게 활과 죽창 쓰는 법을 훈련시켰다. 4월 23일 저녁 무렵이었다. 개령(김천) 사는 양민이 이일에게 허둥지둥 달려와서 왜군을 보았다고 알렸다. 양민의 보고가 알려지자 상주를 방어하던 8백여 명의 장졸들이 동요했다. 이에 이일은 군사를 동요시켰다는 죄목으로 개령 양민을 감옥에 가둬버렸다. 그때 고니시의 제1군은 밀양을 거쳐 대구로 나아가 선산까지 진출하고 있었다. 이일은 하루가 지나도 왜군이 출현하지 않자 개령 양민을 효수해버렸다. 군관이 말했다.

"어르신, 조선의 명장이라는 이일 장군에게 겁나게 실망해부렀그만요."

"나도 동감이네. 탐망군 노릇을 헌 양민을 으째서 경솔하게 죽여부렀는지 이해가 안 되네."

"그라믄 이일 장군도 탐망군을 내보내서 양민 말이 맞는지 으쩐지 적정을 살폈어야지라우."

"아마도 왜놈 적장은 군사를 보내 정탐을 했을 것이네. 부산에서 호되게 당했응께."

김천일과 군관은 이일의 경솔한 처사를 지적했다. 이일은 무모했다. 그는 탐망군을 내보내지 않은 채 북천 강변에서 장졸들을 훈련시키다가 상주관아에서 연기가 피어오르는 것을 보고서야 왜적의 침투를 눈치 챘다. 그제야 탐망군관을 보냈지만 그는 상주성 밖에서 조총을 맞고 죽었다. 다리 밑에 숨어 있던 왜군이 그를 저격한 뒤 목을 베어 가지고 사라져버렸다. 왜군은 조선의 장졸들 대부분이 상주성을 비운 채 훈련 나갔음을 알고 기습공격을 했다. 이일은 즉시 상주성 안으로 돌아와 방어했다. 그러나 장졸들의 사기가 크게 떨어진 데다 중과부적이었다. 이일은 갑옷을 벗고 양민으로 변장해 몇 명의 군관과 함께 탈출했다. 그가 말을 타고 달려간 곳은 충주에서 최후방어선을 펴고 있는 삼도 도순변사 신립 장수의 진영이었다.

김상건이 말했다.

"명장이라드니 장수덜 얼굴에 똥칠을 해부렀네잉."

"나주 목사 야그도 함겡도서 부하덜헌테 야박허기 짝이 읎었다고

118

허드라. 긍께 잘 싸운 이순신이나 나주 목사를 하옥시켜부렀겄제. 백의
종군해서 공을 세와 풀려나기는 했지만 말이여."

군관이 또 말했다.

"그래도 막 밀린 것은 아니지라우."

전령군관은 고니시 부대가 문경 관아를 지날 때 문경 현감 신길원이
투항을 거부한 채 결사대 20명을 이끌고 매섭게 기습공격을 하다가
순절했다는 이야기를 하면서 추풍령 전투 상황도 전했다. 즉, 왜군 제3
군 구로다 나가마사 대장에게 맞선 경상우도 방어사 조경이 장졸 5백
여 명으로 왜군 1백여 명의 목을 벤 전과를 올렸다. 그런 뒤 신립 막하
에서 활약한 정기룡을 불러들이고, 금산에서 김수가 보낸 4백여 명의
군사를 합쳐 9백여 명의 장졸로 추풍령에서 배수진을 쳤다. 초장에는
일진일퇴했다. 정기룡이 단기로 나아가 왜군 50명의 목을 베기도 했
다. 그러나 왜군 매복조에 조경이 부상당하는 바람에 전투대오가 흔들
리면서 인해전술로 나오는 왜군에게 돌파당하고 말았다.

"우리가 밀리기만 헌 것이 아니라 추풍령서는 일진일퇴를 했지
라우."

"조경이나 정기룡 장수가 그나마 체면을 살렸그만."

"어르신, 근디 전투도 운이 따라줘야 해라우. 신립 장군이 벌인 충주
전투를 보믄 하늘이 무심해라우."

신립.

함경도 온성 부사로 있을 때 기병 선봉대로 1만여 명의 여진족을 무
찔렀던 조선 최고의 명장이었다. 선조는 신립을 삼도 도순변사로 명했

는데 이일보다 한 급이 더 높았다. 신립은 최후방어선인 충주로 내려 갔다. 충주에는 신립이 도성 부근에서 징발한 군사와 충청도 각 고을 에서 차출한 군사를 합친 총 8천여 명의 장졸들이 모였다. 신립은 충주 에서 첫 작전회의를 주재했다. 상주를 지난 왜군 제1군 고니시의 부대 를 맞아 어떻게 싸울 것인가에 대한 회의였다. 종사관으로 따라온 김 여물은 새재에서 매복전을 펴자고 주장했고, 상주에서 패전한 뒤 합류 한 이일은 왜군 제1군 고니시 부대와 제2군 가토 기요마사 부대 군사 수만 명이 충주에서 합세하기로 했으니 한강으로 물러나 방어선을 펴 자고 주장했다. 이일의 주장인즉 왜군의 연합부대가 대규모 전력이고 새재로 나가기에는 너무 늦었다는 것이 그 이유였다.

그러나 신립은 기병운용에 대한 자부심이 컸다. 함경도에서 기병으 로 1만 명의 여진족을 격퇴시킨 승전경험이 왜군을 얕보게 했다. 신립 은 이미 기병 선봉대를 선발해 친위대처럼 주둔시켜 놓고 있었다. 그 러면서 신립은 "왜군은 보병이고 우리는 기병이다. 그러니 왜군을 충 주 평야로 유인하여 전투를 치르면 승산이 있다"고 여러 장수들을 설 득했다. 4월 28일 정오 무렵. 이윽고 신립은 전투개시를 명령했다. 신 립의 8천여 명 군사는 충주성을 나와 충주 평야로 진군했다. 넓은 평야 에서 기병으로 전투를 치르기 위해서였다. 반면에 왜장 고니시는 제1 군을 여러 부대로 쪼개 분산시켰다. 고니시가 직접 지휘하는 중군, 우 회하여 충주성을 공격하는 부대, 신립의 군사를 협공하기 위한 좌군과 우군, 신립의 군사 배후를 치는 부대 등등. 탁 트인 평야에서 맞선 군사 는 고니시의 7천 명 중군과 신립의 기병 선봉대였다. 그러나 평야의 논 들은 며칠 전부터 내리곤 했던 봄비로 곤죽이 되어 있었다. 신립이 먼저 기세 좋게 일자대오로 공격했지만 군마들이 곤죽이 된 논바닥 수렁에 빠져 허우적거렸다. 후퇴하여 대오를 갖춘 뒤 다시 공격했지만 마찬가지였다. 공격할수록 수렁에 깊이 빠져들어 군마들이 옴짝달싹하지 못했다. 그러자 왜군이 전방, 좌측, 우측, 후방에서 조총을 쏘며 협공해 왔다. 설상가상으로 충주성 함락 소식에 장졸들의 사기는 곤두박질쳤다. 순식간에 전투는 왜군 쪽으로 기울어져버렸다. 3천여 명이 전사하여 목을 베이고 수백 명이 포로로 잡혔다. 할 수 없이 신립은 살아남은 장졸들과 함께 남한강 지류 달천강 탄금대 쪽으로 후퇴하여 배수진을 쳤다. 그러나 신립의 군사는 더 이상 버티지 못하고 남한강으로 뛰어들어 순절했다. 신립도, 종사관 김여물도 달천강 강물에 몸을 던졌다. 살아남은 사람은 이일을 비롯하여 서너 명의 장졸에 불과했다. 1차 방어선인 상주전투에 이은 참담한 패배였다.

김상건이 길에 깔려 있는 작은 돌멩이를 발길질하며 전령군관에게 한마디 했다.

"어이 친구야, 하늘이 무심헌 것이 아니라 신립 장군이 무심허네. 으째서 평야를 직접 나가보지도 않고 수렁이 된 거그로 기병을 보내 싸웠단 말인가."

"내가 눈으로 본 것은 아니네. 허지만 날마다 날아오는 공문을 볼라치믄 참말로 비통해져뻔지네."

"포구로 갈라믄 저 짝 길이네."

"예, 어르신. 담에 뵙겠습니다요. 상건이, 또 봄세."

전령군관은 포구로 나가는 길로 달려가더니 사라졌다. 그제야 김상건은 흔들었던 손을 내렸다. 갈매기 떼가 들판 가운데까지 날아왔다가 흰 날개를 편 채 선회하면서 다시 포구 쪽으로 날아갔다. 포구에 닻을 내린 황포돛배의 돛이 햇빛에 반짝거렸다. 김천일 부자가 서쪽으로 난 길을 좀 더 나아가자, 곡식을 저장하는 창고들이 보였다. 세곡미를 보관하는 커다란 조창(漕倉)과 그 옆으로 김천일의 외숙 이광익의 것인 창고 서너 채가 보였다. 이광익의 집은 창고 옆 남포마을 초입에 있었다. 김상건이 이광익의 솟을대문 앞에서 소리쳤다.

"하나부지! 상건이 왔그만이라우!"

"쪼깐 지달리씨요."

대문을 열어준 사람은 항상 치부책을 들고 다니는 집사였다. 집사는 김천일을 보더니 굽신굽신 절한 뒤 사랑채로 달려갔다.

"참봉 어르신, 부사 나리 오셨어라우."

"얼릉 들라 하게."

사랑채 큰방으로 들어선 김천일 부자는 누워 있는 이광익에게 큰절부터 했다. 이광익이 애써 일어나려다가 크응, 소리를 내면서 다시 누웠다.

"죽을 날이 을매 남지 않았는가 보네. 요즘 유난히 삭신이 쑤셔부네."

"외숙, 그대로 편히 누워겨시지라우."

"그래, 그래. 무신 일로 왔능가?"

"상건이, 상곤이 문안 인사시킬라고 델꼬 왔그만요."

"두 성제를 보니 혈기 왕성헌 헌헌장부가 따로 읎구나."

"가차운 디도 자꼬 문안을 못 드려 죄송허그만요."

이광익이 김상건의 말에 희미하게 미소를 지었다.

"자네는 무신 일이 있능가? 아직 정신은 총총헌께 야그허소. 외조부,

외조모 제삿날도 아닌디 갑째기 온 까닭을 말해 보게."

"예, 외숙. 왜적이 쳐들어와 갱상도서 분탕질을 허는 것도 모자라 시방 한양으로 올라가고 있다는디 소식은 들었습니까요."

"메칠 전에 집사가 난리 나부렀는디 우리는 어쩌케 허믄 좋겄냐고 묻드만."

"풍전등화맹키로 위급허그만요. 오다가 들었는디 왜적이 충주를 지났응께 한강도 곧 넘지 않을까 걱정이어라우."

"아이고, 으째야쓰까. 한강이라믄 임금님이 겨신 도성이 가차운 조강(祖江) 아닌가."

"도성에 정예군사가 있응께 쉽게 내줄 리야 있겄습니까만 가심이 미어집니다요."

이광익이 기어코 일어나 벽에 등을 기댄 채 앉았다. 왜군에게 충주가 함락됐다는 말에 충격을 받은 듯 깊은 한숨을 쉬었다.

"집사는 난리가 나부렀다고 아침저녁으로 집안 재산 걱정허대. 허지만 나라가 있응께 내 재산이 있는 거 아닌가. 시방은 내 재산 걱정헐 일이 아니라 나라를 구헐 때네."

"외숙, 지당허신 말씸입니다요."

"늙은 내가 도울 일이 뭣인가?"

김천일은 잠시 침묵했다. 평생 동안 외숙에게 도움을 받아 왔는데, 또 손을 내밀자니 선뜻 입술이 떨어지지 않았다. 김상건이 대신 말했다.

"하나부지, 아부지가 의병을 일으키실라고 헙니다요. 그래서 하나부지께 상의드릴라고 찾아오신 거 같그만요."

"필요헌 것이 있으믄 말허게. 자네가 내게 못헐 말이 뭣인가?"

"외숙, 의병을 거병허는 것이 쉽지만은 않그만요. 의병에게 필요헌 군량미 때문이지라우. 하루 이틀은 몰라도 배고픈디 누가 싸울라고 헐 것입니까요."

"자네 말이 맞네. 창의를 함부로 헐 수 있겄는가. 시방 창고에 있는 곡식이 4백석은 족히 될 거네. 아무 때나 가져가게."

"당장 많이 필요치는 않그만요. 다 옮겨갈 수단도 읎고라우."

"은제든 가져가게. 창고 쇳대 꾸러미를 줄 텐께."

"외숙 말씸에 용기가 솟구칩니다요. 당장 창의헌다 해도 거칠 것이 읎어져분 것 같그만요."

실제로 김천일이 마음과 달리 창의(倡義)에 선뜻 나서지 못한 이유는 군량미 확보 때문이었다고 해도 과언이 아니었다. 의병을 거병해 놓고 군량미가 없다면 단 한 발자국도 나설 수 없는 이치였다. 군량미가 계속 확보되어야만 한 번의 출병으로 그치는 것이 아니라 한 달이건 두 달이건 지속적으로 활약할 수 있기 때문이었다. 그런데 외숙 이광익이 내놓은 4백석은 의병 이삼백 명이 몇 달은 먹을 수 있는 분량이었다.

김천일은 벌떡 일어나 외숙 이광익에게 큰절을 했다.

"외숙, 외숙의 뜻을 받들어 신음허는 백성을 구해불겠습니다요."

"내 재산이 나라를 구허는디 보탬이 된다믄 이보담 더 큰 이익이 으디 있겄는가. 이익을 가져다주는 자네에게 까꾸로 내가 고마와해야지."

김천일은 좀 전에 전령군관으로부터 들은 참담한 소식 때문에 답답하고 우울했는데, 외숙 이광익이 보여주는 충절 때문에 마음이 가벼워졌다. 마치 먹장구름이 끼었다가 스르르 벗겨지는 듯한 기분이 들었다. 군량미를 넉넉하게 확보했다는 것, 그 하나만으로 의병 창의가 실제로 눈앞에 다가선 듯했다.

통곡

김천일은 차남 김상곤을 시켜 양산숙이 극념당으로 오게 했다. 양산숙은 김상곤보다 2살 어리지만 촌수로는 아저씨뻘이었다. 대기하고 있던 양산숙은 김상곤의 말을 듣고는 즉시 극념당으로 달려갔다. 극념당에는 이미 김천일과 장남 김상건이 도착해서 양산숙을 기다리고 있었다. 이제 극념당은 의병 거병을 모의하는 장소가 되었다. 양산숙이 말했다.

"어르신, 하마터믄 흥룡마실 댁으로 갈 뻔했습니다요."

"공사를 구분헐라고 극념당으로 오라고 했네. 집에서 모의헐 수도 있지만 사사로운 것덜이 눈에 띄어붙고 귀에 들어와서 조용헌 이짝으로 불렀네. 앞으로는 여그서 의논헐라고 허네."

"알겄습니다요."

"의병도 조직이 있어야 헐 거 같네. 사람멩키로 머리, 가심, 팔다리가 있어야 허지 않겄는가. 오늘은 머리부텀 정해보세."

"지휘부를 정해보자는 말씸이그만요."

"유지 지사덜에게 몬자 편지를 보내서 동의를 구해야 허겄네. 그래야 창의허드라도 심을 받을 것이네. 산숙이는 나주사람덜을 몬자 엮어

126

보게. 나는 전라도 각지의 지사들을 살펴볼 텐께."

김천일은 김상건에게 방에서 벼루와 붓을 내오게 했다. 그런 뒤 양산숙이 부르는 나주 사람부터 적어 나갔다. 나이순으로 쓰다보니 외숙이광익 이름이 맨 윗줄을 장식했다.

이광익(李光翼) 73세.

호는 애일당(愛日堂). 본관은 양성. 나주 흥룡마을에서 중종15년(1520)에 이함(李諴)의 장남으로 태어나, 한때 장성을 오가며 김인후 문하에서 공부했다. 효행이 지극해서 명종 때 나주목사 천거로 참봉을 제수 받았다. 김천일 외숙이기도 한 이광익은 벼슬에 뜻이 없어 출사하지 않고 부모를 봉양하며 집안을 일으켰다.

정심(鄭諶) 73세.

호는 일헌(逸軒), 자는 중실(仲實). 본관은 나주. 경무공 정식(鄭軾)의 현손이자, 정염조(鄭念祖)의 아들로 중종15년(1520)에 태어나 어린 시절 신동으로 불렸다. 명종10년(1555) 진사과에 합격하고 선조1년(1568) 중광시 문과에 급제하여 이조정랑을 지낸 후 부모 봉양을 위해 나주로 귀향했다.

박광옥(朴光玉) 66세.

호는 회재(懷齋), 자는 경원(景瑗). 본관은 음성. 사예 박곤(朴鯤)의 아들로 중종26년(1528)에 광주에서 태어나 10세 때 정황의 문하에 들어갔다. 명종1년(1546) 진사과에 합격했으나 나주에 집을 지어 성리학을 연

구했다. 기대승, 박순, 이이, 노사신 등과 교유하며 명종15년(1560)에는 나주목사를 도와 나주향교를 중수했다. 선조1년(1568)에 학행으로 천거되어 내시교관을 제수 받았고 선조7년(1574) 별시문과에 급제해 종부시 주부가 되었으며, 이후 운봉현감, 전라도와 충청도 도사, 예조정랑, 사헌부 지평, 영광군수, 밀양부사가 되었다가 기축옥사 때 정여립을 비난한 이경중을 탄핵했던 일이 문제가 되어 삭탈관직이 되었다. 설상가상 신병까지 겹치어 나주로 돌아와 버렸다. 임란이 발발하자 고경명과 김천일을 뒤에서 돕는 맹주 역할을 했다.

이광주(李光宙). 52세.
본관은 양성. 나주 흥룡마을에서 중종35년(1540)에 별좌 이당(李瑭)의 아들로 태어나 사촌형 이광익의 소개로 김인후 문하에서 수학했다. 선조24년(1591) 생원과에 합격했다.

홍천경(洪千璟) 39세.
호는 반환(盤桓), 자는 군옥(群玉). 본관은 풍산, 노안에서 홍응복(洪應福)의 아들로 명종18년(1563)에 태어나 고경명, 기대승 문하에서 공부했다.

서정후(徐廷厚) 32세.
호는 송촌(松村). 본관은 이천. 봉황 등내마을에서 안의현감 서상(徐祥)의 손자이자 여절교위(勵節校尉) 서변(徐汴)의 아들로 명종15년(1560)에 태어나 김천일의 제자로 극념당에서 수학하였다.

임환(林懽). 31세.

호는 습정(習靜). 본관은 나주. 회진에서 병사 임진(林晉)의 아들로 명종16년(1561)에 태어나 선조23년(1590)에 진사과에 합격했다.

양산숙(梁山璹) 31세.

호는 번계(璠溪). 본관은 제주. 나주 박산에서 대사성 양응정(梁應鼎)의 셋째아들로 명종16년(1561)에 태어나 우계 성혼 문하에서 수학한 후 혼인하여 나주 삼향에서 살았다. 선조24년(1591)에 전란을 대비하자는 상소문을 올렸다가 일부 동인 사람들에게 미친 사람이라는 비난을 받았다. 그러나 본인은 전란을 염두에 두고 형 양산룡과 함께 수영과 무술을 연마했다.

김천일은 단숨에 이름을 써내려가다가 멈추었다. 붓을 놓고는 무릎을 꿇고 지켜보고 있던 양산숙에게 말했다.

"요로크롬 적어가다가는 은제 끝날지 모르겄네. 긍께 나이 드신 애일당, 일헌, 회재 선상님허고 타지 인사덜에게는 내가 편지를 쓸 텐께 나머지는 회원이 직접 찾아가서 말씸을 드리게."

"예. 시방 바로 어르신 말씸을 전하겄습니다요. 근디 만나서 설득허고 댕길라믄 메칠은 걸릴 거 같그만요."

"수월허지 않을 거네. 말 한 마디에 누가 함부로 목심을 버릴라고 허겄는가."

양산숙은 곧바로 작년에 사재를 털어 구입한 말을 타고 극념당 오솔길을 내려가 사라졌다. 김천일은 나주에 사는 정심과 박광옥, 그리고 타지에 있는 광주의 고경명과 송제민, 화순의 최경회, 정읍의 소산복 등에게 보낼 편지 초안을 구상했다. 극념당 마루에서 영산강을 내려다보면서 편지 내용을 머릿속으로 다듬었다. 자신의 뜻을 관철시키려면 허투로 써서는 안 될 듯했다. 나라를 구하고자 호소하는 편지이므로 짧고 강렬하게 써야 했다. 적어도 하루 이틀은 더 고민하면서 왜 의병을 일으키려 하는지 대의명분을 분명하게 밝힐 필요가 있었다.

타지 사람으로서 송제민은 김천일에게 아주 짧은 기간 동안 가르침을 받은 바 있으니 제자라 해도 무방했다. 김천일은 거침이 없고 의리가 있는 그에게도 편지를 쓰지 않을 수 없었다. 큰일을 도모할 수 있을 만큼 신뢰하기 때문이었다.

송제민(宋濟民) 43세.

호는 해광(海狂), 자는 사역(士役) 또는 이인(以仁). 본관은 홍주. 홍문관 정자(正字) 송정황(宋庭篁)의 아들로 명종4년(1549)에 광주에서 태어나 대대로 벼슬한 집안의 가풍과 달리 송제민은 입신양명을 원하지 않았다. 호방한 성격 탓에 구속을 싫어했다. <토정비결>의 저자 이지함의 문하에서 공부한 영향으로 은거하며 정진하는 도학자들을 흠모했다. 극념당을 찾아왔던 것도 그런 그의 성격 때문이었다.

또한 소산복은 이항의 제자였지만 김천일을 유독 따랐는데, 훗날 김천일이 진주성전투에서 순절한 뒤 제문을 지어 올렸을 정도였다.

소산복(蘇山福) 36세.

호는 매헌(梅軒). 본관은 진주. 정읍에서 정략장군 소국필(蘇國弼)의 아들로 명종11년(1566)에 태어나 10대 후반쯤 이항 문하로 들어가 수학했다. 선조24년(1591) 식년시 생원과에 합격했지만 벼슬길에 나아가지 않았다. 송상현, 고경명, 김천일, 조헌 등과 시와 편지를 주고받으면서 문장의 격을 높이고 학문을 깊게 했다.

김상건은 아버지 김천일이 머뭇거리자, 눈치를 채고 벼루와 붓을 극념당 방에 갖다놓았다. 김천일이 아들을 바라보면서 새삼스럽게 말했다.

"상건아, 아부지 맴을 알겄지야? 진짜 선비는 나라가 에러와지믄 분연히 일어나서 나라를 구헐라고 허는 꾀를 내는 사람이다잉. 니 눈으로 봐서 알겄지만 나라가 태평헐 때는 벼슬허고 나라가 위급해지니까 자연으로 숨어부는 선비덜이 을매나 많냐. 모두 가짜 선비다잉."

"아부지께서 공맹(孔孟)을 배와 실천허지 않으믄 무지렁이 농사꾼보다 못허다고 늘 말씸허셨지라우."

"그래, 맞다. 농사꾼은 하늘에 순응험서 사람이 묵을 곡식이라도 기르지 않으냐. 허나 덜된 선비덜은 입으로 말만 맹글어내느니라."

김천일이 마루에서 일어나면서 비틀거렸다. 손을 허리에 갖다대면서 오만상을 찌푸렸다. 오래된 문짝이 삐거덕거리는 듯한 요통은 앉아 있다가 일어설 때마다 가끔씩 찾아왔다. 요통과 바람과 추위로 인한 풍습병(風濕病)은 외조모 상례로부터 연유한 지병이었다. 외조모가 돌아가시자, 마당에 초가 영우(靈宇)를 지은 뒤 3년 동안 상복을 입고 시묘하듯 살았음이었다. 상복을 벗은 후에도 영우를 치우지 않고 오랜 동안 외조모가 살아계신 것처럼 아침저녁으로 들어가 머리를 조아렸다. 이와 같은 김천일의 효심은 전라감사를 감동시킬 정도였던 것이다.

김상건이 아버지 김천일을 부축했다. 그러자 김천일이 찡그렸던 얼굴을 펴면서 말했다.

"상건아, 평생 달고 댕긴 풍습병과 요통이지만 나를 키워준 외할무니를 생각허믄 고마와서 눈물이 나부러야."

외조모의 은혜를 생각하믄 지병쯤은 아무 것도 아니라는 말이었다. 김천일 부자는 극념당을 내려와 들판을 가로질러 갔다. 강물을 채운 들판은 쪽물이 번지듯 푸르게 푸르게 변해가고 있었다. 그런데 동문 석성을 돌고 있을 때였다. 석성 안에서 아이고 아이고! 하는 사람들의 통곡소리가 들려왔다. 대낮인데 뜻밖에 듣는 곡소리였다. 김천일은 문득 불길한 예감이 들어 김상건에게 말했다.

"나는 몬자 집에 갈랑께 니가 성 안으로 들어가 소식을 듣고 오그라."

"예, 아부지. 먼 일인지 알아보고 집으로 올라갈게라우."

그러나 김상건은 날이 어두워지도록 돌아오지 않았다. 김천일은 애가 탔다. 집을 들락거리던 김 서객도, 통인도 나타나지 않았다. 나주 관아에 무슨 변고가 있음이 분명했다. 김천일은 사랑방에 들지 못한 채 마당에서 서성거렸다. 김상곤이 말했다.

"아부지, 무신 일인게라우?"

"성 안에 들어간 니 성이 으째서 안 온다."

"지가 나가보겄습니다요."

"그래라. 속이 타는 것이 아조 불길허기만 허다."

132

김상곤은 사립문을 나갔다가 금세 김상건을 부축한 채 돌아왔다. 김상건은 큰 충격을 받은 듯 풀이 죽은 얼굴이었고 어깨는 축 처져 있었다. 김천일을 보자마자 마당에 주저앉아서 통곡을 했다.

"아이고, 아이고! 임금님께서 도성을 떠나 파천 길에 오르셨다고 헙니다요."

"임금님께서 도성을 버리고 피난을 가셨다는 말이냐?"

"예, 아부지. 목사 나리부터 성 안의 모든 사람덜이 땅바닥에 주저앉아 통곡허고 있습니다요."

"사실이란 말이냐? 아이고, 종묘사직은 으짤끄나!"

김천일은 입술을 깨물었다. 입술에서 붉은 피가 배어 나왔다. 목울대를 타고 넘어오는 신음소리를 어금니로 물었다. 김천일은 사랑방으로 들어가고 나서야 꺼이꺼이 흐느꼈다. 문을 걸어 잠그고 곡(哭)을 하는 바람에 누구도 막을 수 없었다.

"아이고, 아이고!"

김상건이 성 안에서 들은, 선조가 도성을 버리고 파천 길에 올랐다는 소식은 사실이었다. 충주패배가 결정적이었다. 충주패배의 장계는 29일 밤에야 올라왔다. 이제 한강에 친 최후방어선은 왜적의 공격을 지연시키어 선조의 파천을 돕는다는 의미밖에 없었다. 종실인 해풍군이 대궐문을 두드리며 "전하, 도성을 지켜야 하옵니다."라고 통곡했다. 그러나 대신들은 "사태가 이 지경에 이르렀으니 평양으로 행차한 뒤, 명나라에 군사를 청해서 회복할 생각을 해야 하옵니다"라고 아뢨다. 장령 권회가 접견을 청하여 해풍군과 같이 도성수성을 건의하자 이번에는 유성룡이 "권회의 말은 매우 충성스럽기는 하지만 형편상 그렇게 하지 않을 수밖에 없습니다."라고 하였다. 선조는 어가를 호종할 우두머리로 윤두수를 임명했다. 그리고 근왕병을 모집하기 위해 김귀영과 윤탁연에게는 임해군을 받들게 하여 함경도로, 한준과 이개에게는 순화군을 받들게 하여 강원도로 가도록 지시했다.

결국 선조는 전포 차림으로 손에 채찍을 들고 4월 30일 비가 쏟아지는 새벽인데도 파천 길에 올랐다. 지척을 분간하지 못할 정도의 캄캄한 밤이었다. 비가 내려 횃불을 들 수 없었다. 돈의문(서대문)을 급히 빠져나가는 바람에 선조가 탄 말이 뒤뚱거렸다. 선조 앞에는 종묘의 관원들이 신주를 모시고 앞장섰으며 뒤에는 세자와 신성군, 그리고 정원군의 행차가 뒤따랐다. 종루의 군사도 달아나버렸는지 밤 시간을 알리는 북소리도 나지 않았다. 돈의문을 벗어난 직후 선조를 호위하는 하급군사들조차 모두 달아나버렸다. 문무 벼슬아치 1백여 명만 남았다. 임금이 궁궐을 버리니 도성의 백성은 난민으로 바뀌었다. 천도하여 뒷날 명나라의 힘을 빌려 반격을 도모한다고는 하지만 선조와 조정 대신들의 명분은 초라했다. 왕비는 걸어서 인화문으로 나갔다가 가마를 탔는데, 궁녀 수십 명이 따랐다. 도승지 이항복이 초롱을 들고 왕비를 인도했다. 비가 세차게 쏟아지자 길은 진흙탕으로 변했고 금세 흙탕물 범벅이 된 가마는 주춤거렸다. 할 수 없이 숙의(淑儀) 이하는 가마를 버리고 말로 갈아탔다. 궁녀들은 울면서 걸었다. 선조는 날이 샐 무렵 비에 흠뻑 젖은 채 벽제 역참 가기 전의 사현(沙峴)고개를 겨우 넘었는데, 그때 경기관찰사 권징이 뒤쫓아 와서 자신의 우장을 바쳤다.

선조가 떠난 궁궐은 난민이 된 도성 사람들에게 먼저 화를 당했다.

궁궐 문은 하나같이 자물쇠가 채워지지 않은 채 닫혀 있었다. 호위군과 궁문지기들이 황급히 빠져나갔기 때문이었다. 도성 난민들은 잠깐 비가 갠 틈에 노비문서가 보관된 장례원과 형조에 불을 질렀다. 분노한 난민들은 경복궁, 창덕궁, 창경궁까지 불 지르고 창고를 약탈했다. 문무루와 홍문관에 보관된 서적들, 춘추관에 있던 각 왕대의 실록, 승정원일기 등이 남김없이 잿더미로 변했다. 평상시에 재물을 많이 쌓아둔 곳으로 원성이 자자했던 임해군과 병조판서 홍여순의 사가도 난민들이 달려가 노략질하고 태워버렸다. 도성에 군사들이 남아 있기는 했지만 떼 지어 몰려다니는 난민들을 막아내지는 못했다. 난민의 우두머리 몇 명을 잡아 참수했지만 그들은 이미 폭도로 변해 있었다. 이 모두다 왜군이 입성하기 전에 벌어진 일이었다.

이러한 소문은 도성사수를 위해 한양으로 올라오던 삼도의 지휘본부에도 전해졌다. 전라순찰사 이광과 경상순찰사 김수, 그리고 충청순찰사 윤국형이 이끄는 군사진영이었다. 단번에 사기가 떨어진 삼도의 장졸들은 순찰사를 따라 되돌아가거나 각자도생으로 흩어졌다. 지휘부는 왕이 없는 도성에 군사를 이끌고 갈 명분이 없었기 때문이었다.

3일 후.

그제야 김천일은 울음을 멈추고 사랑방 문을 열고 나왔다. 3일 밤낮을 통곡했던 사람답지 않게 의연했다. 식음을 전폐했기 때문에 온 가족이 전전긍긍했는데 김천일의 얼굴은 맑았다. 가족 모두가 그런 김천일을 보고는 눈물을 훔쳤다. 김천일의 담담한 목소리에는 결기가 묻어 있었다.

"내가 울어서 뭣을 헐 것이냐? 임금님께서는 나라에 환란이 있어 피난을 가셔부렀는디 신하로써 어쩌케 새나 짐승맹키로 도망쳐 살기를 원허겠느냐. 의거를 하여 싸움터에 나갔다가 이길 수 읎으믄 오직 죽음이 있을 뿐이제. 이것이 나라에 보답허는 길이 아니겠느냐?"

양씨부인이 나서서 애원했다.

"영감님, 무신 일을 허시든지 몸을 상허시믄 안 되지라우. 얼릉 진지부텀 드시지라우."

"나라가 무너지고 있는 이 형국에 내가 울어서 뭣이 변헐 것이요? 부인, 이제야 내가 죽을 곳을 찾았응께 다행이요. 백성을 위해 죽는 것이 선비의 도리일 것이요."

김상곤이 울먹였다.

"아부지, 끼니때만 되믄 온 식구가 가시방석에 앉은 것 같었그만요. 아부지 연세가 있으신께 더 그랬지라우."

그러나 김천일은 도리질을 했다.

"내 서른한 살 때였느니라. 일재 선상님께서 남쪽에 왜적덜이 출몰허는 난세인께 안일허게 지낼 수 읎다믄서 굶자고 하셨느니라. 나는 5일 간 음식을 입에 대지 않았느니라."

그때, 5일간 단식한 제자는 김천일이 유일했다. 선조3년(1570)의 일이었다. 평소와 다름없이 강학에 들어가면서도 정신력으로 단식한 제자는 김천일 한 사람뿐이었던 것이다. 김천일의 말에 가족들이 더 이상 말을 하지 못했다.

"극념당으로 가자. 상건아, 상곤아. 오늘은 사람덜에게 충(忠)과 의(義)를 위허자고 편지를 써야겄다."

"예, 아부지. 준비헐게라우. 산숙이 아재헌테도 연락허겄습니다요."

종마가 앞발로 땅을 차며 소리를 질렀다. 주인을 며칠 만에 보니 반가운 모양이었다. 김천일도 막둥이가 토방 밑까지 끌고 온 종마를 쓰다듬어주었다. 그러자 종마가 큰 눈을 끔벅거렸다. 막둥이는 등에 양씨부인이 챙겨준 음식을 지고 있었다. 김천일이 들판에 들어서서야 두 형제에게 말했다.

"나는 창의해서 도성을 수복허고야 말 것이다."

"아부지, 나주 양민을 몬자 지켜야 허지 않겄습니까?"

"니 말에는 의는 있지만 충이 빠져 있다. 임금님을 다시 도성으로 모셔와야 모든 백성덜이 편안해질 것이다. 목심을 걸믄 이루지 못헐 일이 으디 있겄냐."

"한양으로 북진허시겄다는 말씀이그만요."

"그렇다. 나주에는 의인덜이 많응께 그 사람덜헌테 나주를 맽기고 나는 뜻을 굳건히 허고 한강을 반다시 넘어가고야 말 것인께 그리 알그라."

극념당에 도착한 김천일은 바로 아들에게 벼루에 먹을 갈게 했다. 그런 뒤 나주의 선배 정심, 박광옥에게 편지를 썼다. 그리고 광주의 고경명과 송제민, 화순의 최경회, 정읍의 소산복에게도 같은 내용의 글을 한지에 적었다. 강바람이 불어와 먼저 쓴 편지들이 뒤척거렸다. 편지들 속에 서릿발처럼 충만한 의기(義氣)가 언뜻언뜻 아들들 눈에도 보이는 듯했다.

나주의병군 창의

김천일은 고경명을 만나고 돌아왔지만 마음이 심란했다. 고경명은 의병을 일으키고자 담양 추성관에 묵고 있었다. 그런데 창의시기를 두고 김천일과 생각이 달랐던 것이다. 김천일은 하루가 급하다고 했지만, 고경명은 전라도 여러 고을에서 더 호응해 올 때까지 기다리자고 했다. 김천일은 고경명을 형님이라고 불렀다.

"제봉 성님, 전라감사가 북진허다가 관군을 회군시켜부렀다는디 아적 소식을 못 들었소? 관군이 저 모냥인께 인자 지낼 곳은 아무 디도 읎어부요. 즉시 의병을 일으킨 뒤 관찰사 이광의 죄를 묻고 바로잡아 기강을 세와분 뒤에 속히 한양을 되찾아야지라우."

고경명은 전라감사 이광을 처단하자는 김천일의 의견에도 반대했다. 이광이 전라도와 경상도, 충청도의 군사를 모아서, 즉 삼도근왕군을 만든다고 하니 지켜보자고 했다. 전라도 관군을 회군시킨 이광이 삼도근왕군을 모병한다는 말에 김천일은 고개를 절레절레 저었다. 이광이 자신의 명예를 되찾고자 삼도근왕군을 규합한다는 소리로밖에 들리지 않았기 때문이었다.

사흘 전, 그러니까 전라관찰사 이광이 5월 3일 한성을 수복하겠다고 소집한 근왕군 8천 명이 전주를 떠나 북진하다가 공주에서 갑자기 전주로 돌아와 버렸던 것이다. 임금의 행차가 북쪽 지방으로 가서 그 존망(存亡)을 알 길이 없으니 해산할 수밖에 어찌할 도리가 없다는 것이 전라도근왕군 사령관 이광의 말이었다. 의기양양하게 북진의 칼을 빼어들었다가 슬그머니 거둬들이는 회군의 이유치고는 군색하기 짝이 없었다. 일거에 관군의 전의를 꺾어버리는 어이없는 변명이었다. 물론 이광 혼자서 결심한 것은 아닐 터였다. 군사지식이 풍부한 조방장이나 별장, 부장 등 참모들의 의견을 듣고 난 뒤 결정했겠지만 이순신의 문중인 덕수이씨 가문에 먹칠한 부끄럽기 짝이 없는 회군이었다.

근왕군 해산의 여파는 컸다. 특히 전라도 민심이 흉흉해지고 관군의 전의가 곤두박질쳤다. 소로에는 고향을 떠나 산중으로 피난 가는 유랑민들이 줄을 이었다. 성을 떠나지 말라는 고을 수령들의 지시가 먹혀들지 않았다. 전라도근왕군의 북진 소식은 금세 영호남에 퍼져 고을 수령들은 물론이고 난민이 된 백성들에게 실낱같은 희망을 주었는데, 지금 상황은 그 반대로 돌변해버렸다. 엎친 데 덮친 격이었다.

아침 일찍 극념당으로 올라온 양산숙이 말했다.

"어르신, 불편허신 디가 있는게라우?"

"제봉 성님을 만난는디 생각이 다른 것만 확인허고 와부렀네."

"두 어르신이 합세헐라고 편지를 보내지 않았는게라우."

"내가 좋아허는 성님인디 생각이 많이 다르단마시. 추성관에 의병청을 설치했으믄 좌고우면허지 말고 나서야 허는디."

김천일은 양미간을 찌푸리며 도리질했다. 의병을 거병하는 시기와 전라감사 이광의 죄를 묻는 문제까지 서로 생각이 달랐던 것이다.

"전라감사에게 기회를 주자고 허고, 의로운 선비덜을 보다 많이 규합허자는 성님 말씸도 일리는 있지만, 허나 대사(大事)란 시기가 있지 않은가. 시기를 잡지 않으믄 일을 그르치는 벱이여. 농사꾼이 씨 뿌리는 시기를 놓치믄 한 해 농사를 망쳐불데끼 말이네."

"어르신 말씸이 지당허십니다요. 어르신께서는 어처케 허실 겁니까요?"

"벨 수 읎네. 동조허는 사람덜끼리라도 창의허는 수밖에. 목사에게 장소를 부탁헐 텐께 5월 16일 금성관으로 모이게 허게."

"일전에 돌아댕김시로 말씸드렸응께 시방 알리기만 허믄 다 모일 것입니다요."

"수고했네. 그라믄 일을 보게. 상건이허고 상곤이는 관아로 들여보냈네."

"어르신, 16일쯤에는 장맛비도 그칠 것입니다요. 하늘도 우리를 도와주는그만요."

"하늘이야 사람이 허는 일을 지켜볼 뿐이네. 그때는 폭염이 푹푹 찔지도 모르네. 진인사대천명(盡人事待天命)이란 말도 있지 않은가. 사람은 그날그날 마지막 날이데끼 곡진허게 살아야 써."

양산숙이 가고 난 뒤 김천일은 일전에 편지를 보낸 재야선비들에게 창의시기가 적힌 통문을 작성했다. 축축한 강바람이 불어왔다. 몇 날 며칠 동안 장맛비가 오락가락한 탓에 강바람은 몹시 습했다. 겨울에는 고뿔, 봄여름가을에는 풍습병에 시달려온 김천일로서는 불청객 같은 꿉꿉한 바람이었다.

이윽고 두 아들이 극념당 오솔길로 올라오고 있었다. 목사를 면담하고 오는 길이었다. 김천일이 작성해 둔 통문을 벼루로 눌러놓고 두 아들을 맞이했다. 김상건이 말했다.

"아부지, 목사 나리께서 금성관에서 창의허는 것을 흔쾌허게 허락하셨그만요."

"그렇다믄 시방 목사에게 가서 고맙다는 말을 해야겄구나."

"관아가 어수선헌디 시방 가실라고라우?"

"으째서 그러디야?"

"관찰사 나리께서 삼도근왕군을 모병헌다고 나주관아의 장졸덜을 다 보내달라는 공문이 왔다고 헙디다요."

"전라도 군사가 올라갔다가 공주에서 회군헌 탓에 사기가 크게 떨어졌을 것인디 어쩌케 또 싸운다는 말인지 깝깝허구나."

"목사 나리께서도 불만을 터뜨리드그만요. 군사를 다 올려보내믄 누가 나주를 지킬 것이냐고 얼굴을 붉으락푸르락 했지라우."

"상곤아, 통문은 니가 여그저그 댕김시로 돌리그라. 상건이는 내 옆에서 심부름헐 일이 많을 텐께."

"성은 아부지를 참좌해야 헌께 지가 바깥으로 돌아댕겨야지라우. 광주로 갔다가 정읍까정평 댕겨올라요."

참좌(參佐)라는 말은 항상 옆에서 보좌한다는 말이었다. 그러니까 대장 옆의 부관(副官)이란 말과 같았다.

"메칠 간 나는 걸어댕길 텐께 종마를 가지고 가그라. 막둥이가 전라도 길은 훤헌께 벨 어려움은 읎을 것이다."

김천일은 차남 김상곤을 보낸 뒤, 장남 김상건하고 의병 조직에 대해서 논의했다. 김천일이 먼저 의병조직을 어떻게 할 것인지 구상을 말했다.

"5월 16일에 사람이 모였을 때 각자 역할을 정헐 것이다만 시방 나는 요로크롬 생각허고 있어야."

김천일은 의병조직을 종사관 위주로 운영하려고 구상 중이었다. 그러니까 여러 명의 종사관(從事官)을 두고 그들의 중지를 모아 전략, 전술로 왜군과 맞서 싸우려고 했다. 전투에 임해서는 종사관들을 부대장(部隊長)으로 임명하려고 했다. 또한, 군량미를 수송할 운량사(運糧使)도 의곡(義穀)의 유실이 한 톨도 없게끔 믿을 수 있는 사람으로 여러 명 두려고 생각했다. 물론 유능한 데다 신뢰할 수 있는 인물이라면 종사관과 운량사를 겸할 수도 있었다.

그런데 김상건이 궁금한 것은 자신의 역할이었다.

"아부지, 지는 뭣을 맡는게라우?"

"니는 늘 아부지 옆에 있어야 헌께 전령이제. 참좌전령 말이여."

"그러실지 알았그만요. 상곤이는요?"

"니 동상은 몸이 부실헌께 집에 남아서 선영을 지켜야 허지 않겄냐. 나는 고로코름 생각헌다. 니 생각은 으쩌냐?"

"지 생각도 아부지와 같그만요. 지가 상곤이 몫까정 싸와불랑께 나서지 못허는 동상은 잊어부씨요."

"암은, 성제 간에 우애만 돈독허다믄 나는 더 바랄 것이 읎어야."

"동상은 맴이 약해 벌거지 한 마리도 죽이지 못허지라우. 긍께 집에 남아서 선영을 지키고 어머님께 효도허는 것도 아부지 걱정을 덜어주는 일이지라우."

"니 말이 맞다. 사람은 모다 지 분수가 있는갑서야."

"목사 나리를 만날라믄 시방 내려가야 허지 않을게라우?"

"그래, 가서 고맙다고 해야제."

김천일 부자는 다른 날보다 일찍 극념당을 나섰다. 차남 김상곤이 종마를 타고 가버렸으므로 김천일 부자는 걸어서 들녘을 가로질러 갔다. 들녘은 하루가 다르게 변해갔다. 초록빛 어린 벼들이 이제는 제법 들녘을 채우고 있었다. 마침 이경록 목사가 동문 누각에서 관군과 토병들을 훈련시키고 있는 중이었다. 이경록은 전포 차림으로 오른손에는 지휘봉 같은 날창 대신 긴 칼을 잡고 있었다. 나라가 위중하므로 그역시 잔뜩 긴장하고 있는 것 같았다. 이경록 목사가 누각에서 내려와 김천일을 맞이했다.

"어서 오시오. 기다리고 있었소."

"아이고, 목사 나리께서 금성관에서 창의를 허락허셨다고 허기에 단숨에 달려왔지라."

"나라를 구하시겠다고 나서는데 무엇이라도 도와드려야지요."

"형세가 급헌께 하루라도 빨리 창의해야 허는디 그러지 못해 불충 헌 맴이 크지라."

"급히 창의하면 일을 그르칠 수 있으니 언제든 금성관을 이용하시기 바라오."

김천일은 이경록을 따라서 관아 동헌방으로 들어갔다. 김상건은 동헌 담장 밖에서 기다리기로 했다. 동헌방은 특별한 장식장들이 없어 더 넓어 보였다. 다만 검대에 두 자루의 장검이 꽂혀 있고 소박한 이층장 위에는 투구가 덩그러니 놓여 있었다. 가죽갑옷은 아랫목 벽에 두벌이 걸려 있었는데 가죽냄새가 풍기는 듯했다. 이경록은 앉은뱅이책상 앞에 앉지 않고 방 가운데에서 내아 구실아치에게 찻상을 가져오도록 하는 등 김천일을 정중하게 예우했다. 미리 대기하고 있었던 듯 찻상이 금세 들어왔다. 금성산 산자락에 자생하는 차를 청명(清明)과 곡우(穀雨) 전에 따서 덖은 작설차였다. 작설차는 월출산 도갑사나 금성산 다보사 승려들이 마시는 차였지만 관아에서 간혹 목사가 마셨고, 향교에서 제사를 지낼 때 헌다(獻茶) 용도로 쓰이기도 했다. 이경록과 김천일은 찻상을 가운데 놓고 마주앉았다.

"성이 텅 빌 것 같소. 감사께서 나를 포함해 관군과 토병을 할당해서 징발하니 보내지 않을 수 없소이다. 지난번에 1차로 보낼 때만 해도 그러려니 했는데 이제는 의문이 드오."

"목사께서도 올라가신다는 말씀이오?"

"우리 군사가 많이 가니까 나도 가야지요."

"나주가 비겠그만요."

"내가 없더라도 임시로 대장(代將)을 지명하고 올라가니까 큰 문제는 없겠지요."

이경록은 전라감사 이광의 처사에 불만을 품고 있었다. 김천일 역시 군사를 회군시킨 이광의 처사를 못마땅하게 생각하고 있었지만 발설하지는 않았다. 감사와 목사는 어찌됐든 지휘계통에 있는 현직이었고 자신은 관직을 떠난 지 오래된 재야선비였기 때문이었다.

"삼도근왕군을 급조해서 또 다시 한양으로 북진한다는데, 몇 만 대군이라도 오합지졸이 돼버리지 않을까 걱정이오. 훈련을 받지 않은 정예군사가 아니기 때문이오."

순간, 김천일은 의병도 마찬가지라는 생각이 들었다. 창의를 해서 몇 백 명을 모병한다고 해도 전력이 문제될 것 같았다. 그렇다면 훈련할 수 있는 기간과 장소가 필요할 것 같았다. 마음 같아서는 당장 한양으로 올라가고 싶지만 그건 방금 이경록이 말한 오합지졸에 불과했다. 김천일이 차를 한 잔 음미한 뒤 예를 갖추어 말했다.

"임금님 궐패를 모신 객사, 금성관은 성스러운 곳이지라. 긍께 거그는 함부로 드나드는 곳이 아니지라."

"부사 나리께서 저에게 하실 말씀이 있는 것 같소. 말씀하시오."

"방금 목사 나리 말씸을 듣고봉께 의병을 모으드라도 훈련을 시키지 않으믄 오합지졸이나 다름읎을 것 같으요."

"훈련받지 않은 군사는 백전백패할 수밖에 없지요. 더구나 농사꾼 의병이라면 더 말해 무엇 하겠소?"

"그래서 말씸 드리는 것인디 참말로 송구허그만이라."

"금성관에서 창의만 하는 것이 아니라 숙소로 삼아 훈련도 시키겠다는 말씀이오?"

"금성관에 임시로 의병청을 설치허믄 으쩌겄소?"

"임시인데 무엇을 못하겠소이까?"

이경록은 걸림 없이 대답했다. 김천일로서는 창의 장소를 허락한 것만도 고마운데 비록 임시이기는 하지만 의병청 설치까지 약속받았으므로 더 부탁할 일이 없었다. 작설차를 서너 잔 마시고 난 뒤였다. 이경록이 검대로 가더니 장검을 한 자루 뽑아 들었다.

"부사 나리, 이 칼을 드리겠소. 이름하야 승전검(勝戰劍)이올시다."

"아이고, 목사 나리."

이경록의 배려는 그뿐만 아니었다. 벽에 걸린 가죽갑옷 한 벌도 내려서 김천일에게 주었다.

"이 갑옷을 입고 칼을 들게 되면 대장으로서 위엄이 생길 것이오."

두 사람은 서로 손을 마주잡았다. 서로의 의기가 손바닥을 타고 가슴까지 짜릿하게 흘렀다. 성 밖으로 나온 김천일은 칼과 갑옷을 김상건이 들게 했다. 그것의 무게보다는 그것이 주는 이경록의 뜻이 더 무거웠다. 김천일은 피곤했지만 일찍 잠을 이루지 못했다. 양씨부인에게 장검과 갑옷을 보여주면서 이제 자신의 의지가 아니라 의병장이 될 수밖에 없는 자신의 운명을 실감했다.

혼자 방문을 열고 나와 컴컴한 하늘을 올려다보기도 했다. 하늘에는 크고 작은 별들이 제 자리를 지키면서 빛나고 있었다. 삼경 무렵에는 양씨부인과 김상건이 김천일 옆에 앉았다. 김천일이 나직하게 말했다.

"부인, 재작년 요때였지요? 천문(天文)을 보았는디 우리나라에 환란이 있을 것이란 예감이 들었지라."

옆에 그림자처럼 가만히 앉아 있던 김상건이 말했다.

"아부지, 그때 극념당 제자덜에게 뭣이라고 말씸허셨는지 기억나시는게라우?"

"환란이 있을 거라고 허지 않았드냐."

"나라의 재앙이 장차 조석에 있을 것인디 어처케 안일허게 처신하리오, 라고 말씸허셨그만요."

"그 말이 시방도 맞는갑다. 왜적이 반다시 쳐들어오리라고 말해주고 간 황진 동복현감 말도 생생허고."

김천일의 말이 너무 비장하여 양씨부인은 아무 말도 못했다. 자신도 모르게 눈물만 주르르 흘릴 뿐이었다. 김상건은 밤하늘이 두려울 정도로 경건하여 숨도 제대로 쉬지 못했다. 슬그머니 별채 공부방에 들어서고 나서야 깊은 숨을 소리 나게 쉬었다. 그러나 아버지 김천일은 마루에서 그대로 새벽빛이 번질 때까지 밤을 새우며 천지신명에게 고하면서 자신의 결기를 다졌다.

선조25년 5월 16일.

김천일은 장검을 옆구리에 찬 채 종마를 타고 금성관으로 향했다. 말고삐는 막둥이가 잡고 아들들은 종마 좌우에서 걸었다. 김천일이 종마 위에서 개결하게 말했다.

"오늘 칼을 차불고 나오니 새가 새장을 시원허게 벗어나뻔진 거 같으다."

그동안 자신을 괴롭혔던 요통과 풍습병이 사라져버린 듯하다는 말이었다. 자신의 충의(忠義)가 지병을 눌러버렸다는 말이기도 했다. 금성관에는 벌써 이삼백 명의 군중이 웅성웅성 모여 있었다. 북문으로 들어온 김천일은 먼저 임금의 궐패가 있는 금성관으로 갔다. 기다리고 있던 광주의 송제민, 정읍의 소산복, 나주의 정심, 박광옥, 이광주, 홍천경, 서정후, 양산룡, 임환, 양산숙 등이 뒤따랐다. 모두가 궐패를 향해 공손하게 4배를 올렸다. 선조에게 충성을 다하겠다는 맹세의 4배였다.

조금 늦게 온 인사까지 합치니 26명이나 되었다. 나주 유지들이 14명이었고 남원, 순창, 곡성, 영암, 무안, 장흥, 능주, 광주 등에서 온 지사들이 12명이었다. 그리고 의병지원자는 1백 명이 될까 말까 했다. 밤잠을 설치며 긴장했던 김천일 부자와 양산숙은 금성관 앞에 모인 인파에 놀랐다. 김천일은 나라를 구하겠다고 지원한 의병들이 줄을 지어 대오를 갖추자 그 자리에서 눈물을 흘리며 외쳤다.

"나랏일이 참말로 여럽고 애통헌 지경에 이르렀는디 어처케 구차허게 살기를 바라겄소? 인자 혼자는 온전헐 수 읎넌 형국이라 죽고 사는 일은 조만간에 닥칠 일이 되고 말 것이요. 도망쳐서 꼴짜기에서 죽는 것은 차라리 적을 쳐서 죽는 것만 같지 못헐 것이요. 우리가 시방 참으로 값있게 죽을 자리를 찾았는디 뭣을 더 바라겄소? 이제야 나라의 은혜에 보답헐 때가 되었소"

"옳은 말씀이요!"

모인 의병지원자들이 죽창을 하늘에 찔러대며 함성을 질렀다. 김천일은 즉석에서 군관 출신자들을 뽑았다. 그런 뒤 그들에게 의병지원자들을 훈련시키라고 지시했다. 김천일이 의병지원자들에게 다시 소리쳤다.

"오늘부텀 여그와 흥룡마실이 숙소이자 훈련장이요. 죽창이 읎는 사람은 당장 죽창부텀 맹그시오. 군량미는 수백석이 있응께 끼니 걱정은 허지 마씨요!"

김천일은 금성관 대방(大房)을 의병청으로 삼았다. 의병지원자들이 군관출신들을 따라간 뒤에야 회의를 하기 위해 의병청으로 들어갔다. 나주 유지와 타지의 지사들도 뒤따랐다. 다만 집안의 노복과 농사꾼 수십 명을 데리고 온 송제민은 그들을 통솔하느라고 회의에 참석하지 못했다.

의병청에 든 김천일은 종사관부터 임명했다. 김천일의 제자인 서정후와 양산숙의 형인 양산룡 등이 건의하면 고령자이자 나주 선비인 정심과 박광용이 김천일의 동의를 얻어 정했다. 종사관은 서정후, 송제민, 양산숙, 임환, 김천일의 외당숙인 이광주가 맡기로 했는데 그 자리에서 오종사관(五從事官)이라고 불렸다. 그리고 나덕양, 양산룡, 조의립, 홍천경은 군량미를 수송하는 운량사로 임명 받았고 김경, 김태명, 홍심 등이 군량미 즉 곡식을 모으는 의곡관(義穀官)으로 지명 받았다.

그날부터 김천일은 갑옷과 칼을 차고 다니면서 종사관들에게 훈련받는 나주의병군들을 감독하게 했다. 의병군들의 사기는 날이 갈수록 더욱더 솟구쳤다. 나주목사와 지역 유지들의 뒷바라지 때문이었다. 5월 하순부터는 이경록 목사가 무기고에 있는 일부 활과 창을 의병군에게 내주어 실제 전투처럼 공격과 수비훈련을 반복적으로 받게 했다. 전투에 대한 자신이 붙자 의병군 여기저기서 출병하자는 소리가 튀어나왔다. 군관 출신 하나가 하소연했다.

"훈련 쪼깐 받더니 얼릉 한판 붙어뻔지자고 야단이그만요."

김천일이 듣고 싶어 했던 소리였다.

"싸움은 맴이 아니라 몸으로 허는 벱이여. 몸을 더 성건지게 맹들어놔야 헐 것이여."

고령인 탓에 의병군에 가담하지 못하는 정심과 박광옥은 날마다 금성관과 흥룡마을을 오가며 훈련받는 의병들이 배고프지 않게 식사를 점고했다.

나주의병군 출병

홍룡마을이 북적였다. 의병을 지원한 양민 수십 명이 한꺼번에 홍룡마을로 찾아왔다. 금성관에서는 더 이상 받지 못하기 때문이었다. 갑자기 홍룡마을은 군사가 주둔한 진처럼 변했다. 김천일의 집에서는 일부 참모장수들이 기거하고 마을 집들은 의병을 지원한 사람들이 임시막사처럼 이용했다. 지원자 중에는 나팔을 불고 징과 꽹과리를 치는 사람도 섞여 있고, 짐승을 잡아 목에 풀칠해 온 백정도 있었다. 특히 노비들이 많았다. 당장의 끼니 군량미는 김천일의 창고에서 조달하고, 김경과 김태명 같은 모의곡(募義穀) 참모들은 전라도 각지를 돌며 고을 유지들에게 협조를 구했다.

홍룡마을로 올라온 지원의병들은 아침 일찍 김천일의 대밭으로 들어가 죽창을 만들었다. 낮에는 양산숙 등에게 군사훈련을 받았다. 창 다루는 방법을 주로 익혔다. 지원의병의 숫자는 점점 불어나 금성관에서 훈련받는 의병들과 합쳐서 3백여 명이나 되었다.

금성관 의병과 홍룡마을 의병이 서로 합쳐서 훈련하는 날이었다. 충의와 결의를 다지는 날이기도 했다. 김천일은 홍룡마을에 모인 2백여 명의 의병들을 거느리고 나주읍성으로 향했다. 막둥이가 애지중지 끌을 먹이던 황소 한 마리도 끌고 갔다. 흥룡마을에서 북문까지는 가까운 거리였다. 각 부대의 기수가 든 깃발들이 북문까지 이어졌다. 김천일은 노란 대장기를 든 기수 뒤에서 군마를 타고 지휘했다. 이경록 나주목사가 내어준 젊은 말이었다. 평생 병마에 시달려온 몸이 이상할 정도로 가뿐했다. 의병들이 김천일을 볼 때마다 죽창으로 하늘을 찔러댔다. 김천일은 뿌듯한 마음으로 중얼거렸다.

'나라를 지키는 것은 말이여. 니덜의 칼이나 창이제 선비덜의 붓이 아니여.'

금성관 뜰은 3백여 명의 의병들로 빼곡히 들어찼다. 막둥이가 끌고 온 황소도 큰 눈을 껌벅거리며 꼬리를 휘휘 저었다. 김천일은 측근참모들만 데리고 객사 안으로 들어가 먼저 향을 피웠다. 그런 뒤 참모장수들과 함께 임금을 상징하는 궐패를 향해 4배를 했다. 참모장수들은 일어나 무릎을 꿇고 있었지만 김천일은 한동안 객사 마룻바닥에 이마를 대고 빌었다.

'임금님께서 몽진 길에 오르셔부렀으니 어찌 원통허고 분허지 않겠사옵니까. 신하로서 불충한 맴이 한없이 클 뿐이니 하루 빨리 북진해서 한양을 되찾겠사옵니다. 신은 구차히 살기를 바라지 않는바 임금님을 위해 붓을 던져불고 칼을 들었사옵니다. 이제 충의로써 죽을 자리를 찾았으니 뭣이 두렵겠사옵니까.'

객사를 나온 김천일은 양산숙을 불러 서른 개의 사발을 가져오게 했다. 양산숙이 자리를 물러서자 이번에는 장남 김상건에게 백정을 데리고 오게 했다.

"상건아, 뿌사리를 잡아야겄다. 긍께 백정을 델꼬 오너라."

"네, 아부지."

"인자 나는 니 아부지가 아니다. 나는 나주의병군 의병장이다."

"앞으로는 고로크롬 부르겄습니다."

김천일은 양산숙이 가져온 분청사발 서른 개를 참모들 앞에 놓도록 지시했다. 그런 뒤 백정더러 황소를 잡게 했다. 3백여 명의 의병들이 일제히 백정을 주시했다. 황소는 죽음을 예감하는지 백정이 고삐를 잡아끌자 따라가지 않으려고 잠시 버텼다. 그러다가 백정의 눈과 마주치더니 움머움머 하고 구슬픈 소리를 냈다. 백정이 잽싸게 긴 헝겊으로 황소의 눈을 가렸다. 황소가 입가에 거품을 흘리며 발굽으로 거칠게 땅을 팠다. 도끼를 든 백정이 고삐를 강하게 낚아채자 황소는 다시 순해지더니 된똥을 싸기 시작했다. 된똥이 한 무더기나 쏟아졌다. 짐승도 죽기 전에 뱃속을 비우는 모양이었다.

바로 그 순간이었다. 백정은 때를 놓치지 않고 황소의 정수리에 도끼를 내리쳤다. 단 한 번으로 끝냈다. 황소가 쿵 하고 땅바닥에 쓰러졌다. 의병들이 일제히 왜적을 무찌른 듯 함성을 질러댔다. 그러나 막둥이는 객사 뒤로 돌아가 벽에 머리를 박고 꺼이꺼이 울었다. 백정의 민첩한 행동은 거기서 멈추지 않았다. 허리춤에서 꺼낸 칼로 쓰러진 황소의 목을 찔렀다. 누군가가 동이를 가져와 솟구치는 황소의 피를 받았다. 황소 피가 넘치자 또 다른 동이를 가져와 댔다.

"여그 놓인 사발에 피를 따라부러라!"

"네, 의병장님."

김상건이 김천일의 지시대로 서른 개의 사발에 황소 피를 담아 날랐다. 서른 명의 참모들이 황소 피를 단숨에 마시고 나자 이윽고 김천일이 소리쳤다.

"이 피를 마신 우리덜 임무는 오직 무도헌 왜적을 무찌르고 임금님을 다시 한양 도성으로 모시는 것이여. 비록 왜적이 한양을 무너뜨렸다고 헌들 우리덜 의병이 뒤에서 쫓아가고 있응께 이겼다고 헐 수 읎을 것이여. 최후의 승자는 우리덜 의병이란 말이여. 우리덜은 호남 최초로 거병한 의병이란 자부심을 잊지 말아야 써. 오늘 우리덜이 떨쳐 일어나니 무도헌 왜적덜은 단 한 사람도 살아남지 못헐 것이여. 인자 왜적덜은 돌아가지 못허는 거렁뱅이 구신일 뿐이여."

목숨을 내놓기로 맹세한 서른 명의 참모들이 들었던 사발이 한 데 모아져 상자에 담아졌다. 황소는 살과 뼈를 발라 의병 배식 담당자들이 가지고 돌아갔다.

"출병은 이삼 일 안으로 헐 것이다."

소뼈와 쇠고기 내장을 푹 고은 곰탕에 밥을 말아먹은 의병들은 힘을 냈다. 전의를 불태웠다. 김천일보다 더 출병을 기다렸다. 장남 김상건과 양산숙, 서정후 같은 측근 제자참모들도 마찬가지였다.

그런데 김천일은 긴장했다. 출병하기 이틀 전 밤에는 극도로 긴장이 돼 지병인 요통이 도질 정도였다. 출병하기 바로 전날 밤에는 뜬눈으로 밤을 샜다. 잠자리가 바뀌었기 때문은 아니었다. 간밤 삼경까지 참모들과 회의하고 잠자리에 들었지만 금성관 창호에 꼭두새벽의 푸른 빛이 어릴 무렵까지 눈을 감은 채 뒤척거렸다. 신경이 예민해진 탓인지 숲에서 우는 휘파람새소리가 후이후이 가슴을 파고들었다. 영산강 나루터의 사공이 부는 피리소리가 애처롭게 들려왔다. 강 건너 주막손님을 부르는 피리소리였다. 김천일은 일어나자마자 손에 칼을 쥐었다. 보름 전부터 붓 대신 칼을 잡곤 했다.

금성관 뜰은 안개가 자욱했다. 짙은 안개 속에서 웅성거리는 소리가 났다. 참모들이 의병들을 점호하는 소리였다. 잠시 후에는 모닥불이 피어올랐다. 김천일은 객사로 들어가 향에 불을 붙여 향로에 꽂았다. 궐패 앞에서 네 번 절했다. 이번에는 참모들을 부르지는 않았다. 보름 전에 참모들과 함께 망궐례를 치렀기 때문이었다.

그때였다. 객사 문을 막 나서는 순간이었다. 양산숙이 절룩거리는 사내 한 명을 데리고 왔다. 젊고 건장한 장정이 필요한 마당에 불구자와 같은 사내를 데리고 오다니 이상한 일이었다.

"대장님을 뵙겠다고 해서 델꼬 왔습니다요."

"으디서 온 누구여?"

"겡상도 의령에서 온 신광이라 합니더."

신광의 나이는 서른 두 살의 양산숙과 엇비슷했다.

"의령이라믄 진주와 같이 남강이 흐르는 디가 아니여? 근디 무신 일로 나를 만나러 왔능가?"

"비록 지 다리 하나가 부상을 당해가꼬 불편하기는 하지만 말입니더, 받아주신다믄 왜놈들허고 싸우다가 죽겠십니데이."

신광은 경상도 본토박이인 듯 그쪽 사투리를 투박하게 쓰고 있었다. 김천일은 그의 말투가 정겹고 호기심이 생겨 간밤에 묵었던 의병청으로 불러들여 물었다. 십오륙 년 전, 나이 사십 세 때 진주의 경상감영에서 잠시 도사(都事)로 재임했던 일이 떠올라 친밀감을 느꼈던 것이다.

"부상당헌 다리로 어처크롬 싸운단 말인가?"

"지는 원래 곽재우 대장님 밑에서 왜놈들과 대적카다가 고마 다리

하나를 다쳐 이케 돼삐릿십니더. 허나 안즉 성한 다리가 더 남아 있십니더."

신광이 잠방이를 걷어 썩고 있는 다리를 보여주었다. 총상을 입은 무릎 아래쪽의 정강이에서는 고름이 누렇게 흐르고 살이 호두알 만하게 패어 있었다. 문드러진 살과 고름 사이로 흰 뼈가 보일락 말락 했다.

"중상인디 내가 의원을 소개해 줄틴게 치료를 몬자 받아야 쓰겄네."

"총알은 장단지 쪽으로 빠져나갔십니더. 허지만 우짠 일인지 나주로 오는 동안 더욱 고약한 냄시가 났십니더."

"여그보다 진주에서 치료를 받아불지 그랬는가? 이짝으로 오는 동안 쬐끔 심해져부렀구만. 치료는 때를 놓치지 말어야 허는 뱁이여."

"지는 죽더라도 조상님들 혼백이 서린 곳을 지키다가 죽겠다고 왔십니더."

신광은 신숙주 조부를 염두에 두고 말했다. 고령 신씨 일부가 나주 옹기촌 옆에 정착한 것은 신숙주 조부 때부터였다. 신숙주 조부가 고령에서 나주로 이주해 온 것이었다. 그리하여 신숙주 부친은 금성산 금안마을에 사는 압해정씨 딸과 결혼했고, 신숙주는 외가인 금안마을에서 태어나 어린 시절을 보냈던 것이다.

"근디 자네는 잘못 와부렀네. 나주에는 인자 고령 신씨덜이 읎당께."

"지도 숙자 주자 조상님 때에 모두 한양으로 이사해삐린 거를 알고 있십니더."

그래도 신광이 나주로 온 것은 그의 꿈 때문이었다. 창녕에서 왜군의 총알을 맞고 혼절해 있다가 의식이 들 무렵에 꿈을 꾸었는데, 그때 신숙주 조부가 나타나 나주로 가면 살 길이 보일 것이라고 했던 것이다.

"성치 않은 몸땡이로 의병청을 찾아온 충의가 대견허그만. 근디 나는 자네를 받아줄 수 읎응께 그리 알고 돌아가게."

"지가 전장에 나가 싸우지는 몬한다 캐도 의병장님을 도울 방법은 얼마든지 있십니데이."

"그게 뭣인디?"

"곽재우 대장님의 신출귀몰허는 방책을 말씀드릴 낍니더."

신광을 데리고 온 양산숙이 참지 못했다.

"얼릉 야그해삐지쑈 잉."

곽재우는 임란이 일어난 직후 조선 땅에서 최초로 의병을 일으킨 유생이었다. 물론 의병의 성격은 나주와 달랐다. 곽재우가 모집한 의병은 자기 고을에 침략한 왜군을 물리치기 위해 거병한 사람들이었다. 이른바 향보의병(鄕保義兵)이었다. 반면에 전라도 나주의병은 왜군의 침략을 받지 않은 상태에서 한양수복이나 왕의 호위를 위해 거병하였기 때문에 근왕의병(勤王義兵)이라고 할 수 있었다.

"곽 대장님은 탐망의병을 백리 밖에 두어 적정을 늘 살폈십니더. 또한 위장전술에 능했십니데이."

"으떤 위장전술이 통해불던가?"

"당상관의 벌건 옷을 입은 거도 왜적에게 겁줄라꼬 그런 기였고예, 적이 멀리 있을 때는 꽹가리와 북을 시끄럽게 쳐서 적의 진군을 주춤거리게 하고, 밤에는 적이 있는 부근의 산으로 올라가 다섯 가지로 된 횃불을 들고 밤새도록 함성을 지르니 적들은 우리 군사가 겁나게 많은 줄 알고 도망치기에 바빴십니더."

"또 다른 전술은 뭣이 있능가?"

"날랜 군사를 뽑아 요해처에 숨겨두었다가 적이 나타나면 공격하는 매복전술도 여러 번 봤십니더. 또 위장전술과 매복전술을 함께 쓸 때도 있었십니데이."

"유생 출신인 곽 대장의 전술이 무인보다 결코 못할 것이 읎구나!"

김천일이 신광의 이야기에 감탄했다. 위장전술과 매복전술을 혼합한 전술은 군사의 숫자가 적은 의병에게는 참고할 만했다. 곽재우의 위장전술은 그뿐만이 아니었다. 그는 태평소를 다룰 줄 아는 사람들을 붉은 옷을 입혀 여러 산봉우리로 올려 보냈다가 왜군이 나타나면 일시에 태평소를 불게 했다. 우리 군사가 어느 산에 있는지 알 수 없도록 혼란을 일으키게 하는 위장전술이었다. 왜군부대가 진격방향을 잡지 못하고 진퇴양난에 빠지면 즉시 뒤에서 숨어 있던 의병군이 공격하는 매복전술을 폈던 것이다.

김천일은 신광의 손을 잡았다.

"자네가 여그 온 까닭을 이제사 알겠네. 나헌티 곽재우 대장의 전술을 알으켜줄라고 여그 왔그만."

김천일은 찾아온 신광이 고마워 양산숙에게 지시했다.

"산숙이가 의원에게 델꼬 가 봐줘야 쓰겄다."

나주관아에는 의원청에 구실아치인 의원이 있었다.

"예, 의원이 용한께 얼릉 다리가 성해질 것입니다요."

"심해지믄 다리를 짤라야 헐지 모릉께 잘 치료받도록 해주게."

나주의 아침은 모처럼 환했다. 영산강에서 피워 오른 짙은 안개도 말끔히 가시고 없었다. 금성산 푸른 숲이 한층 가깝게 보였다. 금성관 주변은 의병들로 북적거렸다. 의병들은 아침밥을 먹기 위해 사발을 하나씩 들고 길게 줄을 서 있었다. 배식을 먼저 받은 의병들은 뜰에 엉거주춤 쭈그리고 앉아 배를 채우고 있었다. 의병 숫자가 3백여 명이다 보니 한 사발에 국과 밥, 그 위에 생선젓갈과 오이소박이가 함께 놓여졌다.

김천일은 의병들이 식사를 다 하고 난 뒤에 몇몇 심복참모들과 함께 먹었다. 누구를 시키지 않고 직접 사발을 들고 가 배식을 받았다. 어느 날인가는 국밥이 떨어져 배식당번 의병이 당황할 때도 있었지만 김천일은 순서를 바꾸지 않았다. 의병들에게 하루 한 끼만큼은 배불리 먹이라는 것이 김천일의 방침이었다.

홍룡마을 집에 남아 있던 막둥이가 또 왔다.

"나리, 지도 싸움에 나서불어야 허겄습니요."

"니는 식구들과 함께 선산을 지킨다고 약속허지 않았느냐?"

"선산은 주인마님이 겨신께 지까정 있을 필요는 읎지라우. 지는 나리께서 타고 다니는 말이라도 잘 챙기겄습니요."

막둥이는 다리 하나가 불편한 신광과 달리 체격이 건장했다. 비록 노비지만 충직하고 의협심이 뛰어났다. 김천일에게 복종하는 마음이 앞서서 일을 그르칠 때가 많은 것이 흠이라면 흠인 노비였다.

"좋다, 근디 앞으로는 내 이름을 들먹이지 말어야 헌다잉. 사람덜이 불편헐 수 있응께 허는 말이여."

"입이 읎는 사람맨치로 나리를 따라 나서불겄습니요."

"귀는 열어두거라. 내가 듣지 못허는 소리나 누군가가 요긴헌 소리를 허믄 나에게 알려주어야 헝께."

"나리, 영념허겄습니다요."

김상건이 막둥이에게도 의병의 흰옷과 창을 지급했다. 그래도 거먹 초립을 쓴 막둥이를 보니 전장에 나아가는 군사라기보다는 역마를 끄는 역졸 같았다. 김천일이 크게 웃음을 터뜨렸다.

"하하하."

김천일이 웃자 모처럼 큰아들 김상건도 소리 없이 따라 웃었다. 이 삼일 후면 의병군은 한양을 향해서 북진할 터였다. 북진할 날이 다가 올수록 긴장감이 배가되고 있는데 웃음보가 터진 것이었다. 막둥이도 거먹초립을 벗고 머리를 긁적였다. 막둥이는 이미 의병과 같이 머리띠 를 두르고 있었다. 그때 73세의 고령 이광익이 김천일을 찾아왔다. 노 환으로 지난 5월 16일 창의하는 날에도 나오지 못했던바 김천일은 이 광익을 보자마자 걱정을 했다.

"외숙, 무신 일인게라우? 몸이 불편허신께 안 오셔도 된당께요."

"오늘 출병헌다고 해서 나도 함께 따라갈라고 왔네."

"외숙이 시방 허실 일은 몸을 잘 보존허시는 것밖에 읎어라우."

"나도 따라감서 심을 보태고 잪네."

김상건도 만류했다.

"하나부지, 의병군은 싸게 북진헐 것입니다요. 하나부지께서는 도 저히 따라오실 수 읎어라우. 더우라도 묵으시믄 으쩌실라고 그라십 니까요."

"외숙, 상건이 말이 맞그만요. 폭염에 큰일 날 수도 있어라우."

"그라믄 나는 의병덜이 출병헌 뒤에 가겄네. 하루에 1리를 가더라도 임금님이 겨신 곳까지 가서 죽을라네."

김천일은 막둥이에게 당부했다.

"막둥아, 니는 참봉 어르신을 잘 모시고 뒤따라 오그라."

김천일 부자는 출병한 뒤에 뒤따르겠다는 이광익의 충의까지는 막지 못했다. 군량미 4백여 석을 지원한 것만으로도 고마운데, 하루에 1리를 가더라도 임금이 있는 행재소까지 가서 죽겠다는 결의에는 더 이상 할 말이 없었다.

선조 25년 6월 3일은 조선의 근왕의병으로서는 최초로 출병하는 날이었다. 금성관 뜰에는 3백여 명의 나주의병군들이 칼과 창을 든 채 도열하고 있었다. 모두 다 부동자세로 입을 꾹 다문 채 눈만 끔벅거렸다. 의병들은 김천일이 나타나기를 기다리고 있었다. 드디어 말을 탄 김천일이 의병들 앞으로 다가와 섰다. 의병들이 말 등에 얹힌 김천일의 입을 주시했다.

김천일은 칼을 먼저 빼들었다. 칼날이 아침햇살에 번쩍였다. 놀란 말이 엉덩이를 들썩였다. 서너 번 뒷발질을 했다. 그러자 재빨리 막둥이가 튀어나와 말고삐를 잡아 낚아챘다. 말이 고개를 끄덕이며 순해지자 이윽고 작은 체구의 김천일이 입을 열었다. 체구에 비해 목소리는 날카롭고 컸다.

"독초를 없앨라믄 반다시 독초의 뿌렝이를 뽑아뻔져야 허는 것이여. 왜적을 섬멸코자 헐 때는 반다시 왜적의 우두머리를 잡아 죽여야 허지 않겠는가. 우리가 거병헌 까닭은 우리 고을을 지키고자 허는 뜻도 있지만서도 한양의 왜적을 쳐서 수복허는 것이 더 시급헌 일이여. 한양 도성을 떠난 임금님의 고통이 을매나 크겄는가. 지난번 거병헌

160

날에도 고했지만 국사가 여그에 이르러부렀으니 우리덜이 어처크롬 구차허게 살겠는가. 혼자서 살고자 산골짜기에 들어 숨어 있다가 죽을 바에는 차라리 왜적을 치다가 죽는 것이 낫다 이 말이여!"

김천일의 말이 떨어지자마자 의병군들이 칼과 창을 하늘 높이 쳐들며 함성을 질렀다.

"대장님! 명만 내려달랑께라우!"

"우리덜 심으로 왜적을 처죽여 한양을 되찾아불랍니다!"

"의주에 겨신 임금님을 한양 궁궐로 모셔야 한당께."

의병군 참모인 유지들과 달리 민초의병들의 입에서는 파천 길에 오른 임금님이란 소리는 나오지 않았다. 그만큼 피난 간 선조와 대신들에 대한 원망이 컸다.

김천일은 말 위에서 소리쳤다.

"가자! 전라도, 충청도를 지나 한양으로!"

말에 탄 김천일은 병마로 시달린 사람 같지 않았다. 칼을 빼어들고 앞장서 나아가는 그의 모습은 맹수처럼 날렵했다. 뒤따르는 농악꾼과 깃발을 든 기수들이 사기를 충천케 했다. 기수들은 오색의 깃발을 들고 휘휘 저었으며, 의병이 된 농악꾼들은 북은 물론 징과 꽹과리를 치고 나발을 불며 출병하는 의병들의 전의를 북돋았다. 의병들은 목이 쉴 만큼 크게 소리 지르며 김천일을 뒤따랐다.

삼도근왕군

이광은 전라병사 최원에게 남아서 전라도를 지키게 했다. 그런 뒤 전라도 근왕군 4만 명을 두 부대로 나누어 자신은 2만 군사를 지휘 통솔하면서 나주 목사 이경록은 중위장으로, 조방장 이지시를 선봉장으로 삼았다. 이광이 통솔하는 2만 군사가 먼저 용안에서 강을 건너 충청도 임천역으로 전진하였다. 뒤이어 나머지 2만 군사를 거느린 전라방어사 곽영은 광주목사 권율을 중위장으로 임명하고 태인 출신의 조방장 백광언을 선봉장으로 삼아 여산대로를 지나 금강을 건넜다. 무과에 급제한 뒤 고성 현감과 북청 판관을 지낸 백광언은 칼과 철퇴를 잘 쓰는 무인이었다.

전주를 떠난 전라도 근왕군이 경상도와 충청도 근왕군과 평택 진위 들판에서 만난 때는 5월 26일이었다. 삼도근왕군 군사가 다 모이자 깃발들이 해를 가렸다. 군사와 군량미를 싣고 가는 우마 행렬이 사십여 리나 뻗쳤다. 피난을 가던 백성들이 영문을 모른 채 근왕군 행렬에 섞일 정도였다.

이윽고 삼도근왕군은 김천일이 금성관에서 출병한 날인 6월 3일 수원의 독성산성으로 옮겨 주둔했다. 독성산성에 있던 왜군은 삼도근왕

군의 대군을 보고는 크게 놀란 채 용인으로 도망쳤다. 용인 산자락에
도 소규모의 왜군 부대가 있었던 것이다.

　김천일은 순찰사 이광이 거느리고 올라간 삼도근왕군의 희소식을
기다리며 북진했다. 장성을 지날 때는 장성 농악꾼과 양민들이 나와
의병들의 장도를 축원해 주었다. 고부에서는 고부군수가 죽창을 수십
단 들고 나와 바쳤다. 정읍에서는 양민들이 함지박에 곡식을 들고 나
왔다. 익은 자두나 싱싱한 오이를 따 가져오는 아녀자들도 눈에 띄었
다. 그때마다 의병들이 휘파람을 불면서 환호했다. 논밭에서 김매기를
하다가 마음이 격동되어 의병을 지원하는 사람들도 나타났다. 고을의
관아가 있는 거리를 지날 때는 의병 농악꾼이 징과 꽹과리를 치고 나
각을 불며 자신들의 북진을 알렸다.

　김천일은 고을을 지날 때마다 의병군에게 주의를 주었다.

　'논밭에 있는 작물을 훔치지 말라. 밟지도 말라. 함부로 남의 집에 들
어가지 말라. 아녀자를 희롱하지 말라. 겁탈하는 자는 효수에 처할 것
이다. 굶어서 쓰러진 자를 발견하거든 윗사람에게 보고하라. 도성을 되
찾고 백성을 보호하는 것이 나주의병군의 임무이다.'

　태인에 이르러 김천일은 잠시 숨 고르기를 했다. 북진을 잠시 멈춘
뒤 자신은 장남 김상건을 데리고 스승 이항의 위패가 봉안된 남고서원
으로 달려가 엎드려 절했다. 김천일이 사십 세 되던 해였다. 정월에 강
원도사를 제수 받았지만 지병으로 사직했다. 그러나 얼마 지나지 않아
경상도사를 제수 받았다. 그런데 그해 6월 스승 이항 선생이 별세하자
김천일은 벼슬을 버리고 태인으로 달려와 통곡하고 8월에 동문 기효

간, 변사정 등 28인과 함께 스승의 장례를 치렀다. 그런 뒤 다음해 5월
에 스승의 행장을 짓고 노수신에게 묘지명을 청했다. 더불어 여러 제
자들과 힘을 모아 강학소 부근에 남고서원을 세웠다. 김천일이 문사이
면서도 무술을 연마한 것은 무학(武學)에 능했던 스승의 영향이 컸다.
이항은 제자들에게 씨름을 자주 시켰고, 그 자신은 하루에 한 번씩 말
을 타거나 활쏘기를 했던 것이다.

　김천일은 남고서원을 나와 안도했다. 아버지처럼 의지했던 스승에
게 거병을 고했으니 자신의 신변에 무슨 일이 일어나더라도 여한이 없
을 것 같았다. 마음 깊숙한 곳으로부터 자신감이 샘물처럼 솟구쳤다.
게다가 의병의 숫자도 빠르게 불어나고 있었다. 나주를 떠날 때 3백여
명이던 의병이 어느 새 4백 명이나 되었다. 유랑민들이 속속 의병군에
가담했기 때문이었다. 보림산 산자락은 흰 말을 기르는 목장처럼 잡목
가지에 널어놓은 의병들의 바지저고리들로 흰색 일색이었다. 의병들
이 땀으로 범벅된 옷가지를 개울물에 빨아 여름 볕에 말리고 있었다.
홀딱 벗고 남근을 덜렁거리며 개울물에 멱을 감는 의병들도 보였다.
김천일 역시 자신의 퀴퀴한 저고리를 벗어서 개울물에 휘휘 저어 헹궜
다. 김천일이 웃통을 벗은 채 군막으로 돌아온 뒤 아들에게 물었다.

　"삼도근왕군은 으째 소식이 읎다냐?"

　"대군이다 봉께 진군이 더딘 거 같그만이라우."

　김천일이 삼도근왕군의 희소식에 잔뜩 기대를 걸고 있는 것은 군사
규모가 5만 대군이기 때문이었다. 전라감사 이광 휘하에 4만, 그리고
경상감사 김수가 데리고 온 군사 수백 명, 충청감사 윤선각이 징발한
수군에다 충청방어사 이옥과 병사 신익의 군사 8천여 명이 합세한 결

과였다. 삼도근왕군 속에는 산중 절에서 자원한 승군의 숫자도 몇 백 명이나 되었다. 근왕군 군사의 규모로만 치자면 머잖아 한양 도성을 수복할 것 같았다.

"근왕군은 삼도에서 모은지라 앞과 뒤, 중간의 장수가 각기 다른디 잘 싸울께라우?"

"일사불란허지 못한께 아마도 질서 잡기가 뭣보담 심들 것이다. 거그도 돌출행동허는 장졸덜이 있지 않겠냐."

"그래도 우리덜 군사는 보름 이상을 훈련해서 그란지 분위기는 갠찮그만이라우. 특히 모다 최후까정 함께 싸우겄다고 복창허그만요. 좌우당간에 근왕군이 조강(祖江)을 넘어가야 되는디 걱정입니다요."

"암, 그라제. 우리나라 하나부지 강인 한강을 건너 한양 성문에 삼도 근왕군 깃발을 꽂아부러야제. 요번에는 이광 순찰사께서 반다시 그라기를 빌 뿐이다."

김천일은 이광에 대한 분노를 이미 풀어버린 상태였다. 관민이 합세 해야 한다는 경상도 사람 신광의 조언도 있었고, 이광으로부터 사전에 편지를 받았기 때문이었다. 실제로 이광은 전번의 실패를 거울 삼아 여러 고을의 관군과 양민까지 불러 모아 근왕군을 조직하면서 고경명에게 격문 초안을 부탁했고, 김천일 등 여러 선비들에게 자신의 의지를 알렸던 것이다.

김천일의 외숙 이광익은 나주의병군이 출병한 지 사흘 만에 나주를 떠나려고 했다. 고령의 이광익은 말에 탔고, 막둥이는 말고삐를 잡았다. 이광익의 식구들이 울면서 말렸지만 소용없었다. 노환으로 누워만 있던 이광익이 나주를 떠나자 온 식구들이 통곡했다. 특히 집사와 마름이 더 큰소리로 울면서 땅을 쳤다. 그래도 이광익은 김천일과 약속했다고 하면서 선조가 머물고 있는 행재소를 찾아가 죽겠다고 나섰다. 막둥이는 이광익의 목숨이 자신의 손에 달린 것 같아 몹시 부담스러웠다. 집사와 마름이 한마디씩 부탁했다.

"참봉 어르신을 잘 모셔야 허네. 위급헌 일이 생기믄 바로 돌아오소."

"더우가 심헌께 그늘에서 쉼시롱 싸목싸목 가게. 참봉 어르신 신변에 이상이 생긴다믄 자네 탓이네."

이광익이 집사와 마름을 나무랐다.

"내가 자청헌 것이네. 막둥이를 탓허지 말게. 오히려 고맙게 생각허고 세경을 한 몫 넉넉허게 마련해서 주게."

"예, 참봉 어르신."

순간 막둥이는 이광익에 대한 존경심이 생겼다. 부담을 느꼈던 자신이 후회스러울 정도로 고개가 숙여졌다. 김천일이 왜 이광익을 친형님처럼 따랐는지 이해가 됐다. 그러나 이광익이 고령인 데다 몸이 성치 않은 것은 사실이었다. 나주를 떠난 지 두어 식경도 못 되어 어지럽다면서 쉬었다가 가자고 했다. 할 수 없이 막둥이는 말을 나무에 매어놓고 그늘에서 쉬었다. 아무리 천천히 움직이더라도 하루에 40리는 가야 하는데 임금이 계신 행재소까지는 생각만 해도 막막했다. 지금의 속도라면 하루에 20리도 가기 힘들 것 같았다. 자주 휴식을 취하면서 기운을 낸 뒤 다시 길을 나서곤 했지만 장성을 10여 리 앞두고 멈추었다. 막둥이가 외딴집을 발견하고는 하룻밤 묵을 요량으로 주인을 찾았다.

"겨십니까요?"

"누구요?"

"참봉 어르신을 모시고 지나가는 사람인디 하룻밤 묵을 수 읎을까 해서 왔습니다요."

"참봉 어르신이라고라?"

팔십 세 정도 되어 보이는 늙은 노인이 방에서 나와 말에 탄 이광익을 보면서 말했다.

"김천일 의병장님 외숙님이시그만요."

노인이 김천일 이름을 대자 쭈글쭈글한 얼굴을 쳐들면서 반색했다.

"아이고메, 김천일 의병장님 외숙이시그만요. 얼릉 들어와부쑈잉."

"여그를 지나갔소?"

"그라고 말고라우. 지나가심시롱 묵을 곡식을 겁나게 주고 가셨지라우."

"참봉 어르신께서 어지러우신께 시원헌 물이나 쪼깐 갖다 주쑈."

"더우를 묵으셨는갑소. 더우에는 오이냉국이 단방약이지라우. 쪼깐만 지달리쑈잉."

옆에 있는 노파에게 작은방으로 모시라고 한 뒤 노인이 싸리울타리를 타고 올라가는 오이덩쿨을 이리저리 헤집더니 팔뚝만 한 오이 한 개를 따왔다. 막둥이는 작은방으로 들지 않고 밖을 지켰다.

노인의 말은 정확했다. 노파가 가져온 오이냉국을 한 사발 마신 이광익은 천천히 기력을 회복했다. 노인은 젊은 시절 마을사람들 중에 급체한 사람, 식중독 걸린 사람, 팔이 빠진 사람 등이 찾아오면 처방을 해주는 등 돌팔이의원 노릇을 했다고 고백했다. 이광익이 말했다.

"감출 숭이 아니요."

"참봉 어르신께서는 몸이 허약허신디 으쩐 일로 길을 나섰는게라

삼도근왕군 167

우?"

"나주의병군헌테 심이 될라고 올라가고 있소."

"지가 보기에는 무리허시는 거 같습니다요."

이광익이 미소를 지었다.

"하루에 1리를 가드라도 임금님 겨신 가차운 디서 죽을라고 원을 세와부렀소."

"참봉 어르신께서 참말로 지 같이 나이만 묵은 소인배를 여롭게 허시는그만요!"

노인이 앉아 있다가 슬그머니 무릎을 꿇었다.

"편허게 앉으씨요. 방을 내준 것만도 을매나 고마운 일이요."

"나라를 생각허는 의병장님 맴이나 참봉 어르신 맴이나 영낙읎이 똑같그만요."

이광익은 외딴집 작은방에서 잤고, 막둥이는 마루 한쪽에서 웅크린 채 자는 둥 마는 둥했다. 꼭두새벽에 눈을 뜬 이광익이 막둥이를 깨웠다.

"막둥아, 낮에 쉬드라도 새벽길을 가는 것이 좋겄다."

"알겄습니다요."

막둥이가 헛간에 둔 말을 꺼낼 때 말이 소리를 질렀다. 말이 소리치자 노인이 나와 만류했다.

"찬은 읎지만 아칙밥은 자시고 떠나셔야지라우. 이런 벱은 읎습니다요."

"더우 땜시 그라요. 어저께 혼이 나서 해뜨기 전에 움직이는 것이 좋을 거 같소."

168

"의병장님이 요런 사실을 알믄 지헌테 을매나 실망허시겄습니까요. 요럴 줄 알고 의병장님께서 지헌테 곡식을 주셨는갑습니다요."

"허허."

"시방 빨리 아직밥 헐랑께 쪼깐 지달리씨요잉."

노파가 서둘러 부엌으로 들어갔다.

"잠만 잔 것도 민폐를 끼쳐부렀는디…"

할 수 없이 이광익은 노인의 청을 따랐다. 막둥이에게 했던 말과 달리 외딴집에서 아침끼니를 하고 떠날 수밖에 없었다. 더구나 김천일이 무슨 예감으로 외딴집에 곡식을 주고 갔는지 묘한 생각이 들었다. 아니면 의병들이 우르르 몰려가 외딴집 우물물로 목을 축인 것에 대한 보답인지도 몰랐다. 양민의 것이라면 우물물 한 바가지라도 함부로 손을 대면 안 된다고 의병들에게 신신당부를 해두었기 때문이었다.

수원과 용인에 주둔하던 왜군은 수군장수 와키자카 야스하루(脇坂安治) 수하의 수군들이었다. 와키자카는 히데요시로부터 이순신과의 해전은 불리하니 육전에 임하라는 명령을 받고 수군 1천6백여 명을 거느리고 육지로 올라와 있었던 것이다. 와키자카는 히데요시의 시동 출신으로 근위무사가 되었다가 영주로 출세한 장수였다. 와키자카 수하의 주력부대 1천여 명은 한양에 주둔했고, 잔여 6백여 명은 장수 와타나베 시치에몬(渡邊七右衛門)의 지시를 받으며 용인의 북두문산과 문수산에 소루를 만들어 지키고 있었다. 수원에서 도망친 왜군은 용인의 왜군과 합세했지만 군사의 규모는 근왕군에 비해 절대적으로 작았다. 용인의 왜군은 한양의 주력부대가 오기를 기다렸다. 위기상황을 보고

받은 대장 와키자카는 즉시 1천여 명의 군사를 이끌고 한양을 떠났다.

삼도근왕군은 휘하군사가 많은 이광이 맹주로서 군권을 쥐고 지휘했다. 군사가 적은 김수와 윤선각은 후방에서 맴돌았다. 수원의 왜군이 도망치는 것을 본 이광은 6월 4일에 선봉장 백광언을 용인 문수산으로 보내 적정을 정탐케 했다. 백광언의 눈에도 문수산에 진을 치고 있는 왜군들의 세는 아주 약해 보였다. 백광언은 왜군의 진지 앞까지 접근하여 나무하고 물 긷는 왜군 10여 급을 베어 왔다. 이는 이광에게 더욱 교만한 마음을 들게 했다. 군사들도 왜군을 업신여겼다. 백광언은 자신이 본 대로 이광에게 보고했다.

"왜놈덜 군사가 허술한께 급히 쳐 쓸어부러야겠습니다. 시기를 놓쳐부러서는 안되겠습니다."

"선봉장 말이 맞소"

이광이 백광언의 말을 받아들여주자 광주 목사 권율이 반대했다.

"한양이 멀지 않고 대적이 눈앞에 있소. 지금 공은 공격을 감행하려고 하지만 국가의 존망이 한 번의 거사에 달렸으니 경솔히 해서는 안되오. 내가 지휘하는 수원의 중위군이 올 때까지 기다리면서 만전책(萬全策)을 도모해야 할 것이오."

이광은 자신이 신임하는 권율과 동복현감 황진은 꼭 작전회의에 참석시켰다. 경상감사 김수나 충청감사 윤선각은 작전회의에 잘 부르지 않았다. 명색이 순찰사였지만 휘하에 군사가 적은 그들은 이광에게 홀대를 받았다. 황진도 권율의 생각에 동조했다. 권율과 황진의 부대는 아직도 수원에 남아서 용인 투입을 기다리고 있었다. 한 손에 철퇴를 들고 있던 백광언이 눈을 부라리며 무례하게 말했다.

"목사나 현감은 여그를 싸울라고 왔소, 군사덜 델꼬 한가허게 봄놀이헐라고 왔소? 공격허는 디는 다 때가 있는 것이지라!"

"병법에도 적세가 약할 때를 노려 들불같이 공격하라고 했소. 소장의 생각도 지금이 적기라고 여겨지오."

함경도 이성 현감을 지내면서 오랑캐를 격퇴한 바 있는 이지시도 백광언의 생각과 같았다. 이광은 더 이상 망설이지 않고 작전회의에 참석한 장수들에게 지시했다.

"여러 고을 수령들은 백광언과 이지시 장수의 명을 따르시오."

이광은 이지시와 백광언에게 각각 정병 1천 명을 주었다. 그러자 백광언과 이지시는 6월 5일 묘시를 기해 문수산의 적진을 좌우에서 기습 공격했다. 일제히 적진의 울타리를 넘어 칼을 휘둘러 왜군 10여 급을 베는 전과를 올렸다. 그러나 앞을 분간할 수 없는 짙은 안개 때문에 공격은 효과적이지 못했다. 왜군은 조총을 쏘면서 뒤로 물러날 뿐 풀숲에 엎드린 채 나오지 않았다. 묘시부터 사시까지 공격했지만 백광언과 이지시의 군사는 헛심만 쓴 셈이 되고 말았다. 안개 속에서 방향을 잡을 수 없었으므로 공격이 번번이 빗나갔다. 그러자 군사들의 사기와 기운은 급격히 떨어졌다. 안개가 걷히고 햇살이 숲속을 비집고 들어올 무렵에는 백광언과 이지시의 명령이 전달되지 않았다. 장수들과 군사들은 따로따로 숲속을 헤매고 있었다. 바로 그 순간, 밤사이에 한양에서 내려와 매복해 있던 와키자카 휘하의 1천여 명의 군사가 일시에 덤벼들었다. 근왕군은 방향을 잃어버린 탓에 퇴각을 못한 채 우왕좌왕했다. 이윽고 달려드는 왜군의 협공을 이겨내지 못하고 백광언과 이지시의 군사는 허망하게 흩어져버렸다. 끝까지 칼과 철퇴를 휘두르며 싸운 백광언은 왜군의 조총에 맞아 죽고, 차례로 이지시와 그의 동생 이지례, 고부군수 이윤인, 함열현감 정연은 왜군의 칼에 피살되었다. 장수들은 포위망을 뚫고 도망칠 수도 있었지만 산자락에 남아 왜군을 한 사람이라도 더 죽이고 나서야 쓰러졌다. 그러나 용인전투는 시작부터 대패로 끝났다. 군사 1천여 명이 전사하고 2백여 명이 포로가 되어 끌려갔다.

왜군대장 와키자카는 전세가 바뀌자 다음날에는 밥 짓는 연기를 발견하고는 먼저 기습공격을 했다. 삼도근왕군 수만 명이 광교산으로 물러나 아침밥을 짓고 있었던 것이다. 마침 충청도와 경상도 근왕군이 합류한 상태였다. 선봉장 신익이 앞서 나아가 막았으나 역부족이었다. 칼과 창 대신 숟가락을 들고 있던 근왕군은 속수무책으로 당했다. 군사들이 뒹굴고 쓰러지는 모습은 마치 산이 와르르 무너지는 것과 같았다. 군량미를 씻던 맑은 개울물은 순식간에 핏물로 변해 붉게 흘렀다.

삼도근왕군은 3만여 명으로 줄었다. 수원에 머물러 있던 권율과 황진의 군사가 피해를 보지 않았기 때문이었다. 결국 삼도근왕군 맹주 이광은 흰옷으로 갈아입고서 교서(教書)와 관인과 명부, 깃발, 무기, 군량미 등을 길에 버린 채 눈물 흘리며 퇴각을 명령했다. 추격해온 왜군들은 방어벽처럼 길을 막고 있는 그것들을 불태워버렸다. 길에 버린 것들 중에서 군량미는 반쯤 타다가 말았다. 부근 산중에 숨어살던 백성들에게는 다행이었다. 백성들은 불에 타다 만 군량미를 주워와 끼니를 때웠다.

충의를 생각하라

김천일은 공주에 막 입성하고 나서야 이광의 삼도근왕군이 용인전투에서 참패했다는 소식을 들었다. 진주로 돌아가던 김수의 군관들이 김천일이 지휘하는 임시군막을 찾아와 알려주었다.

"대장님, 광주목사 권율과 동복현감 황진의 군사만 무사합니다. 이광은 전주로 돌아갔고, 윤선각은 공주로 내려왔고, 김수는 말을 타고 경상우도로 돌아갔십니더."

"삼도근왕군이 다 흩어져부렸다는 말이냐?"

"이광 순찰사는 군사를 알지 몬해 행군허기를 마치 목동이 양떼를 몰고 댕기듯 했십니데이."

"함부로 순찰사를 험담허지 말그라."

김천일은 눈앞이 캄캄했다. 한양을 수복할 것이라고 믿었던 5만 근왕군이 대패했다는 소식에 큰 충격을 받았다. 입에서 한숨과 함께 탄식이 흘렀다.

'아이고메, 승전을 손꼽아 지달리실 우리 임금님은 을매나 낙심허실까.'

그동안 김천일을 일사불란하게 따랐던 참모 장수들 사이에 이견이 생겼다.

"5만 근왕군이 무너지는 판인디 어처케 1천 군사로 대적헌당가. 중과부적잉께 북진을 늦춰부러야제."

"꼬랑지 내려붙지 말랑께. 나는 죽기로 나섰응께 싸우다가 죽을 것이네."

"허허. 북진허더라도 군사를 불려서 가야 헌당께. 가실 태풍에 떨어진 과실멩키로 근왕군 패잔병덜이 천하에 널려 있지 않는가."

"나 양산숙은 대장님 의사를 따라불랑만. 고향으로 돌아가자믄 가고 북진을 허자믄 북진을 헐라네. 금성관에서 입술에 피를 묻히고 맹세헌 지가 을매나 됐다고 맴덜이 그란당가!"

양산숙이 피를 토하듯 말하자 서정후 등 금성관 뜰에서 생사를 함께 하자고 맹세했던 서른 명의 장수들이 하나둘 진정했다.

양산숙.

김천일이 가장 신임하는 종사관이자 좌부장이며, 기묘명현인 홍문관 교리를 지낸 학포 양팽손의 손자이자, 전 경주부윤 양응정의 둘째 아들이었다. 김천일의 나주의병군에 가담하여 운량사로서 군량미를 담당한 양산룡은 그의 친형이었다. 양산숙은 나주 삼향리에 살면서 일찍부터 성혼의 문하에서 공부했으나 세상이 비뚤어지게 돌아가는 것을 보고는 과거응시를 단념해버렸다. 그는 문사이면서도 무술에 능했고 효행도 으뜸이었다. 어머니 박씨 부인은 삼향리에서 1백여 리나 떨어진 능주 본가에서 살았고, 조부 양팽손의 묘는 능주 쌍봉리에 있었는데 그는 자주 조부 묘에 갔고 어머니를 뵈러 갈 때는 말을 타지 않고 걸어서 다녀오곤 했던 것이다.

"아따, 맴이 변혔간디? 우리덜이 요로크롬 요량해 보는 것도 다 대장님을 위해서 허는 것이제."

김상건은 가슴을 쓸어내렸다. 이제는 동요하는 의병들만 다잡으면 되었다. 의병들 중에서도 근왕군 패잔병을 만난 군사들이 더 불안해했다. 군막으로 돌아온 김상건이 김천일에게 방금 보고들은 바를 보고했다.

"장수덜이 잠깐 동요혔다가 양산숙 종사관 한마디에 모다 수그러졌습니다요. 모다 대장님과 생사를 같이 헌다고 그랬습니다요. 다만 사기가 떨어진 의병들이 아직 진정되고 있지 않그만요."

"나는 나와 다른 생각을 허는 의병덜은 붙들지 않을란다."

"고향으로 돌려보내겄다는 말씸입니까요?"

"의병은 관군과 달라야. 충의가 우러나서 지 발로 스스로 모인 군사랑께. 관군맹키로 강제로 모은 군사가 아니라는 말이여. 그러니 맴이 변했다믄 돌려보내야 허지 않겠느냐? 내가 그들의 목심을 함부로 헐 수는 없는 일이니라."

김천일은 김상건에게 당장 의병들을 불러 모으라고 지시했다. 김천일의 불같은 성격이 여실히 드러났다. 김상건은 공연히 보고를 했다고 자책했다. 그의 판단이었지만 의병들에게 귀가를 허락한다면 모르긴 해도 반수 이상은 떠나지 않을까 싶었다. 나주에서부터 올라온 의병 3백여 명만 남고 북진하면서 따라붙은 의병들은 대부분 돌아가버릴 것만 같았다. 삼도근왕군의 패배는 그만큼 의병들의 사기를 곤두박질치게 했다.

의병들이 다 모이자, 김천일이 근엄한 얼굴로 한 손에 칼을 잡고 섰다. 서른 명의 장수들은 김천일 좌우로 서서 그의 입을 주시했다. 1천여 명으로 불어난 의병들이 각자 자신의 생각대로 판단하여 선택해야할 순간이었다. 김천일이 번개처럼 칼을 뽑아 들더니 날카롭게 소리쳤다.

"의병덜이여! 충의와 의리로 뭉친 의병덜이여! 우리는 훈련 받은 관군에 비해 자랑스러운 것이 하나 있다. 우리는 용맹스럽게 스스로 떨쳐 일어난 사람들이란 것이다. 내 말이 맞지 않는가! 의병덜이 만일 나 김천일을 믿지 않고 따르기를 주저헌다믄 시방 돌아가도 좋다. 어처케 강제로 함께 할 수 있겠는가? 지금이라도 돌아가고 싶은 의병덜은 칼과 창을 놓고 돌아가야 헐 것이다! 허나 왜적을 섬멸하지 못헌다믄 비록 이 땅 어느 곳으로 숨어들어가든 살 길은 읎을 것이니라. 임금이 욕을 당허든 신하덜은 마땅히 죽어야 허는 것이 하늘의 도리니라. 여그서 있는 의병덜은 조선 2백년 사직(社稷)과 조상님덜이 길러낸 백성덜이 아닌가? 참말로 죽음을 각오허믄 도리어 살 길이 열릴 것이니라."

김천일은 칼집에 칼을 꽂고서 의병들을 둘러보았다. 단 한 사람의 동요도 없었다. 나주를 떠날 때처럼 의병들의 눈빛이 살아났다. 무리 중에서 누군가가 손가락을 깨물어 피를 내더니 자신의 흰옷에 '사즉생(死卽生)'이라고 써서 흔들었다. 귀동냥으로 글을 좀 익힌 양산숙의 늙은 노비 억구지였다. 능주에 살면서 관아에 공물을 바치는 종이었는데 지독하게 가난하였으므로 견디다 못해 나주에 사는 양산숙을 찾아와 스스로 사삿집 노비가 된 그였다.

"나라를 살리자는 억구지의 행동이 으떤 신하보다도 의롭구나. 나 김천일이나 의병덜이 시방 믿을 것은 오직 사즉생뿐이니라!"

억구지가 웃통을 벗은 채 혈서를 쓴 저고리를 들고 의병들 사이를 돌았다. 그러자 의병들 모두가 창을 들어 허공을 찌르며 함성을 질렀다. 전광석화처럼 짧은 순간에 사기가 충천했다. 김천일의 사자후에 몇몇 의병들이 눈물을 흘렸다. 가슴을 졸이고 있던 김상건도 눈물이 나 소맷자락으로 눈을 훔쳤다.

날이 저물 무렵에는 충청도 옥천에서 창의, 거병한 조헌이 말을 타고 달려왔다. 그가 군막으로 들어오자 한여름인데도 동굴 안의 공기처럼 서늘한 기운이 훅 끼쳤다. 부리부리한 두 눈은 형형했고 키는 장대처럼 상대를 굽어볼 만큼 컸다. 큰 입에서 나오는 목소리가 또렷하고 우렁찼다. 그를 한 번도 본 적이 없는 함경도 사람들까지도 '도끼를 들고 대궐 앞에서 상소를 올렸던 사람'하고 말할 정도로 이름 난 그였다. 선조 24년에 도요토미 히데요시가 승려 겐소를 시켜 '명나라를 칠 테니 길을 빌려달라(征明假道)'고 요구하자, 옥천에서 도끼를 들고 걸어와 '왜국 사신의 목을 베고, 왜침을 대비하여 국방을 강화하라'는 상소를 올렸던 것이다. 이른바 지부상소(持斧上疏)였다.

그때 그는 대궐 밖에서 거적을 깐 뒤 도끼를 앞에 놓고 사흘 동안이나 선조의 회답을 기다렸지만 물거품으로 끝나자, 자신의 머리를 광화문 주춧돌에 사정없이 짓찧어 피가 흘러 얼굴을 덮었다. 대신들이 그를 비웃고 손가락질하자 그는 선산이 있는 김포로 가면서 '명년에 골짜기로 도망갈 때 반드시 내 말이 생각날 것이다'라고 했는데, 이와 같은 소문은 변방의 함경도까지 퍼져 조헌의 이름을 모르는 사람이 없었다.

양산숙과 양산룡이 조헌을 반갑게 맞았다. 양산숙과 조헌은 성혼

문하에서 한때 공부를 같이 한 동문의 인연이 있었으므로 만감이 교차했다.

"중봉, 그동안 을매나 고생 많어부렀소?"

"귀양에서 은사(恩赦)되어 옥천 촌집에 살고 있소. 낮에는 밭 갈고 밤에는 서책을 보면서 잘 지내고 있었소. 왜적이 쳐들어오기 전까지는 말이오."

"나도 마찬가지랑께. 한양이 함락돼부렀다는 소식을 듣고 나서 요로크롬 나섰지라우."

"함락 소식을 듣고 슬피 울지 않을 사람이 어디 있겠소."

양산숙은 나주에서, 조헌은 옥천에서 한성함락 소식을 듣고 울었던 것이다. 즉시 의병을 모집한 것도 같았다.

"지난 4월 22일 호서(湖西)에서 군사를 일으켜 적을 토벌하겠다고 행재소에 상소를 올렸소. 그런 뒤 부지런히 뛰어다니며 모병한 결과 지금은 의병이 천여 명이나 되었소."

"중봉, 이 분은 내 성님이오. 운량사로 우리 군량미를 책임져불고 있소. 나 땜시 고생이 많지라우."

그러자 양산룡이 동생 양산숙을 타박했다.

"무신 소리! 학포 할아버지 후손으로 부끄럽지 않게 살어야제."

"현소(겐소)라는 왜국 승려가 왔을 때 고생한 것을 잘 알고 있습니다."

양산숙과 양산룡도 조헌의 뜻에 동조하여 히데요시의 왕사격인 겐소의 청을 들어주지 말라고 선조에게 상소를 올렸다가 잠시 나주 감옥에 갇혔던 것이다. 조헌은 자신과 뜻을 같이했던 양산룡을 분명하게 기억하고 있었다.

잠시 후. 김천일이 아주 흡족한 표정을 지으며 들어왔다. 술을 마셨는지 그의 입에서 단내가 풍겼다. 조헌이 벌떡 일어나 김천일을 맞이했다. 김천일은 오십대 중반이었고 조헌은 사십대 후반이었다.

"건재 성님, 뵙고 싶었소이다."

"중봉, 잘 왔소. 오늘 기분이 좋아부러서 장수덜허고 한 잔 해부렀소."

"사기를 올리는데 술이 그만이지요. 잘 하셨습니다."

"우리 의병덜이 의기투합만 헌다믄 아무리 강헌 왜적이라도 토벌을 못헐 리가 읎지요."

"왜적들이 우리 백성 죽이기를 풀 베듯 하니 원한이 온 나라에 가득합니다."

"중봉이 또 도끼를 들고 나섰응께 왜적덜은 단 한 놈도 살아 돌아가지 못헐 것이오."

"우리 임금님 쫓기를 여우 사냥하듯 하는 왜적들입니다. 왜적들의 죄가 하늘에 사무쳤습니다."

김천일은 젊은 의병에게 군막으로 술을 가져오게 했다. 술은 오래 보관할 수 없는 막걸리였다. 막걸리가 빚어지면 그때그때 사기진작을 위해 마셔야 했다. 소주는 부상당한 의병들이 통증을 호소할 때 진통제로 써야 하기 때문에 아꼈다. 그날 밤 김천일과 양산숙 형제, 그리고 조헌은 통음하여 대취했다. 다음날 아침에 김천일은 담양에서 올라온 고경명의 종사관에게 고경명이 출병했다는 소식을 들었다. 그는 고경명의 출병소식을 알리는 장계를 가지고 행재소로 가는 길이었다. 그러니까 고경명 의병군은 나주의병군보다 8일 늦게 출병을 하고 있음이었다.

선조25년 6월 11일.

담양 추성관 뜰에는 햇살이 금싸라기처럼 떨어지고 있었다. 햇살이 안개의 자취를 바삐 지우고 있었다. 무등산 쪽에서 남풍이 선들선들 불어오자 안개에 젖었던 축축한 나뭇잎들이 번들거렸다. 출병을 기다리는 의병들의 창끝도 나뭇잎처럼 빛이 났다. 의병들이 대오를 갖추자 팽나무 등걸에 붙어 있던 매미들이 놀란 듯 울다가 그쳤다.

고경명은 붉은 갑옷을 입고 눈썹까지 덮는 투구를 썼다. 아들 고종후와 고인후 대신 봉이와 귀인이 시중을 들었다. 상투를 틀어 올렸지만 투구 밑으로 흰 머리카락이 몇 올 흘러 나왔다.

"오늘 출병허는 날인디 종후와 인후가 어처케 되얐는지 궁금허구나."

"수원으로 올라가서 정윤우 나리를 뵙고 내려오시는 중이라고 합니다요."

정윤우는 임란이 나기 바로 전해에 광주목사를 지냈는데 지금은 수원에 남아서 흩어진 관군을 모으고 있는 중이었다. 이를 안 고경명이 아들 고종후와 고인후에게 도망친 군졸들을 모아 그에게 인계한 뒤 돌아오라고 보냈던 것이다.

"봉이는 광주에 남아 집안 대소사를 도와불고 선산 벌초를 맡아야 쓰겄다."

"대감마님, 지도 나서서 싸울팅께 귀인 성님을 남게 허믄 으쩌겄습니까요."

"그렇다믄 귀인이 니가 남겄느냐?"

"대감마님, 종도 나라의 은혜를 입은 사람입니다요. 지도 나가 싸우

180

겠습니다요."

"허허허. 출병허는 날에 니덜이 나를 난처허게 허는구나."

"쇤네 모두 대감마님을 따라 싸울 수는 읎것습니까?"

"조부님 기일이 곧 돌아오는디 니덜 땜시 내 걸음이 무거워지는 구나."

그래도 봉이와 귀인은 서로 양보하지 않았다. 두 종이 물러서지 않으니 아무리 지체 높은 고경명이라도 어쩔 수 없었다. 자기 목숨을 기꺼이 내놓고 싸우겠다는데 노비라고 해서 무시할 수는 없었다.

"좋다. 느그덜은 비록 싸움에 나서더라도 장흥 고씨를 위해 오래 살아남아야 한다. 약속헐 수 있느냐? 그리한다믄 둘 다 델꼬 가겄다."

"대감마님, 고맙습니다요. 죽더라도 장흥 고씨 구신이 돼야 가지고 지키겠습니다요."

봉이가 엎드려 눈물을 흘리자 귀인이도 뒤따라서 머리를 조아렸다. 고경명은 봉이와 귀인이 고집을 피우는 바람에 자신의 뜻이 어그러졌지만 그래도 그들이 다투는 것을 보고 나서 아랫배에 힘을 주었다. 새삼 전의가 솟아났다.

추성관 뜰에 모인 의병들은 흰 저고리와 정강이가 보이는 잠방이 차림이었다. 고경명은 말을 타고 도열한 의병들 앞을 지났다. 의병들은 농악꾼, 기패군, 창을 든 보병 순으로 추성관 정면을 향해 부동자세로 서 있었다. 의병들 앞줄에서 눈을 부릅뜨고 있는 참모 장수들은 소매가 팔뚝까지만 내려온 푸른 전포를 입고 있었다. 고경명이 무겁게 입을 열었다. 출병하는 날을 위해 따로 격문을 짓지는 않았다. 며칠 전 호남지방에 돌린 격문을 큰 소리를 쳐 외는 것으로 대신했다.

"첫번째 패배는 지난번 전라도 근왕병이 공주 금강서 맬갑시 회군해 내려와부렀던 것이고, 두 번째 패배는 삼도근왕군이 용인서 지대로 싸와보지도 못허고 무참허게 흩어져분 것이다. 이는 대체로 수비계책이 어긋났고 군율이 문란허다 봉께 유언비어가 들끓고 민심이 소란했던 까닭이었느니라. 이제사 나서 흩어진 군사를 수습헌다 허더라도 사기가 꺾어져부렀고 정예는 읋어져부렀으니 어처케 응급책을 세워 뒤늦게나마 실패를 만회헐 수 있겠는가?

항상 걱정하노니 임금님께서 멀리 피난을 가셨건만 관리덜은 지노릇을 지대로 못허고, 한양이 잿더미가 돼부렀는디도 관군은 아적 왜군을 무찌르지 못허고 있다. 이것을 말허자니 통분이 뼈다구까정 사무친다."

참모 장수와 의병들이 고경명의 말 중에 '통분이 뼈다구까정 사무친다'라는 대목에 이르러 모두가 발을 구르고 창을 들어 허공에 찌르며 분노했다.

"우리 전라도는 본래부텀 군사와 말이 날래불고 겁나게 굳세다고 자랑해 왔다. 태조 임금님께서 황산 싸움에서 왜구를 크게 무찔러 다시금 나라를 안정시켜부렀고, 고려 때 낭주 싸움에서는 적선을 단 한 척도 돌려보내지 않았다는 노래가 있다. 이런 옛날 야그덜을 사람덜은 시방도 잊어불지 않고 있는디, 당시 선봉대로 나서 적장을 무찔러불고 적의 깃발을 뽑아분 자가 바로 우리 전라도 사람이 아니었냐 말이다. 더구나 근래에는 유학이 흥성하여 사람덜이 모다 심써 배와부렀는디 말이여, 임금님 섬기는 큰 의리를 누군덜 세울라고 허지 않겠는가?"

의병들의 함성소리가 담양성을 뒤흔들었다. 고경명은 함성소리가 잦아들 때까지 기다렸다가 말을 이었다.

"그런디 유독 오늘에 와서 의로운 목소리가 작아져불고 두려운 나머지 어느 한 사람도 용기를 내어 싸움에 나설라고 허지 않는구나. 지몸만 돌봐불고 지 처자를 보전할라고만 급급하여 몰래 도망칠 생각만 허고 있다. 이는 전라도 사람으로서 나라의 은혜를 저버릴 뿐 아니라 조상을 욕되게 허는 것이다. 시방 왜적의 군세가 크게 꺾어져부렀고 우리나라의 기세가 날로 커가고 있응께, 이때야말로 대장부가 공명을 세울 기회인 것이며 나라의 은혜에 보답할 때가 아닌가? 그라지 않는가!"

의병들이 의분을 참지 못하고 소리를 질렀다.

"옳그만이라우! 우리 전라도 사람덜이 나서붑시다!"

"한양으로 올라가 얼릉 임금님을 모셔와불잔께."

고경명은 손을 휘휘 저으며 흥분하는 의병들을 자제시켰다. 그런 뒤, 할 말을 이어갔다.

"나, 고경명은 문장이나 다소 아는 졸렬헌 선비라서 병법에는 문외한이여. 허나, 요로크럼 단에 오른 맹주이다 봉께 사졸덜을 잘 다스리지 못해 여러 장수덜에게 수치거리가 될까 두렵다. 그런디도 오직 입술에 뻘건 피를 묻힌 각오로 진군허는 것이다. 쬐깐이나마 임금님의 은혜를 보답헐라고 오늘 군사를 일으켜 출병허는 것이다.

우리 전라도 사람덜은 아부지는 그 아들을 깨우쳐불고, 성은 그 동상을 격려험시로 의병 대열에 모다 함께 나서고 있느니라. 원컨대 옳은 길이라믄 모다 따를 것이요, 심이 들지라도 주저허지 말라! 충의를 욕되게 허지 말라!"

고경명의 말이 떨어지자마자 푸른 전포를 입은 좌부장 유팽로와 우부장 양대박이 다가와 양쪽에서 호위했다. 고경명의 위의가 더욱 드러났다. 술을 마시거나 붓을 잡고 느릿느릿 시를 읊조리는 지난날의 고경명과는 판이하게 달랐다. 평소처럼 행동이 굼뜨지도 않았다. 말을 타고 내리는 행동이 늙은이답지 않게 바람처럼 빨랐다.

마침내 기패군이 선두에 서서 추성관을 먼저 빠져나갔다. 붉고 노란 깃발에는 충(忠)자와 의(義)자가 선명했다. 늙은 부로와 병자들은 물론 아녀자들까지 몰려 나와 길거리를 가득 메우고 있었다. 기패군 뒤로는 취타대를 대신하는 농악꾼들이 북을 치고 나팔을 불며 움직였다.

봉이와 귀인은 죽창을 들고 따랐다. 세상에 태어나 처음으로 광주 고을을 벗어나 극락강을 건넜고, 이제는 담양 고을을 뒤로 한 채 한양을 향해 떠나고 있었다. 봉이와 귀인은 기패군이 든 깃발의 충(忠)자와 의(義)자가 무슨 뜻인지도 모르고 대장군마를 탄 고경명을 뒤따랐다. 고경명이 임금의 은혜를 갚고자 한양으로 올라간다고 하니 그들도 동조하여 나섰을 따름이었다. 장성 고을을 막 벗어났을 때 봉이가 귀인에게 작은 소리로 속삭이듯 말했다.

"성님, 나는 기분이 요상해부요."

"으째서?"

"의병덜 틈에 끼기고 봉께 나도 백성이 돼야분 거 같당께."

"씨잘때기읎는 소리 말어. 우리는 살아도 종, 죽어뻐져도 종인께. 코뚜레 헌 소보다 쪼깐 더 대접받는 종이란 말이여."

"아따, 시방 나가 종이 아니라고 그라요? 기분이 고렇다는 것이제."

"왜놈을 죽여 공을 세운다고 혀도 우리는 오장육부까정 종인께 요상헌 소리 말어."

"벼슬아치 장수덜이 우리를 대해주는 것이 다른께 해본 말이지라우."

"허긴 니 말이 틀린 거는 아니어야."

"성님도 그라제?"

"나 기분도 그런 거 같어분디 으째야쓰까 모르겄네잉."

봉이와 귀인이 주고받은 이야기는 사실이었다. 장수들은 신분을 구별하지 않고 통솔했다. 장수가 행군하는 동안 서행을 지시하면 모두가 천천히 걸었고, 걸음을 멈추라면 다 같이 그 자리에 섰다. 양민이나 천민이나 똑같이 장수의 지시를 받았다. 벼슬아치 아들도, 집종도, 백정도, 관노도, 모두 한 식구같이 행동했다. 끼니 때 나오는 밥도, 밥그릇도, 반찬까지도 모두 같았다. 봉이와 귀인은 그것만으로도 나라의 백성이 된 것 같았고, 다른 세상에 와 있는 듯 황홀한 기분이 들었다.

선조의 피난

선조가 떠나버린 평양성은 전염병이 번지고 있는 것처럼 흉흉했다. 장졸들은 전의를 상실하여 긴 창을 질질 끌며 서성거렸고 성민들은 흠칫거리며 마지못해 장수들의 지시를 따랐다. 관민 모두가 왜군이 밀려오면 어디론가 피신할 생각만 하고 있었다. 평양성을 지키겠다고 남은 대신들도 맥이 풀려 무기력하기는 마찬가지였다. 말을 타고 다니며 소리치는 장수도 있었지만 넋이 나간 얼굴에다 잰걸음으로 몰려 다녔다. 뜨거워진 염천의 햇살 탓만은 아니었다.

윤두수와 유성룡, 이원익, 임진강 방어선마저 지키지 못한 김명원은 임시 지휘부가 꾸려진 연광정 앞에서 왜군을 격퇴할 확실한 방비계책 없이 우거지상으로 심란해하고 있었다. 3, 4천 명의 군사와 성안 장정들로 성을 지키자는 것이 방비 전략이었는데 송언신은 대동문을, 이윤덕은 부벽루 너머 강나루를, 자산군수 윤유후는 장경문을 각각 지켰다. 왜군에게 수비하는 군졸로 보이도록 흰 옷가지를 을밀대 소나무 가지마다 듬성듬성 걸어 거짓군사(疑兵)를 만들기도 했다.

이때, 선조의 행차는 순안을 지나고 있었다. 순안을 지나는 동안에도 선조는 답답하여 호종하는 신하들을 불러 자신의 행선지와 방비계책을 묻곤 했다. 행선지는 함경도 함흥과 평안도 의주로 갈렸고, 계책이란 명나라의 구원을 요청하는 일 말고는 아무 것도 없었다. 이항복과 이덕형이 서로가 같은 계책을 다투어 아뢨다.

"일이 급하옵니다. 신을 시켜 단기(單騎)로 명나라에 달려가서 구원의 글을 올리도록 청하옵니다."

선조는 하룻밤 머물 숙천에 이르도록 두 신하 중에 누구를 청원사(請援使)로 보낼지 결정하지 못했다. 그러자 심충겸이 자신의 생각을 아뢨다.

"천하의 일은 세(勢)뿐이옵니다. 지금 명나라의 세가 우리를 구원할 수 있다면 두 신하가 가지 않더라도 명의 군사가 자연히 나올 것이며, 명나라의 세가 구원할 수 없다면 비록 두 신하가 같이 가더라도 명의 군사는 오지 않을 것이옵니다. 더욱이 항복은 병조판서로 있으니 멀리 떠날 수 없사옵니다."

"충겸의 말이 옳다. 덕형이 요동으로 가서 청병을 하라."

이덕형은 망설이지 않았다. 날은 이미 어둑했지만 바로 오래 된 친구인 이항복과 남문으로 나갔다. 이덕형은 자신이 타고 있는 늙은 말을 원망했다.

"날랜 말이 아니어서 밤낮으로 빨리 못 가는 것이 한스럽네."

반면에 이항복의 말은 건강하였으므로 이틀 길을 하루 만에 달릴 수 있는 준마였다. 이항복은 즉시 자신이 타고 있던 준마를 내어주며 말했다.

"원병이 오지 않는다면 자네는 나를 저승에서나 찾을 것이지 다시 만날 생각을 하지 말게."

"그리 된다면 내 뼈를 마땅히 노룡령(盧龍嶺; 중국국경 고개)에 내버리고 다시 압록강을 건너지 않겠네."

두 사람은 굵은 눈물을 흘리며 작별했다. 이덕형이 탄 준마가 번개처럼 빠르게 남문을 빠져나갔다. 이항복은 이덕형이 뜻을 이루고 돌아오리라는 것을 굳게 믿었다. 침착하고 일찍이 문학에 통달하여 상대를 설득시키는 논리와 재주가 뛰어난 친구이기 때문이었다.

왜군 대장 고니시가 충주까지 올라왔을 때 이덕형은 홀로 적진으로 향했을 만큼 배짱도 두둑했다. 선조가 평양성을 떠나기 이틀 전에도 마찬가지였다. 왜군이 포로를 시켜 협상하자고 보내왔을 그때도 이덕형은 장수 박성경만을 데리고 나갔다. 조각배로 대동강 가운데서 만난 왜군의 협상대표는 군종승려 겐소였다. 고니시의 명을 받고 온 그는 왜란 전부터 조선을 가끔 드나들어 조선말을 조금 할 줄 알았다. 협상이 성사될 리 없었음에도 불구하고 왜군의 공격을 지연시키고자 나갔던 것인데 이덕형과 겐소의 대화는 처음부터 어그러지고 말았다.

이덕형이 겐소에게 대뜸 물었다.

"이번 거사가 무슨 명목이오?"

"우리가 길을 빌려 명나라에 조공하려 하는데 조선이 허락하지 않으므로 일이 이렇게 된 것이니 지금이라도 한 가닥 길만 비켜주어 명나라에 들어가게만 해주면 조선은 무사할 것이오."

이덕형은 기가 막혀 헛헛헛 웃었다. 그러나 웃고만 있을 수가 없었으므로 다시 입을 열어 말했다.

"그대의 나라는 조선과의 화친약속을 배반했소. 그러니 할 말이 있다면 군사를 물러가게 한 뒤에 의논해야 할 것이오."

겐소가 합장한 뒤 더듬거리는 말투로 억지를 부렸다.

"조선과 서로 통할 말이 있는데도 동래에서부터 한양까지 와도 말을 전할 수 없었으므로 결국 여기까지 왔소."

"지금 말이 다 통했으니 군사를 물러가게 하시오."

이덕형이 단호하게 말하자 겐소가 고개를 뒤로 젖히며 본색을 드러내듯 불손하게 대꾸했다.

"우리는 앞으로만 갈 줄 알지 뒤로는 한 걸음도 물러갈 줄을 모르오."

옆에서 대화를 듣고 있던 박성경이 겐소를 죽이려 칼집에서 칼을 빼려하자 이덕형이 눈짓으로 말렸다. 겐소 뒤에도 왜군 장수 한 명이 눈을 부릅뜨고 서 있었다. 겐소와 협상하고자 떠날 때 이덕형이 화친을 의논해보다가 안 되면 박성경을 시켜 겐소를 죽이겠다고 이항복에게 말하자, 이항복이 작은 이익을 취하기 위해 결코 의리가 없는 왜적의 행태를 닮지 말라고 조언을 해주었던 것이다.

선조는 아침 일찍 숙천을 떠나 정오쯤 안주에 도착했다. 그런데 안주 관아는 관민이 다 흩어져 피난을 가버린 탓에 선조의 수라를 미처 준비하지 못했다. 안주목사 이민각 혼자서 뒤늦게 나타나 선조를 영접했다. 실망한 대신들이 이민각에게 곤장 마흔 대를 때릴 것을 청했고 대관들은 그것만으로는 부족하니 국문을 하자고 주청했다. 그런데 유숙한 다음날 갑자기 쏟아지는 장대비가 이민각을 살렸다. 비는 선조의 파천 길을 재촉했다. 선조는 이민각을 국문하기 위해 안주에서 지체할 수 없었던 것이다.

"그가 알았다면 어찌 감히 나오지 않았겠는가. 틀림없이 미처 몰랐을 것이다. 앞으로 할 일이 있을 것이고 또 이미 벌을 주었는데 붙잡아서 심문하는 것은 너무 과하다."

비를 무릅쓰고 영변에 도착한 신하들은 비루먹은 개처럼 초라했다. 영변도 안주와 마찬가지로 성안의 아전과 성민들이 다 산골짜기로 피난을 가 구실아치들 대여섯 명만 남아 있었다. 소는 물론 개 한 마리도 보이지 않았다. 그나마 다행인 것은 영변 관아에서는 허기를 면할 수 있었다. 창고에 곡물과 채소가 바닥에 남아 있었다.

그러나 선조는 한응인이 올려 보낸 장계 중에 한 구절을 보고는 도리질을 했다. 방금 꿀맛같이 먹어치운 음식물이 위장에서 돌덩이처럼 굳어버린 듯했다.

<적이 이미 대동강 동편 밖의 여울을 건넜사옵니다>

영변읍성 동헌지붕에 떨어지는 빗소리가 유난히 시끄러웠다. 마치 왜군들이 알아들을 수 없는 괴성을 지르며 쫓아오고 있는 듯했다. 선조는 동헌 마루에 촛불을 켜놓고 신하들을 불러들였다. 흔들리는 촛불에 선조의 얼굴은 잔뜩 일그러져 있었다.

"본 고을에서 더 이상 음식물을 제공할 수 없다고 하니 내전(왕비)이 이곳에 도착한 뒤 세자는 이곳에 머물도록 하고, 대전(임금)은 바로 박천으로 가서 가산을 지나 정주로 갈 것이니 즉시 준비하여 떠날 수 있도록 하라."

그러나 잠시 후.

선조는 신하들에게 자신이 한 말을 뒤엎고 다시 행선지를 의논하도록 지시했다. 선조가 먼저 말했다.

"경들 생각은 나를 강계로 데리고 가려는 것이오?"

"어떻게 하는 것이 좋을지 몰라서 낸 의견들이옵니다."

유배에서 풀려 다시 입각한 정철의 말에 선조가 다시 말했다.

"애당초 일찌감치 요동으로 갔어야 했는데 대신들의 의견만 분분하니 이 지경이 되었소. 성대업을 불러와서 강계로 가는 길이 먼지 가까운지 자세히 알아야겠소."

평안도 운산군수 성대업은 호종하는 신하들보다 당연히 강계의 지리에 밝았다. 동헌 밖에서 자신의 군사를 데리고 있던 성대업이 들어와 아뢨다.

"강계 서쪽에는 의주로 가는 길이 있고, 동쪽에는 적유령이 있는데 그 길이 자못 넓어서 적을 방어하기 어렵사옵니다."

그러자 정철이 성대업의 말을 잘랐다.

"적유령은 도적이 지나다니기 어려운 곳도 있사옵니다. 천길 되는 절벽에 한 사람이 겨우 지나갈 벼랑길이 있는데 북쪽은 야인들의 지역과 통하고 서쪽은 의주로 가는 길과 잇닿아 있사옵니다."

"나는 강계로 가는 것이 내키지 않소. 그러니 이제 어디로 간단 말이오?"

선조 바로 앞의 어두운 구석에서 고개를 숙이고 있던 최흥원이 아뢨다.

"함흥으로 가는 것이 좋겠사옵니다."

그러나 선조는 함흥과 동서로 반대방향에 있는 정주를 들먹였다.

"여기서 정주까지는 얼마나 되오?"

모처럼 여기저기서 한 목소리로 아뢨다.

"이틀 길이옵니다."

선조는 다시 요동으로 말머리를 돌렸다.

"요동은 어떤 곳이오?"

"인심이 매우 거친 땅이옵니다."

최흥원이 자신의 속내를 드러냈다. 최흥원은 선조가 요동으로 가는 것을 처음부터 극력 반대하고 있었던 것이다. 최흥원의 말에 선조는 짜증난 목소리로 대꾸했다.

"그렇다면 어찌 갈 만한 고을을 말하지 않는 것이오? 나는 죽더라도 천자의 나라에 가서 죽겠소. 왜적의 손에 죽을 수는 없소."

선조는 이곽에게도 하소연하듯 물었다.

"요동으로 가는 것이 어떻겠소?"

"명나라 조정에서 비록 지금은 너그럽게 대해 주지만 꼭 받아 줄지는 알 수 없사옵니다. 만약 왜적들이 우리 뒤를 따라온다면 아무래도 받아주지 않을 것 같사옵니다."

명나라에는 조선이 왜국의 앞잡이노릇을 하고 있다는 소문이 돌고 있었는데 이곽이 걱정하는 것은 바로 그 점이었다.

"세자를 이곳에 남겨두고 떠나도 괜찮겠소?"

"세자마마는 북도로 가시고 전하의 행차는 의주로 가신다면 명나라에서 반드시 돌보아주실 것이옵니다."

이항복도 한준의 말에 동의했다.

"소신도 처음부터 끝까지 전하와 세자마마께서는 따로 계시는 것이 옳다고 생각했사옵니다. 명나라에서도 반드시 포용할 것이옵니다. 거

절할 리가 없사옵니다.”

선조가 다시 한 번 더 자신의 결심을 중얼거리듯 말했다.

“왜적의 손에 죽는 것보다 부모의 나라에 가서 죽는 것이 낫다.”

“신들의 생각으로는 요동으로 들어가시는 것은 아니 되옵니다. 만약 들어갔다가 받아들여주지 않는다면 어떻게 하시겠습니까?”

“그렇기는 하지만 나는 꼭 압록강을 건너가겠소.”

신충겸이 선조의 고집을 꺾을 수 없다는 것을 알고 말했다.

“중궁과 궁녀들은 어떻게 처리하시겠사옵니까?”

“다 내버려두고 갈 수 없으니 간편하게 줄여서 데리고 가는 것이 좋겠소.”

이항복이 신하들 사이에 오고간 의견을 종합하여 말했다.

“극히 간편하게 데리고 가는 것은 어쩔 수 없는 일이옵니다. 세자빈은 북도로 보내시는 것이 어쩌겠사옵니까. 모든 일은 오늘 밤 결정짓는 것이 좋겠사오니 세자마마를 부르셔서 함께 의논하여 처리하시기 바라옵니다.”

“사직단 신주는 어떻게 하는 것이 좋겠소? 세자가 모시고 함흥으로 가는 것이 어떠하겠소?”

그런데 이성중은 선조의 묻는 말에 대답하지 않았다. 대답 대신에 자신의 소신을 또 다시 밝혔다.

“신은 처음부터 요동으로 들어가는 것은 옳지 않다는 의견을 내놓았사옵니다. 지금도 역시 옳지 않다고 생각하옵니다.”

“어찌하여 그렇게만 생각하오?”

“아마도 요동으로 들어가지 못할 것이옵니다.”

"그러면 어디로 가는 것이 좋단 말이오?"

"소신의 의견도 전하께서 북도로 가는 것이옵니다."

"요동으로 가려 함은 단지 난을 피하기 위해서만이 아니오. 안남국이 이전에 자기 나라가 멸망하자 스스로 명나라로 들어갔더니 명나라 조정에서 군사를 보내 준 결과 안남이 다시 나라를 수복할 수 있었소. 나도 그렇게 할 생각이 있어서 압록강을 건너려는 것이오. 세자는 북도로 갈 것이니 영의정이 따라 가시오."

최흥원이 다시 말했다.

"만약 명나라에서 허락하지 않는 날에는 그 우환이 적지 않을 것이옵니다."

승지 이국의 의견은 요동이 가까운 의주로 가되 조금 달랐다.

"명나라는 부모의 나라이니 지금 의주로 가서 명나라 조정에 구원을 청하고, 일이 만일 불리할 때는 군신이 모두 압록강 물에 빠져죽어 대의를 천하에 알리는 것이 옳사옵니다."

이항복도 이국의 결기에 어금니를 꽉 물었다가 놓았다. 눈을 감고 있던 선조가 처연하게 말했다.

"만약 내가 요동으로 건너가게 되면 누가 나를 따르겠소?"

"신은 나이 젊고 병이 없으며 또 부모도 없으니 행차를 따라가겠사옵니다. 신이 오늘 입으로만 전하의 물음에 대답하는 것이 아니라 한양을 떠날 때 죽기로써 맹세하고 처자와 형, 누이들과 이미 영결한 바 소신의 뜻은 결정한 지 오래이옵니다."

이항복이 울음 섞인 목소리로 대답했다. 방금 압록강 물에 몸을 던지자고 한 이국도 마찬가지였다. 그러나 선조는 최흥원, 이헌국, 이성중을 돌아보면서는 자신을 따르지 말라고 말했다.

"경들은 모두 늙었으니 세자를 따르는 것이 좋겠소"

한준에게 당부하는 선조의 목소리는 더욱 떨렸다.

"경은 부모가 있으니 세자를 따르시오"

빗소리가 한밤중에도 멈추지 않았다. 선조는 촛불 아래서 비망기(備忘記)를 적어 승지에게 지시했다. 왕권 일부를 세자에게 이양한다는 전교였다. 요동으로 가기 위한 군색한 조치였다. 그 조치는 궁지에 몰려서 불가피하게 나온 왕권 이양이었다.

<왕위를 물려주려는 의향을 한두 번 말한 것도 아니다. 대신들 때문에 죽으려고 해도 죽을 수 없는 형편이다. 이제부터는 세자에게 나라의 일을 임시로 대신하게 하노니 벼슬을 임명하거나 표창하고 처벌하는 등의 일들은 다 세자가 편한 대로 스스로 결단할 수 있도록 왕권을 이양하겠다는 나의 뜻을 대신들에게 알리도록 하라.>

이른바 임금의 행재소와 같은 권력을 세자의 분조(分朝)도 갖는다고 허락하는 어명이었다. 비망기를 승지에게 내린 뒤부터 선조는 잠을 이루지 못했다. 지붕을 두드리는 빗소리마저도 잠을 멀리 쫓아버렸다. 이항복이 한 말을 떠올리며 위로를 받았지만 잠은 도무지 올 것 같지 않았다.

"전하, 함경 일도는 단지 한 가닥 길밖에 없어 적이 만일 바로 찌르면 꼼짝 못하고 잡힐 수밖에 없으니, 이것은 위태로운 길이며 또 방금 명나라에 구원병을 청했으니 만일 명나라에서 청을 들어 주어 대병(大兵)이 하루아침에 많이 오더라도 영접할 사람이 없게 되면 황제가 듣고 우리들을 무어라 하겠사옵니까. 바로 의주로 가서 명나라 군사를 영접

해서 회복을 도모하다가 만약에 여의치 않으면 군신 상하가 명나라에 목숨을 맡겨 내부하기를 요구해서 조용히 사세를 보아 다시 거사하는 것도 늦지 않을 것이옵니다.”

선조는 승지를 시켜 이항복을 불러오게 하였다. 의주로 가고 싶은 자신의 심정을 가장 잘 꿰뚫어본 이항복의 얼굴을 봐야만 토막잠이라도 잘 것 같아서였다. 선조는 비를 흠뻑 맞고 동헌으로 들어온 이항복의 손을 맞잡으며 말했다.

“내 뜻도 본래 내부(內附) 하고 싶었는데 경의 말이 이러니 의주로 가야겠으나 단지 중전이 벌써 북도로 갔으니 어찌할꼬?”

“전하, 걱정하지 마시옵소서. 운산군수 성대업이 중전마마 일행을 맞아 오겠다고 자청하여 군사를 인솔하고 벌써 떠났사옵니다.”

선조가 말한 ‘내부’란 한 나라가 다른 나라에 들어가 붙는다는 뜻이었다.

선조의 눈은 부어 있었고 눈동자는 붉었다. 밤새 한숨도 자지 못한 탓이었다. 이른 아침에 선조는 영변을 떠나면서 세자에게 명했다.

“내가 마땅히 요동에 내부할 터인데 부자가 다 압록강을 건너면 나라에 주인이 없는 것이 되느니라. 그러니 세자는 종묘위패를 잘 받들고 강원, 경기도 등지에 머물면서 사방의 군사를 불러 모아 수복하기를 명하노라.”

선조는 병 없고 멀리 갈 사람만 낙점하여 자신의 행차를 따르도록 했다. 그러나 지평 이정신은 임금의 행차를 따르게 됐다는 말을 듣고는 어디론가 도망쳤고, 호조판서 한준은 낙상했다는 핑계를 대고 슬그머니 물러나 보이지 않았다. 그들이 그런 까닭은 요동에서 처음 보낸 위압적인 공문도 한몫 했다. 이곽의 말대로 명나라 조정에서는 불속에 든 사람을 구해 주고 물에 빠진 사람을 건져 주려는 생각이 없는 듯했던 것이다.

15일 낮, 행차가 박천에 이르렀는데 저물 무렵쯤 평양성이 함락되었다는 급보가 왔다. 이어 중전의 가마가 도착했다. 중전을 모시러 떠난 운산군수 성대업은 덕천까지 달려가 중전과 세자빈을 호위하고 왔다. 다행히 중전 등은 유흥의 말을 듣지 않고 덕천에서 함흥으로 가는 재를 넘지 않은 채 닷새 동안 머문 까닭에 성대업을 만났던 것이다.

선조는 대신들에게 명나라에 들어가겠다는 공문을 만들어 요동 도사에게 보내도록 지시했다. 그런 뒤 급히 중전과 함께 박천을 출발하였다. 반면에 세자는 선조가 떠나는 방향의 반대인 강계로 울면서 향하였다. 최흥원과 참판 윤자신 등 늙은 신하들은 종묘위패와 사직단의 신주를 모시고 세자를 따랐다. 최흥원은 하늘을 우러러보지 못하고 땅을 내려다보면서 헛웃음을 짓곤 했다. 선조가 측은하여 말없이 눈물을 흘리기도 했다. 어찌하여 조선의 임금이 백성을 버리고 죽더라도 명나라에 가서 죽겠다고 하는지 생각할수록 가슴이 찢어질 것만 같아 견딜 수 없었다.

충의로운 죽음

금강을 건너기 직전이었다. 들녘에 불이 난 것처럼 불볕더위의 화기가 확확 끼쳤다. 막둥이는 말이 건너갈 수 있는 금강 상류 쪽으로 올라갔다. 일단 금강만 넘어가면 충청도 땅이었다. 일단 공주에 도착하면 김천일의 소식을 들을 수 있을 것 같았다. 선조가 평양성을 떠났다는 소문이 돌았으므로 이제는 선조를 뒤따라가는 것은 기력이 쇠진한 이광익의 몸 상태로 보아 불가능했다. 그러니 김천일이라도 만나야 가는 길을 멈추고 나주로 되돌아가든, 김천일 막하에서 이광익의 기력을 회복하든 결정해야 할 것 같았다. 이광익은 말을 타고 가다가도 혼절하곤 했다.

물이 얕은 상류를 찾아 오르다가 막둥이는 더 이상 말을 끌지 못하고 나무 그늘로 가서 이광익을 눕혔다. 막둥이는 강물을 떠와 물도 마시기 힘들어하는 이광익의 혀에 묻혔다. 막둥이가 소리쳤다.

"참봉 어르신!"

이광익은 눈을 떴다가 감았다. 의식만 한 자락 남아 있는 듯했다. 몸을 스스로 움직이기도 힘들어 했다. 식음을 전폐한 지 벌써 나흘째였다. 태인을 지나면서부터는 아예 곡기를 끊었다. 막둥이가 할 수 있는 일은 이광익의 말라가는 팔다리를 주무르는 일뿐이었다. 팔다리를 주무르면 시원한지 눈을 껌벅거리기도 했다.

"참봉 어르신, 나주로 되돌아갈라요."

이광익이 잠깐 눈꺼풀을 파르르 떨었다. 반대한다는 표시였다. 자신의 몸이야 어찌됐든 북쪽으로 가야 한다는 눈짓이었다. 그렇다고 막둥이가 스스로 판단하여 나주로 되돌아갈 수도 없었다. 임금이 머무는 행재소 부근에라도 가서 죽겠다고 유언이나 다름없는 지시를 했으므로 지켜야 했다. 막둥이가 할 수 있는 일은 하다못해 김천일이 있는 곳까지라도 가서 김천일의 선택을 따를 수밖에 없었다. 막둥이가 다시 이광익의 귀에 대고 말했다.

"참봉 어르신, 북쪽으로 올라갈랍니다요."

이광익이 희미하게 미소를 지었다. 알아들었으니 그렇게 하라는 뜻이었다. 그때 다 해진 저고리와 잠방이 차림의 유랑민 한 사람이 다가와 막둥이를 나무랐다.

"워디루 간댜? 다 죽어가는 사람을 끌구 말여."

"임금 겨시는 디까정 갑니다요."

"임금이 워디 있댜. 백성을 놔두구 도망친 임금이 임금인 겨?"

"참봉 어르신 앞에서 무례허그만요. 우리 어르신께서는 임금님이 겨신 곳 근처라도 가서 돌아가시겠다고 요로크롬 애를 쓰시그만요. 근디 도와주지는 못헐망정 무신 소리를 헌당가요!"

그제야 중늙은이로 보이는 유랑민이 다소곳해졌다.

"쯧쯧. 그냥 냅두기두 뭐허구."

"강을 건널라고 헌디 말고삐 쪼깐 잡아주실라요?"

“말이 나헌테 오지 않을 겨.”

말이 벌써 낯선 유랑민에게 끌려가지 않으려고 경계했다. 고개를 쳐들며 갈기를 흔들었다. 막둥이는 자신의 입을 조심해야겠다고 생각했다. 그러고 보니 유랑민이 말을 훔쳐 도망칠 수도 있었다. 아무도 믿고 의지할 수 없는 난리 중이었다.

“그라믄 어르신을 업어서 강을 건너지라우. 지가 말을 끌고 갈텐께요.”

“그려.”

유랑민이 이광익을 업겠다고 나섰다. 막둥이는 유랑민의 행색이 수상했지만 다행이라고 생각했다. 지금 처지로는 이광익을 말에 태울 수 없고, 말에 탔다고 하더라도 말이 강바닥에 미끄러져 낙마할 수도 있기 때문이었다.

천만다행이었다. 이광익은 강을 건넌 뒤 바위에 등을 기댄 채 기력을 조금 회복했다. 막둥이는 믿어지지가 않아서 몇 번이나 이광익의 얼굴을 살폈다. 이광익이 눈을 뜬 채 가끔은 무슨 말을 하고 싶은지 입술을 달싹거렸다. 막둥이가 유랑민에게 말했다.

“나주서 올라왔그만요.”

“이 어르신이 첨부터 이랬는 겨?”

“노환에 더우를 묵은 거 같그만요. 근디도 임금님 겨신 곳으로 가시겠다고 유언같이 말씸허신께 올라가고 있지라우. 나주를 떠날 때부텀 몸은 무자게 불편허셨지라우. 식구덜이 모두 막었응께라우.”

유랑민이 누워 있는 이광익 앞에서 절을 했다.

“충신이 따로 읎구먼. 어르신이 충신이여.”

200

"과객은 누, 누구요?"

이광익이 놀랍게도 입을 열어 말했다. 놀란 막둥이도 유랑민 옆에서 무릎을 꿇었다.

"지는 천안 사람 최규만이어유. 왜적을 한 놈 죽이구, 집 나와 돌아 댕기는 떠돌이구만유."

"집 나온 신세는 같으요."

"참봉 어르신, 인자 기력이 나십니까요?"

"아니, 목구녁이 타…"

막둥이가 재빨리 호리병에 든 물을 이광익의 입술에 떨어뜨렸다. 그러자 이광익이 한두 방울씩 꼴딱꼴딱 혀로 받아 마셨다. 그러더니 속에 갇혀 있던 숨을 길게 내쉬었다.

"인자 정신이 쪼깐 드십니까요?"

"아득헌 저 시상에서 온 거 같다."

"강을 건너왔그만요. 이 양반이 여그까정 업고 왔지라우."

"보답해야 써."

"참봉 어르신, 새 저고리허고 잠방이를 줄랍니다요."

이광익이 고개를 끄덕였다. 이광익의 기력은 강을 건너기 전과 판이하게 달랐다. 짧은 말도 하고 고개를 끄덕이기도 했다. 막둥이는 조금이나마 안심했다. 적어도 김천일이 있는 곳까지 갈 수 있다는 희망이 솟았다. 새 저고리를 받은 유랑민이 그 자리에서 막둥이에게 받은 저고리와 잠방이를 갈아입었다.

"아이고, 쪼깐 전에 봤던 사람이 맞쏘? 몰라 보겄그만요."

유랑민의 숨겨졌던 면목이 드러나 보였다. 막둥이에게 처음부터 하대한 것으로 보아 신분이 천한 사람은 분명 아닌 듯했다. 사실 그랬다. 유랑민은 선대가 몇 대째 벼슬을 못해 잔반(殘班)으로 내려앉은 보인(保人)이었다.

"고맙기는 헌디 시방 조심해야 혀."

"으째서요? 기력을 회복허신 거 같은디 조심허라고라우."

유랑민이 막둥이의 손을 잡아끌고 강가 쪽으로 가더니 말했다.

"기여. 사람은 눈을 감기 전에 반짝 허는 겨."

"무신 말씸이당가요?"

"허허. 사람은 죽기 전에 정신이 반짝 드는 벱이란 말여."

"그라믄 으째야쓰까라우? 김천일 의병장님이라도 만나야 허는디."

"내가 볼 때 공주쯤서 큰 고비를 맞을 겨."

막둥이가 당황해서 어쩔 줄 모르자 주름살이 깊게 패인 유랑민이 다시 말했다.

"워째서 김천일 의병장님을 만날라고 그라는 겨?"

"참봉 어르신이 바로 김천일 의병장님 외숙님이시그만요."

유랑민이 김천일이라는 말에 정색을 했다.

"저 양반이 김천일 의병장님 외숙이란 겨?"

"의병군 곡식을 다 대주고 있는 분이지라우."

"내가 충신이라고 했는디 잘 봤구먼."

유랑민은 김천일을 알고 있었다. 직접 만나지는 못했지만 김천일이 수원부사로서 양민들에게 선정을 베풀고 있을 때 자신은 수원 바로 밑의 천안에서 살고 있었던 것이다.

"공주까정만 가서 김천일 대장님 이름만 대믄 도움을 받을 수 있을 겨."

공주는 나주의병군이 머물다 간 고을로 김천일 이름을 대면 모르는 사람이 없을 터였다.

"시방 참봉 어르신 기력으로 봐선 공주까정은 갈 수 있었지라우?"

"물러. 구신만 알겄지."

"함께 가믄 좋겄지만 나도 도망댕기는 몸땡이라."

"말씸을 듣고봉께 공주까정은 갈 수 있을 거 같그만요."

막둥이는 유랑민과 강변에서 헤어졌다. 강 건너편에서 유랑민을 부르는 소리가 들려왔다. 천안 사람 유랑민도 한 무리를 지어 움직이는 모양이었다. 실제로 유랑민들은 한두 사람이 아니라 떼로 몰려다녔다. 막둥이는 다시 말고삐를 잡았다. 이광익이 말에 탈 기력이 겨우 생겼기 때문이었다.

"으디로 가느냐?"

"공주로 갑니다요. 거그로 가서 올라가야 안전헌께라우."

"임금님 겨시는 디가 생각보다 멀기만 허구나."

"은젠가는 나오겄지라우."

"우리가 집 떠난 지는 을매나 됐느냐?"

"달포가 됐는지 한 달이 돼야부렀는지 모르겄그만이라우."

"의병장은 으디에 있다고 허드냐?"

"고것도 모르지라우. 다만 공주를 지난 것만은 분명형만요. 쪼깐 전에 천안 사람이 알켜주었그만요."

이광익은 다시 힘들어 하면서 입을 다물었다. 하마터면 말에서 떨어질 뻔도 했다. 햇볕이 강해지자 현기증이 난 듯 앞으로 거꾸러지려고 했던 것이다. 막둥이는 재빨리 말고삐를 잡아채며 멈추었다. 금강에서 출발한 지 두어 식경도 지나지 않아서였다. 사실 이광익은 정신력으로 버티고 있었다. 조금 전에 물을 조금 마셨을 뿐 벌써 나흘째 곡기를 끊고 있었던 것이다.

"참봉 어르신, 갠찮습니까?"

"말 등에서 깜박 졸았던 모냥이다."

"쪼깐만 더 가믄 공주라고 헙니다요. 공주에는 의원도 있고 펀허게 주무실 집도 있을 거 같습니다요"

"그래? 가자."

막둥이의 부축을 받은 이광익이 말을 탔다. 말을 타는데도 막둥이와 씨름을 했다. 기력이 쇠진해 말 등에서 자꾸 이광익의 몸이 자꾸 밑으로 흘러내리곤 했던 것이다. 기어코 밀어 올리듯 해서 이광익을 겨우 말에 태운 막둥이는 다시 말고삐를 잡았다.

큰 길로 접어들자, 공주가 가까워진 듯 늙은 농사꾼들이 듬성듬성 나타났다. 환란 중에도 논밭의 농사는 짓고 있었다. 다만 농사일은 늙은 노인이나 아녀자들 몫이었다. 젊은 장정들은 모두 싸움터로 나가고 없었다. 말 등 위에 쓰러지다시피 누운 이광익을 농사꾼들이 흘끔흘끔 쳐다보며 무심코 지나쳤다. 길바닥에 굶어 죽은 시신들을 많이 보곤 했으므로 쓰러진 환자는 구경거리도 아니었다. 이윽고 공주읍성이 보였다. 막둥이가 말했다.

"참봉 어르신, 공주에 다 왔습니다요."

"쉬고 잪다."

"참봉 어르신!"

"여그가 죽을 자리여."

막둥이가 말 등에서 이광익을 끌어내렸다. 그런 뒤, 들쳐 업고 이인역 부근의 마을 초입까지 가서 당산나무 그늘 아래 뉘었다. 매미가 자지러지게 울다가 그쳤다. 늙은 노인 두어 명이 당산나무 아래서 앉아 있다가 눈치를 보며 다가왔다.

"워디서 왔는 겨?"

"나주서 왔그만요."

"워째서 죽어가는 사람을 델꾸 있댜?"

"마을에 의원이 있습니까요?"

"의원을 만날려믄 성 안으로 가야 혀."

또 한 명의 노인이 말했다.

"산송장 같은 사람은 누구여?"

"김천일 의병장님 외숙님이시그만요. 참봉 베슬을 지내셨는디 나주 의병군 곡식을 다 댄 어르신이지라우."

"대장님 외숙이라고? 메칠 전에 이인역을 지나갔어."

그제야 노인들이 관심을 보였다. 한 노인은 마을로 들어가 마을사람 서너 명을 데리고 나왔다. 한 사람이 이광익의 맥을 짚어보더니 고개를 홰홰 저었다.

"맥이 읎슈."

"운명했단 말여?"

"동공이 풀렸응께 성 안으로 가봐야 틀렸슈."

젊은 사람이 이광익의 팔을 놓고 일어나버렸다. 막둥이가 엎드려 이광익의 팔을 흔들었다. 그래도 이광익은 눈을 뜨지 못했다. 이광익의 손은 어느새 얼음처럼 차가웠다. 한 노인이 카랑카랑한 소리로 말했다.

"혼백이라도 편허게 반다시 눕히게."

마을사람들이 달라붙어 이광익을 들었다. 노인의 지시대로 당산나무 왼쪽 편편한 반석 위에 눕혔다. 목소리가 카랑카랑한 노인이 또 말했다.

"김천일 대장님 외숙이시니께 잘 모셔드려야 혀."

"예, 우덜이 헐 일이구먼요."

"어르신덜, 지가 모시고 돌아가믄 으쩌겠습니까요?"

"에끼 이사람아! 가신 양반 혼백까정 고상시럽게 헐라고 그런 겨? 우리 마실 산에 가매장시켜드렸다가 나라사정 봐감서 귀장(歸葬)혀두 되는 겨."

"예, 어르신."

막둥이는 두말 않고 물러섰다. 서해로 해서 배로 싣고 가든지, 아니면 우마차를 이용해 내려갈 수밖에 없었다. 알고 보니 목소리가 카랑카랑한 노인이 마을에서 어른으로 대접받는 이인역 찰방 출신 부로(父老)였다. 부로가 마을사람들 앞에서 말했다.

"돌아가신 분은 참봉 베슬을 지낸 어르신인 디다 메칠 전에 도성을 수복허겄다구 한양으로 올라가신 김천일 의병장님 외숙이라구 허구면. 뭣보담 나주의병군 군량을 다 댄 의로운 지사라고 허니께 인자 우덜이 이 양반에게 도리를 다해야 혀. 우선 귀장을 허기 전에 우리 마실 산에다가 모셔야 허겄는디 다덜 생각은 워떠?"

"찰방 어르신, 우덜이 임시루다가 잘 모셔야쥬."

막둥이는 마을사람들이 하는 일을 지켜보기만 했다. 부로의 지시에
따라서 임시 장례는 여러 조로 나뉘어 능숙하게 했다. 한 조는 마을 옆
산기슭을 파고, 또 한 조는 염을 하고, 또 한 조는 관을 구해 왔다.

"국란 중이니께 상례를 지킬 것은 읎지. 정성 성(誠)자 하나믄 족
헌 겨."

한나절 만에 장례는 어수룩한 순서 없이 깔끔하게 끝났다. 막둥이
가 하관할 때 술을 한 잔 올리고 통곡하고 나자 벌써 흙으로 관을 덮는
삽질이 시작됐던 것이다. 막둥이는 부로가 자기 집으로 가자고 했지만
거절했다.

"주인이 가셨으니께 비통허겠지. 우리 집으루 가서 하룻밤 묵구
가게."

"김천일 의병장님께 찾아가 알려야 헙니다요. 긍께 여그서 있다가
낼 새복에 떠날랍니다요."

"기여. 의병장님은 수원 독성산으로 간다고 혔으니께 그리 가믄 될
겨. 그라구 참봉 양반은 걱정말구. 이인역에서 나주 청암역으로루다가
당장 기별을 띄우라구 부탁헐틴께."

막둥이는 마을사람들이 가묘를 떠나버린 뒤에도 말과 함께 그 자리
를 지켰다. 이광익과 하룻밤을 보내야만 잘 모시지 못한 자신의 허물
을 조금이라도 씻을 것 같아서였다. 말도 주인을 잃어서인지 밤새 울
었다. 막둥이도 함께 울었다.

그러나 막둥이는 언제 울었냐 싶게 새벽이 되자 가묘 앞에서 큰절을
두 번 하고는 그곳 산기슭을 내려왔다. 말이 가묘를 떠나지 않으려고
버텼지만 막둥이가 살살 목덜미를 쓰다듬어주자 한참만에야 앞발을

떼었다.

막둥이는 초행길이었으므로 얼마를 올라가야 수원 독성산이 나올지 몰랐다. 그래도 그는 김천일을 한시라도 빨리 만나 이광익의 별세를 알려야겠다는 마음뿐이었다. 막둥이는 비호처럼 말을 몰았다. 역참에서 잔뼈가 굵은 막둥이가 말을 타고 달리는 모습은 번개 같았다. 막둥이는 이를 악물고 말고삐를 조여 가며 공주를 떠났다. 김천일 의병군이 주둔하고 있다는 독성산을 향해 달렸다.

독성산성

김천일이 이끄는 나주의병군은 수원 남쪽 독성산에 도착했다. 나주 금성관을 떠난 지 20일 만의 일이었다. 의병들의 흰옷은 숫제 누렇게 변색해 있었다. 의병장 김천일이 입고 있는 검은 전포에서도 고린내가 났다. 북진하는 동안 개울물에 빨아 입기는 했지만 소나기를 맞고 땀에 절어 계란 썩는 냄새를 풍겼다.

불볕에 지친 환자가 속출했다. 군마의 말고삐를 잡고 있던 의병 하나가 더위를 먹고 맥없이 쓰러지기도 했다. 수원 땅 독성산에 막 들어선 뒤였다. 속이 미식거리고 메스껍다고 하더니 구토를 했다. 의원이 달려와 그 의병을 느티나무 그늘로 데리고 가 치료했다. 의원이 진맥을 한 뒤 김천일에게 말했다.

"더우 묵어서 생긴 병이그만이라우."

"으째야 빨리 낫겄는가?"

"더위에 몸이 상헌 병이라고 상서(傷暑)라 허고 서증(暑症)이라고도 허는디요, 냉갈에 끄실린 오매(烏梅)나 녹두죽이 좋지라우."

"녹두나 오매를 으디서 구해온단 말인가?"

"고것덜이 읎으믄 오이즙을 맹글어 마셔도 효과가 크지라우. 맛이

신 오미자차는 몸땡이에서 빠져나가는 기운을 막아주고라우."

"알겠네. 민가로 나가믄 오이는 구헐 수 있을 것인께 얼릉 구해오더라고."

그 의병은 다행히 정신을 잃었다가 의식이 돌아오는지 몸을 꼼지락거렸다. 종기 환자도 생겨나 걸음을 잘 걷지 못하고 절룩거렸다. 목이나 등, 장딴지에서 고름이 나오는 종기환자였다. 심해진 종기환자는 칼로 생살을 찢고 누런 고름을 긁어내기도 했다. 그러나 대부분의 의병들은 아직 기운이 왕성했고 전의를 잃지 않고 있었다.

수원 땅에 발을 디딘 김천일은 누구보다도 감회가 새로웠다. 4년 전 오십이 세 때 수원부사로 부임해서 잠시 일한 땅에 다시 왔기 때문이었다. 그때는 부사 신분이었지만 지금은 의병장이 되어 수원에 온 것이 다를 뿐이었다. 자신을 비방하고 탄핵했던 토호세력과 왕족들, 자신을 속였던 색리 아전들이 떠올라 쓴웃음이 나왔다. 토호세력과 왕족들은 아전과 결탁하여 자신 몰래 양민들을 수탈했던 것이다.

김천일은 당장 의병들에게 그들을 잡아오라고 지시하려 했지만 관민이 갈등해서는 안 된다고 말했던 경상도 사람 신광이 생각나 참았다. 그들의 탈세 방법은 교묘하고 악랄했는데 어떤 부사도 바로 잡지 못하고 떠났다. 경작지를 양전(量田, 토지조사)할 때마다 그들은 조사관이 된 색리에게 뇌물을 주어 경작지를 은폐하는 방법으로 양안(量案, 토지대장)에 올리지 않거나, 실제보다 적게 기재하거나, 경작지를 농사지을 수 없는 황폐한 휴경지라고 속여 탈세했던 것이다. 은전(隱田, 양안에 누락시킨 땅)의 증가는 양민들에게 그들의 세금까지 넘겨씌웠다. 그들의 비리와 부정은 짓누르는 바위덩어리처럼 양민들의 숨을 헐떡이게 내

몰았다. 관은 일정한 세수목표에 따라 세금을 걷어야 하기 때문이었다. 그래서 생긴 것이 어이없는 백지징세(白地徵稅)였다. 토지가 없는데도 색리들이 가전적(假田籍, 가짜장부)을 만들어 징세하기도 하고, 박토의 화전과 자갈밭까지 세금을 매기는 착취가 바로 백지징세였던 것이다.

김천일 의병장이 이끄는 나주의병군이 수원에 온 지 이레 만이었다. 성문을 지키는 수문장이 김천일에게 와서 보고했다.

"나주에서 왔다는디유, 대장님을 찾구 있습니다유."

"들여보내그라."

"지가 델꾸 오겼슈."

상거지꼴로 온 나주사람은 뜻밖에도 막둥이였다. 땀범벅이 된 얼굴에는 누런 땟국물이 줄줄 흘렀다. 잠방이는 무릎부분이 찢겨져 너덜거렸다. 김천일이 막사에서 나와 막둥이를 보고 깜짝 놀랐다.

"막둥아, 외숙은 으떠시냐?"

"대장님…"

막둥이가 대답을 못하고 주저앉아 통곡했다.

"무신 변고가 있는 것이냐?"

"예, 대장님. 참봉 어르신께서 공주까정 오셨다가 그만 숨을 거두셨습니다요."

"그라믄 니 혼자 여그까정 으째서 왔다는 말이냐? 외숙은 으쩌고."

"성 바깥 마실 사람덜이 가묘를 맹들어주었습니다요."

"김천일 의병장님 외숙이라고 했더니 모다 나서 도와주었그만요."

"외숙님! 으째서 가셨는게라우."

"이놈이 죽을죄를 지었그만요. 참봉 어르신을 잘 모시지 못헌 큰 죄를 저질렀습니다요. 이놈은 죽어야 헙니다요."

"나주로 가지 않고 이짝으로 온 이유가 뭣이냐?"

"비통허시겠지만 그래도 대장님께 몬자 알려야 헌다는 생각으로 달려왔습니다요."

막둥이의 대답에 김천일은 더 묻지 못하고 입술을 깨물었다. 큰형님처럼 따랐던 이광익의 비보에 김천일은 가슴이 미어졌다. 그런데 한편으로 생각하니 비록 애통한 소식이지만 막둥이가 기특하기도 했다.

한참 만에 김천일이 말했다.

"막둥아, 올라오느라 고상했다."

"대장님, 지도 인자 왜적허고 싸우겄습니다요."

"1리를 가더라도 임금님이 겨시는 가차운 디서 죽겄다고 나선 외숙의 충의를 생각허니 전의가 솟구치는구나. 외숙의 소식을 처음 들었을 때는 니가 원망시로왔다마는 시방 생각은 다르다."

"지도 창을 들고 싸와불랍니다요."

"참봉 어른을 생각해서라도 목심을 아끼지 말고 싸와불자."

"예, 대장님."

김천일은 막사에 들어와서야 칼을 붙들고 눈물을 흘렸다. 외숙 이광익을 생각하니 눈물이 저절로 나왔다. 외조부, 외조모가 부모라면 외숙 이광익은 큰형님 같은 존재였던 것이다. 외숙이 보살펴 주지 않았더라면 자신은 무지렁이 농부가 되어 영산강 들판에서 농사를 짓고 있을지도 몰랐다. 김천일이 꺼이꺼이 흐느끼고 있자, 좌부장 양산숙이 군막에 왔다가 흠칫거리며 들어오지 못했다. 종사관 서정후도 마찬가지였다. 양산숙이 막둥이에게 말했다.

"대장님이 비통허게 우시는디 으째서 그란다냐?"

"참봉 어르신이 돌아가셨다고 그랍니다요."

"뭣이라고 참봉 어르신이?"

"예."

서정후도 놀랐다.

"행재소로 가신다고 허신 참봉 어르신 말이여?"

"예, 공주서 돌아가셨그만요."

막둥이는 서정후를 따라가 의병이 입는 새 옷으로 갈아입었다. 이마에 흰 머리띠도 둘렀다. 김천일의 제자인 서정후는 막둥이를 잘 알고 있었다. 새 옷으로 갈아입은 막둥이에게 긴 창도 지급했다. 막둥이가 창을 들고 서 있자 서정후가 말했다.

"내 전령허고 잡은가?"

"예. 종사관님. 근디 대장님이나 아드님헌테 허락받아야 허지 않을 게라우?"

"여그는 집이 아니고 싸움터여. 긍게 갠찮아."

"예, 알겠습니다요."

"막둥이는 역참 말구종 출신이라 전령을 맡기믄 잘헐 거그만."

막둥이가 비로소 웃었다. 막둥이는 양산숙과 서정후를 만나 뒤에야 안정을 찾았다. 그날부터 막둥이는 종사관 서정후의 전령이 되었다.

나주의병군이 수원에 왔다는 소식은 열흘 만에 수원성은 물론 용인과 광주고을까지 퍼졌다. 양민들을 괴롭혔던 수원 관아의 색리들은 하나둘 도망쳤다. 반면에 수원의 양민들은 김천일을 만나려고 나주의병군 막사가 있는 독성산으로 구름처럼 몰려왔다. 양산숙을 비롯한 장수들과 의병들의 사기는 크게 올랐다. 수원 양민들의 태도를 보고는 놀라지 않은 사람이 없었다. 더욱이 담양의병군의 우부장 양대박이 운암천에서 승리를 거뒀다는 소식은 전의를 한껏 솟구치게 했다. 우리도 왜군들과 한 번 싸워 이겨 보자는 투지였다.

수원 양민들 중에는 의병을 자원하는 사람들이 많았다. 어느 새 의병의 숫자는 2천 명이 넘어서버렸다. 그들 가운데는 김천일의 눈에 익은 사람도 있었다. 용주사 북쪽 성황산 산자락에서 화전을 일구며 사는 김말수였다.

"나리, 김말수이옵니다."

그는 양민들에게 풍수를 봐주고 어렵게 생계를 이어가는 지관이었다. 김천일은 그를 분명하게 기억했다. 색리와 다투다가 관아에 끌려온 그의 사정을 듣고는 풀어준 적이 있었기 때문이었다. 수원천 저잣거리에서 지관으로 살다가 화전을 일구려고 성황산으로 들어갔는데 색리가 그곳에는 원래 밭이 있었다고 우기며 세금을 내라고 해서 반발했다가 관아로 끌려온 그였던 것이다.

"여그는 으째서 왔는가?"

"이제는 나리께 은혜를 갚고자 왔습니다. 나리께서 저를 살려주지 않았다면 지금의 제가 어찌 있겠습니까? 지금은 성황산 일대를 논밭으로 일구어 식구들이 편히 먹고 살만하게 됐습니다. 다 나리 덕분입니다."

"니가 잘 사는 것이 나에게 은혜를 갚는 일이여."

"아닙니다요. 나리께 제 목숨을 바치는 것이 저로서는 은혜를 갚는

214

길입니다요."

"허허허. 막대기풍순 줄 알았더니 니야말로 진짜 풍수로구나. 말년에 니 살 곳을 찾았응께 말이다."

"아닙니다요. 죽을 곳을 살 곳으로 만들어주신 분은 오직 나리이십니다요."

"근디 늙은 니가 의병이 되어 창을 들고 싸울 수는 있겠느냐?"

"나리, 제가 잘 싸우지는 못하겠지만 조금이라도 쓸모는 있을 것이라고 생각합니다요."

"의병이 되겠다고 헌 것이 고맙기는 허다만."

김천일은 그가 은혜를 잊지 않고 찾아와 준 것은 가상했지만 의병으로 받기에는 무리라고 생각했다. 쉰 살이 된 그는 의병으로서는 고령이었다. 더구나 그는 팔이 하나 없는 외팔이였다.

"나리께서도 저를 병신이라고 내치시겠습니까요?"

"니 맴이야 잘 알겠다만 의병은 봄놀이하러 댕기는 것이 아닌께 허는 말이다."

"저를 받아주신다면 절대로 후회하시지는 않을 것입니다요."

김말수가 물러서지 않고 자신 있게 말했다.

"니에게 무신 계책이라도 있느냐?"

"의병들이 싸우려면 지리에 밝아야 할 것입니다요. 저는 풍수쟁입니다요. 이곳 경기도에 있는 산이란 산은 다 올라가봤습니다요."

"그래? 그렇다믄 니를 지관참모로 델꼬 댕겨야 허겠구나."

그제야 김천일이 고개를 끄덕이며 김말수를 받아들였다. 의병장수들이 대부분 나주 출신이므로 경기도 산길이나 지형을 알지 못하는데 김말수의 자원은 뜻밖의 소득이었다.

"최복이는 잘 있느냐?"

"나리께서 떠나신 뒤 수원고을에 살지 못하고 어디론가 떠나버렸습니다."

"의로운 일을 허고도 떠났다니 딱허기 짝이 읎구나."

최복은 점을 치는 복사였는데 색리와 왕실 토호세력인 이종현의 비리를 고발한 사람이었다. 왕실 후손인 이종현의 비리는 그가 한양의 벼슬아치들과 교분이 두터웠기 때문에 역대 수원부사들이 손을 쓰지 못했던 것이다. 그의 비리를 알고도 눈감아 주거나 물러섰다. 부임초기에 의욕을 내어 바로 잡겠다고 나섰다가 부사직에서 파직당하기 일쑤였다. 그는 마음 놓고 탈세비리를 저질렀다. 광교산 밑의 논밭은 대부분 그의 땅이었는데 색리가 토지대장인 양안에 기재하지 않은 은전으로 처리하여 세금이 부과되지 않았던 것이다. 그런데도 이종현은 자기 땅을 붙여먹고 사는 소작인들이 내오던 곡물을 가을이 되면 꼬박꼬박 받아갔다. 흉년이 들었을 때도 마찬가지였다. 마름을 통해 인정사정없이 훑어갔다. 갚을 길이 없으면 그의 종이 되거나 산중으로 도망쳐 화전민으로 살았다. 참다못한 최복이 관아를 찾아와 호소해서 김천일이 부세균일(賦稅均一)의 원칙에 따라 탈세한 세금을 거둬들였다. 실제 경작지를 조사하는 양전도 다시 시작했다. 그러자 토호세력들이 온갖 야비한 방법으로 김천일을 헐뜯고 비방했다. 김천일을 협박하는 사람들 중에는 놀랍게도 조정의 당상관도 있었다. 결국 김천일은 파직당하지 않을 수 없었다. 토호들의 탈세를 바로 잡겠다고 나섰다가 도중에 물러나고 말았던 것이다.

의병이 된 사람 중에는 용주사 승려들도 많았다. 사십대의 승려 송허(松虛)가 어린 사미승과 젊은 승려 서른 명을 데리고 왔던 것이다. 이 또한 김천일이 수원부사 시절에 용주사 승려들에게 관아의 사역을 면제해준 일이 있었기 때문이었다. 사역을 면하는 대신 용주사 부근의 논밭을 스스로 지어 자급자족하도록 조치했던 일이었다.

"송허대사, 날 잊지 않고 와준께 고맙소."

"부사 나리께서 베푼 선정을 어찌 잊을 수가 있겠습니까?"

"내가 무신 덕을 베풀었다는 거요?"

"이제 수원 고을에는 중들이 놀고먹는다는 험담이 없어졌습니다."

"누구든지 일해서 묵고 살아야지 노는 사람이 잘 사는 나라라면 그릇된 거지요."

"그렇습니다. 당나라에 백장선사라는 분이 일일부작 일일부식(日日不作 日日不食), 하루 일하지 않으면 하루 먹지 말라고 말했습니다."

"절에 만고의 진리가 있다는 것이 놀랍소."

"부사 나리, 어찌 절에만 진리가 있겠습니까? 세속에 공맹의 가르침이 있지 않습니까?"

"그렇소. 충효란 것이 공맹의 가르침에서 나왔응께 말이오."

"부사 나리, 이 자리에서 부탁을 하나 드려도 되겠습니까?"

"얘기해 보시오."

"승려들은 집을 떠난 사람들이라 처자가 있는 의병들과 함께 숙식하는 것은 조화롭지 못한 일입니다. 그러니 우리 승려들은 부사 나리의 지시를 받되 용주사에서 대기하고 있는 것이 어떻겠습니까?"

"좋소. 군량미도 절약헐 수 있응께 좋은 일이 아니오."

"부사 나리, 감사합니다. 저희들은 지척에 있으니 언제든지 불러주십시오. 달려오겠습니다."

송허의 무리가 물러가고 난 뒤, 김천일은 행군 도중 병을 얻은 의병들을 둘러보았다. 막둥이도 어엿한 의병이 되어 말구종 출신답게 김천일이 타고 다니는 군마를 쓰다듬고 있었다.

"푹 쉬어불제 뭣허고 있냐?"

"대장님 군마도 겁나게 떠왔었어라우."

"그랑께 그늘에 매어 두라고 허지 않았느냐."

"더우를 묵었을 텐께 께랑물로 등물을 쳐주믄 으쩌겠습니까요?"

"꼬리꼬리헌 니 몸땡이나 씨쳐부러라."

"지는 땀이 많은 사람인께 그랍니다요. 밥만 묵어도 땀이 난당께요."

"올라옴시로 고상했응께 니 몸땡이부텀 잘 씨치거라."

"대장님 군마도 을매나 떠왔겄습니까요. 군마도 참말로 지쳤을 것입니다요."

"께랑으로 내려가되 왜적이 은제 나타날지 모릉께 조심허그라."

황구지천은 독성산 서쪽 산자락을 휘감아 흐르고 있었다. 수원의 북쪽 광교산 계곡에서 발원한 수원천은 남쪽으로 내려와 황구지천이 되었다가 서해를 향해 흘러갔다. 그런데 막둥이가 군마를 끌고 독성산 개울로 막 내려갔을 때였다. 용인으로 내보낸 탐망군이 돌아와 보고했다.

"의병장님, 금령역서 왜적덜이 돌아댕기는 것을 봤그만이라우."

"이놈덜이 인자 산에서 내려와 거리를 활보허고 댕기는구나."

김천일은 즉시 좌부장 양산숙을 불러 의병들을 대기시키라고 지시했다. 독성산에 온 지 열흘 만에 비상을 걸었다. 의병들은 그사이 충분하게 휴식을 취했고, 병이 난 의병 몇몇도 회복했기 때문에 전력에는 아무 이상이 없었다.

두 번의 승리

임시군막에 참모 장수들이 속속 모여들었다. 양산룡, 임환, 이광주, 송제민, 서종후 그리고 김상건도 말석에 앉았다. 김천일이 휘하 참모장수들을 둘러보면서 말했다.

"용인에 왜적덜이 있다는 것은 우리가 다 아는 사실이여. 그래서 그짝으로 탐망군을 보냈제. 왜적덜이 문수산에 있지 않고 용인 금령역까정 내려와 활개 치는 거 같은디 은제 이짝으로도 올지 모른께 싸울 준비는 허고 있어야 쓰겄소."

나주향교를 출입했던 종사관 서정후가 말했다.

"우리덜이 온다는 얘기를 듣고 한양 가는 길을 막고자 그짝에 있지 않을께라우?"

"고건 아닌 거 같은디."

문수산에 결진하고 있는 왜군은 와키자카 야스히루 휘하의 군사들이었다. 한양과 용인을 오르락내리락 하고 있는 와키자카의 군사 1천 6백 명은 5만 명의 삼도근왕군을 물리친 전투경험이 풍부한 왜군이었다.

나주의병군에게 군량미 4백 석을 내놓았던 외숙 이광익의 사촌동생

이자 초로의 종사관인 이광주가 말했다.

"왜적덜이 원래부텀 그곳에 있었응께 우리 의병을 막고자 지달리고 있는 것은 아닌 듯허네. 그라기는 해도 용인에 왜적이 있는디 한성으로 갈라고 북진해서는 우리덜이 당헐 수도 있을 거 같네."

"옳은 말씸이요. 한양에도 왜적덜이 많은디 일이 잘못되믄 우리덜은 양짝에서 협공을 당할 수 있당께요."

나주 출신인 임환이 이광주의 말에 동조했다. 습정 임환은 김천일의 종사관과 전술참모를 겸하고 있었다. 그가 전술참모를 겸하고 있는 것은 그의 무인집안 내력 때문이었다. 그의 증조부 임평은 전라병마우후였고, 조부 임붕은 경주부윤이었으며 아버지는 평안도병사를 지낸 임진이었던 것이다. 어머니 또한 선전관 윤기의 딸이었다. 그는 선조 23년에 진사시에 합격했지만 임란이 나는 바람에 문과급제의 기회를 잃어버린 불운한 문사였다. 임환이 한마디 더했다.

"우리덜은 이짝 지리를 모른당께요. 긍께 용인으로 들어가 싸우기보담은 이짝에서 시간을 벌다가 결판을 내야지라우. 이는 왜적덜이 두려와서가 아니라 지난번 근왕군의 실패를 반복허지 말자, 이 말입니다요."

"습정 허는 말은 하나도 버릴 것이 읎어불그만. 나 김천일은 함부로 움직이지 않을 것인께 걱정허지 말드라고. 그라고 모르긴 해도 왜적덜은 이미 우리가 으디에 와 있는지를 다 알고 있을 것이그만. 긍께 항상 방어계책을 세와놔야 당허지 않을 것이여."

양산숙은 왜군이 곧 쳐들어올 것처럼 목소리를 높여 말했다.

"왜적은 반다시 저물기 전에 우리를 공격해 올 것입니다요. 5만 근왕군을 물리쳤으니 을매나 교만에 빠져 있겠습니까? 우리덜은 시방 계책을 급허게 세와부러야 헌당께요."

종사관인 해광 송제민도 한마디했다.

"우리는 앞만 보고 얘기허고 있그만요. 뒤도 돌아봐야지라우. 왜적 덜이 청주, 진천 등지에서 날뛰고 있다고 헌께 뒤짝도 걱정해야지라우. 그렇다고 우리가 그짝으로 갈 수는 읎은께 거그는 충청도 의병들이 나서줘야 허겄지라우. 지가 중봉을 만나 부탁허고 오겄습니다요."

"해광이 다녀와주믄 고맙제. 중봉이 일으킨 의병이 으쩐지 모르겄 네. 왜적덜이 우리 등 뒤에서 친다믄 큰일 아닌가? 해광은 즉시 여그를 떠나 중봉을 만나시게."

이지함의 제자인 송제민도 글재주가 뛰어났다. 증조부는 현감을 지 낸 송기손이었고, 조부는 감찰을 지낸 송구, 아버지는 홍문관 정자를 지낸 송정황이었다. 그러나 그는 어디에 얽매이기를 싫어하는 성격 때 문에 벼슬길에 뜻을 두지 않고 김천일이 창의할 때 종사관으로 들어온 인물이었다.

임시본부 막사에 모인 참모장수들의 의견은 즉시 방어계책을 세워 대비하자는 것이었다. 김천일은 결론을 유도하듯 말했다.

"방어를 허다가 때를 보아 공격허는 것이 상책이고, 후방은 해광이 중봉을 만나 부탁허고, 북진은 확신이 설 때까정 여그서 지달리는 것 이여. 그렇다면 여그를 어처케 지킬 것인지 말해보드라고."

지금까지 한마디도 하지 않았던 김상건이 입을 열었다.

"방어가 성공할라믄 수원 지리에 밝은 사람의 얘기를 들어봐야 허 겄지라우. 부사를 지내신 의병장님이 쬐깐 알 뿐 수원 지리를 잘 아는 장수는 아무도 읿은께 허는 말입니다요. 지 생각인디 쪼깐 전에 의병 장님을 만나러 왔던 지관을 다시 불러 얘기를 들어보믄 으쩌겄습니 까요?"

"지관을 불러 얘기를 듣고 방어계책을 세우는 것이 좋겄그만요."

양산숙이 거들자 김천일은 지관 김말수를 불러왔다. 의병으로 받아 주기만 한다면 쓸모가 있을 것이라는 그의 말이 떠올라 김천일은 무릎 을 쳤다. 김말수는 독성산 부근의 지리를 묻자 기다렸다는 듯이 줄줄 이야기를 했다.

"독성산은 산세가 가파르고 용주사가 한눈에 내려다보일 정도로 적 을 망보기에 좋은 산입니다. 독성산 서쪽은 황구지천이 흘러 천연의 해자가 되고 있으니 적들이 그쪽은 포기할 것입니다. 반드시 성문 쪽 으로만 올라오게 돼 있으니 우리는 성문만 단단히 지키면 됩니다. 남 쪽과 동쪽의 산자락은 험합니다. 그쪽으로 기어오른 왜적들은 성문에 다다르면 이미 힘이 빠져 막상 싸움을 할 수 없을 것입니다. 앞에 화산 과 성황산이 있고, 서쪽에 내산과 상방산이 있지만 거기 산들은 왜적 이 기어오르기 편한 순한 산입니다. 적을 방어하려면 독성산처럼 산자 락이 가파른 산이어야 합니다. 독성산은 우리에게는 도움을 주는 익산 (益山)이고 왜적들에게는 괴로움을 주는 악산(惡山)입니다."

김천일은 더 묻지 않고 장수들에게 지시했다.

"군사덜을 얼릉 산성 안으로 배치시켜부씨요. 두 부대로 나누어 산 성 안은 방어를 허고, 산성 밖은 매복허고 있다가 왜적을 치시오."

나주의병군들은 신속하게 움직인 뒤 방어태세를 갖추었다. 그런 뒤 숨을 죽이며 와키자카의 왜군이 오기를 기다렸다. 양산숙의 단언대로 날이 저물기 바로 전에 왜군 1천여 명이 독성산을 향해 오고 있었다. 왜군장수는 와키자카의 부하장수인 와타나베 시치에몬이었다. 와키자카가 의병들의 전력을 무시하여 직접 오지 않고 부하장수를 보냈던 것이다. 김천일은 먼저 봉수대 봉군에게 봉홧불을 피워 올리게 지시했다. 수원성과 경기고을 양민들을 보호하기 위한 봉홧불이었다. 봉홧불은 왜적이 나타났으니 부근 산으로 피난을 가라는 신호였다.

근왕군을 참패시킨 왜군의 공격은 무모했다. 독성산에 이르자마자 성문을 향해 조총을 쏘아대며 직입했다. 의병들이 화살을 쏘아댔지만 왜군 선봉대는 물러서지 않았다. 방패군을 앞세우고 성벽으로 접근했다. 의병들은 세 부대로 나누어 번갈아가며 방어와 공격작전을 폈다. 일선공격군이 화살을 쏘았다가 물러서면 이선공격군은 일제히 돌멩이를 던졌다.

"석탄(石彈)을 쏘아라."

"사다리를 밀어부러라."

삼선 공격군은 사다리를 타고 성벽 위까지 기어오르는 왜군 선봉대를 죽창으로 찔러 떨어뜨렸다. 왜군은 화력에서는 단연 앞섰지만 의병들의 기세를 누르지는 못했다. 의병들이 지르는 고함소리가 왜군들이 쳐대는 북소리보다 컸다. 늙은 의병들은 징과 북을 쳐 왜군의 사기를 꺾었다.

술시가 되어 사방이 어둑어둑해지자 왜군은 더 이상 공격을 못하고 물러섰다. 조총을 허공에다 쏘고 있었다. 퇴각하라는 총소리였다. 바로 그 순간 성문 건너편 산자락에 붙어 있던 매복군이 쏜살같이 달려나와 백병전을 벌였다. 김천일의 작전대로 그와 동시에 성문이 열렸다. 무너진 둑의 격류처럼 의병들이 와아와아! 함성을 지르며 쏟아져 나왔다. 어둠 속에서 창끝이 번쩍였다. 왜군들이 칼에 베인 나뭇잎처럼 뒹굴었다. 왜군 수십 명이 성문 앞에 널브러져 의병들 발에 짓밟혔다. 퇴각하는 왜군들이 시신을 수습해 갔지만 버리고 간 것만도 열다섯 구였다.

전투는 정확하게 유시에 시작해서 술시에 끝났다. 김천일은 왜군에게 노획한 것들을 성 안으로 나르게 했다. 왜군 갑옷, 칼, 투구, 군마, 사다리 등을 임시군막 앞에 전시하여 오가는 의병들이 보도록 했다. 열다섯 개의 왜군 수급은 한 쪽 귀만 잘라 소금에 절였다. 왜군의 공격이 잠잠해지기를 기다렸다가 행재소에 보내기 위해서였다.

독성산전투는 나주의병군에게 안겨준 첫 승리였다. 의병들은 다음 날에도 싸우고 싶어 안달했다. 그러나 용인왜군은 조선 양민을 척후병으로 보냈을 뿐 나타나지 않았다. 왜군에 붙어먹고 사는 조선 양민은 용주사 승려들이 붙잡아왔다. 김천일은 성문 앞에서 단칼에 목을 베어 효수했다. 그런 뒤, 왜장 와키자카에게 부역한 양민의 머리와 '침략한 왜적들을 쓸어 없애겠다.'는 편지를 보냈지만 무슨 일인지 왜군은 독성산성을 공격하지 못했다. 명나라 군대가 압록강을 넘어오고 있다는 소식을 들었는지도 몰랐다.

나주의병군이 독성산성에 그대로 머물며 여름을 나는 동안 경기도 남쪽 고을들의 흉흉한 민심도 차츰 가라앉았다. 그러나 한양은 여전히 왜군 부대들이 완강하게 버티고 있었다. 따라서 한강을 넘어갈 수 없는 김천일의 고민도 깊어질 수밖에 없었다. 식수가 부족한 독성산성에서 2천여 명의 의병들이 언제까지나 머물 수만도 없는 일이었다.

왜군 수십 명을 사살한 전과는 나주의병군을 기세등등하게 했다. 참모장수들은 용인 금령역에 주둔하는 왜군을 야간에 기습공격하자고 김천일에게 건의했다. 양산숙이 말했다.

"대장님, 우리 의병덜 사기가 충천해 있그만요. 이럴 때 금령역을 기습허믄 승산이 있을 것 같은디요, 어처케 생각허십니까?"

"다른 장수덜 생각은 으쩐가?"

"문수산에 왜군부대가 있은께 위험헌 작전이겄는디요."

"우리가 번개맹키로 야간에 치고 빠지믄 왜적덜은 독성산으로는 쉽게 오지 못헐 거그만요. 일전에 공격했다가 크게 패배했응께라우."

김천일이 말했다.

"번개맹키로 치고 빠진다믄 승산이 있겄제."

"날랜 기습 선발대를 짠다믄 지가 나서겄습니다요."

임환이 자원하자, 양산숙과 서정후도 나섰다. 할 수 없이 김천일은 위험을 감수하고 세 사람을 모두 보내기로 했다.

"그라믄 야간 기습작전인디 임시로 습정이 전부장을 맡고, 번계가 좌부장, 송촌이 후부장을 맡게."

"군사는 을매나 주믄 될까?"

"병법에 공격허는 군사가 수비허는 군사 3배는 돼야 헌다고 나와 있습니다요."

전부장을 맡은 임환이 대답했다. 번계 양산숙과 송촌 서정후도 공감했다.

"알았네. 정예의병 1백여 명을 줄텐께 왜적에게 타격을 주고 바로 돌아와불게. 기습작전은 지체허믄 우리도 사상자가 날 수 있은께 빨리 빠져부러야 허네."

김천일은 오십대 초반인 외당숙 이광주는 유진장으로 독성산성에 남아 있으라고 지시했다. 일부 군사가 전투를 나가면 반드시 유진장이 남아 있는 군사를 지휘해야 했다. 각자 역할을 정해주고 점고하는 것이 대장인 의병장의 임무였다.

그날 밤.

때마침 달이 없는 그믐날이었다. 야간 기습작전을 하기에 좋은 밤이었다. 1백여 명의 기습작전 선발대는 이경쯤 독성산 산길을 타고 내려가 용인으로 향했다. 수원 출신 의병이 향도를 맡아 선두에 섰다. 기습작전 선발대는 뱀처럼 장사진(長蛇陣) 대오로 앞 사람 등을 보고 걸었다. 두 식경 만에 앞에서 휘파람 소리가 길게 두어 번 났다. 행군을 멈추라는 새소리로 위장한 신호였다. 대장 김천일은 중부장 양산숙 뒤에 있었다. 양산숙이 김천일에게 조심스럽게 다가와 말했다.

"대장님, 왜놈덜이 얘기허는 소리가 들립니다요."

"보초 같은디 교대시간이그나 졸음을 이길라고 얘기허는지도 모르네. 긍께 행군을 멈추고 더 지켜보세."

"예, 알겠습니다요."

김천일은 전령 김상건을 후부장 서정후에게 보내 그대로 전했다. 기습작전 선발대는 즉시 길가 풀숲에 엎드렸다. 삼경 무렵까지 풀숲 뒤에서 공격명령이 내릴 때까지 기다렸다. 그러나 왜군들은 좀체 멈추지 않고 이야기를 계속했다. 양산숙이 다시 와서 말했다.

"은제까정 지달려야 헐지 모르겄습니다요."

"여그서 밤을 새울 수는 읎네. 결단을 내려야지."

"어처케 말입니까?"

"엥간히 지달리다가 침투조를 짜서 보초 서는 놈덜 목을 따부러야제."

"누가 나설게라우?"

"금성관 앞에서 뿌사리 잡은 백정이 있지 않은가. 그라고 배짱이 좋은 의병 열 명만 뽑아 보게."

"준비가 되믄 휘파람을 두 번 불겄습니다요."

"나는 시 번 불텐께 작전을 개시허게."

자정이 가까워지자 풀벌레 소리가 시끄러웠다. 게다가 산비둘기 소리에 휘파람새까지 후이후이 하고 울었다. 이윽고 휘파람 소리가 두 번 들렸다. 이에 김천일은 김상건에게 휘파람을 세 번 불게 했다. 왜군 보초 제거작전이었다. 작전은 예상한 대로 맞아떨어졌다. 한참 만에 임환, 양산숙, 서정후가 한 자리에 모였다. 임환이 말했다.

"대장님, 보초 둘을 쥐도 새도 모르게 멱을 따부렀습니다요."

"인자 망설일 것 읎네. 일자대오로 금령역을 포위했다가 내가 효시를 쏠텐께 공격허게."

김천일 수하의 참모 장수들은 의병 선발대를 일자로 벌려 금령역을 포위했다. 왜군들은 코를 골며 자고 있었다. 금령역 찰방과 역졸들을 죽이고 점령한 와키자카 수하의 왜군들이었다. 김천일은 혼잣말로 중얼거렸다.

"인자 니놈덜 차례다. 한 놈도 살아서 돌아가지 못헌다."

김천일은 화살 끝에 불을 달아 효시를 쏘았다. 효시가 삐이, 하고 컴컴한 허공을 날아갔다. 효시가 날자마자 일제히 공격하는 선발대의 함성이 들렸다. 전부장과 중부장이 공격하고 후부장은 뒤에서 도망치는 왜군을 사살했다.

왜군의 조총 소리가 단 한 번도 들리지 않았다. 왜군의 저항을 받지 않은 야간 기습작전은 완벽한 성공이었다. 왜군들은 자다가 조총 한 번 쏴보지 못한 채 죽었다. 일전에 독성산 싸움에서 살아 도망친 왜군도 분명 섞여 있을 터였다. 김천일은 그것이 더 통쾌했다. 김천일이 김상건에게 지시했다.

"수색해서 수급을 챙기그라."

수급(首級)이란 적의 머리를 뜻했다. 시신의 머리를 베어 챙기라는 말이었다. 기습작전 선발대는 꼭두새벽까지 왜군의 시신과 갑옷, 조총, 칼 등을 수색했다. 양산숙이 김천일에게 다가와 말했다.

"대장님, 더 수색헐까요?"

"놈덜이 무기를 숨겨놨을지 모른께 더 수색헌 뒤 철수허는 것이 좋겄네."

"날이 밝으믄 문수산에 있는 왜군 본대가 반격헐지 모릅니다요."

"물론 날이 밝기 전에 철수해야제."

김천일의 말대로 무기고처럼 사용했던 빈 창고에서 조총과 갑옷, 투구 등을 기습작전 선발대가 찾아냈다. 이른바 전리품들이었다. 전리품 앞에는 왜군의 수급 열다섯 개가 뒹굴었다. 김천일은 임시 지휘본부에서 금령역까지 걸어가 수색결과를 확인한 뒤 철수를 명했다. 문수산 너머로 동이 트고 있었다. 역참 건물에 불을 지르겠다고 임환이 보고하자 김천일은 그대로 두라고 말했다.

"역참은 원래 우리 재산이네. 우리가 되찾을 날이 올 걸세."

기습작전 선발대는 왜적의 수급과 전리품, 창고의 곡식까지 나누어 들고 독성산성으로 향했다. 독성산성 수성전(守城戰)에 이어 금령역 기습작전까지 모두 승리한 김천일 의병군의 쾌거였다.

충절과 의리

송제민은 비를 맞으며 조헌을 만나러 갔다. 자신이 김천일에게 자청한 임무였다. 옥천의병군이 독성산 후방까지 올라와 왜군을 막아달라는 부탁이었다. 더구나 송제민과 조헌은 이지함 문하에서 수학했던 인연이 있었다. 송제민은 그런 일이라면 성사시킬 수 있다고 생각했던 것이다. 송제민은 비가 오는데도 말을 타고 온양으로 갔다. 수원에서 온양은 그리 멀지 않은 거리였다. 조헌은 임시군막으로 찾아온 송제민을 보자 크게 놀랐다.

"해광, 무슨 변고라도 있소?"

"중봉 성님, 변고라니요. 우리가 삼도근왕군을 물리친 왜적에게 복수했지라."

"소식은 들었소. 허나 왜적들은 반드시 다시 쳐들어 올 것이오."

조헌은 송제민보다 다섯 살 위였다. 그래도 말을 내리지 않고 존댓말을 썼다. 고지식하고 예의와 의리를 지나치게 따지는 그답지 않게 경기도 말투만은 부드러웠다.

"긍께 중봉 성님을 만나러 왔그만요, 후방에서 성님이 도와주지 않으믄 우리 의병군이 고립될 수도 있었지라."

"요즘 들어 우리에게 도와달라는 장수들이 많아요. 권율 장수도 합세하자고 연락이 오고. 재봉 형님 의병군과 임금님이 계신 데까지 북진하자고 약조했는데 아쉽소."

"무신 일이 있는게라우?"

"금산싸움에서 순절했소."

"은제요?"

"나는 내일이라도 재봉 형님의 복수를 하러 금산으로 내려갈 거요. 청주성도 싸워 이겼는데 금산성이라고 다르겠소?"

"고 대장님이 순절했는디도 가실라고라우?"

"중봉 형님의 혼이라도 위로해야겠소."

송제민은 조헌의 전령이 가져온 옷으로 갈아입었다. 자신이 한 발 늦었다는 생각에 아쉬움이 컸지만 새 옷을 입자 마음이 한결 가벼워졌다. 그러자 술 생각이 났다.

"성님, 술은 읎는게라우?"

"해광이 마실 술은 있소."

"아따, 그라믄 술 쪼깐 주쑈잉. 하하하."

"예나 지금이나 여전하구먼."

송제민은 술을 마시고 싶다기보다는 취기가 오르면 더 강하게 부탁해 보려고 그렇게 말했다. 조헌 역시 술을 좋아했으므로 전령을 시켜 술을 내오게 했다. 그러나 조헌은 술상이 앞에 있는데도 가끔 어두운 표정을 거두지 않았다. 두 사람은 술을 주거니 받거니 마셨다. 송제민은 술을 마시면서 조헌의 이야기를 다 듣고서야 그의 심사를 이해했다.

조헌의 1천7백 명 옥천의병군은 청주성을 탈환한 뒤 거칠 것이 없었다. 호서지방 육지전투에서는 최초의 승리였다. 지금의 기세라면 왜군이 득실거리는 한양을 뚫고 의주로 올라가 선조를 호위하는 근왕군이 될 것 같았다. 그러나 1천 7백 명의 의병군으로 북진한다는 것은 무리였다. 조헌은 옥천의병군이 한양을 공격하기에는 역부족이라고 판단했다. 원래는 고경명의 7천 의병군과 합세하여 북진하기로 약속했지만 7월 9일 고경명이 금산전투에서 전사하는 바람에 불가능한 일이 되고 말았다.

고경명이 금산전투에서 승전했더라면 지금쯤 조헌의 옥천의병군은 한양을 향해 북진하고 있을 터였다. 군이 옆으로 새어 청주성 수복작전을 펴지 않았을지도 몰랐다. 지난 6월초에 청주성은 이미 왜군의 수중에 넘어간 상태였던 것이다. 충청방어사 이옥의 군사가 성을 지키고 있다가 왜 제5군의 장수 하치스카 이에마사(峰須賀家政)가 이끄는 왜군의 공격을 받자마자 성문을 열고 도망쳐버렸기 때문이었다.

이후 충청감사 윤선각이 연기에 진을 치고 있던 이옥과 조방장 윤경기에게 청주성을 탈환하라는 명을 내렸지만 소용없었다. 성을 공격했지만 7천2백 명의 왜군을 거느린 하치스카는 이옥의 관군을 비웃듯 꿈쩍도 안 했다. 때마침 장대비가 내리곤 하여 관군은 비 맞은 생쥐 꼴이 되어 초라하게 퇴각하곤 했다.

한편, 의승장 영규가 이끄는 5백여 명의 의승군은 청주에서 시오리 떨어져 있는 안심사에서 며칠째 대치하고만 있었다. 공격작전을 세우고 지휘할 조헌 같은 대장이 없기 때문이었다. 의승군들이 가지고 있는 무기란 고작 낫이나 죽창뿐이었다. 의승군 단독으로 청주성을 공격한다는 것은 무모한 일이었다. 의승군은 며칠 후 청주성을 탈환하기 위해 온 조헌의 지휘 하에 들어가고 나서야 힘을 발휘했다.

조헌은 관군보다 의승군을 더 믿었다. 조헌이 관의 수장을 믿지 못하는 것은 의병군을 경계하고 불신하기 때문이었다. 충청감사 윤선각만 해도 조헌의 의병군을 탐탁지 않게 여겼다. 군사와 백성들이 조헌 의병군에 가담하는 것조차 꺼려했다. 의병군 세력이 커지면 전공을 세우는데 관군이 불리하다고 생각했던 것이다.

실제로 의병군과 의승군이 청주성을 탈환하기 전의 일이었다. 윤선각이 충청도 각 고을에 공문을 보내어 의병의 부모와 처자를 잡아 옥에 가두었다. 그러자 의병군이 동요했고 일부는 부모와 처자를 구하기 위해 흩어지는 일이 생겼다. 1천 7백 명이나 됐던 옥천의병군은 규모가 1천여 명 정도로 줄었다. 불같은 성격의 조헌이 가만히 있을 리 없었다. 당장 윤선각에게 글을 써 보냈다.

<세상 물정 어두운 서생은 처음부터 적을 잘 죽이지 못하리라는 것을 알고 있소. 허나 백성들의 원한과 분노를 의지하고 힘을 같이 하여 적을 토벌한다면 산천의 귀신도 응당 하늘의 성냄을 도울 것이오. 임금님의 애통한 교서가 지척에 이르렀는데도 아직 받들지 않는 것은 무엇 때문이오. 내가 널리 군중들이 하는 말을 들어보건대 만구일담(萬口一談)으로 모두가 적을 죽이고자 하고 있소. 헌데 군사를 징집한 지 수개월 동안 군량을 다 소비하고, 수천 명의 군사를 가지고서도 강 밑에서 스스로를 지키고 있을 뿐이오. 적 토벌을 서두르지도 않고, 또 뜻을 두지 않으면서 완악한 놈, 협잡하는 놈의 말만 듣고 충신과 의사의 기운을 억누르니 감사의 뜻이 어디에 있는지 알 수가 없소>

글을 받은 윤선각은 청주성을 탈환한 조헌의 공을 애써 무시했다. 조헌의 공은 외면하고 의승장 영규만을 치켜세웠다. 행재소의 선조에게 올린 장계에 영규의 공만 써 올렸던 것이다.

<대부대의 적병이 청주에 들어와 군사를 나누어 약탈과 살육을 함부로 하자, 승 영규가 승도들을 많이 모았는데 모두 낫을 가졌고 군기가 매우 엄격하여 적을 보고 피하지 않았사옵니다. 드디어 청주의 적을 격파하니 연일 서로 버티어 비록 큰 승리는 없었다 할지라도 물러서지도 않았으니 적이 마침내 성을 버리고 달아난 것은 모두 영규의 공입니다.>

충청감사의 지휘를 받는 이옥도 조헌과 사사건건 부딪쳤다. 성을 탈환한 뒤 조헌이 성 안에 있는 곡식 수만 석을 난민들에게 나누어줄 것과 우마 수백 마리를 여러 마을에 분배하여 농사짓는 데에 이용할 수 있게 하자고 요청하였으나 이옥은 윤선각과 상의한 뒤 성중의 양곡을 모조리 불태워버렸던 것이다.

조헌은 참지 못했다. 그 역시 선조에게 장계를 올려 충청감사 윤선각과 방어사 이옥의 부적절한 처신을 비난했다.

<신과 충청감사 및 방어사는 모두 평소에 교분이 있었기 때문에 청주의 적을 치던 날 서로 서신을 통하여 계고한 것이 여러 번이었사옵니다. 그러나 관찰사 윤선각과 방어사 이옥이 나오지 않고 심로하기만 하였으며, 그 막하 비장들이 그들을 종용하여 권하는 말을 많이 하였지만 의병장은 감사와 방어사의 지시를 받아야 한다고만 하였사옵니다. 출병할 즈음 사람을 시켜서 누차 독촉하였으나 이옥의 비장들은 서로 바라보기만 하고 앞으로 진격하지 않으니 신이 북을 쳐서 제

군의 출진을 독촉하지 않았더라면 신 또한 고경명의 죽음과 같은 것을 면치 못했을 것이옵니다. 이와 같이 호서의 장수들이 교만하고 사졸들이 나태한 모습을 신이 보았는데 이를 그대로 두고 책하지 않으면 비록 10년 동안 군사를 모은다 할지라도 결코 회복할 이치가 없을 것이옵니다.〉

다음날.

조헌은 옥천의병군이 온양을 떠나야 한다고 판단했다. 온양에 임시로 결진했던 이유는 앞으로의 작전을 위해 시간을 버는 것뿐이기 때문이었다. 더구나 추석이 가까워지자 밤이 되면 목덜미가 움츠러들었다. 온양에서 더 이상 머물기에는 명분이 없었다.

밤새 술을 마신 사람답지 않게 조헌은 참모장수들을 불러 작전회의를 했다. 청주성전투에서 힘써 싸운 전 찰방이자 의병장 박춘무, 의승장 영규가 조헌 옆에 앉았다. 그만큼 그들과의 신뢰가 깊었다. 의병들을 모집한 모의장 이광륜과 전 봉사 임정식, 조헌의 아우 조범, 아들 조완기, 김천일의 종사관인 송제민까지 참석했다. 조헌이 의병군의 좌우 부장들을 쳐다보며 말했다.

"말고삐를 남쪽으로 돌려야겠소. 고경명 맹주님이 금산에서 패하여 전사하셨는데 의리를 지켜야겠소. 난 맹주님과 공주에서 밤새 통음하면서 왜적을 한 사람이라도 더 죽이자고 맹세했었소."

"그러니께 근왕하러 올라가는 것을 늦추잔 거지유?"

"금산에 왜적이 있음은 뱃속에 병이 있는 것과 같소."

"시방 금산으루 진군허자는 말씀인가유?"

"청주성에서 싸워 왜적을 물리쳐봤으니 걱정할 거 없네. 청주성이나 금산성이 다를 게 무언가!"

송제민은 금산으로 가지 않고 수원에 주둔하고 있는 김천일 나주의 병군으로 복귀할 것이라고 보고했다.

"중봉 성님, 지는 인자 수원으로 돌아가야 허겄그만이라우."

"만나자마자 이별이네. 해광은 원래의 자리인 건재(金千鎰) 대장님께 가보시게."

금산으로 출진하자는 조헌의 의견에 모든 장수들이 찬성하지는 않았다. 반대하는 별장도 있었다.

"의병덜이 대꾸 돌아가버리니께 군사가 부족허구만유."

"내려가면서 모으면 되네. 우리들이 청주성에서 승리함으로 해서 호서 민심이 안정되고 있으니 의병들이 지원해 올 것이네."

"금산에 있는 왜적은 정예군사만두 1만이 넘는다구 허는디 워쩔라구 그런대유."

"정신일도하사불성(精神一到何事不成), 마음만 한곳으로 모은다면 이루지 못할 일이 어디 있겠는가?"

"의병덜을 모아 규모가 커진다 혀두 오합지중(烏合之衆)일 뿐이지유."

조헌이 침술에도 능한 박춘무와 영규에게 동의를 구했다. 조헌과 박춘무, 송제민은 이지함 문하에서 함께 공부한 문인이었던 것이다.

"박 찰방과 대사께서는 왜 내 얘기를 듣고만 있소?"

박춘무는 가타부타 말이 없었다. 침술기구를 만지작거리기만 할 뿐 여전히 입을 다물고 있었다. 그러자 의승장 영규가 말했다.

"소승은 공을 믿으니께 명을 내리시믄 함께 허겄구만유."

"대사의 승군에게 당해낼 왜적은 없을 것이오. 청주성 서문을 공격할 때 죽음을 무릅쓰고 달려드는 그 날카로운 기세를 보고 왜적이 북문으로 도망쳤던 것이오."

하루 내내 의병군과 의승군이 서문과 남문을 거세게 공격하자 왜군이 더 버티지 못하고 밤중에 북문을 통해 퇴각했던 것은 사실이었다. 그때 캄캄한 데다 눈을 뜰 수 없을 정도로 소나기가 쏟아져 성 안으로 들어가 바로 탈환하지는 못했지만 비가 그치자 왜장 하치스카는 부하들의 시신을 모아 불태우고 도망쳤던 것이다.

의승장 영규.

그는 속성이 박씨로서 공주 판치 출신이었다. 일찍이 계룡산에 입산한 뒤 묘향산 서산대사의 문하로 들어가 호를 기허당(騎虛堂)이라고 받았다. 이후 서봉사, 낙가산사, 갑사 주지를 맡아 제자들을 가르쳤는데, 임란 전에는 공주 청련암으로 옮겨 무예를 연마했고 왜군이 쳐들어오자 옥천 가산사에서 승려 3백 명을 모아 봉기하였던 인물이었다.

영규의 동의를 얻은 조헌은 서둘러 금산으로 내려가 일전을 벌이겠다고 결론을 내렸다.

"지금 임금님이 어디에 계시오? 임금님이 욕을 당하면 신하는 죽는 것이 마땅하오. 나는 한 번 죽음이 있는 것만 알 뿐이오."

조헌은 장수들이 돌아간 뒤 전라감사 겸 순찰사가 된 권율에게 8월 18일쯤 금산을 협공하자는 편지를 써서 전령 편에 보냈다. 그러나 수일 뒤 조헌의 편지를 받아 본 권율은 공격 날짜를 조금 늦추자고 회답했다. 전략상 서로가 의견이 좀 달랐다. 왜군을 토벌하자는 데는 뜻을 같이했지만 권율은 금산으로 나아가 공격하기보다는 전주를 지켜내야 하는 방어계책이 시급하다고 판단했던 것이다. 7월 22일에 이광의 후임으로 전라감사가 된 권율은 광주목사나 남원 수성장 때와는 입장이 달랐다. 무슨 일이 있더라도 호남의 수도인 전주성을 지켜야 했던 것이다.

결국 송제민은 수원 독성산성 김천일 휘하로 복귀했고, 조헌은 옥천 의병군과 영규를 따르는 승군만을 거느리고 금산으로 내려갔다. 행재소에서는 선조가 영규의 전공을 높이 사 첨지중추부사에 명하고 비단 옷을 한 벌 하사하여 선전관이 가지고 오는 중이었다.

조헌이 옥천의병군과 영규 의승군이 금산성에서 십리 되는 곳에 이르렀을 때였다. 조헌이 꼿꼿하게 따라온 영규의 충절에 감탄하며 물었다.

"대사는 생사를 어찌 생각하오?"

"공은 한 번 죽을 뿐이라구 말씀허시지만 소승은 다르쥬."

"무엇이 다르다는 말이오?"

"불도는 생사를 초월하여 영원히 사는 사람이니께 죽고 사는 것이 자유로운 사람이지유."

"조금도 두렵지 않다는 말이오?"

"공께서 두렵다니 믿어지지 않는구만유."

"부하들의 목숨이 내 손에 달려 있는데 어찌 두렵지 않겠소"

조헌은 자신의 심정을 솔직하게 말했다. 온양에서 출진할 때와 달리 금산에 다다르자 가슴이 뛰고 속이 울렁거렸다. 의병과 의승을 합쳐 고작 1천 2백 명인데 비해 왜군은 1만 5천 명이 넘는 대군이었다. 그러나 조헌 자신은 목숨이 하늘에 달려 있다고 여겼다. 자신의 목숨을 하늘에 맡긴다는 생각에는 변함이 없었다.

"대사는 무엇 때문에 승군을 이끌고 있는 것이오?"

"우덜 승군은 파사현정(破邪顯正)을 하구 있지유. 삿된 것을 부수어야 바른 것이 드러나는 법이지유."

"불법에 그런 말이 있소이까? 스승이 누구시오?"

"소승의 스승은 묘향산에 겨시는 서산대사님이시지유. 승군이 모이는 까닭은 스승의 격문을 보고 이심전심으루다가 맴과 맴이 계합혔기 때문이지유."

"격문을 내게 보여줄 수 없겠소?"

"부적맹키루 늘 품속에 넣구 다니지유."

영규는 품속에서 너덜너덜해진 한지 한 장을 꺼내 조헌에게 내밀었다. 서산대사 휴정이 팔도에 흩어져 있는 제자들에게 보낸 격문이었다.

<아, 하늘의 길이 막히도다. 나라의 운명이 위태롭도다. 극악무도한 적도(賊徒)가 하늘의 이치를 거슬러 함선 수천 척으로 바다를 건너오니 그 독기가 조선 천지에 가득한지라. 삼경(三京)이 함락되고 우리 선조들이 누천년 이룬 바가 산산이 무너지도다. 저 바다의 악귀들이 우리나라를 무참히 짓밟고 무고한 백성들을 학살하는 광란을 벌이나니 이 어찌 사람이 할 짓이랴? 살기가 서린 저 악귀들은 독사 금수와 다를 바 없도다.

조선의 승병들이여!

깃발을 치켜들고 일어서시오! 그대들 어느 누가 이 땅에서 삶을 얼어 받지 아니하였소? 그대들 어느 누가 선조들의 피를 이어받지 아니하였소? 의(義)를 위해 나를 희생하는 바, 또 모든 중생을 대신하여 고통을 받는 바가 곧 보살이 할 바요 나아갈 길이라. 일찍이 원광법사께서 임전무퇴라 이르시니. 무릇 나라를 지키고 백성을 구함은 불법을 따른 우리 조상들이 대대손손 받들어 온 전통이오.

조선의 승병들이여!

우리 백성이 살아남을지 아니할지, 우리나라가 남아있을지 아니할지, 그 모두가 이 싸움에 달려 있소. 목숨을 걸고 우리나라와 백성을 지키는 일은 단군의 피가 혈관에 흐르는 한 누구나 마땅히 해야 할 바라. 이 땅의 나무와 풀마저 구하는 제세(濟世)가 바로 불법이 아니리까? 백성들이 적도의 창칼에 죽임을 당하고 그 피가 우리나라를 붉게 적시오. 나라가 사라지고 백성이 괴로워할진대 그대들이 살아남는 바가 곧 나라와 백성에 대한 배신이 아니리까?

조선의 승병들이여!

나이가 들고 쇠약한 승려는 사찰을 지키며 구국제민(救國濟民)을 기원하게 하시오! 몸이 성한 그대들은 무기를 들어 적도를 물리치고 나라를 구하시오! 모든 보살의 가피력으로 무장하시오! 적도를 쓰러뜨릴 보검을 손아귀에 움켜쥐시오! 팔부신장의 번뜩이는 천둥번개로 후려치며 나아가시오! 참변에 울부짖는 백성들이 분하고 원통하오. 지체없이 일어나 불구대천의 원수를 토벌 격멸하시오!

조선의 승병들이여!

조정대신들은 당쟁 속을 헤매고 군 지휘관들은 전선에서 도주하니 이 아니 슬프오? 또한 외세를 불러들여 살아날 길을 꾀한다 하니, 우리

민족의 치욕이 아니리까? 이제 우리 승병만이 조국을 구하고 백성을 살릴 수 있소. 그대들이 밤낮없이 수행 정진하는 바가 생사를 초월하자 함이오. 또한 그대들에겐 거둬야 할 식솔이 없으니 돌아볼 바가 무엇이오? 모든 불보살이 그대들의 나아갈 길을 보살피고 거들지니, 분연히 일어서시오! 용맹의연하게 전장으로 나아가 적도를 궤멸하시오! 적도의 창검 포화가 두려울 바 무엇이오? 전투가 없이는 승리도 없소. 죽음이 없이는 삶이 없소.

조선팔도의 승병들이여 일어서시오! 순안의 법흥사로 집결하시오! 나 휴정은 거기서 그대들을 기다릴 터이오. 우리 일치단결하여 결전의 싸움터로 용약 진군할 것이로다! >

조헌은 찬물에 눈이 씻긴 듯 눈앞이 홀연히 환해졌다. 좀 전까지 뒤숭숭했던 마음이 구름이 걷힌 하늘처럼 공활하게 변했다. 조선에 휴정 같은 고승이 있었다니 놀라운 일이 아닐 수 없었다. 자신이 전국의 향교나 서실에 띄운 격문과는 차원이 달랐다. 조헌은 임시군막에서 영규를 보내고 난 뒤 몇 번이나 중얼거렸다.

'죽음이 없이는 삶이 없소.'

마치 휴정이 자신에게 던지는 당부의 말 같았다. 그 한 마디에 조헌은 평상의 마음으로 되돌아왔다. 결전을 앞둔 날이었지만 마음은 평온하고 고요했다. 죽음이 없이는 삶도 없다는 것은 만고의 진리였다.

강화도 이진(移陣)

김천일은 온양에서 올라온 송제민을 밤에 따로 불렀다. 낮에 고경명이 7월 9일 금산전투에서 순절했다는 보고를 받고는 눈물이 하염없이 흘러서 송제민을 돌려보냈지만 밤이 되자 조헌의 소식이 다시 궁금해졌던 것이다. 충격이 다 가신 것은 아니었지만 그래도 나주의병군을 이끄는 대장으로서 앞으로의 계책은 세워야 할 것 같아서였다. 송제민은 희소식을 가져오지 못한 것이 자신의 허물인 양 심란한 표정을 짓고 있었다.

"인자 중봉은 금산으로 내려갔겠그만."

"영규라는 승장이 거느린 승군허고 합세해서 갔겄지라우."

"금산성을 점거헌 왜군이 이짝으로 올라올지도 모르겄는디."

"당장에는 올라오지 않을 거그만요. 전주를 칠라고 금산성에 있다고 허그만이라우."

"전주성 쪽에 방어는 누가 허고 있든가?"

"권율 목사허고 황진 동복현감이 배티재(梨峙)서 배수진을 칠 것이라고 헙니다요. 배티재는 금산에서 전주로 가는 인후라고 허그만요."

인후(咽喉)란 목구멍을 뜻했다. 송제민이 화제를 돌렸다.

"근디 우리는 으째야쓰까라우?"

"금산 왜군이 권율 군사를 뚫지 못헌다믄 반다시 우리 쪽으로 방향을 틀 것이네. 우리가 왜군의 진로를 가로막고 있응께 말여. 수원은 한양서 충청도, 전라도 가는 길목이거든. 우릴 시푸게 보다가 당했응께 복수헐라고 또다시 대들 것도 같고 말여."

"계책이 있습니까요?"

"나주의병군이 올라온 목적은 도성을 수복허는 것이 아닌가. 긍께 위험헌 여그보다는 쪼깐 더 안전헌 곳으로 옮겨가 때를 보아야 헐 것이네. 시방은 왜군 세력이 워낙 강헌께 말여."

"으디로 이진헐 생각이신게라우?"

"강화도가 좋을 거 같은디 해광 생각은 으쩐가?"

"수원보담 안전헐 거 같그만요. 길목이 아닌께라우."

"고것뿐 아니여. 나주에서 군량미를 배로 실어오기도 좋고, 한양으로 쳐들어가는 것도 한강을 타고 들어가믄 그만이여."

"임금님께서 도성을 빨리 치지 않는다고 꾸중허시지는 않을게라우?"

"시방은 역부족이여. 강화도서 심을 키워야제. 권율 감사나 압록강을 건넜다는 명나라 천군(天軍)이나 모다 심을 합쳐야 가능헌 일이여."

실제로 김천일은 독성산성을 권율 등에게 맡기고 자신은 나주의병군을 거느리고 강화도로 이진(移陣)할 생각을 금령역 기습작전 이후부터 하고 있었다. 훈련이 부족한 의병군이 전선의 길목인 독성산성을 수비하기에는 역부족이기 때문이었다.

이틀 후.

김천일은 자신의 구상대로 강화도로 진을 옮기기 위해 독성산성을 떠났다. 나주의병군이 안양까지 갔을 때 광해군 분조(分朝)가 황해도 수안에 와 있다는 공문을 받았다. 광해군이 보낸 선전관들이 경기도 각 지역의 의병군들을 찾아다니고 있었는데, 의병군을 격려하고 순사를 모병하기 위한 독전과 선무 차원이었다. 김천일을 만난 선전관이 말했다.

"왕세자 저하께서 민심을 안정시키고자 이곳저곳에 선전관을 보내고 있소."

"누가 왕세자 저하를 모시고 있소?"

"영상대감께서 왕세자마마를 보필하고 있소이다."

영의정 최흥원과 형조참판 윤자신 등이 6월 14일 선조가 평안도 박천에서 의주로 향할 때부터 광해군을 따라다니며 보필했다. 최흥원은 임진왜란 초기에 우의정, 좌의정에 이어 영의정 자리까지 오른 강직한 인물이었다. 의주까지 선조를 호종했다가 이제는 광해군 분조를 이끌고 있는 대신이었다.

선전관을 만난 김천일은 즉시 승첩장계를 작성했다. 승첩장계는 독성산성전투와 금령역전투의 전과를 알리는 내용이었다. 승첩장계를 광해군에게 전할 사람을 찾자 임환이 선뜻 나섰다.

"지가 왕세자마마를 뵙고 오겠습니다요."

양산숙도 나섰다.

"습정이 지난번 전투에서 애를 많이 썼응께 지가 댕겨올랍니다."

"산숙이 자네는 다른 헐 일이 있네. 긍께 이번에는 습정이 댕겨왔으믄 좋겠네."

양산숙은 쉽게 물러섰다. 선조보다 더 총명하다는 광해군을 알현하고 싶었지만 지금 그런 사심을 앞세울 때가 아니었던 것이다.

임환은 김천일의 승첩장계를 품속에 넣은 뒤 큰소리로 말했다.

"왕세자마마를 알현하고 내려와서 강화도로 들어갈랍니다."

"그러게. 막둥이에게 군마를 줄텐께 김포 조강나루에서 군마는 돌려보내고 배를 타고 한강을 건너가게."

"군마를 타고 조강나루까정만 가도 시간을 겁나게 절약허겄그만요."

수원에서 가져온 군마는 두 사람이 타도 비호처럼 달릴 수 있는 준마였다. 전투할 때 대장이 타고 다니는 군마였지만 광해군을 알현하러 가는 임환이었으므로 김천일은 두말하지 않고 내주었다. 임환이 사라질 때까지 김천일은 김포 쪽을 바라보며 손을 흔들었다.

선조에게 상소문을 올린 적은 있지만 왕세자 광해군에게 승첩장계를 인편에 보내기는 처음이었다. 광해군은 위험을 무릅쓰고 황해도 수안까지 내려와 있다는데 자못 그의 안위가 걱정스럽기도 했다. 선조는 걸핏하면 압록강을 건너가 내부하려고 했지만 광해군은 분조를 이끌고 남하하고 있음이었다. 더구나 바로 머리 위라고 할 수 있는 평양성은 왜장 고니시 유키나가의 부대가 점거하고 있어 수안은 위태로운 지역이었다.

임환은 조강나루에서 막둥이와 헤어졌다. 막둥이는 군마를 타고 곧장 사라졌다. 마침 황해도 장단으로 가는 황포돛배가 있어 임환은 뛰다시피 해서 돛배 고물에 올라탔다. 임환이 타자마자 사공은 돛을 올리고 삿대를 찔렀다. 유랑민이나 피난민을 상대로 뱃삯을 받아 생계를 이어가는 어부였다. 임환이 나주의병군 종사관이라고 하자 사공은 머리를 조아렸다.

"나리, 황해도에는 왜적이 많습죠. 조심해야 합니다요."

"왕세자마마를 알현헌 뒤 이짝으로 올텐께 잘 봐주게."

"물론입죠. 쇤네를 찾으시면 언제든지 모셔드립죠."

임환은 사공에게 무어라도 주고 싶었지만 그러지 못해 미안했다. 그래서 나주의병군에 가담할 것을 제안했다.

"우리 의병군이 강화도로 올 것이네. 그때 의병이 되는 것이 으쩐가? 다른 것은 몰라도 배는 고프지 않을 걸세."

"아이고, 그렇게만 해주신다면 당장에라도 달려갑죠."

"알겠네. 내 다시 올텐께 그때 보세."

사공은 묻지도 않았지만 이런저런 말을 실토하면서 신세타령을 했다. 충청도 어느 고을에서 노비 자식으로 태어난 뒤 조실부모하고 천애고아로 조기잡이 어선을 탔다가 김포 조강나루까지 흘러와 사공이 됐다는 것이었다.

황해도 장단나루터에 내린 임환은 사공에게 들은 대로 평양으로 가는 길로만 찾아 올라갔다. 수안은 황해도 내륙지방에 있었다. 평야지대가 아니라 산이 많은 산중이었다. 그러고 보니 광해군이 은거하기 수월한 수안으로 내려올 수밖에 없었겠구나, 하는 생각이 들었다.

수안을 찾아가는 길에 고비가 없는 것은 아니었다. 가끔씩 무리지어 가는 왜군을 발견하고는 논두렁에 납작 엎드리거나 풀숲에 숨곤 했다. 임환은 가시덤불 속에 급히 기어들다가 이마를 찢기도 했다.

수안 첩첩산중에 숨어 있던 광해군은 임환을 보고는 놀랐다. 옷은 논두렁 진흙이 묻어 흙투성이였고 이마는 가시에 긁혀 피가 맺혀 있었다. 동냥치 중에서도 산발한 상거지 꼬락서니였다.

"왕세자 저하, 김천일 의병장 종사관 임환이라고 하옵니다요."

"나에게 보고하려고 왔는가?"

"승첩장계를 올리고자 왔습니다요."

"그대들이 어느 싸움에서 이겼다는 말인가. 소상히 말해보아라."

"김천일 의병군은 수원 독성산성싸움에서 왜적 수십 명을 사살했고, 금령역싸움에서 열다섯 명을 사살한 전과가 있었습니다요."

광해군의 얼굴에 희색이 돌았다.

"의병군이 싸워서 승리했다는 보고를 처음 접하는구나."

"왕세자 저하, 여기 있사옵니다."

임환이 품속에서 승첩장계를 꺼내 광해군에게 바쳤다. 광해군은 승첩장계를 보자마자 눈물을 줄줄 흘렸다.

"나주의병군이 참으로 장하오. 김천일 대장이 장하오."

"윤 참판, 천신만고 끝에 예까지 장계를 가지고 온 이 자에게 줄 수 있는 포상이 무엇이오?"

"왕세자 저하, 사포서 별제를 제수하소서."

윤자신이 대답했다. 사포서(司圃署)란 궁중의 채소나 원예를 관리하는 기관을 뜻했다. 또한 별제(別提)란 6품의 관리였다. 광해군은 또 승지에게 지시했다.

"임환에게 새 옷을 주어라."

"왕세자 저하, 목숨을 아끼지 않고 은혜를 갚겠습니다요."

"나에게 할 말이 있으면 더 하라."

임환은 머뭇거렸다. 다만, 수안이 평양 바로 턱밑에 있었으므로 왕세자가 머물면서 후일을 도모하기에는 위험하다고 생각했다. 남쪽으로 분조를 옮겨야만 안전할 것 같았다. 그래서 임환은 머리를 조아렸다.

"왕세자 저하, 여그는 호랑이 입 같은 곳으로 위험하옵니다요."

"분조는 옮겨다닐 수 있느니라."

그제야 임환은 자신의 계책을 아뢨다.

"왕세자 저하, 여기 수안보다 더 남쪽으로 내려오시어 나라가 중흥할 터를 세우시고 일을 펼치소서."

임환이 엎드려 간청했다. 그러자 광해군이 높은 자리에서 내려와 임환의 손을 잡아끌었다.

"그렇지 않아도 나는 이천으로 내려갈 것이오. 이천뿐이겠소? 조선을 건국하기 전에 조상님들이 사셨던 전주로 내려가 백성들의 소리를 듣고 생사를 함께 할 것이오."

"왕세자 저하, 신은 목숨을 바쳐 나라를 지키겠습니다요."

임환은 자신의 주청을 들어준 광해군에게 충성을 맹세했다. 알현은 곧 끝났다. 임환은 광해군이 내린 자신에게 주는 교지와 김천일에게 주는 유시(諭示)를 받아들고 물러났다. 그 자리에 계속 머물 수는 없었다. 백성들이 광해군을 알현하고자 길게 줄을 서 있었다. 승지가 한 사람씩 확인한 뒤 안으로 들여보내고 있었다.

한편, 김천일은 안양을 지나 강화도 길목인 중림역에서 하룻밤 묵을 요량으로 종사관 이광주에게 의병군의 행군을 멈추도록 지시했다. 오십대 초반의 종사관 이광주는 이미 지칠 대로 지쳐 있었다. 젊은 참모 장수나 의병들도 강행군에 힘들기는 마찬가지였다. 수원 독성산성을 떠난 뒤 쉬지 않고 행군을 했기 때문이었다. 의병군의 숫자는 독성산성에 있을 때보다 반으로 줄어 있었다. 행군 도중에 경기도, 충청도 출신의 의병들이 슬그머니 이탈해버리곤 했던 것이다. 배식당번인 의병들은 솥단지를 거는 등 저녁끼니를 서둘러 준비했다. 외당숙이자 종사관인 이광주가 말했다.

"대장, 여그서 결진허고 있다가 야간에 기습공격을 당헌다믄 위험헌 지경에 빠져불 거 같은디잉."

"그라고 봉께 지 생각도 여그는 하룻밤을 묵을 만헌 디가 아니그만요. 사방이 터진 디라서 왜적이 포위허믄 탈출구가 읎소야."

"의병덜이 저녁밥을 묵고 나믄 신속허게 이동해붑시다."

"외당숙이 참모 장수덜에게 전허씨요."

김천일은 용인 금령역을 생각했다. 사방이 트인 역은 야간 기습공격의 표적이 될 수밖에 없었다. 그때는 왜적을 토벌했지만 이번에는 처지가 뒤바뀌어졌음을 깨달은 김천일은 스스로 놀랐다. 김상건과 서정후가 와서 물었다.

"대장님, 으째서 역을 떠날라고 허요?"

"상건아, 금령역에서는 우리가 이겼지만 여그서는 생각만 해도 아찔허다야. 역이란 사통팔달이어서 왜적이 밤중에 우리를 포위헌다믄 어쩌케 되겠냐. 긍께 얼릉 떠나자."

서정후가 말했다.

"대장님, 큰일 날 뻔했그만이라우."

"긍께 말이시, 시방 의병덜이 행군허게 준비시켜불게."

또, 김천일이 운량사 양산룡을 부르자 그가 주먹밥을 든 채 왔다. 소금물로 간을 맞춘 행군용 주먹밥이었다.

"군량은 어쩌게 됐는가?"

"의병덜이 배로 줄어들어 강화도 가서도 한동안은 충분허그만요."

"싸울라믄 의병덜이 더 불어나도 모자랄 판에 아숩그만."

"무신 방도가 있습니까요?"

"전라병사에게 편지를 보내야 헐랑갑네. 전라병사 휘하의 군사허고 강화도에서 합쳤다가 한양 왜적을 쳐불게."

"강화부사 군사도 합세시키시지라우."

"여그 저그서 다 뽑아가불고 강화부사가 거느린 군사는 벨로 읎을 것이네. 한양서, 겡기도서 모다 징발해부렀겄제잉."

강화부사는 윤담이었다. 군사가 보잘것없는 윤담은 모르긴 해도 의기소침해 있을 터였다. 그러니 김천일 의병군이 강화도로 들어왔다는 보고를 받게 된다면 열렬히 환영할 것이 분명했다. 김천일은 급히 소산복을 불러 전라병사 최원에게 보낼 편지 초안을 잡도록 지시했다. 이광주가 의병들 사이로 돌아다니면서 저녁밥을 빨리 먹도록 종용하자, 의병들은 주먹밥을 든 채 행군을 준비했다. 실제로 주먹밥을 호주머니 속에 넣었다가 행군 중에 꺼내 먹는 의병들도 많았다.

종사관 이광주의 예감은 그대로 적중했다. 오밤중에 왜군 수천 명이 중림역을 기습 공격했다가 무위로 끝나고 말았다. 중림역에는 나주의 병군이 저녁끼니만 급히 해결한 뒤 이미 이동해버리고 없었던 것이다.

의병군에 가담하여 체력의 한계를 느끼면서도 김천일에게 전술적인 조언을 직언한 이광주의 공이었다.

먼동이 텄다. 날이 새고 있었다. 파도는 동트는 하늘과 달리 아직 먹물 같은 검은빛으로 출렁거렸다. 나주의병군은 김포 나루터의 황포돛배와 관군의 전선을 이용해 강화도에 도착했다. 전라병사 최원은 이미 강화도에 들어와 있었다. 강화부사 윤담이 달려와서 군사현황을 알려주었다.

"부사 나리, 강화부사 윤담입니다. 고맙십니다. 나리께서 용인 왜적을 쳐부수니 겡기도 민심이 많이 진정됐다꼬 헙니데이."

윤담은 김천일의 활약을 잘 알고 있는 듯 말했다. 묻지 않았는데 전라병사 최원의 군사가 이미 강화도에 들어와 있다는 사실까지 말했다.

"메칠 전에 최원 병사의 멫 천 군사들이 와 있십니더. 두 대장이 손을 잡으믄 거칠 것이 읎겠십니더."

"병사에게는 편지를 바로 보내야 쓰겄소. 부사께서는 우리가 주둔할 디를 정해주씨요."

"이미 병사의 군사가 관아 쪽에 있으니 대장의 군사는 포구 쪽에 두는 것이 좋겠십니더."

"이 자리에 주둔허는 것이 좋다는 말씸이지라?"

"여그서 배를 타고 동으로 가면 파주고, 북으로 가면 장단입니다. 전술을 펴기에 마땅한 곳입니데이."

"좋소. 여그 머물면서 전략을 짜불겄소. 요로크롬 오시어 격려해주신께 이 김천일도 심이 나부요."

날이 밝았는데도 대부분의 의병들은 굴강 밖 땅바닥 여기저기서 널브러진 채 자고 있었다. 배식당번 의병들만 바쁘게 움직였다. 강화부사 윤담의 군사들이 가져온 조기와 새우, 꽃게 등을 넣은 얼큰한 생선탕을 준비하느라고 그랬다. 생선탕 냄새가 퍼지자 의병들이 하나둘 큼큼거리며 일어났다. 나주를 출발한 지 석달 보름 만에 맡아보는 목구멍까지 군침이 넘어가게 하는 구수한 생선 냄새였다. 밤이슬에 젖어 움츠러든 몸을 녹이는 데는 뜨겁고 시원한 생선탕이 최고였다. 나주의 진한 곰탕 못지않았다.

행궁과 분조

강화도의 초가을바람은 몹시 선득했다. 수온이 낮아진 바다를 휭휭하는 바람이었다. 전라병사 최원이 김천일을 찾아왔다. 김천일은 임시 군막에서 최원을 맞이했다. 최원은 김천일을 벌써 세 번째 찾아왔다. 한 번은 김천일이 편지를 보냈을 때 답례 차원에서 왔고, 또 한 번은 최원 막하의 장수들과 김천일 참모 장수들이 상견례를 하기 위해서였다. 최원은 김천일의 의병 숫자와 엇비슷한 정예 관군을 거느렸지만 겸손했다. 자신의 전력을 가지고 유세를 부리지 않았다. 오히려 문관 출신인 김천일을 흠모하고 예우했다. 최원이 투구를 벗고 나서 말했다.

"왕세자 저하께서 이천으로 분조를 옮기셨다고 헙니다."

"내 종사관 임환이 황해도 수안으로 올라가 왕세자마마께 건의했다는디 들어주신 모냥이오."

김천일은 옆에 있는 김상건에게 임환을 불러오게 했다. 임환에게 분조가 이천으로 옮겼다는 희소식을 전해주기 위해서였다. 강화도에서 이천은 먼 거리가 아니었다. 김천일은 이제부터 광해군에게 전령 김상건을 수시로 보내 전황을 보고하기로 결심했다. 분조와 선조가 있는 의주 행궁 간에는 선전관이 오갈 것이므로 김천일 의병군의 소식이 간

254

접적이나마 전해질 것으로 기대했다. 임환이 임시군막으로 들어오자 김천일이 말했다.

"왕세자 저하께서 이천으로 내려오셨다고 허네. 다 습정 종사관 공이네."

습정은 임환의 호였다. 지역인맥으로 모인 의병군에서는 부하들에게 호를 불러 친근함을 나타냈다.

"지가 왕세자마마께 남진허시라고 간청허기는 했지만 왕세자마마께서 결단을 내리신 것이지라우."

최원이 한 마디 했다.

"한강 이남에 사는 백성덜 민심이 안정돼가고, 왕세자마마께서 겨신다고 허니 우리덜에게도 심이 될 거 같그만요."

"그라지라. 상건아, 니는 앞으로 왕세자마마께서 이끄시는 분조를 오가는 것이 으쩌겄냐? 곳곳에 왜적이 있응께 위험헌 일이기는 허다만."

"대장님, 명을 따르겠습니다요."

김천일은 최원의 군사 중에 목수 출신들을 뽑아 굴강에 있는 전선들을 수리하자고 합의했다. 전선이라고 해봐야 대맹선 몇 척과 협선 수십 척뿐이었다. 강화도에는 대맹선을 개조한 판옥선이 아직 없었다. 수군 주력전선인 판옥선은 이순신이 좌수사로 있는 전라좌수영과 이억기가 우수사로 있는 전라우수영 등에서만 보유하고 있었다. 경상도에도 판옥선이 많았지만 경상좌수사 박홍이 왜군 선봉대가 쳐들어오자 모두 자침시켜버렸고, 경상우수사 원균은 도피하느라고 급급한 나머지 여러 섬이나 해안에 방치해 둔 상태였다. 최원과 합의를 본 사항

중에 또 하나는 나주의병군을 최원의 군관들이 체계적으로 훈련을 시켜주는 것이었다. 최원이 일어서며 말했다.

"한양 변방의 왜적을 몬자 토벌해부러야 도성을 수복허기가 쉬울 겁니다."

"전선만 수리가 되믄 공격해봅시다."

"전선 정비는 하루 이틀에 되는 것이 아닌께 차분허게 지달려 봅시다."

"알겄소. 올 시안이 오기 전이 좋겄지라."

"시안은 넘긴다고 봐야겄지라."

"그렇다믄 행재소에서 오해허지 않을게라우? 강화도에 틀어박혀 한양을 공격허지 않는다고 말이요."

"그런 오해는 분조에 전령을 보내 읎애야 겄지라우."

최원이 임시군막을 나가고 난 뒤 김천일은 참모 장수들을 불러 모았다. 참모 장수인 종사관들이 임시군막으로 들어왔다. 이광주, 송제민, 양산숙, 서정후, 임환, 김상건 등이 김천일 좌우로 앉았다. 김천일이 지시했다.

"방금 최원 병사허고 합의를 봤소. 의병과 관군 중에서 목수출신을 뽑아 전선을 수리허고, 낼부텀 우리 의병덜을 관군군관이 훈련시키기로 했소. 긍께 왜적을 토벌헐 때를 대비해서 협조허고 임해주씨요."

"여그는 섬이라 작전헐라믄 전선이 중요허겄그만요. 배를 타고 육지로 가야 헌께요."

"맞네. 여그서 전선은 창이나 칼보담 중요허네. 헤엄쳐서 공격헐 수는 읎응께 말이여."

서정후 말에 김천일이 말했다. 전술적인 꾀가 많은 이광주도 나서서 말했다.

"의병군 선발대를 뽑아 몬자 훈련시키믄 좋겄소. 강화도 전선을 모다 움직인다고 해도 우리 의병군이나 관군이 다 탈 수는 읎응께."

"맞는 말씸인디 날랜 선발대를 훈련시키되 관군군관이 나서준다고 헌께 모다 훈련은 받아야 헐 것이요. 그라고 왜적이 중립역에 나타난 것을 보믄 으딘가에 있을 것 같은께 대비는 철저허게 헙시다."

"더구나 금령역서 우리헌테 당했응께 반다시 우리를 노리고 있을 것입니다요."

송제민이 한강 부근의 왜군뿐만 아니라 용인의 왜군도 나주의병군에게 복수하려고 할 것이라고 말했다. 김천일은 회의를 짧게 끝내면서 김상건에게 말했다.

"전령은 시방 이천으로 떠나 왕세자마마께 우리 의병군의 현황을 보고하고 유시를 받아오그라."

"예, 대장님."

"그라고 양 종사관은 여그 남아 있게. 따로 헐 말이 있응께."

참모 장수들이 총총히 임시군막을 나갔다. 양산숙만 남았다. 양산숙은 김천일이 자신에게 중요한 일을 맡기려고 하는 것을 직감했다. 김천일이 말했다.

"비밀로 허게. 행재소를 댕겨오게."

"수원에서 싸운 우리의 전공을 왕세자마마께서 임금님께 보고했을 것이네. 근디 우리가 강화도로 들어와서 도성을 치지 않은께 아마도 전하는 물론이거니와 행재소 대신덜이 오해를 헐지도 모르겄네. 싸울 줄 모른다고 말이여. 산숙이가 가서 오해를 풀어주고 오게."

"내가 비밀로 허고 잖은 까닭은 여그 군사는 의병과 관군이 모인 합동군사나 다름읎네. 소문이 돌믄 어쩌케 되겠는가. 김천일이 공을 가로챌라고 나섰다고 음해헐 수도 있는 일이네. 긍께 비밀로 자네를 보낼라고 허네."

"대장님, 뜻을 알겄그만요."

"누구랑 댕겨올까요?"

"곽현을 붙여줄라고 허네, 곽현은 지리에 밝은께 올라감서 도움이 될 거네."

양산숙과 곽현은 김상건이 떠난 이틀 뒤에 배를 탔다. 다섯 명이 타는 협선에 올라 황해도 연안으로 건너갔다. 강화도에서 황해도로 가는 것은 말을 타고 달리는 것보다 쉬웠다. 강화도 포구에서 황해도 연안이 훤히 보일 만큼 가까웠기 때문이었다.

김상건은 수원 독성산성에 있을 때 용인과 안양을 오간 바 있었으므로 이천까지 별 장애 없이 달려갔다. 김상건이 가리키는 대로 말고삐를 잡은 막둥이가 말을 몰았다. 광해군은 김상건을 보더니 어린 시절 죽마고우처럼 반갑게 맞았다. 김상건은 아버지 김천일이 일러준 대로 안부를 먼저 여쭌 뒤 강화도 의병군 사정을 아뢨다.

"왕세자 저하, 김천일 의병군은 도성을 수복허고자 강화도서 훈련을 거듭하고 있사옵니다. 쪼간만 더 지달려 주시옵소서."

"도성을 수복하겠다고 애를 쓰고 있다니 장하구나. 수안에 있을 때 임환이 와서 승전 소식을 주어 어찌나 기뻤던지. 미구에 도성을 수복했다는 소식을 듣게 된다면 죽어도 여한이 없겠구나."

"반다시 희소식이 있을 것이옵니다."

"편지를 써서 격려하겠다만 김천일이 백성들에게 진실로 모범이 되어 국력을 모아 나라를 회복하는 데 큰 공을 세우기를 바라겠느니라."

"왕세자마마께서 격려해주시니 나주의병군은 사기가 충천헐 것 같사옵니다."

"이천은 강화도와 가까운 곳이니 자주 찾아와 보고하라. 그대는 나와 김천일 사이를 오가며 선전관과 같이 보고하라."

광해군이 김상건에게 명을 내리자 옆에 있던 영의정 최홍원이 고개를 주억거렸다. 광해군이 눈치를 채고 물었다.

"영상대감은 내게 할 말이 있는 것이오?"

"예, 왕세자 저하. 김천일이 일전에 세운 전공은 결코 작은 것이 아니옵니다. 행궁에서 내려온 지시를 잊지 마소서."

"그렇소. 행궁에서 교지 없이 내려온 지시이니 내가 대신 전해야겠소. 김상건은 들으라. 김천일에게 첨지중추부사 겸 방어사로 제수하느니라."

중추부의 첨지중추부사는 정3품 벼슬이었고, 방어사는 종2품 벼슬이었다. 김천일에게 전공을 인정하여 품계를 거듭 올려서 내린 포상이었다.

김상건은 광해군으로부터 나라의 여러 소식을 들었다. 조헌의 옥천 의병군이 금산에서 왜군에게 전멸했다는 소식과 함경도에서 순화군과 임해군이 왜장 가토 기요마사의 왜군에게 사로잡혔다는 소식은 충격적인 비보였다. 반면에 권율과 황진의 관군이 배티재에서 왜군을 물리쳤다는 소식은 낭보였다. 권율 관군의 승전으로 전주성이 지켜졌다는 것은 그나마 기쁜 소식이었던 것이다. 광해군은 왜군을 두려워하지 않고 담담하게 말했다.

"권율이 전주성을 수성했으니 나는 때를 보아 전주로 내려가 백성들을 위로할 것이니라."

"왕세자 저하를 모시라고 명을 내리신다믄 저는 기꺼이 호종허겠사옵니다."

"고마운 말이구나. 그대가 필요하다면 부르겠느니라."

"명을 내리시믄 어디든 달려가겄사옵니다."

김상건은 분조에 더 있고 싶었으나 광해군이 필요하면 부르겠다고 하자 바로 강화도로 출발했다. 그러나 강화도로 돌아갈 때는 오던 길과 달리 애를 먹었다. 곳곳에 왜군이 산재해 있어 말에서 내린 뒤 이리저리 우회할 수밖에 없었다. 막둥이가 먼저 탐망하고 돌아오면 그제야 길을 나선 때도 한두 번이 아니었다. 왜군이 한양수성을 강화하기 위해 군사를 집결하고 있는지도 몰랐다.

10여 일만에 김상건은 강화도에 도착했다. 강화도는 육지와 달리 질서가 잡혀가고 있었다. 관군과 의병군이 여기저기서 훈련을 하고, 포구 선소에서는 전선을 수리하는 망치소리가 땅땅땅 울렸다. 김상건은 임시군막으로 바로 갔다. 김천일에게 광해군을 친견한 바를 보고하기 위해서였다. 김천일은 순시를 나갔다가 김상건이 왔다는 보고를 듣고는 곧 돌아왔다.

"대장님, 왕세자마마를 알현허고 왔습니다요"

"그래, 무신 유시를 내리시더냐?"

"여그 서찰이 있고라우, 대장님께 벼슬을 제수허셨그만요."

"수고했는디 벼슬을 제수헌 얘기는 나주의병군이 다 모인 자리에서 허그라. 벼슬 제수도 전하의 명이니라. 의병군 사기를 위해서다."

"예, 종사관 장수덜에게 전허겠습니다요."

"그건 그렇고, 왕세자마마는 옥체 청안허시드냐?"

"옥체는 강건허시고 사변에 임허는 마음가짐은 담대허신 듯했습니다요."

"으째서 그런 느낌이 들더냐?"

"일희일비허지 않으시드그만요. 슬픈 소식과 기쁜 소식을 말씸허심시로도 의연허셨습니다요."

"일찍이 송강 사돈께서 세자마마를 일러 성군이 될 재목이라고 내게 은근히 말씸허셨는디 그 말씸이 맞는갑다."

"대장님, 종사관 참모 장수덜에게 의병덜을 모이게 허겠습니다요."

"그래라. 훈련 중인께 집합은 짧게 끝내는 것이 좋겠다."

나주의병군은 강화도 해변이나 마니산 산자락에서 훈련을 받다가 임시로 이진한 포구로 달려왔다. 전선을 수리하고 정비하던 목수출신 의병들도 임시군막 앞으로 모였다. 참모 장수들도 모처럼 한자리에 섰다. 이광주가 대장 바로 밑의 우후처럼 김천일 바로 옆자리에 섰고, 제자인 서정후, 임환과 송제민, 이항의 제자로서 동문인 소산복 등도 의병들 앞에서 대열을 맞추라고 지시했다. 강화도로 피난 온 양민들도 의병군 옆에서 쭈뼛거렸다. 한낮에 갑자기 의병군이 모이자 출정식인가 싶어서였다.

심천일이 삽옷과 칼을 들고 선 채 김상건에게 턱짓을 했다. 광해군에게 받은 유시를 의병군에게 알리라는 뜻이었다. 그러자 김상건이 큰 소리로 구령하듯 외쳤다.

"나주의병군 여러분, 오늘은 기쁜 소식을 전허겄소. 독산성전투와 금령역전투의 승전 소식이 의주 행궁에 계신 임금님께 전해져 우리 대장님께서 높은 벼슬을 제수 받았소."

"와아 와아!"

의병들이 박수를 치며 환호했다.

"인자 우리 대장님은 첨지중추부사이자 방어사이시니 이보담 더한 영광이 으디 있겄소?"

"와아 와아!"

또다시 함성이 터졌다. 김천일은 함성이 잦아들기를 기다렸다가 입을 열었다.

"이 영광은 모다 여러분의 것이요. 여러분이 심껏 싸와서 받은 결과이지 내가 잘나서 받은 벼슬이 아니요. 나는 장수의 재능이 읎는 일개 서생일 뿐이요. 허지만 여러분이 충의로 받쳐주고 목심을 내놓고 싸우니 적이 물러간 것이요. 우리는 두려울 것이 읎소. 나주의병군은 유생이 반이라서 싸울 줄 모른다고 비웃던 관군덜도 이제는 우리 임금님과 왕세자마마처럼 우리를 인정허고 있소. 이는 모두 여러분이 쌓은 공이라고 생각허요."

나주의병군의 사기는 한껏 치솟았다. 지금 당장이라도 왜군과 전투가 벌어진다면 물러서지 않고 싸울 기세였다. 이는 김천일이 내심 유도한 것이기도 했다. 겨울이 되면 풍랑이 거세져 육지로 건너갈 수 없으므로 왜군을 토벌하려면 적어도 11월 초순 전에는 판단해야 했다.

종사관 이광주의 생각도 마찬가지였다.

"대장, 뒤로 갈수록 어려와지요. 긍께 군사덜 사기가 올라 있을 때가 적기요."

"우리는 배를 타고 싸워본 적이 읎응께 육지에 나가 싸와야 승산이 있겄지라우."

다른 참모 장수들도 전투의 적기를 들면서 왜군 한강부대를 치자고 건의했다. 그러나 나주의병군만으로 전투를 하는 것은 불가능했다. 이미 최원의 군사, 윤담의 군사와 연합하기로 했으므로 그들의 동의를 얻어야 했다. 아니면, 행재소에서 김천일에게 군사작전을 독단적으로 펼 수 있는 권한이 주어져야 했다.

한편, 양산숙과 곽현은 의주 행재소에 도착하여 선조의 알현을 기다렸다. 양산숙과 곽현의 옷은 물에 젖어 있었다. 의주관아 앞을 흐르는 개천에 들어가 더러워진 옷을 빨아 입었던 것이다. 이윽고 승지가 나와 행궁으로 사용하는 관아 동헌까지 안내했다. 선조는 동헌 마루 호상에 앉아 양산숙과 곽현을 맞았다. 양산숙이 엎드려 아뢨다.

"나주 서생 양산숙이라 하옵니다. 김천일 의병장 휘하에서 나주를 출발하여 지금은 강화도에 있사옵니다. 저희덜이 창의헌 까닭은 도성을 수복허고 임금님을 도성으로 모시는 것이옵니다. 시방 김천일은 강화도에서 전선을 수리허고 의병을 훈련시키어 때를 보아 도성을 치려 허고 있사옵니다."

"일전에 분조에서 선전관이 올라와 너희들 소식을 보고했느니라. 허나 너희에게 직접 들으니 눈물이 나려 하는구나. 그래, 독성산성전투에서 이겼다는 소식은 들었다만 다시 듣고 싶구나."

"독성산성은 요해지이옵니다. 한양과 충청도, 경상도, 전라도를 잇는 길목이기 때문이옵니다. 용인 왜적이 공격해 왔을 때 나주의병군은 모두가 심껏 싸와서 물리쳤사옵니다. 수십 명을 사살하는 전과를 올렸습니다. 이어서 용인 금령역 왜적을 야간에 기습하여 왜적 수급 열다섯 개를 얻은 전과도 올렸사옵니다. 그런 뒤 후일을 도모허고자 김포를 거쳐 강화도에 들었사옵니다. 강화도는 우리 군사를 보존하기에 용이허고, 도성이 가까워서 치기 좋고, 바닷길로 남북을 오갈 수 있는 이익이 있어 들어갔사옵니다."

양산숙은 갑자기 말문이 트인 듯 나주의병군의 활약을 막힘없이 줄줄 아뢨다. 그러자 선조가 반색하며 말했다.

"과인이 몽매하고 부덕하여 종묘사직이 누란(累卵)의 지경에 이르렀구나. 압록강만 넘어가면 천자의 땅이 아니냐. 천자의 땅 옆까지 몽진해 왔다니 부끄럽고 부끄럽도다."

"전하! 저희 백성덜이 잘 모시지 못해 환란을 맞은 것이옵니다. 오직 저희덜 허물이옵니다."

"무도한 왜적의 무리를 피해 행궁까지 온 너희들이야말로 참으로 용맹스럽다. 너희들의 용기는 과인이 오래 기억할 것이다."

선조의 격려에 양산숙과 곽현은 눈물을 흘리며 감격했다. 그제야 양산숙은 품속에서 김천일의 장계를 승지에게 내밀었다. 승지로부터 김천일의 장계를 받아 펼쳐본 선조가 또다시 의병을 치하했다.

"도성을 수복하겠다는 너희들의 의기가 가상하다. 너희 대장 김천일에게 전하라. 도성을 수복하여 나로 하여금 삼각산과 한강수를 다시 보게 하라."

선조의 말에 호상 좌우에 있던 대신들이 일제히 '전하!'를 외치며 고개를 숙였다. 양산숙과 곽현은 갑작스런 대신들의 통곡 같은 소리에 놀라 뒤로 넘어질 뻔했다. 그런데 곧 이어진 선조의 말에 양산숙과 곽현은 또 한 번 더 놀랐다.

"너희들은 온몸으로 충성하는 자들이다. 나는 입으로만 충성하는 자를 너무도 많이 보아왔느니라."

대신들이 얼어붙은 듯 모두가 꼼짝을 못했다. 충직한 신하가 많음에도 불구하고 옹졸한 속마음을 토로한 선조였던 것이다. 잠시 후 선조가 다시 말했다.

"나라에 충성하는 너희 의병들을 이끄는 김천일에게 장예원 판결사를 제수하고 창의사란 군호(軍號)를 내리노라."

노비 문서를 관리하고 노비분쟁을 해결하는 장예원(掌隷院)의 판결사는 정3품이었지만 그 권한은 노비의 생사여탈권을 쥐고 있기 때문에 막강했다. 또한 창의사(倡義使)란 칭호는 김천일에게 최초로 주는 사호(賜號)였다.

뿐만 아니라 선조는 전라도, 경상도, 충청도 도민에게 전하라는 유서(諭書)와 함께 김천일에게 주는 교서(敎書)를 내렸다.

<그대는 위험에 당하여 자신의 몸을 돌보지 않고 공을 세우니 내 어찌 상 주는 일에 인색하겠는가. 지휘하고 호령하는 일을 마땅히 도원수와 더불어 결정하며, 병량(兵糧), 기계(器械, 무기)는 오직 그대의 뜻대로 취하여 쓰라.>

창의사의 권한을 한마디로 도원수 급으로 한다는 교서였다. 군사를

이동하고, 군량미를 취하고, 무기를 조달하는 권한을 주겠다는 이례적인 조치였다.

선조의 유서와 교서를 받아든 양산숙과 곽현은 그날 밤을 의주 객사에서 묵고, 이번에는 도승지가 내어준 길라잡이 노비를 앞세우고 해안 길을 따라서 황해도 장단으로 향했다.

선무작전

이순신 휘하의 전라좌수영 수군들이 연전연승한다는 소문이 나주까지 퍼졌다. 특히 전선감조군관(戰船監造軍官) 나대용이 감독해서 건조한 거북선이 사천포해전에서 왜군들을 박살냈다는 소식에 나대용 생가로 양민들이 삼삼오오 모여들어 북을 두들기고 꽹과리를 쳤다. 여러 사정으로 김천일 의병군에 가담하지 못한 양민들이 하나둘 여수 전라좌수영으로 자원해서 갔다.

이광익의 차남 이성찬도 전라좌수영 이순신 휘하로 들어갔다. 형 이성훈이 몇 해 전에 요사한 바람에 아버지 이광익의 북행길을 따라가지 못한 채 나주에 남아 집안을 지키고 있었던 중에 결행한 일이었다. 이성훈의 아들인 다섯 명의 조카들 중에 훗날 '이괄의 난' 평정에 공을 세운 이영정이 11살 때였다.

이성찬은 칠십삼 세의 아버지 이광익이 임금이 머물고 있는 의주로 향한 마당에 장부로서 마음이 격동되어 견딜 수 없었으므로 조카들에게 집안일을 당부하고 떠났다. 이때까지도 이성찬은 늙은 아버지가 공주 이인역 부근 마을에서 눈을 감았는지 몰랐고, 이인역에서 보낸 부고(訃告) 공문이 어째된 넝문인시 삼삼부소식인 상내없나. 임란선생 숭이었으므로 역참들이 폐쇄됐거나 제 구실을 못했기 때문이었다.

한편, 김천일은 선조로부터 창의사 군호를 받은 뒤부터는 이전과 다르게 주도적으로 활약했다. 선조가 창의사라는 사호(賜號)를 내리면서 도원수와 같은 군권을 주었기 때문이었다. 따라서 김천일은 군사작전을 원하는 대로 할 수 있었다. 무기나 군량미도 필요하면 관의 것을 이용할 수 있으니 막강한 권한을 가진 셈이었다. 이광주가 아침 일찍 한양 도성에서 온 의병지원자를 데리고 임시군막으로 왔다. 군막에는 서정후, 양산숙, 송제민, 임환, 김상건 등이 의병들을 점고하기 전에 대장의 지시를 받으려고 미리 와 있었다. 이광주가 여러 종사관들에게 말했다.

"한양에서 어젯밤에 자원해 온 장정이요. 근디 왜놈말을 할 줄 알아서 왜군 장수덜에게 통역을 해주었다그만요."

"굶어죽지 않을라고 왜놈에게 붙었을 것인께 죄를 묻지 말고 의병으로 받아주는 것이 으쩌겄는가?"

김천일이 인자하게 말하자 자원한 의병이 말했다.

"목숨을 아끼지 않고 싸우겠습니다."

송제민이 그에게 물었다.

"도성 백성덜은 으쩐가?"

"백 명 중에 살아 있는 사람이 한 명도 없는 형편입니다요. 그중에 살아남은 사람도 모두 굶주리고 병들어 얼굴빛이 귀신과 같습니다요."

"허허. 하루 빨리 우리덜이 들어가 수복해야 허는디."

"죽은 사람과 말의 시체가 그대로 있어 성안에 썩은 냄새가 진동하고 있습니다요. 행인들은 코를 막고 길을 다닐 지경입니다요."

"허허. 임금님이 어서 빨리 도성으로 오시어 백성덜을 돌보셔야 허는디."

"관청과 백성들의 집들은 모두 없어졌습니다요. 왜적 놈들이 사는 숭례문에서 남산 부근까지만 집들이 남아 있을 뿐입니다요."

"궁궐은 으쩐가?"

"백성들 집까지 없어졌는데 궁궐이 남아 있겠습니까요. 종묘는 물론이고 경복궁, 창덕궁, 창경궁과 종루, 성균관까지 모두 불타 없어지고 재만 남아 있습니다요."

이광주가 말했다.

"말허는 것을 본께 이 자는 도성 수복작전에 요긴허게 쓸 수 있을 거 같그만요."

"도성 지리에도 밝고 왜놈 말을 헐 줄 안께 왜놈 군사를 상대헐 때 심리전도 가능허겄지라잉."

양산숙이 한양에서 자원한 사람이 나간 뒤 한 마디 했다.

"대장님, 도성에는 평수가(平秀家, 우키타 히데이에)란 왜장 놈이 버티고 있응께 아직은 신중해야 헐 거 같그만요."

"양 부장 말이 옳네. 우리 전력이 아직은 약헌께 때를 지달려야 쓰네."

"그렇다고 백성이 죽어가고 있는디 가만히 있을 수는 읎지 않겄습니까요."

임환의 말에 김천일이 침묵을 했다. 의병군의 전력이 보강될 때까지 무작정 기다릴 수는 없다는 반론이었다. 더구나 의주 행재소에서는 나주의병군을 두고 가끔 불만이 터져 나오고 있었다. 선조가 이르기를 "강화의 제군(諸軍)은 어찌하여 한번 들어가고는 다시 나오지 않는가?" 하니 예조판서 이덕형이 "최원(崔遠)의 군사는 강화에 주둔한 지가 오래됐고, 김천일의 휘하에는 적을 막을 만한 장수가 없기 때문에 아무 일도 할 수가 없사옵니다."라고 아뢰었던 것이다. 김천일은 이런 말을 전해들을 때마다 부아가 치밀고 자존심이 상했지만 그렇다고 무모하게 도성으로 쳐들어갈 수는 없었다. 의병군의 목숨이 자신의 명에 달려 있기 때문에 부하들이라고 하더라도 마음대로 할 수 없었던 것이다. 김천일이 침묵을 깨고 무겁게 말했다.

"특공대를 뽑아 도성으로 잠입시켜 선무작전을 펼 수는 있겄지요. 왜놈덜 사기를 떨어뜨려불고 쳐들어가는 계책인디, 적은 군사로 이길라믄 그 계책밖에 읎지 않겄소?"

이광주가 맞장구를 쳤다.

"왜놈덜 눈을 도성 안으로 묶어분 뒤 도성의 변방을 치믄 꼼짝 못헐 것이요."

"내 생각도 그것이요. 왜놈덜 군사를 도성 안으로 유도헌 뒤 우리가 한강변을 공격허믄 반다시 승리헐 것이요. 긍께 누가 도성으로 잠입허는 특공대를 이끌지 의견을 내보시요."

군막에 모인 참모장수들이 눈치를 보았다. 왜적의 소굴이 된 도성으로 들어간다는 것이 선뜻 내키지 않았던 것이다. 그러자 이광주가 나섰다.

"내 나이 오십이 넘어부렀소. 살 만큼 살았응께 내가 특공대를 이끌 겄소."

270

"외당숙은 나이도 있고 내 옆에서 조언헐 일이 많소. 긍께 행동이 날랜 젊은 사람이 나서야 허요."

그제야 성격이 호방한 송제민이 말했다.

"두려움 땜시 이러는 것이 아니그만요. 적정을 모른 채 무작정 도성으로 들어가는 것이 무모허다는 생각이 들었그만요."

임환이 송제민의 말을 받았다.

"지도 해광 성님 생각허고 같그만요."

이광주가 다시 말했다.

"쪼깐 전에 여그를 나간 사람은 도성 왜군허고 한때 붙었다가 양심의 가책으로 의병에 가담헌 사람이요. 긍께 저 사람을 이용허믄 적정을 어느 정도는 알 수 있을 것 같으요."

"믿을 수 있을게라우?"

양산숙의 말에 김천일이 단언했다.

"저 자의 눈빛을 본께 진실허대. 한때 왜군에게 붙었다고 몬자 고백허는 것을 보니 믿어도 될 거 같네. 저 자를 믿고 따라가믄 이득이 많을 거네."

"대장님만 믿어불라요. 이번 선무작전은 지가 맡겄습니다요."

"한강을 건너가는 일인께 수영을 잘허는 산숙이가 맡게. 외당숙 종사관이나 해광 종사관은 나이가 있으니 나서는 것을 만류할 수밖에 읎네." 선무작전의 특공대장은 양산숙이 맡았다. 다른 종사관들이 군막을 나가고 김천일과 양산숙, 이광주, 전령 김상건만 남았을 때였다. 김천일이 천천히 말했다.

"선무작전은 두 가지네. 하나는 도성 한 가운데서 왜군을 사살해 왜군을 혼란에 빠뜨리는것이고, 또 하나는 왜군에 붙어사는 간민이나 양민을 회유허는 것이네.”

“간민덜이 우리덜에게 협조헐게라우?”

“이미 지나간 일은 묻지 않는다고 설득허믄 쉽게 넘어올 수도 있네. 팔이 안으로 굽데끼 다 같은 우리 백성이 아닌가?”

이광주가 김천일의 말에 동조했다.

“왜군에 붙었다가 우리에게 자원해오는 사람이 있는 것을 보믄 그 말씸이 맞소. 천성이 사악허다기보다는 묵고 살고자 그리 됐을 것이요. 긍께 우리가 뭣을 위해 나선 사람인지 보믄 부끄러와불 것이고 협조할 것 같소.”

“상건아, 벼루에 먹을 갈아부러라. 도성 사람덜에게 주는 글을 써야겄다.”

김천일은 옆에 있는 서정후에게 공문작성 용도의 장지 수십 장을 가져오게 했다. 도성에서 왜군과 내통하며 살고 있는 백성들을 타이르는 글을 쓰기 위해서였다. 붓을 든 김천일이 일필휘지로 써내려갔다.

반역은 해가 되고 순종은 이익이 된다(逆順利害).
창의사 김천일 의병장 서(倡義使 金千鎰 義兵將 書)

“양 부장, 저 자를 길잽이 삼아 댕김시로 도성 길바닥에 은밀허게 뿌리게.”

“예, 대장님.”

“시방 날랜 장사(壯士)덜을 선발해서 도성으로 들어가게.”

한양 도성에는 양반 가족들은 대부분 피난을 가버린 상태였다. 오갈데 없는 천민들이나 떳떳하지 못한 양민들이 왜군이 시키는 대로 살고 있었다. 떳떳하지 못한 양민이란 징집을 피해 한양을 벗어나 숨어 있던 사람들이 대부분이었는데, 도성으로 되돌아와 왜적과 섞여 사는 사람들을 일컬었다.

그날 오후.

김천일은 임시군막으로 양산숙을 불렀다. 그때 양산숙은 수영할 줄 아는 젊은 장사 십여 명을 선발해서 강화바다에서 훈련을 시키고 있던 중이었다. 양산숙은 영산강을 단숨에 건널 만큼 수영을 잘했는데, 선발한 장사들도 한강을 건너가려면 어느 정도 수영실력은 있어야 했다. 김천일이 말했다.

"양 부장, 도성에 들어가믄 양 부장이 경복궁을 댕겨와야겠네."

"경복궁이 불타불고 재만 남어 있담시로요."

"경복궁 뒤에 있는 문소전은 불타지 않고 그대로 있을지 모르네."

"문소전에 뭣이 있는디요?"

조선 태조(太祖) 및 신의왕후(神懿王后)의 위패를 모신 전각이 문소전이었다. 태조 5년(1396)에 지어 신의왕후의 위패를 모시고 인소전(仁昭殿)이라 했던 것을 태종 8년(1408) 태조가 승하하자 태조의 위패를 같이 봉안하여 문소전이라고 했던 것이다.

"조선을 건국허신 분이 누구신가? 바로 태조임금님이 아니신가? 문소전에는 태조임금님과 신의왕후마마 위패가 모셔져 있다고 들었네."

"그런디요?"

"혹시라도 왜적놈덜이 위패를 훼손허지 않았다믄 모시고 와야 허지 않겄는가? 양 부장이 두 분의 위패를 모시고 오게."

"예, 대장님."

양산숙은 김천일이 지시하는 이유를 재빨리 알아챘다. 비록 왜적들이 한양 도성은 물론 평양성까지 점거하고 있다지만 그것은 조선의 거죽만 짓밟고 있을 뿐이었다. 김천일과 양산숙의 생각은 놀랍게도 같았다. 그러니 태조와 신의왕후의 위패가 훼손되지 않았다면 천운이라고 할 수 있었다. 두 분의 위패란 조선을 건국한 혼이나 다름없기 때문이었다.

"두 분 마마 위패를 모셔온다고 생각허니 모골이 송연헙니다요."

"혼을 모셔오는 일이라서 그럴 것이네. 두 분 마마의 위패를 모셔둔 전각이라 해서 혼전(魂殿)이라고 부른다네."

"대장님께서 저 혼자만 부른 까닭을 인자 알겄그만요."

"참말로 중헌 일이라 바깥으로 누설이 되어서는 안 되네."

비록 선조가 의주 행재소에 있다고 하더라도 문소전의 태조 위패가 건재하다면 조선의 혼은 아직 살아 있다고 김천일은 믿었다. 때문에 문소전의 위패가 강화도 객사에 모셔진다면 의병과 관군의 사기는 한껏 충천할 것이고, 그 사기로 왜군과 싸운다면 이기는 의병군이 될 것만 같았다.

"마침 보름달이 뜨는 밤이니 날이 밝기 전에 한강을 건너가게."

"우리 협선으로 양화까정만 갔다가 도강하믄 되겄그만요."

"양화 선유봉에는 왜군덜이 있다고 헌께 조심허게."

"왜군덜 불빛이 보이믄 양화 나루터 전에 내려야 겄지라우."

"근디 길잽이는 헤엄을 칠 줄 아는가?"

"마포나루터 출신이라 우리보담 수영을 더 잘허드그만요."

"뭔가 착착 들어맞는 거 같네."

"지도 그런 생각이 듭니다요."

김천일과 양산숙은 행운을 비는 술을 한 잔 나누고 잠자리에 들었다. 그러나 김천일은 잠이 오지 않았으므로 뒤척거렸다. 한양 도성의 첫 작전을 앞두고 잠이 올 리 만무했다. 김천일은 자정 무렵까지 자는 둥 마는 둥 했다. 바닷가 절벽에 부딪치는 파도소리가 군막 안까지 들어와 차갑게 맴돌았다. 낮에는 들리지 않던 파도소리가 밤의 적막을 타고 철썩철썩 김천일의 귀를 후볐다.

결국 김천일은 나루터로 나가 양산숙을 기다렸다. 보름달이 뜬 밤하늘은 훤했다. 한 무리의 기러기 떼가 보름달을 비껴 날아가고 있었다. 파도소리가 잠잠해지는 사이에는 기러기 날갯짓 소리가 쇄쇄쇄 하고 된서리가 내린 땅바닥에 떨어졌다. 김천일은 날아가는 기러기 떼를 보면서 문득 외로움에 사무쳤다. 그의 외로움이란 자괴감 같은 것이었다. 행재소 대신들이 의병군을 깎아내리는 소리를 전해들을 때마다 의병군을 관군에게 맡기고 나주로 돌아가 버릴까 하는 마음이 들었던 것이다. 그러나 김천일은 자신의 자괴감을 누구한테도 토로하지 못하고 목구멍 너머로 삼켜버리곤 했다.

실제로 김천일은 진퇴양난의 암담한 상황이 지속되자, 극도로 낙담하여 월곶진 첨사 이빈에게 자신의 지병을 알리고 휘하의 의병군을 맡기고 싶다는 뜻을 내비쳤지만 비변사의 반대로 무산됐던 적도 있었다. 그때 비변사 대신 중에서 누군가가 "김천일은 당초의 거사가 큰일을 할 듯했는데, 한번 싸워 보지도 않고 외딴섬에 들어가 스스로 보전할 계책만 세우고 있으니 애석하다." 하고 평했던 것이다.

그런데 이는 입만 가지고 충성하는 비변사 대신들의 억지였다. 김천일은 풍찬노숙 하는 의병군들의 사기를 꺾는 대신들의 입방아질이라고 혀를 찼다. 잠시 후 양산숙의 그림자가 나루터로 나타났다. 양산숙은 십여 명의 장사를 거느리고 앞장서서 오고 있었다.

"대장님!"

"작전은 잘 짰는가?"

"한양에서 온 장정의 도움을 많이 받았그만요."

십여 명의 장사 의병들은 양산숙과 더불어 변복을 하고 있었다. 의병이 입는 무명바지저고리를 벗어버리고 여기저기 해진 누더기를 구해 입고 왔다. 문전걸식하며 연명하는 유랑민 행색이었다. 양산숙은 짧게 보고했다.

"대장님이 쓰신 회유허는 글은 왜놈덜이 사는 남산 자락에 뿌리고 우리 특공대 임시본부는 숭례문으로 정했그만요."

"거그는 위험허지 않겠는가?"

"굶어 죽어가는 거지덜을 누가 잡아가겠습니까? 하하."

양산숙이 생각하는 계책은 대담했다. 왜군들이 사는 초입에 임시본부를 두고 한 조 다섯 명은 한밤중에 효유(曉諭)하는, 즉 달래고 타이르는 쪽지를 뿌리고, 또 다른 한 조는 문소전의 위패를 감쪽같이 가져오겠다는 계책이었다.

"철수허는 날 밤에는 왜군부대에 불을 질러불고 돌아오겠습니다."

"이틀을 넘기지는 말게. 우리 목적은 도성 안 왜적덜 사이에 한바탕 소란이 일어나게 허는 것이네."

양산숙의 특공대는 두 대의 협선에 나눠 타고 조용히 한강 하구로
사라졌다. 김천일은 보름달을 쳐다보면서 천지신명에게 빌었다. 김천
일에게는 그만큼 도성의 첫 작전이 중요했다. 김천일은 도성의 첫 작
전을 성공한 뒤, 지체하지 않고 바로 양화도 선유봉에 주둔하고 있는
왜군부대를 공격할 계획을 세워두고 있었던 것이다. 왜장 우키타 히데
이에 휘하의 왜군 주력부대 군사를 도성 안에 묶어두고 한강변을 치는
번개작전이었다.

삼일 후.

양산숙의 특공대는 전공을 크게 세우고 무사히 돌아왔다. 특공대가
벌인 김천일의 선무작전이 적중한 셈이었다. 특공대는 문소전의 위패
를 탈 없이 봉안해 왔고, 왜군부대 막사에 불을 질러 왜장과 왜군 병사
를 혼비백산케 했던 것이다. 왜군과 섞이어 사는 간민이나 오갈 데 없
는 양민들이 뜻밖에 도와주었기 때문이었다. 간민 중에는 포악한 왜군
을 죽여 머리를 가져오는 사람도 있었는데, 양산숙은 그를 강화도로
데려왔다.

갑자기 강화도 김천일의 의병군 진은 사람들로 넘쳐났다. 군막이 부
족할 지경이었다. 김천일을 믿고 대부분 한양 도성에서 무리지어 자원
해 온 양민들이었다.

양화도 전투

　북풍이 슬슬 불어오는 중추(中秋)였다. 객사 주변의 피딱지 같은 개옻나무 낙엽들이 거풋거리며 뒹굴었다. 양산숙 의병특공대가 경복궁 문소전에 방치돼 있던 위패를 모셔와 김천일에게 넘겼다. 의병특공대가 도성에서 벌인 선무작전의 성과였다. 나주의병군은 객사 앞에 도열했다. 위패 봉안식은 객사가 좁아 최원 전라병사나 이빈 경기수사 휘하의 관군과 의병군이 따로따로 치르기로 했다. 김천일과 참모 장수들이 객사 안으로 들어갔다. 김천일이 도열한 의병들을 내려다보면서 준엄하게 말했다.

　"오늘은 태조임금님과 신의왕후마마를 모시는 날이요. 강화도는 단군 국조님이 겨심서 우리나라를 지켜주는 곳이라 더 뜻이 짚으요. 전조(前朝, 고려)에서도 몽고군이 쳐들어오자 최후에는 조정이 강화도로 들어와 단군 국조님께 의지해 싸운 적이 있소. 이같이 성스러운 땅에 두 분 마마의 위패를 봉안허니 앞으로 우리덜은 무운장구헐 것이요. 안 그렇소?"

　"예, 대장님!"

　"양산숙 종사관과 십여 명의 날랜 장사덜이 해낸 일이요. 우리덜은 관군이 해내지 못헌 공을 세와부렀소"

의병군들이 일제히 와아와아! 함성을 질렀다. 김천일은 함성이 잦아들 때까지 기다렸다가 객사 안으로 발걸음을 옮겼다. 객사 안에는 참모 장수들이 궐패를 중심으로 좌우에 서 있었다. 김천일은 지체하지 않고 양산숙이 보자기에 싸온 위패 두 기(器)를 궐패 옆에 모셨다. 그런 뒤 참모 장수들과 함께 4배를 올렸다.

땅바닥에 엎드렸다가 일어난 의병들의 사기와 전의가 가을하늘처럼 시퍼렇게 충천했다. 김천일의 명이 떨어지면 물러서지 않고 어떤 험지라도 달려가 싸울 기세였다. 조선을 건국한 태조의 위패는 선조를 상징하는 궐패와는 그 무게가 달랐다. 김천일은 의병들을 보자 눈물이 날 것 같았다. 초겨울이 다가오는데도 무명 홑바지저고리를 그대로 입고 있었다. 강화도는 전라도의 날씨보다 혹독할 것이 분명했다. 칼바람에 떨다가 얼어 죽는 사람이 나올지도 몰랐다. 김천일이 의병들을 내려다보며 외쳤다.

"의병군은 들으시요! 우리가 여그 강화도로 온 까닭이 있소. 우리는 섬으로 도피헌 것이 아니요. 단군 국조님께서 우리를 도우실 것이요. 우리는 반다시 왜적을 이 땅에서 토벌허고 말 것이요! 의주 행궁에 거신 임금님을 도성으로 다시 모셔야 허지 않겠소? 그 날이 멀지 않은께 쪼깐만 참으씨요."

김천일의 목소리는 지병으로 고생하는 사람답지 않게 카랑카랑 쇳소리가 났다. 이에 의병들은 왜적에 대한 적개심으로 불타올랐다.

이틀 후.

김천일은 초겨울이 오기 전에 한강변을 점령한 왜군부대를 공격하기로 결심했다. 마침 양산숙 특공대가 도성에 잠입해서 일궈낸 전공이 자못 컸으므로 자신감도 충만해 있었다. 김천일은 전령 김상건에게 양산숙을 불러오게 했다. 온돌이 없는 군막 안은 썰렁했다. 지병을 달고 살아온 김천일은 더 추위를 탔다. 그렇다고 부하들 앞에서 움츠러들 수는 없었다. 김천일이 양산숙에게 자신의 결심을 드러냈다.

　"양 부장, 시방이 선유봉 왜적을 칠 적기인디 자네는 어처케 생각허는가?"

　"도성 안 왜적 놈덜이 갈팡질팡허고 있응께 저도 적기라고 생각헙니다."

　도성 선무작전으로 공을 세운 양산숙은 이전보다 더욱 자신만만했다.

　"선유봉에 왜적덜이 주둔헌 지 오래됐다고 허네. 선유봉 적덜부텀 토벌해야겄네. 그래야 외곽에서 장차 우리덜이 도성 안 왜적덜을 포위헐 수 있네."

　"이번에는 관군허고 연합작전인게라우?"

　"연합작전은 낸중에 허세. 우리덜끼리 야간 기습을 해야겄네."

　"선유봉에도 왜군이 솔찬허다고 허든디요."

　"우리가 인천 중림역을 지날 때 우리를 공격했다가 헛심을 썼던 놈덜이네. 이참에 우리가 놈덜을 개운허게 쓸어부러야 뒤탈이 읎을 것 같네."

　김천일이 양화도 선유봉 왜군을 치자고 한 까닭은 전략적인 이유에서였다. 왜군이 김포나 인천으로 공격해오는 것을 미리 차단하고, 때를 보아 한강과 도성이 내려다보이는 관악산을 선점하는데 용이하기 때문이었다. 높은 곳을 차지한 군사가 공격과 수비에 유리하기 마련이었다. 김천일의 1차 목표는 양화도 선유봉 왜군을 토벌하고, 2차 목표는 관악산을 점령하여 의병군을 주둔시키는 것이었다. 김천일은 다른 참모 장수들을 불러오도록 김상건에게 지시했다.

"상건아, 장수, 장사덜을 모다 불러 오그라."

장사(壯士)는 참모 장수 밑에서 말단의병을 지휘하는 중간 간부급이었다.

"젊은 장사덜은 마니산까정 행군 나갔다고 허그만요."

"올 수 있는 장수만이라도 부르그라."

장수와 장사들은 곧잘 마니산까지 의병들을 거느리고 행군을 했다. 그냥 행군하는 것이 아니라 여러 가지 대오를 바꿔가며 훈련했다. 장사진, 일자진, 학익진, 첨자진 등등이었다. 장사진은 산길을 행군할 때, 일자진은 일제히 횡대로 공격할 때, 학익진은 포위작전을 할 때, 첨자진은 수색 정찰하면서 신중하게 이동할 때 갖는 대오였다. 의병들에게 대오는 아주 중요했다. 전투를 치를 때 대오가 흐트러지지 않아야 전력을 온전하게 유지할 수 있었다. 그렇지 못하면 순식간에 오합지졸이 되기 일쑤였다. 의병군에게 대오를 숙지시키는 것도 중요한 훈련 중에 하나였다.

임시군막으로 참모 장수들이 하나 둘 속속 모여들었다. 이광주, 송제민, 임환, 서정후, 양산룡 등 종사관들이었다. 마니산으로 나간 김무신, 김시헌, 노희상, 오윤겸, 윤의, 정겸, 조대남, 최희급, 허협 등 젊은 장사들은 작전회의에 참석하지 못했다. 김천일이 참모 장수들에게 말했다.

"선유봉 왜적을 치려고 허는디 좋은 계책이 있으믄 말해보씨요."

나이 많은 이광주가 먼저 말했다.

"야간 기습작전이라믄 전번에 공을 세와분 용인 금령역전투를 참고 하믄 으쩌겠소?"

사십대 후반인 송제민도 한 마디 했다.

"우리맨치 양민이 많은 군사로는 기습작전이 유리허겠지요."

양산숙은 미소만 지었다. 도성 선무작전에서 전공을 세워 한껏 위상이 올라간 모습이었다. 이제는 양산숙이 부대장이라 해도 섭섭해 할 장수는 없었다. 병법에 조예가 있는 임환이 말했다.

"금령역 싸움에서 이겨본 경험이 있은께 벨 에러움은 읋을 거 같그만요."

금령역에서 기습작전을 편 것처럼 그대로만 공격하면 이길 수 있다는 말이었다. 병서에도 전투경험보다 나은 스승은 없다고 기록돼 있었다. 김천일은 금령역 기습작전 때 싸웠던 장수들을 그대로 임명했다.

전부장 임환
중부장 양산숙
후부장 서정후
전령 김상건
유진장 이광주

중부장은 부대장 역할을 했다. 중부장이 대장의 명령을 받아 각 장수들에게 하달하기 때문이었다. 그래서 중부장은 방패처럼 대장 바로 앞에 위치했다. 이번에도 병법에 밝은 임환이 전부장을 맡았다. 전부장은 수색 및 정찰과 선봉대 역할을 하므로 아주 중요했다. 후부장은 배후에서 공격하는 적을 방어하는 임무를 맡고, 도망치는 군사를 잡아 처단하는 참퇴장 역할을 했다. 의병군은 관군처럼 대부대가 아니기 때문에 한 장수가 한두 가지 역할을 겸했다.

또한, 이번 작전의 의병조직에는 두 가지가 더 생겼다. 관군에서 지원한 화포와 강화관아에서 내준 군창이 생긴 덕분이었다. 지자총통과 현자총통을 운용하는 화포장은 무기가 무겁기 때문에 김무신, 김시헌, 노희상 등 젊은 장사들이 작전 중이라도 돌아가며 맡았다. 그리고 군창을 관리 감독하는 운량사(運糧使)의 임무는 양산룡, 조의립, 홍천경 등이 받았다.

김천일은 작전회의가 끝나자 즉시 양산숙에게 전투준비를 명했다. 하루 이틀이라도 지체시킬 수 없었다. 누군가가 실수로 작전을 누설할 수도 있었다.

"지금 바로 전투준비를 해서 자정을 기해 양화도 선유봉 왜적을 치시게."

"전선과 협선을 대기시켜놓겠습니다."

"양화도 나루터에 최소한 이경까정 도착해야 자정에 공격헐 수 있을 것이네."

"예, 대장님. 아무 문제가 읎습니다."

"으쨌든 선유봉 왜적만 토벌허믄 외곽에서 도성 안에 있는 숭악헌 왜석녈을 공격허는디 발판이 될 것이네."

"선유봉 왜적을 반다시 토벌헐랍니다."

"우리 군사 목심은 하나도 다치지 않게 허고, 모다 도성을 수복허는 기쁨을 맛보아야 헌께 말이여."

"선유봉 다음에는 바로 도성으로 들어가야지라우?"

"그건 때를 보아야 허겠제."

김천일은 양화도 선유봉 왜군부대를 토벌한 뒤에는 관악산으로 이동해 주둔할 계획을 갖고 있었다. 관악산은 도성이 가까우면서도 산이 깊어 수백 명의 군사도 은폐하기가 수월하기 때문이었다. 장수들이 군막을 다 나간 뒤 이광주가 다시 들어왔다. 이광주는 몹시 허탈한 표정을 짓고 있었다. 김천일에게 무언가 불만이 있는 듯한 얼굴이었다. 김천일의 예감이 맞았다.

"대장, 섭섭허요."

"외당숙, 으쩐 일이요?"

"은제까정 유진장만 시킬 것이요, 싸울라고 여그까정 따라 왔지 진이나 지킬라고 온 것이 아니지라."

"고로코름 생각허믄 오해그만요. 외당숙이 진을 든든하게 지키고 있어야 밖에서 의병덜이 더 잘 싸울 수 있지라."

"이참에는 나도 참전허고 잖은께 유진장을 다른 사람에게 시키씨요."

김천일은 난감해 하면서 이광주를 달랬다.

"좋소. 딤에는 빈다시 니갈 수 있을 것이요. 근께 이번에는 외당숙이 양보허씨요."

공적으로는 대장과 부하 관계였지만 군막에 다른 종사관들이 없었으므로 김천일은 이광주를 외당숙이라 부르고 있었다. 이광주는 더 이상 버티지 못하고 물러섰다. 다음 전투에서는 참전시키겠다는 약속을 받는 것으로 만족해야 했다.

그믐날 밤이었으므로 초저녁부터 캄캄했다. 3백여 명의 나주의병군은 이미 전선에 승선한 채 출발을 기다리고 있었다. 한강 하구에서 양화도 나루터까지는 전선과 협선으로 이동해야 했다. 이윽고 정찰을 나갔던 탐망선이 돌아왔다. 젊은 장사 허엽이 김천일에게 보고했다.

"대장님, 선유봉에서 노랫소리가 납니다요. 아마도 회식을 허는 모냥입니다요."

"알았다."

김천일은 중부장 양산숙에게 출발을 지시했다. 전선과 협선들이 장사진 대오로 한강 하구를 향해 긴 뱀이 스르르 움직이듯 나아갔다. 바다와 강물이 합수하는 한강 하구만 파도가 넘실댈 뿐 한강은 호수처럼 잔잔했다. 전선들이 이동하기에 더없이 좋았다. 더구나 바람은 된하늬바람이었다. 북서쪽에서 양화도 나루터로 전선과 협선을 밀어주었다. 대장선에 탄 김천일은 마니산의 단군 국조님께서 도와주신다고 믿었다. 뱃전에 부딪치는 강물이 허옇게 부서졌다. 된하늬바람 덕분에 의병군을 태운 전선은 이경 전에 양화도 나루터에 닿았다.

김천일은 지체하지 않고 양화도 나루터에 내렸다. 양산숙이 김천일의 명을 기다렸다. 김천일은 출발하기 전에 알려주었지만 다시 한 번 더 주의를 주었다.

"부엉이 소리를 한 번 하면 이동을 멈추고 엎드리며, 적군을 발견하면 두 번, 그라고 세 번 소리를 내면 왜군 경계병을 제거헌 뒤 공격준비를 허고, 화포장이 화포를 쏘면 일자진 대오로 공격허는 것이네."

그때 탐망의병을 이끌던 장사 정겸이 돌아와 김천일에게 보고했다.

"대장님, 선유봉 초입의 왜군 경계병들은 모다 술에 취해 자빠져 있그만요."

"본대는 으쩌든가?"

"본대 왜적덜도 모다 술에 취해 나동그라져 코를 골며 곯아떨어져 있습니다요. 다만 선유봉 망루에 있는 놈덜은 경계를 바르게 서고 있그만요."

"술을 마시지 못헌 놈도 있겠지."

의병군 중에는 귀뚜라미 소리를 잘 내는 사람도 있고, 부엉이 소리를 기가 막히게 흉내 내는 사람도 있었다. 김천일은 부엉이 소리를 흉내 내는 의병들을 차출해 전부장과 중부장 후부장 옆에 두고 작전하게 했다. 마침 선유봉 초입에 도착한 듯 부엉이 소리가 한 번 들려왔다. 부엉이 소리는 한 번씩 후부장 위치까지 이어졌다.

'부엉부엉.'

이번에는 왜군 경계병을 발견한 듯 부엉이 소리가 두 번씩 전해졌다.

'부엉부엉 부엉부엉.'

이윽고 양산숙 위치에서 부엉이 소리가 세 번 났다. 이는 경계병을 처치하라는 신호였다.

'부엉부엉 부엉부엉 부엉부엉.'

김천일은 침을 꼴깍 삼켰다. 잠시 후 전령 김상건이 왜군 처치여부를 확인하고 돌아왔다. 일단 공격의 장애물을 제거한 셈이었다. 부대장 양산숙은 왜군부대를 공격할 일자진 대오를 확인했다. 그런데도 김천일은 잠시 망설였다. 선유봉 정상의 망루에 왜군이 있다는 보고를 방금 전에 받았기 때문이었다. 양산숙을 불러 나직한 소리로 물었다.

"양 부장, 망루에 왜적이 있는디 으째야쓰겄는가?"

"시방 망루로 날랜 장사를 보내 구신도 모르게 제거해불까요?"

"그러다가 혹시 실패해서 시끄러와지믄 본대 왜군덜이 깰 수 있어. 우리가 밑에 있은께 당헐 수도 있다는 말이네."

"그래도 둘 중에 한 가지를 선택해야지라우."

"시방 본대를 치세."

망루에 있는 왜군이 도망치더라도 본대의 왜군들만 죽이면 기습작전은 성공이라 할 수 있었다. 설령 망루 왜군이 도강해 왜장에게 알리더라도 한밤중이므로 반격해 올 리 만무했다. 그렇다면 전광석화처럼 바로 지금 기습 공격할 수밖에 없었다.

"양 부장, 오늘은 효시를 쏘지 않겠네. 자네가 화포장을 델꼬 올라가 지자총통 현자총통을 사정읎이 쫘불게. 오늘은 그것이 공격개시 신호네."

"예, 대장님."

"깔끄막이 가파른께 시신을 확인허지 말게. 그러다가 우리가 다칠 수 있네. 본대를 친 뒤에는 신속허게 여그를 빠져나가세."

마침내 부엉이 소리가 선유봉 골짜기를 세 번씩 울렸다.

'부엉부엉 부엉부엉 부엉부엉'

부엉이 소리는 곧 컴컴한 밤하늘을 찢을 것 같은 화포소리에 묻혀버렸다. 왜군 군막이 박살나는 듯 검은 물체들이 산지사방으로 흩어졌다. 의병군은 일자진 대오를 유지하며 신속하게 산기슭을 뛰어올라갔다. 팔다리가 찢겨진 왜군 두어 명이 피를 흘리며 쓰러져 있었다. 누군가가 긴 창으로 확인 사살했다. 왜군 본대 군막 자리에는 화약 냄새가 진동했고 물을 쏟아놓은 듯 피가 흥건했다. 살아 있는 왜군은 아무도 없었다. 시신들이 여기 저기 널브러져 뒹굴었다. 그때였다. 누군가가 소리쳤다.

"왜적이 바우 뒤에 숨어 있다."

"느그덜은 인자 내 손에 디졌다!"

의병 십여 명이 바위 뒤로 가서 왜군 세 명을 잡아왔다. 왜군들은 두 손을 번쩍 든 채 술에 취해 제대로 서 있지도 못했다. 비틀거리는 왜군들에게서 술 냄새가 났다. 화포장이 소리쳤다.

"야, 이 도적놈덜아!"

화포장이 어깨에 지자총통을 올린 뒤 여지없이 한 발을 쏴버렸다. 그러자 쾅! 하는 소리와 함께 세 명의 왜군이 산기슭 아래로 사라졌다. 화포장이 왜군이 사라진 골짜기를 내려다보면서 침을 퉤 하고 뱉었다.

"숭악헌 짐승 같은 놈덜!"

금령역에 이어 양화도 선유봉 기습작전도 완벽했다. 비록 망루의 왜군을 붙잡지는 못했지만 파견 나온 왜군부대를 토벌했으므로 도성 외곽의 거점 하나를 확보한 셈이었다. 장수들과 의병들은 바로 선유봉을 내려와 전선과 협선에 나눠 탔다. 번개처럼 빠르게 치고 안개처럼 흔적을 남기지 않고 사라지는 것이 기습작전의 특징이었다.

강화도 진지로 돌아온 김천일은 운량사 양산룡을 불러 의병군들에

게 특식을 먹이도록 지시했다. 양산룡은 군창에서 쌀을 꺼내 배식의병
들에게 인절미를 만들게 하고, 조의립은 군량미로 소 한 마리를 구해
와 솥단지 십여 개에 곰탕을 끓이도록 했다.

상소문과 편지

'거사의 뜻은 컸으나 공은 미미하다'고 비난하는 유성룡 등 행재소 비변사 대신들이 보란 듯 양화 선유봉 왜군들을 토벌한 김천일은 모처럼 강화도 진에서 여유를 찾았다. 경기도에서 분조를 이끌고 있는 광해군에게 양화도 선유봉 기습작전의 전과를 보고하기 위해 종사관을 보내는 조치도 지체하지 않고 취했다.

김천일은 참모 장수들에게 각력(脚力) 대표를 뽑아 시합을 벌이게 했다. 다리에 건 상대의 끈을 잡고 힘겨루기를 하는 씨름을 각력이라고 불렀다. 바닷가 모래밭은 살얼음 같은 삭풍이 불었지만 각력 우승자를 뽑는 열기로 뜨겁기만 했다.

비변사 대신들과 달리 경기관찰사 심대는 김천일의 전공을 인정했다. 도성을 수복할 계책에 몰두하던 그는 김천일의 활약에 기대를 걸고 경기도에 산재하는 의병군을 동부, 서부, 북부, 남부 4개부대로 통합시켰다. 김천일에게 강화도는 물론 통진 양천의 의병까지 통합하는 지휘권을 주었다. 이로써 김천일은 한강 남부지역의 의병군을 사실상 지휘하는 대장이 되었다. 전라병사 최원, 경기수사 이빈, 충청수사 변량준 등과 상의하여 언제라도 연합군을 만들 수도 있었다.

김천일은 시합 중간에 슬그머니 자리를 떴다. 군막으로 돌아온 김천일은 김상건에게 벼루에 먹을 갈도록 지시했다. 행재소에 올리는 상소문을 쓰기 위해서였다. 기축년(1589)에 상소를 하였으니 4년 만에 쓰는 상소문이었다. 바닷바람이 군막을 흔들었다. 문처럼 늘어뜨린 거적이 펄럭거렸다. 먹을 묻힌 붓끝이 파르르 떨었다. 칼이란 몸을 베지만 붓은 마음을 파고들어야 했다.

<엎드려 생각하옵건대, 신이 외딴섬 강화도에 들어와 적을 막아 지키고 있음은 군사들을 데리고 제 자신을 방위하고자 함은 결코 아니옵니다. 당초 남쪽에서 강화도로 올 때에 데리고 온 향병(鄕兵)이 겨우 5백여 명에 불과하였던바, 왜적이 움직이기만 하면 여러 고을이 무너져 경기도 일대는 다 도적의 소굴이 되었사옵니다. 하오나 오직 강화도만은 산과 바다가 험난하고 안팎으로 요충지를 낀 데다 북쪽으로는 한양 도성으로 통하고, 서쪽으로는 송도와 접하고 있으므로, 이곳이 바로 옛사람들이 이른바 도적의 상류를 점령하여 그 목을 조이고 후면에서 공격할 수 있다고 하는 그런 곳이옵니다>

상소문의 서두는 선조가 '김천일의 의병군은 강화도에 한번 들어간 뒤 어찌하여 다시 나오지 않는가?'라고 묻자 예조판서 이덕형이 '김천일의 휘하에는 적을 막을 만한 장수가 없기 때문에 아무 일도 할 수가 없사옵니다.'라고 아뢰었던 것에 대한 반박의 글이었다. 왜 강화도로 들어갔는지를 아뢰는 상소문의 서두였다.

<그러므로, 신이 이곳에 들어와 적을 막아 지키고 있으면서, 험한 곳을 의지하고 굳건한 곳을 등지고 있음은 제갈량이 인각산을 통해 물품 보내기를 그치지 않으려한 것과 같사옵고, 소하(蕭何)가 관중으로 들어가 성을 지키며 때가 오기를 기다리던 것과 같사옵고, 전단(田單)이 즉묵의 강을 끼고 적을 제압하려 하던 것과 같사옵니다. 을지문덕이 살수에서 적을 물리치던 사방의 형세가 이곳에 두루 갖추어져 있사오니, 신이 이곳에 주둔함은 실로 천박한 계획이 아니었사옵니다.>

　김천일은 자신이 비록 문관 출신이기는 하지만 무관 못지않은 병서의 지식이 있음을 고백했다. 중국의 명장 제갈량과 소하, 전단을 알고 고구려의 명장 을지문덕을 아는 의병장이라는 것이었다.

　<일이 뜻한 바대로 이루어지지 못하여 큰 공훈을 세우지 못한 신의 죄책은 진실로 면할 수 없사오나, 경기도와 충청도를 진정시키고 황해도와 평안도에 자극을 주어 사면으로 흩어지고 도망한 백성들로 하여금 안도한바 나라의 기운이 이미 또렷하여졌사옵니다.
　한나라 조충국(趙充國)은 몸소 금성을 밟은 연후에야 방략을 그리어 올렸고, 당나라 가서한(哥舒翰)은 엄한 명령으로 할 수 없이 관문을 나아가 패하여 발길을 되돌려 돌아오지도 못하였사오니, 병가(兵家)의 일이란 진실로 멀리 헤아리기 어려우며 또한 멀리 제압할 수도 없는 것이옵니다.>

　유성룡 등이 김천일은 시정 무뢰배 같은 향병을 거느리는 의병장일

뿐이라고 비하하고 있지만 자신이 이끄는 의병군으로 인해 경기도와 충청도의 인심을 안정시켰다고 아뢨다. 수원 독성산성을 수비했고 용인 금령역과 양화 선유봉에 주둔한 왜군을 몰아냈다는 표현을 굳이 하지 않은 것은 의병군의 전공을 주제넘게 논상(論賞)하려 한다는 오해를 사지 않기 위해서였다. 김천일은 상소문을 마무리 짓고자 붓에 먹을 한 번 더 묻혔다.

<하오나, 섬 중에 있는 신의 여러 진영이 하루아침에 이리저리 흩어져 나오면, 상류의 위치와 지세의 험난함을 잃게 되어 그 형세가 반드시 패할 것이오니, 병사들의 마음이 신을 따르고 이탈하기에 털끝만큼의 여유도 없을 것이옵니다. 일이 그리 되오면, 전날 도적을 따르던 백성들이 또 어찌 전날처럼 도적을 따르지 않으리라 장담할 수 있겠사옵니까.

신은 창의사 칭호를 받은 이래, 전하께서 부탁하신 뜻에 보답하지 못할까 두려워, 밤이면 생각이 경경하여 잠을 이루지 못하고 날을 지새우며, 고질병으로 엎치락뒤치락 하며 아침저녁으로 죽기만을 기다리고 있사옵니다. 비록 신이 능히 아직 말을 타고 적지로 내달리지는 못하오나, 군사를 지휘하여 도적을 포획하고자 함은 거의 쉴 날이 없사옵니다. 어찌 감히 할 일을 미루고 물러나 마음 편히 있사오리까.

만일 바로 군사를 이끌고 나갔다가 마침내 무너지고 흩어짐에 이르면, 해도(海島, 강화도)의 외로운 혼들을 위로하지 못하고 나라를 저버린 죄상으로 신은 장차 눈을 감을 수 없을 것이기에, 이 상소문에 임하여 눈물을 흘리며 무슨 말씀을 드려야할지 모르겠사옵니다. 신은

감격을 이기지 못하고 피눈물을 흘리며, 온 정성을 다하여 성상께 비옵나이다.>

김천일은 붓을 놓은 뒤에도 눈물을 흘렸다. 도성에 있지 않고 의주 행궁에 있는 선조만 생각하면 눈물부터 나왔다. 그때 김상건과 이광주가 군막으로 들어왔다.

"외당숙, 상소문을 의주로 보내야겄는디 누구에게 시키믄 좋겄소?"

"대장님, 지가 가겄습니다."

"니는 전령이라 헐 일이 따로 있다."

이광주가 말했다.

"군량을 의주에 보낼 것이지라?"

"임금님께 보내야 도리인디 우리 군량이 으떤지 점고를 해봐야 알 겄소. 상건아, 운량사덜을 부르거라."

마침 양산룡과 조의립, 홍천경이 군막 가까운 곳에 있다가 곧 들어왔다. 김천일이 양산룡에게 물었다.

"군량 현황은 으쩐가? 의주로 보낼 만헌가?"

"의주로 보내믄 문제가 생기그만요. 우리 군사가 시안에 묵을 군량이 읎어져불지라우."

김천일이 타이르듯 말했다.

"우리덜이 묵는 것을 쪼깐 줄이드라도 임금님께 보내세. 모르긴 해도 의주 행궁은 아조 궁핍헐 것이네."

"대장님 지시대로 따라야지라우."

군창을 감독했던 조의립과 홍천경도 동의했다. 그러자 이광주가 말했다.

"대장, 잘 됐소. 배편으로 군량을 보낼 때 상소문도 올리믄 되겄소."

"아이고, 이 종사관이 내 고민을 풀어줘부요잉."

상소문을 가지고 군량미를 운송하는 임무는 홍천경이 자원했다.

"홍 운량사는 서둘러 떠나게. 시안이 오고 있네. 서해라고 해도 뱃길의 파도가 아조 사나와질 것인께. 알겄는가?"

"예, 대장님."

김천일은 상소문을 쓸 때의 우울함을 다소 털어버렸다. 의병들의 몫을 줄여 의주 행궁에 군량미를 보낸다고 생각하니 구름 걷힌 하늘처럼 마음이 개운해졌다. 자신을 비난하는 대신들을 무시해버리자는 생각도 들었다. 다만 어제 받은 전라관찰사 권율로부터 받은 공문은 의기를 북돋아주었다. 1만여 명의 전라 관군을 이끌고 독성산성에 와서 작전하고 있다는 공문이었다. 배티재전투를 승리로 이끈 권율이라면 믿고 합동작전을 펼칠 수 있기 때문이었다. 의병군을 관군으로 차출해 갈려고 부탁하는 전라병사 최원이나 경기수사 이빈과는 차원이 달랐다. 김천일은 붓에 먹을 묻힌 김에 권율에게 보내는 편지도 썼다. 며칠 전에 이어 두 번째 쓰는 편지였다.

첫 번째 편지를 보낸 지가 여러 날이 되었지만 독성산성에서 강화관아에 보낸 공문은 있는데, 정작 답신이 없었기 때문이었다. 임시전령마저 행방이 묘연하니 답답해하던 참이었다. 혹시 그곳의 전세가 불리해졌는지, 아니면 임시전령이 도중에 왜적에게 붙잡혔는지 알 수가 없었다. 합동작전 구상을 함께 할 필요가 있어서 보낸 밀서이니 몹시 걱정이 뇌었던 것이나.

<요사이 소식을 듣지 못하였는데 군사를 이끄는 일이 어떠신지, 건강이 어떠하신지 우러러 그리운 것이 지극함을 금치 못하겠습니다. 천일은 지금까지 적을 토멸하지 못하였으니 죽으려 해도 죽지 못하고 지병으로 날을 보낼 뿐 다른 것은 말할 것도 없습니다.

앞서 보낸 밀서의 글에 대해 가부간의 말씀이 없으니 중도에서 혹 피해가 있었을까 두렵고, 안부를 묻고자 보낸 사람도 두세 번씩이나 연속해서 소식이 없습니다. 답신이 오지 않으니 무슨 사고가 있는가 걱정이 되기도 하고, 병으로 주저하시는 것이 아닌가 생각도 듭니다. 공께서 거느린 군대가 높은 고개에 진을 쳤으므로 추위에 용기를 잃지 않을까 염려됩니다.

들리는 바로는 수차례에 걸쳐 유격전으로, 약간의 정예 병사를 거느리고 근처에 있는 의병과 함께 강한 적을 소멸하여 영공(令公)의 군대를 드높였고, 또 어제의 보고(公文)를 보건대 이미 15일 새벽에는 화공을 하여 적진을 태워 쫓고 북으로 도망친 적을 베고서 바로 양화도까지 진출하여 전선을 침몰시켜 드디어 우리 군사의 위세를 펼쳤다 하니 분하고 답답했던 마음이 조금은 위로가 됩니다.

다만, 내 병들고 늙었을 뿐 아니라. 우리 군사는 군량조차 떨어질 것 같아 기운을 크게 내지 못할 지경이니 민망할 따름입니다. 현재 이곳의 정세는 다소간 호전되고 있습니다. 김포, 양천, 광주(廣州)의 왜적은 이미 도망하였고, 가까운 곳의 근심거리는 화장, 교하, 백천, 강음에 적이 있다는 것입니다. 앞으로는 네 곳의 적을 섬멸할 수 있도록 최선을 다할 작정입니다.

도성 안의 적진은 크고 작은 데를 합하여 모두 20여 군데이며, 그 주변에 다섯 군데가 더 있습니다. 그간 우리 군사들은 성 안에 잠입하여 여러 활동을 해왔던 바, 상당한 힘을 갖출 수 있게 되었습니다. 성 안에서 조직한 의병군이 적을 교란시키는 한편 밖에서 우리 군사들이 힘 있게 공격한다면, 최소한 밖에 있는 적을 성 안으로 몰아넣을 수는 있으리라 여겨집니다. 다만, 밖에서 총공세를 펼치려 할 때, 우리의 군사력이 크지 못함이 염려가 됩니다.

차후 영공의 꾀와 뜻을 알고 싶어 이 글을 쓰오니 밝게 살피심을 엎드려 바라오며, 병중이라 더 자세히 쓰지 못함을 이해하시기 바랍니다.>

권율의 관군이 독성산성에 주둔하고 있다는 것은 김천일에게 큰 행운이었다. 더구나 자신이 토벌했던 양화도 선유봉 왜적 잔당을 섬멸해 주었으니 고맙지 않을 수 없었다. 자신은 때를 보아 관악산으로 진주할 계책을 가지고 있었는데, 권율이 길을 닦아 준 것이나 다름없기 때문이었다. 김상건이 물었다.

"대장님, 으디로 보낼 편지인게라우?"

"권 공헌테 보낼라고 헌다. 근디 전령은 으째서 함흥차사냐?"

"지도 걱정허고 있그만요. 지가 가야 되는디 대신 보냈응게라우."

"날래고 똘똘헌 놈을 보냈어야 했는디 걱정도 되고 후회도 된다."

"강화관아에 보내온 공문만 보믄 권공께서 잘 싸우고 겨신 것 같기는 헌디라우."

"양화 선유봉 왜적 잔당을 섬멸해 준 것이 무엇보담 고마와부러야."

"관악산으로 가는디 장애를 읎애부렀응께 그러지라우?"

"우리가 한 번 토벌해부렀는디도 양화도가 요해지라서 왜적놈덜이 또 왔능갑드라."

"인자 왜적덜이 양화도에는 얼씬도 못허겄그만요."

"왜선까정 다 태워부렀다고 헌께 그라겄제."

그런데 사실은 권율 전라관찰사는 김천일과 다른 작전을 구상하고 있었다. 김천일은 자신의 의병군과 권율의 관군이 합동작전을 펼쳐서 도성을 수복할 생각이었다. 그래서 편지 말미에 도성의 왜군 상황을 보고하듯 적었던 것이다. 그러나 권율의 계책은 달랐다. 행주산성으로 도성의 왜군부대를 유인해서 결전을 벌인 뒤 도성을 수복할 계책을 세워놓고 있었다. 양산숙 등은 권율과의 합동작전을 탐탁지 않게 여겼다. 합동작전을 해도 의병군은 선봉대로 나서지 못하고 관군의 뒷바라지나 할 것이라는 불만 때문이었다. 양산숙이 말했다.

"대장님, 관찰사 관군허고 우리덜이 나서서 합동작전할 것은 읎그만이라우."

"권공은 인자 명장 중에 명장이여. 모르믄 배와야 써."

"대장님은 창의사랑께요. 도원수급이란 말이요. 긍께 독자적으로 작전해도 되지라우."

"왜적을 섬멸허믄 되는 것이제, 누가 호령하든 상관읎는 일이여."

김천일은 배티재전투 승전으로 전주성을 지킨 권율의 계책을 따르려고 내심 결심하고 있던 참이었다. 그러니 부대장 양산숙을 타이를 수밖에 없었다.

"우리가 은제 인정받고 작전했는가? 대신덜에게 향병이라고 무시를 당험시로도 오직 백성덜을 위해 나선 것이 아닌가. 긍께 참고 해오던 대로 하세."

"아이고, 대장님께서 말씀을 고로코롬 허신께 지가 헐 말이 읎그만요."

"고맙네. 내가 못나서 듣는 소린께 잊어불세."

"지가 속 좁게 관찰사 답신을 받어보지도 않고 이러니저러니 맬갑시 얘기했그만요."

"갠찮네. 모다 충정에서 우러나온 얘긴께 말이네."

권율이 독성산성에서 이진하지 않으니 김천일도 강화도에 그대로 주둔할 수밖에 없었다. 행재소 비변사 대신들이 강화도에 들어가 나오지 않는다고 김천일을 비난해도 귓등으로 흘리며 섣달을 보냈다. 파도가 거칠어진 한겨울에는 더욱더 섬에 고립될 수밖에 없었다. 시정 무뢰배 같다고 비하하는 의병군을 강군으로 만들기 위해 쉬지 않고 훈련만 할 뿐이었다.

이광주 순절

북쪽에서 불어오는 삭풍은 군막을 찢어버릴 것 같았다. 해가 바뀐 첫 달 내내 동장군은 더욱더 위세를 떨쳤다. 아침 작전회의에 들어온 참모 장수들은 오들오들 떨었다. 지병이 있는 김천일은 더 말할 나위 없었다. 김천일은 행재소에 보낼 상소문을 써놓고 참모 장수들을 맞이했다. 김천일이 먼저 입을 열어 말했다.

"충청, 전라, 경상도는 인자 패몰된 것이나 다름읎소. 백성덜은 어육 (魚肉)맹키로 무참허게 죽어가고 있는디 으째야쓰겄소? 임금님과 신하가 힘을 합치고 맴을 같이 하여 쓸개를 맛보고 창자를 베개 삼아 누워서 무신 생각을 해야 쓰겄소?"

김천일이 꺼낸 말은 사실 상소문의 서두였다. 쓸개를 맛보고 창자를 베개 삼아 눕는다는 말은 온갖 고난을 참고 견딘다는 와신상담(臥薪嘗膽)의 고사를 풀어 쓴 말이었다. 그러자 이광주가 말했다.

"원수를 기필코 갚아야 허요."

"맞그만요. 으쩌면 이번에 올린 상소문이 마지막일 것 같으요. 그래서 꺼내고 있는지도 모르겠소."

"맴을 합쳐 원수를 쳐야지라우."

임환의 말에 김천일이 상소문을 또 떠올리며 길게 말했다.

"임금님도, 대부(大夫)도 서인(庶人)도 모다 한 맴이 되어 저 사람이 벤 적의 머리를 내가 벤 거멩키로 기뻐허고 저 사람이 낸 계략을 내가 낸 계략멩키로 행하여 저 떠도는 원혼의 적을 친다믄 이로움이 으째서 작다고 헐 수 있겠는가."

"한 맴이 돼야 단번에 적을 칠 용기가 달아오르겠지라우."

"근디 시방 처지는 개운허지가 않네."

김천일은 작년 가을부터 품어온 불만을 토로했다. 관군과 의병 간의 갈등이었다. 전라병사 최원과 경기수사 이빈 간에 크고 작은 마찰이 있었던 것이다. 도성으로 잠입해 태조와 선의왕후 위패를 강화객사에 봉안했는데도 그들은 처음부터 기뻐하지 않았다. 뿐만 아니라 양화도 선유봉 기습작전도 뒤에서 폄하하려고 했다. 거기다가 틈만 나면 의병들을 회유해 차출해 갔다.

"지덜도 눈치는 채고 있그만요."

"실제로 벌어지고 있는 일이네. 다 같은 백성인디 관군의 영은 의병이 따르지 않을라고 허고, 의병의 공은 관군이 기뻐허지 않네. 의병이 싸움터에 나갈려고 허믄 관군은 지원허기를 꺼려허는 둥 사람마다 제각각이고 명령이 여러 군데서 나와부니 승리허기가 에러와분 것이 아니겄는가.

그뿐인가? 따르는 군사는 적은디 명령을 내리는 장수는 많네. 다투어 맹주가 될라고 서로 양보허지 않고, 여그서 한 명령을 내리믄 저짝이 흔들리고, 저짝에서 한 명령을 내리믄 이짝이 흔들려 군민(軍民)이 이리서리 현혹뇌어 따라갈 바를 모르니, 종은 하나인디 상전은 셋이나 되고, 양은 열 마리 뿐인디 기르는 주인은 아홉이나 된 거멩키로 움직이니 어처케 적을 치겄는가?"

참모 장수들 모두 고개를 푹 숙이고 김천일의 말을 듣기만 했다. 실제로 그렇게 행동한 측면도 있었던 것이다.

김천일은 이미 올린 상소문 끝을 떠올리면서 김상건에게 불러주며 적게 했다. 참모 장수들 에게 공람을 시키기 위해서였다.

전하께서는 크고 넓은 덕을 베푸시어 흩어진 민심을 잘 수습하면서 항시 하늘과 함께 부끄러움을 품으시고 와신상담의 맹세를 더욱 굳게 하시되 오직 적을 칠 것만을 생각하시고

관리들은 다른 데 뜻을 두지 않고 오직 사람을 얻는 데만 생각을 다하며

병사(兵事)를 맡은 이는 다른 데 뜻을 두지 않고 오직 군졸 훈련하는 데만 생각을 다하며

양곡을 맡은 이는 다른 데 뜻을 두지 않고 오직 물자를 조달하는 데만 생각을 다하며

나머지 잡사(雜事)를 맡은 이들도 각심하고 긴장을 풀지 않되 활줄을 당기듯이 하라.

그날 아침 작전회의는 김천일이 써둔 상소문을 참고하여 훈계하는 것으로 마무리를 지었다. 오후에는 모처럼 낭보가 날아왔다. 명나라 이여송 제독이 거느리는 4만여 명의 원군과 김명원의 조선관군과 서산대사의 승군이 평양성을 탈환했으며 왜군을 추격하고 있다는 공문

이 도착했다. 왜장 고니시 유키나가 부대가 조명연합육군에게 평양성을 내주고 남쪽으로 후퇴 중이라는 희소식이었다. 김천일은 남진하는 왜군을 사살하고 이여송 제독에게 한양 도성의 정보를 알려주기 위해 급히 특공대를 짰다. 1백여 명의 특공대는 모두 전투경험이 있고 젊은 장사들이었다.

특공대 대장은 이광주가 맡았다. 지난번에 김천일이 약속한 바 있었던 것이다. 그리고 부대장은 김천일을 그림자처럼 보좌해온 임전을 임명했다. 임전은 광해군을 알현하기 위해 황해도 수안까지 올라갔던 임환이 최근에 추천한 사람이었다. 김천일이 말했다.

"이번에는 이 종사관이 대장을 맡겠소. 임 막사(幕士)는 부대장 겸 향도를 해주게."

대장 옆에서 항상 자리를 지키는 부관을 막사라고 불렀다. 김천일은 참모 장수들에게 친근감을 표시하기 위해 가능한 한 호를 불러주었지만 임전에게는 막사 직책을 붙여서 말했다. 향도란 선두에 서는 길잡이를 뜻했다. 이광주는 대단히 만족해했다.

"대장, 매복해 있다가 후퇴허는 왜적덜을 남김없이 사살허겄소."

"한 곳에 매복을 오래 허믄 위험헌께 반다시 장소를 옮겨댕겨야 허요."

"걱정 마씨요. 인자사 강화도로 올라온 보람이 생기요."

1백여 명의 특공대 장사들은 그날 밤 전선을 타고 임진강 하구에 내렸다. 명군을 지휘하는 이여송 제독이 개성에 있으므로 그에게 보고하기 위해서였다. 그러나 임진강 나루터 사공은 이여송이 벌써 10여 일전에 개성에서 파주 밑의 혜음령으로 내려가 진을 치고 있다는 첩보를 주었다. 늙은 사공을 만나지 않았더라면 파주로 헛걸음질 할 뻔했으므로 이광주와 임전은 가슴을 쓸어내렸다.

"임 막사, 맬갑시 시간을 허비헐 뻔했네."

"여그서 개성 가는 것보담 파주가 가차운께 금시 도착헐 거 같그만요. 잘 돼부렀지라우."

"근가? 임 막사가 지리에 밝은께 미덥네 그려."

실제로 1월 9일부터 1월 27일까지의 조명연합육군과 왜군은 공방전을 벌이고 있었다. 1월 9일 평양성전투에서 대패한 왜장 고니시 유키나가 부대는 왜3군 왜장 구로다 나가사마(黑田長政) 부대의 도움을 받아 한양으로 정신없이 후퇴했고, 개성에 주둔하던 왜6군 왜장 고바야가와 다카가게(小早川隆景) 부대도 한양의 왜군 총대장 우키다 히데이에(宇喜多秀家)의 철수명령을 받고 물러났다. 이에 조명연합육군은 기세 좋게 남하하면서 왜군을 추격했다. 1월 23일 명군은 개성까지 내려와 이여송 주도로 작전회의를 한 뒤 바로 파주로 내려갔다. 한편 늙은 왜장 고바야가와 부대는 한양으로 들어가지 않고 성 밖에서 왜장 다치바나 무네시게(立花宗茂) 부대와 함께 명군과의 접전을 준비했다. 그리하여 왜군은 명군을 요격하려고 선봉대는 여석령 좌우에 진을 쳤다. 1월 25일 명군 선봉장 부총병 사대수(査大受) 등은 처음으로 왜군과 접전했다. 그러나 전세가 불리해진 명군은 벽제역까지 퇴각하였다. 이 소식을 들은 이여송의 명군은 혜음령(惠陰嶺)을 넘어 벽제관으로 내려가 망객현(望客峴)에 포진했다. 마침내 양군 사이에 치열한 격전이 벌어졌다. 왜장 고바야가와가 거느린 왜군 4만여 명은 3대(隊)로 나누어 명군을 포위 공격하였다. 포병이 도착하지 않은 명군은 기병만으로 고전을 면하지 못했으며, 사방에서 조총의 집중사격을 받아 참패하였다. 몇 천 명의 군사를 잃었다. 1월 27일 이여송은 지휘사(指揮使) 이유승(李有昇)의 희생으로 간신히 탈출했는데, 뒤늦게나마 도착한 부총병 양원(楊元)이 거느린 포병의 맹활약으로 왜군은 혜음령을 넘지 못하고 철수하였다.

이때 이광주 특공대 1백여 명은 파주로 갔으나 이여송을 만나지 못하고 혜음령까지 내려가 매복하고 있던 중에 명군을 추격하는 왜군을 발견했다. 이광주는 왜군 선봉대 정찰병을 보자마자 좀 더 유인하기도 전에 옆에 있던 막둥이에게 활을 쏘라고 지시했다. 원수를 갚고 싶은 마음이 격동되어 참지 못했던 것이다. 그러자 왜군은 이광주 특공대를 전혀 예상하지 못한 듯 혜음령 고갯길에서 한동안 갈팡질팡했다. 그 사이 명군은 왜군의 추격을 따돌리고 파주로 후퇴했다. 활 공격을 받은 왜군의 선두는 당황한 듯했지만 그 뒤의 병력은 검은 들개 떼처럼 몰려오고 있었다. 그래도 이광주는 왜군의 규모를 두려워하지 않고 소리쳤다.

"물러서지 마라! 왜적을 한 놈이라도 더 죽여야 헌께!"

"이 종사관님, 명군을 뒤따라 우리도 후퇴해야 헙니다."

"임 막사! 무신 소린가. 우리가 죽을 자리는 바로 여그여."

특공대의 매복 위치를 발견한 왜군들이 일제히 조총공격을 했다. 특공대 의병들이 하나 둘 피를 뿌리며 나동그라졌다. 이광주가 부상당한 의병을 끌고 오다가 자신도 조총을 맞아 쓰러졌다. 임전은 특공대원들에게 조총을 맞은 이광주를 들쳐 업으라고 지시했다. 그런 뒤 철수를 지시했다.

"파주로 퇴각해불자!"

"예, 부대장님."

다행히 왜군은 더 이상 추격하지 않았다. 왜군 선봉대도 이광주 특공대 못지않게 큰 타격을 입었던 것이다. 파주로 후퇴하여 보니 특공대는 반으로 줄어 있었다. 이광주는 숨을 거둔 채 싸늘했고, 막둥이는 행방불명이었다. 명군이 특공대 부상자들에게 응급치료를 해주었다. 부총병 사대수가 왜군의 추격을 막아주었다며 고마워했다. 임전을 이여송에게 직접 안내해 주기도 했다. 임전은 이여송 통역관에게 말했다.

"나는 김천일 의병장 막사요. 이여송 제독님께 한양 도성의 적정을 보고하러 왔지라우."

그러자 이여송이 벽제관 전투에서 낭패를 보았음에도 불구하고 덤덤한 얼굴로 임전을 맞이했다. 전장 터에서는 패배할 수도 있고, 승리할 수도 있다는 대범한 표정이었다.

"김천일 창의사 군사는 얼마인가?"

"본래는 3백여 명인디 숫자는 때로 1천여 명이 되기도 하고 2천여 명이 되기도 허지라우."

"왜 그런가?"

"관군으로 차출돼 가불고 멋대로 진을 떠나버린 이도 있그만요."

"하하하. 웃기는 군사로군."

임전은 이여송이 웃는 바람에 정색을 했다.

"제독님, 우리 창의사 대장님을 보시믄 생각이 달라지실 겁니다요."

306

임전은 김천일이 전해주라고 한 보고서를 이여송에게 건넸다. 한양 도성의 왜군 진영과 지세(地勢), 그리고 한양 주변의 관군과 의병군의 위치를 자세하게 적은 보고서였다. 그제야 이여송이 자리에서 일어나 감탄했다.

"창의사의 충성을 다함이 명실상부하구나!"

임전은 이여송에 대한 두려움이 가시자 더욱 자신 있게 말했다.

"제독님 군사는 오늘 불운하게도 벽제관에서 왜군에게 당했습니다요. 근디 매복해 있던 우리 군사가 더 이상의 희생을 막아 주었습니다요. 우리 대장님이 겨셨으믄 왜군을 더 섬멸했을 것입니다요. 우리 대장님은 창의헌 이후 세 번을 싸워서 세 번을 다 이기신 분이그만요."

임전은 이여송에게 독성산성의 수성전, 용인 금령역전투와 양화도 선유봉 기습작전, 한양 도성 선무작전을 보고하듯 말했다. 그제야 이여송이 뒤로 누울 듯한 자세로 앉아 있다가 바르게 앉았다. 임전에게 얼굴을 바짝 들이대며 말했다.

"그대의 대장을 빨리 만나보고 싶군. 조선에 와서 여러 장수를 만나 보았지만 말이네."

그런데 그날 이후 이여송은 전의를 상실했는지 파주에서 개성으로 갔다가 평양으로 돌아가 버렸다. 대신 심유경을 왜장에게 보내 강화 회담을 서둘렀다. 명군이 조선에서 희생하는 것을 탐탁지 않게 여겼기 때문이었다. 그러면서도 명군은 조선 대신이나 장수들에게 군량미와 고기 조달을 재촉해댔다. 여의치 않으면 명나라 장수들이 조선 대신이나 장수들을 불러 곤장을 쳤다. 명군의 만행도 왜군 못지않았다. 양민들이 명군을 보면 산속으로 달아나 숨어 버렸다. 양민들 사이에 말이 하나 떠돌았다.

'왜놈은 얼레빗, 되놈은 참빗.'

얼레빗이나 참빗은 머리를 빗는 다 같은 물건이지만 틈 간격이 달랐다. 얼레빗은 넓고 참빗은 촘촘했다. 왜군이 노략질하고 지나가면 그래도 어느 정도 먹을 것이 떨어져 있는데, 명군이 왔다 가면 아무 것도 남아 있지 않다는 비난이었다. 명군을 천자(天子)의 군사라고 하여 천군(天軍)이라고 불렀지만 결국 백성들이 의지하고 믿을 군사는 조선관군과 의병군, 승군뿐이었다.

김천일은 임전 막사가 전해주는 이여송 제독의 덕담에도 전혀 흡족하지 않았다. 이광주 종사관이 시신으로 변해 돌아왔기 때문이었다. 김천일은 곡을 하고 군막에 시신을 뉘였다. 서남해안으로 가는 세곡선이 의주에서 돌아올 때까지 그렇게 기다릴 수밖에 없었다. 그나마 불행 중 다행이었다. 세곡선이 2월 초에 일찍 돌아와 운량사 조의립에게 당부하여 이광주 시신을 또 다시 세심하게 염한 뒤 무명천으로 덮어 보냈다. 김천일은 흰 천에 다음과 같이 글을 썼다.

'만고충신 이공광주 의사(萬古忠臣 李公光宙 義士)'

겨울이었으므로 시신은 변함없이 생전의 강개한 모습 그대로였다. 세곡선이 떠난 뒤 군막으로 돌아온 김천일은 흐느끼다가 이윽고 소리 내어 통곡했다. 든든한 유진장으로 남아 있었더라면 앞으로 더 큰 전공을 세울 수 있는 외당숙이자 종사관이었던 것이다.

마침내 전라순찰사 권율의 1만여 명의 군사는 행주산성으로 들어갔다. 행주산성은 한강을 타고 바로 도성을 공격할 수 있는 요해지였다. 도성에는 아직도 총대장 우키타 부대와 벽제관전투에서 명군을 참패시켰던 왜장 고바야가와 부대 등이 우글거리고 있었다. 거기다가 함경도에서 철수한 왜장 가토 기요마사 부대까지 총 십여 만의 왜병이 도성 곳곳을 누비고 다녔다. 전라관찰사 권율은 한양에 집결한 왜군과의 일전을 각오하고 김천일에게도 공문을 보내 지원을 요청했다.

창의사 김천일은 강화도에서 왜수군의 군수지원을 차단하고, 병사 선거이는 금주(시흥)에서 군사를 지원하고, 양천의 변이중은 도성과 행주산성 사이에서 왜군을 위협하고, 충청관찰사 허욱은 통진에서 행주산성의 울타리가 되어주고, 경기수사 이빈과 충청수사 정걸은 두 척의 전선에 화살 등 무기를 싣고 오기로 했다. 도원수 김명원 부대도 파주에서 행주산성이 위급해지면 지원하기로 약속했다.

권율은 행주산성 둘레에 목책을 두 겹으로 설치하도록 조방장 조경에게 지시했다. 목책설치는 권율을 따라온 승장 처영대사 휘하 1천여 명의 승군이 주로 맡았다. 권율은 독성산성에서 경험한 수성전을 펴기로 작정했던 것이다.

한편 왜군 총대장 우키타는 왜군 3만여 명을 이끌고 선조26년(1593) 2월 12일 새벽 6시를 기해 행주산성으로 진군했다. 왜장 고니시가 선봉으로 나섰다. 그에게는 행주산성 싸움이 평양성에서 대패했던 바 복수전이었다. 독성산성에서 패한 왜장 고바야가와 부대도 설욕전인 셈이었다. 총대장 우키타에게는 한양을 위협하는 눈엣가시를 제거하는 중대한 일선이었다.

권율의 조선군은 왜군에 맞서 일사분란하게 방어했다. 목책 가까이 달려드는 왜군에게 무기들이 불을 뿜었다. 화차에서는 포를 발사했고, 수차석포에서는 돌을 뿜었고, 군사들은 진천뢰, 총통 등을 쏘았고, 궁사들은 활시위를 손바닥에서 피가 맺힐 만큼 당겼다. 선봉대 고니시의 부대가 많은 사상자를 내고 물러났다. 이어서 공격해 온 제2대, 제3대도 퇴각했다. 총대장 우키다의 독전으로 제4대는 첫 번째 목책을 넘어갔지만 우키타가 부상을 입은 바람에 후퇴했다. 제5대 왜장 깃카와(吉川廣家) 부대는 화공으로 공격했지만 역시 깃카와가 부상을 입고 물러났다. 이시다가 이끈 제2대도 공격에 실패했다. 제6대 왜장 모리(毛利秀元)와 제7대 왜장 고바야가와 부대는 두 번째 목책까지 접근하여 공격하였지만 처영대사의 승군이 용감히 맞서 물리쳤다. 승군이 허리에 찬 재를 뿌리자 눈을 뜰 수 없게 된 왜군들이 달아났던 것이다. 결국 왜군 총대장 우키타는 1만여 명의 왜군을 잃고 한양으로 퇴각했다.

행주산성 대승 이후.

비로소 김천일 의병군은 강화도를 벗어나 양화도를 거쳐 관악산으로 진을 옮겼다. 1천여 명의 의병군은 3백여 명으로 줄어 있었다. 행재소 비변사의 지시를 받아 의병들이 관군으로 차출당하기도 했고, 주로 경기도에서 가담한 의병군 일부가 행주산성으로 자원해서 빠져나갔기 때문이었다. 어쨌든 김천일의 일념은 하루라도 빨리 도성을 공격해서 양민들을 구하는 것이었다. 그것이야말로 나주에서 의병군을 출병시킨 대의명분이기 때문이었다.

한양백성을 살리다

선조26년 4월 초순.

진을 관악산으로 옮긴 김천일은 도성 외각에 있는 왕릉들을 왜군이 도굴하려 한다는 보고를 받았다. 관악산으로 달려와 보고한 사람은 역관 주계강과 박태빈이었다. 왜장에게 통역관 노릇을 하며 연명하고 있지만 그들도 선왕의 능을 훼손하는 왜군의 무도한 짓을 보고는 참을 수 없었던 것이다. 두 사람이 관아로 가지 않고 의병장을 찾은 것은 왜군에 붙어사는 간민(奸民)이라 하여 붙잡혀 죽을지도 모르기 때문이었다. 김천일은 종사관들을 불러 그들의 보고를 함께 들었다.

"대마도주 가신 평조윤(平調允)이란 자가 보옥을 도굴하고자 선릉과 정릉을 비롯하여 여러 능을 파헤치려고 했습니다. 사정을 말하고 하소연을 해도 흉악한 짓을 멈추게 할 수 없었습니다. 대장님께서 막아주시기를 원합니다."

"뭣이라고? 선릉과 정릉을 평조윤이란 놈이 훼손해부렸다는 말이냐!"

"예, 두 능뿐만 아니라 다른 능들도 손을 댔습니다."

"알았은께 쪼깐 눌러가 있그라."

두 사람이 나가자 김천일은 종사관들에게 지시했다.

"역관덜에게 포상을 허고, 경기좌도 관찰사도 알고 있는지 알아보고 오씨요."

"역관덜이 평조윤을 찾아가 조선 왕릉에는 보물을 묻는 예가 없음을 알려주어 도굴을 그만두게 허는 것이 뭣보담 중요헐 거 같그만요."

"왜놈덜은 교화가 불가능헌 족속인디 이여송 제독은 강화(講和)를 헌다고 저러크롬 서두르니 으째야쓰까?"

"명군은 우리에게 약 주고 병 주고 있는 군사지라."

김천일은 두 역관이 관악산을 내려간 뒤, 즉시 종사관 한 명을 경기좌도 관찰사 성영에게 보냈다. 선릉은 성종의 능이었고 정릉은 중종의 능이었다. 김천일은 큰 충격으로 현기증이 일어나 하루 종일 몸을 가누지 못했다. 부장품을 노린 왜군들의 무도한 짓이 분명했다. 도굴범은 왕을 죽인 원수보다 더한 원수나 다름없었다. 같은 하늘을 머리에 이고 살 수 없는 불구대천(不俱戴天)의 원수였다.

경기좌도 관찰사 성영도 온몸을 부르르 떨 정도로 놀랐다. 관찰사 성영은 바로 군관을 선릉과 정릉으로 보내 확인했다. 과연 두 능은 처참하게 도굴돼 있었다. 성영은 즉시 의주 행재소로 장계를 올렸다. 선조가 성영의 장계를 받아본 것은 4월 13일이었다. 선조는 3일간 애도를 표하는 한편 은천군 이신 등에게 두 능의 안위를 확인하고 돌아오라는 명을 내렸다. 그리고 도승지 심희수가 명 만력제에게 원수를 갚아달라는 다음과 같은 요지의 탄원서를 쓰게 했다.

<이 도적을 잊고 이 원수를 갚지 못한다면 천리(天理)가 없어지고 인

륜(人倫)이 무너지게 되어 장차 다시는 사람 축에 들지 못한 것은 물론 천자(天子)의 나라에서도 우리나라를 인정해주지 않을 것이니 자애로움을 베풀어 긍휼히 여기기를 간절히 바라나이다. 왜추(倭酋)의 목을 베고 사로잡아 왜적이 조선 땅에서 물러나게 해주소서.>

그런데 두 능이 도굴된 것은 작년 9월쯤이었다. 선조가 의주에 파천해 있을 때였다. 뿐만 아니라 작년 12월 16일에는 왜적이 기병과 보병 50여 명을 거느리고 또 성 안에서 인부 50명을 뽑아 명종의 묘인 강릉과 문정왕후의 묘인 태릉에 가서 도굴하려고 했지만 능 위쪽에 두꺼운 회(灰)가 단단해서 깨뜨리지 못하고 날이 저물어 파하고 물러간 일도 있었다. 대군의 묘소도 마찬가지였다. 그러나 모두 뚫지 못하고 실패했다. 사포서의 종 효인이 왜장에게 '능침 속에 금은을 넣었다'고 사주했으며, 사헌부 서리 최업이 왜장의 서객 노릇을 하며 도굴하는 일을 감독했던 것이다. 모두 극형으로 다스려야 할 첩자이자 간민들이었다.

김천일은 건장한 장사 30여 명으로 특공조를 짰다. 강화도에 있을 때 한양에서 자원해 왔던 이충윤과 이준경을 대장으로 삼았다. 의병 특공조는 관악산에서 10여 일 동안 도성으로 잠입하는 훈련을 받았다. 그 사이 서개똥이란 길잡이도 구했다. 마침내 의병 특공조는 4월 17일 진시(辰時, 오전 8시)에 관악산 골짜기 군막 앞에 도열했다. 김천일이 특공조 의병들의 전의를 북돋았다.

"그동안 날랜 군사를 시켜 알아본 바에 의하믄 광릉은 참으로 다행스럽게 능과 석물이 모다 전(前)과 같다고 헌다. 정자각 창과 벽이 여그서느 깨졌고, 재실정은 반씀 불타부렀으며, 봉선전 역시 창과 벽이 많이 파손됐다고 허나 재실이야 다시 복원허믄 되지 않겠느냐? 다행히 영정은 충성스러운 한 중이 청결헌 곳에다 옮겨 밤낮읎이 지킴시로 시방까정 잘 봉안허고 있다니 을매나 고마운지 모르겄다. 강릉도 정자각이 불타부렀지만 능과 석물 등은 모두 안전허다고 허고, 태릉은 능 전면이 반쯤 훼손돼야부렀지만 안쪽은 무사허다고 헌다."

이준경이 말했다.

"대장님, 여러 능들이 무사하다고 하니 눈물이 납니다."

"다만, 시방 생각만 해도 온몸이 떨려 말허기가 에러운디 선릉과 정릉은 광중(壙中)까지 파헤쳐져 부렀다고 헌다. 우리가 가서 눈으로 확인허고 만약 유골이라도 발견헌다믄 엄숙허게 숨기어 임시로 모셔야 헐 것이다. 그런 담에 반다시 원수를 갚어야 허지 않겠느냐!"

이충윤이 대답했다.

"광중으로 들어가 두 눈으로 확인하고 돌아오겠습니다."

"컴컴헐틴께 잊지 말고 부싯돌을 가져가게."

"목화솜도 준비했습니다."

부싯돌끼리 부딪쳐 불을 만든 뒤 목화솜에 붙여 입바람으로 살살 불면 캄캄한 광중이 조금이라도 환해질 터였다. 이준경은 의병 특공조 본대 대장을 맡고 이충윤과 서개똥은 선발조가 되었다. 먼저 출발하는 선발조 대장 이충윤이 약간 두려워하는 기색을 보이자 김천일이 말했다.

"겁낼 거 읎네. 왜적덜은 행주산성 싸움에서 1만여 명을 잃고 시방 정신이 읎을 것이네. 도성 밖을 나올 엄두를 못 내고 있어불 것이여."

"우리 군사만 보믄 도망칠 궁리부터 하겠습니다요. 하하."

"그라드라도 조심허게."

선발조인 이충윤이 먼저 관악산 솔숲을 내려갔다. 길잡이 서개똥은 과천을 지나 선발조를 봉은사 뒤쪽 뚝섬 나루터로 안내했다. 뚝섬에서 한강을 건너 동대문 밖 낙산을 넘는 것이 정릉으로 가는 지름길이었다. 성종의 4대 후손인 덕양령(德陽令) 이충윤은 왕릉이 훼손됐다는 말을 듣고서는 특공조 선발을 자원한 인물이었다. 본대가 뒤에 오고 있다는 것을 확인해가며 가던 이충윤과 서개똥은 자정 무렵에야 중종의 능인 정릉에 도착했다. 듣던 대로 묘는 처참하게 파헤쳐 있고, 정자각과 재실청은 불타버리고 없었다.

이충윤은 서개똥과 함께 소리 죽여 곡을 했다. 중종임금의 혼백에게 문안을 드리는 곡이었다. 이충윤은 서개똥을 먼저 광중(壙中)으로 들여보냈다.

"밧줄을 잡고 들어가 살펴보게."

허리에 밧줄을 맨 서개똥은 광중으로 들어갔다. 광중은 3장(丈) 정도로 깊었다. 서개똥은 부싯돌로 불을 켜가며 광중을 살폈다. 바닥에는 불에 타고 남은 나뭇조각들이 여기저기 널려 있었다. 관이 타고 남은 조각들이 분명했다. 광 바닥을 둘러보던 서개똥은 깜짝 놀랐다. 바닥 가운데에 시체 하나가 가로놓여 있었다. 서개똥은 급히 밧줄을 잡아당기며 올라가 이충윤에게 말했다.

"시신이 한 구가 있습니다요."

"옥체가 어떠한 모습이더냐?"

"엉겁결에 자세히 보지는 못했습니다."

"나시 늘어가지 말고 몬대가 오기를 기다리거라."

잠시 후에야 길을 잃고 헤매던 이준경의 본대가 왔다. 이준경은 본대 의병들을 능 주변으로 보내 경계를 서게 했다. 이충윤이 이준경에게 말했다.

"옥체 한 구가 있는데 중종임금님일 수도 있고 아닐 수도 있소."

"덕양령께서 직접 보았습니까?"

"아직 보지는 못했소."

"어째서 확인하지 않았습니까?"

"심장이 떨려서 전부터 이런 일은 멀리했소."

"이 일은 전적으로 종실의 참변인데 어찌 이렇게 허술하게 하십니까?"

이준경은 서개똥에게 물었다.

"광중의 깊이는 얼마나 되느냐?"

"3장(丈)쯤 됩니다."

"3장이면 열두 걸음쯤 되겠구면."

서개똥이 밧줄을 잡고 먼저 광중으로 내려갔다. 이충윤과 이준경도 곧 뒤따랐다. 서개똥이 부싯돌을 켜서 광중을 밝혔다. 그러나 부싯돌의 불빛이 약해 시신에게 수염이 있는지 없는지는 확인하지 못했다. 시신은 5척 단구로 작지만 뚱뚱하게 보였다. 머리카락은 이미 빠져버렸고 콧등은 이지러졌으며 얼굴 살갗은 모두 녹아버린 상태였다. 이충윤은 초록색 철릭을 , 이준경은 아청색 철릭을 벗어 시신을 아래위로 감쌌다. 마침 서개똥이 정릉 담 밖에서 흰 천을 주워 왔으므로 찢어서 시신을 단단히 묶은 뒤, 깊이 판 땅에 묻고는 기와로 덮었다.

이어서 의병 특공조는 곧 한강을 건너 성종의 묘인 선릉으로 갔다.

선릉에 도착하자 먼 데서 닭이 울었다. 먼동이 트려고 날빛이 스멀거리는 꼭두새벽이었다. 그런데 파헤쳐진 선릉의 두 능침에는 아무 것도 없었다. 광중이 텅 비어 있었다. 할 수 없이 특공조는 왜군을 피해서 관악산까지 잰걸음으로 이동했다. 정릉 광중에서 시신을 감싸느라고 철릭을 벗어버린 이충윤과 이준경은 무명 속옷차림으로 우스꽝스러웠다. 마치 밤중에 집에서 쫓겨난 사람 같았다.

김천일은 이충윤과 이준경의 보고를 받고는 만족해했다.

"내가 다른 곳으로 가드라도 두 사람은 도성에 남아 오늘의 일을 임금님께 보고허게. 정릉의 광중에 겨신 옥체를 묻은 사람이니 사실대로 증언해야 허네."

"임금님께서는 언제 도성으로 오십니까?"

"가차운 날이 될 것이네. 왜적이 곧 물러갈텐께."

"예, 대장님."

"소서행장(小西行長)이 이여송 제독에게 화약(和約)을 구걸허고 있네. 당장 불리헌께 그라지 않겄는가."

"다 믿어도 왜놈은 믿을 수 없습니다. 선왕의 능침을 도굴한 놈을 어떻게 믿을 수 있겠습니까? 원수 중에 원수입니다."

"화약을 구걸허는 까닭이 있다고 보네."

"무엇 때문입니까?"

"당장에 내리는 소내기를 피했다가 후일을 도모헐라고 그라네. 긍께 시방 뿌리를 뽑아부러야 헌디 일이 묘허게 꼬이고 있네."

"후환을 없애야 한다는 말씀이십니다."

"오죽허믄 내가 명나라 징수털에게 편시를 썼겄는가."

왜장이 명군 장수에게 강화를 하자고 통사정하는 모습을 보면 한양 도성을 비우고 퇴각할 날도 얼마 남지 않은 듯했다. 명군 또한 싸우지 않고 왜군을 퇴각시키는 계책이 명군의 사상자를 줄일 수 있으므로 강화협상을 회피할 이유는 없었다.

김천일은 명군의 태도에 부아가 치밀곤 했다. 조선 땅에 원군으로 왔다면 원군답게 왜군을 무찔러야지 강화협상을 한다는 것에 배신감을 느꼈다. 김천일은 참지 못하고 명군 유격장군 심유경, 주홍모에게 글을 보내어 화약이 옳지 못함을 극론하였다. 김천일은 관악산 삼막사에 모인 의병들에게 단호한 목소리로 말했다.

"명군은 벽제관싸움에서 장졸 5천여 명을 잃었고, 왜군은 행주산성싸움에서 장졸 1만여 명을 잃었다. 이에 명나라 이여송 제독은 으쨌든지 싸움을 빨리 끝내고 잪은 것이다. 긍께 서로 화해를 헐라고 서두르는 것이다. 허나 우리는 원수를 갚아야 헐 처지가 아닌가. 어처케 허는 것이 우리의 도리이겄는가. 왜장 소서행장은 시간 벌라고 화약을 원허는 척 수작부리고 있고, 협상허는 명나라 유격장군 심유경은 속아주는 척 허고 있는 형국이여. 행장의 시커면 심뽀는 명나라 군사덜 전의를 약화시킴서 그 사이에 세력을 회복헐라고 허는 것이 아니겄는가."

김천일은 이여송 제독이 조선 장수나 의병장에게 보낸 '나의 허락 없이 왜군의 목을 베거나 사로잡지 말라.'는 칙령(勅令)에도 반발했다. 부하 군사들에게 결연히 왜적의 목을 베라고 명한 뒤 이여송에게 다음과 같은 요지의 편지를 보냈다.

〈우리나라 신하로서는 저 왜적과 더불어 같은 하늘 아래에 살 수가 없소이다. 자식이 부모의 원수를 갚는데, 장수 된 자가 무슨 말로 참포(斬捕, 목을 베고 사로잡음)를 금지하라고 막겠소이까?〉

마침내 왜군 총대장 우키타는 왜장들에게 4월 19일을 기해 일제히 한양을 비우고 한강 이남으로 후퇴하라는 철수명령을 내렸다. 김천일은 왜군이 사라진 도성을 가장 먼저 입성한 의병장이 되었다. 김천일이 먼저 한 일은 굶주린 백성을 구하는 일이었다. 양화도와 노량진에 숨겨둔 전선들 선실에는 군량미 1천여 석이 실려 있었다. 운량사 양산룡과 홍천경을 시켜 군량미 1천여 석을 한양 도성에 풀도록 지시했다. 군량미를 싣고 의주를 다녀온 홍천경이 주저했다.

"대장님, 반만 풀믄 으쩌겠습니까?"

"양민덜이 을매나 굶었던지 구신 형상이네. 그래도 의주 행궁은 세곡이 올라가고 있은께 도성 백성덜을 몬자 살려야 허네."

"대장님 말씸이 옳그만요."

양산룡의 말에 홍천경은 더 이상 반대를 못하고 물었다.

"우리 의병덜 군량은 어처케 조달헙니까?"

"백성덜이 배부르게 되믄 하늘이 우리를 잊지 않고 도울 것이네."

나주의병군은 도성 안으로 들어가 굶어 죽어가는 사람들을 살리는 일부터 했다. 거리마다 솥단지를 걸고 죽을 쑤어 나눠주었다. 사람들은 어둑어둑한 새벽부터 줄을 섰다. 솥단지 하나에 줄은 오 리나 되었다. 3백여 명의 의병들 모두가 아침나절 내내 죽을 쑤느라고 용변을 보지 못할 징도였다. 김천일이 있는 군막으로 양반늘에 의해 관원이 붙잡혀 오기도 했다. 명군 뒷바라지를 한다고 악랄하게 수탈한 관원이었다. 그런가 하면 땅속에 묻어두었다가 피난길에서 돌아와 되찾은 식량을 빼앗아 가는 세리(稅吏)도 있었다. 김천일은 그들을 엄하게 꾸짖었다.

"백성을 돕지는 못할망정 으째서 괴롭히는가!"

"세금을 안 내고 도망쳤던 자이옵니다."

"나라가 백성을 지켜주지 못했거늘 으쩌자고 세금타령을 헌단 말인가!"

김천일은 세리의 목에 칼을 겨누었다가 거둬들였다.

"이 칼은 니 모가지를 베기 위해 있는 것이 아니다. 오직 왜적의 모가지를 베고자 날이 시퍼런 것이다."

세리가 벌벌 떨면서 뒷걸음질하다가 엉덩이에 불이 붙은 듯 사라졌다. 원성이 자자하던 관원들도 붙잡혀 와 김천일 앞에 무릎을 꿇었다. 그러나 김천일은 그들을 나무랐을 뿐 모질게 벌을 주지는 않았다.

"명군이 오직 닦달했으믄 니덜이 그랬겠느냐."

나주의병군이 가는 길목마다 사람들이 구름처럼 몰려들었다. 그때였다. 선조의 명이 떨어졌다.

<왜적을 추격하라.>

화약을 맺은 척하면서 언젠가 반격하고자 남진하는 왜적의 무리를 추격하여 섬멸하라는 어명이었다. 어명을 받은 김천일은 도성을 떠나면서 칼을 잡은 손에 힘을 주었다.

"이제야 내가 죽을 바를 얻었도다!"

나주의병군 3백여 명은 도원수 권율이 있는 곳으로 향했다. 도원수 권율 휘하로 들어가라는 지시도 선조의 어명이었던 것이다.

공성전과 수성전

김천일은 함안에 도착하자마자 객사로 들어가 엎드려 4배를 했다. 양산숙 등 참모 장수들도 따라서 했다. 김천일을 따라온 의병군 3백여 명은 객사 앞마당에서 4배를 했다. 의병군의 숫자는 독성산성에 주둔할 때가 가장 많았고 강화도에서는 늘어날 때도 있었고 줄기도 했다. 관군에서 차출해 가거나 스스로 빠져나가버린 경우도 적잖았던 것이다. 그러나 김천일은 의병의 숫자에 상관하지 않았다. 충의와 전의를 상실한 의병은 군량미만 축낼 뿐 데리고 다닐 이유가 없었다. 병들거나 부상당해 나주로 돌아간 의병도 상당수였다. 그러니 함안까지 따라온 의병군은 건장한 잔군(殘軍)이었다.

함안 부근에는 명군과 의병군들이 산재해 있었다. 경상도 동부지역까지 남진한 왜군부대들과 결전을 앞둔 상황이었다. 진주성을 경계로 힘겨루기를 하고 있는 셈이었다. 명군의 장수 낙상지는 남원에, 임계영의 전라좌의병군은 단성에, 경상우도 병사로 임명된 최경회의 전라우의병군은 남원에 와 있었다. 그밖에도 지리산에는 해남 의병장 임희진, 영광 의병장 심우진 등이 몇 십 명씩의 의병들과 함께 때를 기다리고 있었다. 한편 성주목사로 임명된 곽재우 의병장은 의령에, 고성현령 조응도 등은 진주성 남쪽에 있었다.

여름 장대비는 김천일이 함안관아에 도착한 다음날부터 내렸다. 의병군은 비 오는 날이 쉬는 날이었다. 저고리를 벗어 이를 잡거나 낮잠을 자는 등 각자 개인시간을 가졌다. 그러나 참모 장수들은 시도 때도 없이 작전회의를 했다. 울산, 부산 등으로 남진한 왜군이 언제 쳐들어올지 모르기 때문이었다. 남해는 이순신이 한산도로 진을 옮겨 장악하고 있었으므로 왜군은 육지를 통해 공격해 올 수밖에 없는 형국이었다. 양산숙이 말했다.

"대장님, 은제 진주성에 들어갈랍니까?"

"임금님은 성으로 들어가라 허고 겡상도 우리 군사는 밖에서 싸우자고 헌디 좌우당간에 곧 결론을 내릴라고 혐마."

경상도 곽재우 의병장은 처음부터 성으로 들어가 싸우는 것을 반대했다. 서로 간에 전술적인 이견이었다. 곽재우 의병장은 왜군을 진주성에 가둬놓고 성 밖에서 타격하자는 주장을 했고, 김천일과 최경회 의병장 등은 진주는 전라도의 울타리이니 성을 내주어서는 안 된다고 맞섰다. 반면에 명군 참장(參將) 낙상지는 전투가 벌어진다면 지원하겠다며 강 건너 불구경하듯 했다. 말하자면 왜군이 입성했을 때 진주성을 공격하는 공성전과 성을 수비하는 수성전으로 장수들의 주장이 갈렸다. 도원수 권율, 김명원, 의령의병장 곽재우, 상주판관 정기룡, 고성현령 조응도 등은 공성전을 주장했다. 독자적으로 전투를 해온 전라병사 선거이는 도원수의 주장에 따랐다.

"작년 10월에 김시민 성주가 비록 순절하기는 했지만 성민이 싸워서 이긴 석이 있소. 그러니 우리도 들어가 싸워서 왜적을 물리칠 수 있소. 이번에 왜적은 설욕전이라며 덤벼들 것이오. 왜적을 한 번만 더 꺾어버린다면 평양성과 행주산성에서 대패한 왜적은 전의를 완전히 상실해버릴 것이오."

"작년의 경우와는 다르오. 작년에는 왜적이 우리를 업신여기고 덤벼들다가 진 것이고, 이번에는 경상도로 남진한 왜군이 모든 전력을 집결해서 총력전을 펼 것이오. 그러니 진주성을 비워놓고 일단 물러서버리면 한 때의 노략질은 있을지언정 결국 왜적은 고립되지 않으려고 물러나고 말 것이오."

공성책과 수성책의 주장은 팽팽했다. 거기다가 명군은 방관하듯 꼼짝을 안 했다. 김천일은 함안에 내려와 며칠을 보내면서 초조해졌다. 왜적이 공격해 올 것이 뻔한데, 서로가 자기 주장만 하니 무책임하게도 보였다. 어제에 이어 또 다시 소낙비가 오는지 양산숙이 비를 흠뻑 맞은 채 군막으로 들어왔다.

"대장님, 진주성 안에 군량미 10만 석이 있다그만요. 진주목사 서예원이 전한 얘긴께 믿어야 허겄지라우."

"우리를 오라고 허는 소린디 으쨌든 반가운 소식이네. 몇 달은 싸울수 있는 군량인께 말이여."

"그라고 또 희소식이 있그만요."

"무신 소식인가?"

"광양에서 강희보, 강희열 성제가 의병군을 이끌고 우리허고 합류헐라고 온다는 소식이그만요."

"그래도 내 진정을 알아주는 사람덜은 호남 의병장덜이그만."

이미 전라좌의병군과 전라우의병군은 김천일의 수성전에 공감한 상황이었고 해남의병군과 영광의병군, 고득뢰의 남원의병군은 김천일이 명을 내리기만 한다면 진주성으로 합류한다고 했으니 문제는 경상도 관군과 의병, 군권을 쥐고 있는 도원수 권율이었다. 그들은 처음부터 공성전을 주장했던 것이다. 어제도 김천일은 여러 장수들이 모인 자리에서 피를 토하는 심정으로 다음과 같이 외쳤는데 권율과 곽재우 의병장이 호응해 주지 않으니 괴로울 뿐이었다.

"왜적의 시커먼 심뽀는 헤아리기 에러와부요. 왜적덜이 진주성을 공격혈라고 허는 것은 작년 10월에 패배헌 것에 대한 복수 말고 다른 뜻도 있소. 왜적이 탐허고 있는 곳은 호남인디 이순신 통제사가 남해를 틀어막고 있어분께 뜻을 이루지 못허고 있는 것이요. 육로로 갈라믄 으디로 가겄소? 여그 진주를 거쳐야 헌께 진주성을 넘보는 것이요. 진주는 호남의 인후(咽喉), 목구멍이자 울타리요, 입술과 이빨이요. 이래도 공성책을 주장허시겄소? 진주를 내주믄 호남이 무너지고 호남을 내주믄 나라가 위태로와지는 것이요. 그러니 진주성을 비우는 계책으로써 왜적을 상대허는 것은 상책이 될 수 읎지라."

도원수 권율은 가타부타 말하지 않았고 곽재우 등은 함안관아를 떠나버렸다. 순변사 이빈은 수성전을 지지하면서도 자신은 성 밖에 있겠다며 애매한 태도를 취했다. 적극적으로 호응해주는 사람은 경상우도 병사 최경회뿐이었다. 최경회는 '영남도 우리 땅이요, 호남도 우리 땅'이니 어디서든 왜적을 맞아 싸우자고 말했던 것이다.

김천일은 분하고 답답한 마음에 붓을 들었다. 김상건이 물었다.

"으디로 보낼랍니까?"

"비변사에 보고힐란다."

"입성을 결정허셨습니까요?"

"나는 첨도 그랬고 시방도 그런다. 진주는 호남의 울타리인디, 고것을 지키지 않으믄 어처케 되겠느냐?"

"예, 대장님."

"오늘은 오종도 장군이 그립구나."

김천일이 한양 도성에 있을 때 포로로 잡혀 있던 임해군과 순화군의 편지를 받은 뒤, 명군 장수 오지휘와 오종도에게 보여주었던 기억이 났다. 비록 한때 임해군이 백성들에게 손가락질의 대상이었지만 편지는 김천일의 가슴을 후벼 팠다.

<화약이 성사되면 왜적이 조만간에 도성을 나갈 것이니 우리가 왜적의 손에 죽지 않는다면, 반드시 천한 이 목숨은 스스로 고국을 하직하고 말 것이오. 광명의 날을 보고 싶으나 그런 때를 얻기 어려울 것 같으니 우리는 스스로 극약을 얻어 도성에서 죽을 것이오. 그렇게 죽는다면 혼백이라도 고국에 남으리니 차라리 그 길을 택하겠소>

그때 세자의 편지를 본 명나라 장수 오종도는 눈물을 흘렸고, 오지휘는 김천일을 위로하듯 말했다.

"강화를 추진하지 않을 수 없는 일이오. 하지만 이 글의 내용을 제독께 보고한 뒤 왜군을 추격할지 말지를 정할 것이니 공은 군사를 정돈하고 계시오."

명나라 장수들 중에서는, 중군 유격장군 주홍모와 달리 그래도 참장 오종도는 조선의 처지를 이해하는 편이었던 것이다. 그때 김천일은 오지휘를 기다리지 못하고 이여송 제독에게 막사 이영로를 보냈다. 이영로는 이여송에게 세자의 편지를 보여주면서 왜장의 노림수를 진술했지만 그의 마음을 돌리지는 못했다. 접반사 이상국이 "여러 장수가 있지만 창의사의 충성 같으면 명나라 장수들 마음을 돌릴 수 있을 텐데." 하고 안타까워했을 뿐이었다.

아직까지도 이여송 제독의 생각은 달라진 것이 없었다. 왜군과 싸우지 않고 화약을 맺은 상태에서 고국으로 돌아가는 것이었다. 조선을 측은하게 여긴 오지휘와 오종도로서는 한계가 있었다. 그들은 이여송 제독의 명을 따라야 하는 부하 장수였다.

김천일은 자신이 먼저 진주성에 입성해 죽을 각오로 수성하겠다는 내용의 장계를 짧게 썼다. 역참이 무너진 상황에서 비변사로 올린 장계가 어느 세월에 도착할지는 미지수였다. 그러나 장계를 올린 뒤 비변사의 허락과는 상관없이 행동에 옮겨야 했다. 입성을 결정하고 나니 마음이 후련했다. 며칠 간 초조했던 마음이 한순간에 사라졌다.

그때였다. 전복 차림의 서정후가 군막으로 달려왔다.

"대장님, 성찬이 성님이 오고 있그만이라우."

"성찬이 동상이라고?"

"성 안으로 왔는디 시방 객사에 있그만요."

"반갑고 놀라운 일이네."

"이순신 장군님을 따라서 한산도에 계신 줄 알았는디 지도 놀랐그만요."

이광익의 차남 이성찬은 서정후와 함께 극념당에서 공부한 적이 있는 사람이었다. 김천일 노래의 형 이성훈이 임란 선에 숙는 바람에 양성이씨 집안을 돌보던 이성찬이 무슨 연유로 한산도로 갔는지는 알 수 없었다.

"말을 타고 왔드냐?"

"아니요, 걸어서 온 것이 틀림읎그만이라. 지가 성문 누각에서 걸어오는 것을 봤그만요. 철릭이 누렇게 변해 있드그만이라우."

"내가 여그 있는지 한산도까정 소문이 났는갑네."

"임금님께서 창의사 군호를 주신 분인께 엥간헌 사람덜은 다 알겄지라우."

서정후는 김천일에게 의병장 이전에 극념당 제자로서 예를 다 갖추어 말했다. 스승을 언제 어디서나 자랑스럽게 여기는 제자였다. 이성찬을 먼저 발견하고 군막으로 달려온 이유도 스승을 기쁘게 하기 위해서였다. 김상건이 군막으로 들어오자 김천일이 말했다.

"상건아, 니 외갓집 아재가 객사에 왔는갑다. 이리 델꼬 오그라."

"성찬이 외아재가 왔다고라우?"

"놀랠 일이 아니다. 여그서 한산도는 나주보다 훨씬 가차운 곳이다."

"성찬이 외아재는 으째서 이순신 장군 밑으로 갔을게라우?"

"이 통제사 밑에 집안의 성이 있제. 일찍이 무과 급제헌 성인디 이설(李渫) 군관이여. 성찬이가 무술에도 관심이 있고 헌께 성을 찾아갔을 것이여. 그라고 여수로 나대용도 가고 헌께 다덜 바람이 불었겄제. 내 밑이 아니드라도 으디서든 왜적허고 싸운다믄 먼 상관이 있겄냐."

"얼릉 나가보그라."

서정후가 말했다.

"나주 사람덜도 참전함시롱 둘로 갈리그만요잉. 동인 사람덜은 대부분 이순신 휘하로 자원해서 갔고, 서인 사람덜은 모다 전라도 의병장 밑으로 갔그만요."

"특별헌 뜻은 읎어. 인연 따라 간 것인께. 그보담 무관출신 군관은 이순신 휘하로 갔고 일재 선상님 제자덜은 모다 의병장 장수가 됐다고 봐야 옳그만."

"성찬이 아재는 무과급제자가 아닌디라우."

"한산도에서 별시를 치렀는지 모르제. 별시는 글을 쪼깐 읽을 줄 알고, 실전 경험이 있는 사람에게는 엥간허믄 다 합격시켜준께 말이여."

잠시 후. 이성찬이 군막으로 들어왔다. 이성찬은 김천일을 보더니 큰절을 했다.

"대장님, 절 받으씨요."

"동상 소식은 들었네. 시방 한산도에 있담서?"

"예, 설이 성님 밑에 있그만요."

"뭣이라고 험서 왔는가?"

"대장님 밑에 있을지도 모른다고 말허고 왔그만이라우."

"내 밑에 있으믄 좋겠지만 동상은 이 통제사 밑에 있어야 큰 장수가 될 수 있네."

김천일은 김상건과 서정후를 잠시 밖으로 나가 있게 했다.

"동상에게 헐 말이 있은께 나가 있그라."

김천일은 밤에 따로 불러 말할까 하다가 생각을 바꾸었다. 서정후와 김상건이 군막 밖으로 나가자마자 김천일이 이성찬에게 말했다.

"동상, 들었는가?"

"무신 말씸인게라우?"

"외숙 소식 말이여."

"아부지가 으쨌다는 말인게라우?"

"1년이 다 돼가는디 전쟁중이라 몰라부렀그만."

"대장님, 아부지가 으쨌는디 말인게라우?"

"의주 행지소로 가시다가 공주서 돌아가셨어."

이성찬은 더 이상 말을 못하고 금세 눈물을 주르르 흘렸다. 김천일은 이성찬의 손을 끌어잡고 말했다.

"너무 맴 상허지 말게. 임금님 겨신 곳 가차이서 눈을 감겠다고 가시다가 공주에서 순절허셨네."

"아부지가 나주를 떠나시는 모습을 지도 봤지라우. 인자 돌아가신 줄 알았은께 아부지를 모시러 갈랍니다."

이성찬은 담담하게 말하면서 어금니를 물었다.

"아부지는 시방도 공주에 겨실게라우?"

"공주 이인역 부근에 겨시네. 동상이 모른 것을 본께 아직 나주 선산으로 귀장(歸葬)을 헌 것은 아닌 모냥이네."

"시방 공주로 갈랍니다."

"시방 출발허나 낼 출발허는 것이나 마찬가지네. 긍께 오늘은 행장을 꾸리고 낼 가소."

김천일은 이성찬의 숙부가 되는 이광주의 순절은 차마 입 밖에 내지 못했다. 눈치를 채고 밖에 나가 있던 김상건이 군막으로 들어와 말했다.

"외아재, 애일당에는 시방 누가 있는게라우?"

"조카덜 다섯이 지키고 있제."

"그중에서 영정이가 똑똑허기는 헌디 먼 일을 허기에는 아직 에리지라우?"

"그라제, 인자 열한살밖에 안 된께."

"흥룡마실 일가친척 모다 무고허시겄지라잉."

"젊은 장정덜은 모다 의병이나 수군으로 불려가불고 극노인덜만 남아 겨시네."

김상건과 이성찬은 고향 이야기를 스스럼없이 했다. 이성찬은 김상건을 만나 위로를 받은 듯 때로는 웃기까지 했다. 살아 있기 때문에 가능한 일이었다. 두 사람은 고향에 있는 일가친척들을 한 사람 한 사람 불러내어 회포를 풀었다.

그러나 그뿐이었다. 이성찬은 객사 골방으로 가서는 밤새 꺼이꺼이 울었다. 아버지 이광익의 임종을 지켜보지 못한 불효를 자책하면서 슬피 흐느꼈다. 꼭두새벽에 김천일은 객사 골방 문 앞까지 갔다가 돌아와 버렸다. 김천일도 불현듯 친아버지처럼 자신을 보살펴주었던 외숙 이광익이 생각나 몰래 눈물을 훔쳤다.

이성찬이 한산도에서 왔다는 소식이 돌자, 아침부터 김천일의 군막에 참모 장수들이 모여들었다. 양산숙, 정겸, 김무신, 김공감, 조대남, 노희상, 허협, 오윤겸 등이 좁은 군막 안에서 이성찬을 기다렸다. 잠시 후 철릭을 입은 이성찬이 나타났다. 이성찬의 눈은 퉁퉁 부어 있었다. 이성찬에게 누군가가 말했다.

"성찬이 자네 벌에 쐤는가? 눈이 아조 뻘거네."

"아따, 벌에 쐤으믄 시방 눈을 못 뜨고 있겄제. 징 남멩키로 날이여."

"그라믄 잠을 못 잔 모냥이네잉."

이성찬이 말했다.

"알아서들 생각해부씨요."

김천일이 정색을 하고 말했다.

"이 군관은 시방 공주로 가야 허네. 애일당 어른이 거그 겨시거든. 상건아, 내 군마를 내주그라."

이성찬이 손을 휘저으며 반대했다.

"대장님, 난 불효자 죄인이요. 긍께 공주까정 땅만 쳐다봄시롱 싸목싸목 걸어갈라요."

"내가 동상헌테 해줄 수 있는 것이 이것뿐이라서 한스럽네. 긍께 거절허지 말고 내 군마를 가져가소."

결국 이성찬은 김천일의 군마를 타고 함안을 떠났다. 김천일은 성문 밖까지 나가 손을 흔들면서 희미하게 미소를 지었다. 이성찬과 마지막 만남이 될지도 모른다는 생각이 들자, 문득 허허로운 바람이 옆구리를 스치는 것 같았던 것이다. 진주성으로 들어가면 살아나올지, 죽어 사라질지 자신의 운명이 막막해졌기 때문이었다.

진주성 전투1

　도요토미 히데요시가 진주성을 공격하려고 한 속셈은 호남 정벌이 목적이었다. 또한 작년에 패배했던 1차 진주성 전투에 대한 설욕과 보복전이기도 했다. 임진년 10월 5일부터 10일까지 6일 동안 목사 김시민이 이끈 진주성민과 성 외곽의 영호남 의병부대가 왜장 기무라 시케지(木村重玆), 하세가와 히데가추(長谷川秀一), 나가오카 다다오키(長岡忠興) 등의 왜군 3만여 명을 여지없이 패퇴시켰던 것이다.

　평양과 함경도에서 밀리기 시작하여 마침내 경상도 부산까지 퇴각한 왜군들은 다시 전열을 가다듬은 뒤 진주로 향했다. 가토 부대 2만 5천 명, 고니시 부대 2만 6천 명, 우키다 부대 1만 9천 명, 모리 히데모토 부대 1만 4천 명, 고바야카와 부대 9천 명, 구키 수군부대 8천 명 등 총 10만 1천 명을 동원한 총공격 작전이었다.

　여름 장대비가 쏟아졌다. 길은 진흙탕으로 곤죽이 되었다. 왜군들은 장대비를 맞아 비루먹은 개떼처럼 진주로 가는 들길을 뒤덮었다. 왜장을 태운 말들은 진흙탕에 빠져 겅중거렸다. 기병의 말에 진흙탕물이 튀어 왜군들은 흙투성이가 되었다. 가토와 고니시, 고바야카와 부대 6만 명은 진주성 외곽 나현으로, 우키다 부대는 삼가로, 모리 히데모토 부대는 산청으로 진군했다. 날이 개자 곧바로 불볕더위가 내리꽂혔다. 금세 마른 왜군 군복들은 퀴퀴한 고린내를 풍겼다. 왜군들은 또 다시 장대비를 맞은 것처럼 땀에 절었다. 소금물 같은 땀이 눈물 콧물처럼 얼굴에 흘러 번들거렸다.

조선 관군과 의병군들은 왜군 부대보다 빨리 진주로 모여 들었다. 창의사 김천일 의병군 3백 명이 진주성에 입성했다. 최경회의 전라우의병군과 충청 병사 황진의 관군 7백여 명은 한발 먼저 와 있었다. 뒤이어 전라좌의병 부장에서 사천 현감이 된 장윤이 전라좌의병군 3백 명을, 금산에서 순절한 고경명의 아들인 복수의병장 고종후가 의병군 4백 명을 거느리고 들어왔다. 이때, 곽재우는 가토의 왜군 부대가 밀려 오자 정진을 지키지 못하고 삼가로 후퇴했다. 왜군은 의령을 지나 진주로 곧바로 쳐들어왔다.

드디어 진주성 안의 관군과 의병군, 양민 등 6만여 명은 결의를 다졌다. 죽기를 각오하고 수성하기로 맹세했다. 관군 장수는 진주 목사 서예원, 거제 현령 김준민, 감포 현령 송제화, 해미현감 정명세, 태안 군수 윤규수, 결성 현감 김응건, 당진 현감 송제, 남포 현감 이례수, 보령 현감 이의정, 진주 판관 성수경 등이었고, 의병장은 창의사 김천일, 경상우도 병사 최경회, 충청 병사 황진, 전라좌의병 부장 겸 사천 현감 장윤, 해남의병장 임희진, 영광의병장 심우신, 김해 부사 이종인, 복수의병장 고종후, 복수의병군 부장 오유, 의병장 민여운, 의병장 이계련, 광양의병장 강희열, 광양의병군 부장 강희보, 적기의병장 부장 이잠, 전라우의병 부장 고득뢰, 나주의병장 부장 양산숙 등이었다. 성을 지키는 관군 장수는 경상도 출신이 대부분이었고, 의병장들은 전라도에서 온 장수들이 많았다.

김천일은 전라도 각 고을의 의병장들과 상의하여 부대를 다시 편성했다. 김천일은 총대장, 최경회는 우도절제사, 충청 병사 황진은 순성장(巡城將), 각군 부장은 장윤, 양산숙, 민여운, 이종인, 김준민, 고득뢰, 강희보가 맡았고, 전투대장은 강희열, 심우신, 임희진, 문홍헌 등이 맡아 진주성 4대문에 배치되었다.

전투는 20일 오후 성 동쪽에서 먼저 벌어졌다. 왜군이 조선군의 수성전력을 시험하듯 기습했다. 날은 흐리고 바람이 거세게 불었다. 성 안에 세워둔 깃발들이 찢어질 듯 펄럭거렸다. 왜군 기병 2백여 명이 회오리바람처럼 흙먼지를 일으키며 동쪽 성벽 밑까지 바짝 파고들었다. 관군과 의병들이 일제히 화살을 쏘았다. 기선을 제압하기 위한 왜군의 선제공격이었다. 그러나 관군과 의병들은 우왕좌왕하지 않고 침착하게 응전했다. 달려드는 왜군 수십 명을 화살공격으로 쓰러뜨렸다.

왜군부대들은 21일이 되자, 진주성을 공격대형으로 포위했다. 모처럼 바람이 잦아든 맑은 날이었다. 왜군은 진주성을 겹겹으로 에워쌌다. 산과 들에 왜군의 깃발들이 뒤덮고 번뜩이는 칼날이 빽빽하게 들어차 피 냄새 나는 살기가 서렸다. 왜군들의 괴성소리가 이따금 땅을 뒤흔들었다. 진주성은 마치 망망대해 위에 뜬 외로운 돛배 같았다. 왜군의 기병 2백 명은 동북쪽 산 위에 나타났다 사라지기를 반복했다. 김천일은 진주목사 서예원을 앞세우고 성을 돌면서 전라좌의병 부장 장윤을 보자마자 말했다.

"임계영 대장은 많이 아프담서?"

"예, 창의사 나리. 노환으로 오시지 못했그만요."

"부장은 내가 주장허는 수성전을 어처케 생각허는가?"

"군사의 숫자가 작을 때는 수성전이 더 용이허지라우."

"그렇당께. 왜적을 진주성에 몰아넣고 싸우자고 허는디 나는 생각
이 달라부네. 진주성을 비우자고 허는디 고것은 병법에 없는 해괴망측
헌 계책이여. 왜놈덜이나 헐 소리란 말여."

"그라지라우. 싸우지도 않고 비우자는 것은 비겁헌 일이지라우."

임계영의 전라좌의병군 부장으로 왔다가 경상도 성주전투에서 전
공을 세워 사천 현감이 된 장윤의 대답이었다. 장윤은 보성사람 남응
개, 김대민, 김신민 등 의병 3백여 명을 이끌고 성문을 지키고 있었다.
순찰을 안내하고 있는 진주 목사 서예원이 말했다.

"전라도 군사들이 진주성을 지켜주니 안심이 됩니더."

"여그 진주는 호남으로 들어가는 요해지라서 뺏기믄 호남이 망해분
께 목심을 내놓고 지켜야제."

"맞십니더. 그렇다, 아입니꺼."

"진주가 무너지믄 남원이 무너지고 그 담은 전주제. 그랑께 진주가
무너지믄 절대로 안 되는 것이여."

"전라도 의병들이 우째 겡상도로 달려왔는지 알겠십니더."

"성안에 아녀자덜은 모다 남장시켜부러."

"오늘 중으로 마칠 낍니더."

조총 소리가 연달아 났다. 총알이 김천일 옆에 선 느티나무 둥치에
박혔다. 놀란 서예원이 납작 엎드려 일어날 줄 몰랐다. 군졸들도 서예

원을 따라 흩어져 나뒹굴었다. 김천일은 선 채로 조금도 놀라지 않았다. 그제야 진주 판관 성수경이 김천일을 우러러보았다. 조총소리가 잠잠해지자 서예원이 기어서 왔다. 김천일이 물었다.

"시방 성민덜은 모다 멫 명이나 될까?"

"군사덜까지 합치면 6만 명쯤 될 낍니더."

"고만허믄 적을 막아내는디 충분헌께 걱정헐 것은 읎겄네."

"왜적이 30여 만 명이라 카는데 충분한교?"

"왜놈덜이 30만 명이라고 큰소리치는디 고건 허수여. 많아야 7, 8만 명인께 우리덜은 성 안에서 심써 싸와 막아뻔지믄 돼야."

김천일은 일찍이 수원 독성산성에서 용인 왜군을 상대로 수성전 작전으로 이겨본 경험이 있었으므로 자신했다. 경상우도 병사 최경회도 순성장 황진과 부장 고득뢰를 데리고 잠시도 쉬지 않고 경계순찰을 돌았다.

김천일은 짧은 토막잠에서 깨어났다. 그제 밤에 재발한 습증(濕症)으로 허리가 아프고 다리 관절에 통증이 와 자정이 지나서야 겨우 잠들었던 것이다. 의병장이 된 이후 찬 밤이슬에 비바람, 눈보라치는 풍찬노숙으로 더 고약해진 신경통이었다. 먹물에 젖은 것 같은 창호에는 아직 달빛이 희미하게 붙어 있었다. 김천일은 사당 방바닥을 짚고 일어선 뒤 겨우 갑옷을 입었다. 전령이자 아들인 김상건의 부축을 받았다. 사당 문턱을 넘어서자마자 차가운 새벽 공기가 목덜미를 감았다. 남강 쪽에서 불어오는 축축한 바람이 연기처럼 스멀거렸다. 간밤에 지시한 대로 장수들은 이미 대장숙소 아래에 있는 촉석루 뜰에 모여 있었다. 꼭두새벽의 작전회의는 하루를 시작하는 짓 일과였다. 김천일의 종사관 양산숙이 다가와 말했다.

"대장님, 광양 성제 의병장만 아직 오지 않았그만요."

"묘시까정 오라고 했응께 쪼간 더 지달려보세."

묘시란 새벽빛이 어둠을 밀어내는 시각이었다. 장수들의 눈빛이 어둠 속에서 쇳조각처럼 번들거렸다. 양산숙이 들먹인 광양 형제의병장이란 강희보와 강희열을 지칭했다. 문과를 준비하던 유생 강희보는 광양의 장정 1백여 명을, 무과에 급제하여 석주관 조방장으로 남원 가는 길목을 방어하고 있던 강희열은 군사 1백여 명과 함께 진주성에 입성해 있었다. 두 형제는 먼저 단성에서 왜군과 싸우던 백부 강인상을 지원하러 달려갔다가 창의사 김천일 휘하로 들어온 장수들이었다.

강희보의 광양의병군 장표는 사나운 범이란 뜻의 표(彪)자였다. 그리고 강희열의 석주관 의병군 장표는 만방에 기개를 떨친다는 뜻의 분(奮)자였다. 두 형제가 정한 장표만 보아도 왜적에 대한 그들의 적개심과 전의를 느낄 수 있었다. 김천일 말대로 잠시 후 광양 형제의병장들이 나타났다. 양산숙이 안도하며 말했다.

"성제 의병장덜이 왔그만요."

"성을 파수허는 것이 중헌께 회의는 짧게 끝내불세잉."

김천일이 주재하는 전투대장과 부장급 장수들만 모이는 꼭두새벽 작전회의였다. 김천일은 꼭두새벽마다 장수들을 대장숙소로 들이지 않고 촉석루 뜰에 모이도록 지시했다. 장수들은 동서로 나뉘어 섰다. 동쪽 줄에는 진주목사 서예원을 비롯하여 김준민, 송제화, 정명세, 성수경 등 관군 장수들이 섰고, 서쪽 줄에는 최경회 이하 장윤, 임희진, 오유, 고종후, 고득뢰 등의 의병장 장수들이 섰다.

338

김천일이 절룩거리며 촉석루 뜰로 간신히 내려갔다. 절룩거릴 때마다 옆구리에 찬 그의 장검이 땅에 끌리는 듯했다. 강희보와 강희열도 의병장들이 서성거리는 줄 끝에서 김천일을 주시했다. 강희열 뒤에는 사촌동생 강희원이 표자 장표가 쓰인 깃발을 들고 있었다. 김천일은 통증을 겨우 참으며 호흡을 가다듬었다. 이윽고 내뱉는 김천일의 목소리는 묵직했다.

"우리덜 군사는 1만여 명, 성민까정 합쳐불믄 6만 명이여. 우리덜은 인자 쳐들어오는 적을 분쇄할 일만 남은 것이여. 우리덜 맴이 하나로 뭉쳐 싸우기만 헌다믄 적덜은 우리 성 안에 한 발짝도 들여놓지 못헐 거그만. 알겠는가?"

"예, 창의사 나리."

"오늘부텀 왜적덜이 맹수멩키로 날뛸 틴께 정신 바짝 채려야 돼야. 여그 저그 성벽을 툭툭 건드려 보다가 성벽 밑으로 파고들 것을 대비허고 있어야 당허지 않을 거그만."

전라우의병군 의병장이자 경상우도 병사인 최경회가 말했다.

"김공, 우리덜이 맴을 합쳐 싸와분다믄 하늘이 천군을 보내줄 것이오."

"명군만 와준다믄 우리덜 수성전은 반다시 승리허겄지라."

"자, 인자 장수덜은 각자의 자리로 돌아가 방금 최공이 헌 말을 부하덜에게 들려줘야 쓰겄다. 황제님의 천군이 온다믄 적덜은 두려와서 도망칠 것이고 우리덜 사기는 하늘을 찌르지 않겄는가!"

"명군이 온다고라우? 지는 생각이 다르그만요."

김해 부사 이종인의 말에 장수들이 각자의 위치로 돌아가려다가 멈칫했다.

"부사는 으째서 고로코롬 말허는가?"

김천일의 물음에 이종인은 망설이지 않고 대답했다.

"지가 김해 군사를 델꼬 여그 성으로 들어올 때 명군은 뒤도 돌아보지 않고 내빼불드라고요. 고런 명군을 어처케 믿을 수 있었습니까요."

왜군이 진주성을 공격할 것이라는 소문이 돌자 진주성에 와 있던 명군 20명이 서둘러 돌아갔는데, 파견된 그들의 독자적인 판단이 아니라 상부의 지시를 받고 명군 부대로 원대 복귀해 버렸던 것이다.

"상관의 지시를 받고 가부렀는디 명군 지원부대가 온다는 것은 낭구에서 메기를 구허는 일이지라우."

"참말로 그럴까?"

"지가 직접 내빼는 명군헌티 들은 말인디 자기덜 장수가 급허게 철수허라고 명해서 가분다고 그랬당께라우."

"이여송 제독이 상주까정 내려왔다고 허는디 으째서 그러는지 이해가 되지 않그만. 우리덜을 도와줄라고 충주에서 내려온 것이란 말이여."

김천일이나 최경회는 명군 지원부대가 올 것이라고 의심 없이 믿었다. 김해 부사 이종인의 키는 다른 장수들을 압도했다. 8척 장신으로 다른 장수들보다 머리가 하나 더 있었다. 전주에서 태어나 선조6년(1576) 별시무과에 급제하여 선전관이 되었다가 함경도 여진족 토벌전 때 공을 세워 선천 부사로 승진한 후 선조24년 12월에 김해 부사로 부임한 그는 성격이 담대하고 궁술과 승마에 능했다. 전투가 벌어지면 긴 창과 장검을 휘두르며 절대로 물러서는 법이 없었다. 용맹스런 성격 때문인지 충청 병사 황진하고는 늘 의기투합했다.

진주성에 입성했을 때 그는 진주 목사 서예원과는 대립했다. 배짱이 맞지 않았다. 서예원이 성을 버리고 나가려 하자 가로막으며 "의병장덜이 모여들고 있는디 으째서 성을 버리고 내빼는가!"라고 하며 꾸짖었다. 그래도 서예원이 말을 듣지 않자 칼을 빼어들고 그의 목을 베려 했다. 그러자 서예원은 겁에 질린 채 말 등에서 내렸던 것이다. 김천일이 또 다시 주의를 주었다.

"어저께도 말했지만 적의 계책은 뻔허당께. 적덜이 진주만 공격허리란 것을 믿을 수 읎단 말이여. 지금의 호남은 나라의 근본이 돼야 있고, 진주는 호남 가차이 있응께 마치 입술과 이빨 사이라고 보믄 돼야. 그랑께 진주가 읎어져뻔지믄 호남 또한 읎어져불고 말 것이 아니겄는가. 영념해부러야 써. 진주성을 비우고 왜적을 피헌다는 것은 있을 수 읎는 계책이란 말이여."

"영남도 우리 땅이고 호남도 우리 땅인께 침략헌 왜적은 한 사람도 냉기지 말고 다 죽여야 허지라!"

최경회가 김천일의 말을 받아 외쳤다. 최경회의 외침에 모든 장수들이 고개를 끄덕거리며 자리를 떴다.

어느새 아침 햇살이 성 안 깊숙이 들고 있었다. 숲속의 새들이 높이 날았고 남강 물은 아침 햇살에 어른어른 반짝였다. 배식당번이 점심을 준비하는 사시(巳時)였다. 순찰을 돌고 있던 순성장 황진이 달려와 외쳤다.

"대장 성님, 척후병 보고그만요. 시방 대부대 군사가 비봉산을 넘어오고 있다고 허그만이라우."

"명군이여, 왜군이여?"

"아적 분명허지 않그만이라우."

"얼릉 우병사헌티도 연락해불드라고."

황진도 김천일과 뜻을 같이 하는 장수 가운데 한 사람이었다. 그 역시 망설이지 않고 진주성으로 달려왔던 것이다. 입성하기 전이었다. 곽재우가 "진주는 고성(孤城)이라 지키기 에러운 곳인 기라. 또 충청 병사가 진주를 지키다 죽는 일은 맡은 바 임무가 아닌 기라."라고 만류했지만 황진은 김천일과 최경회의 부름을 따랐던 것이다.

김천일은 아들 김상건 등에 업혀 황진을 따라 북장대로 올라갔다. 동문에서 달려온 최경회도 뒤따랐다.

"명군이겄지라!"

"천군이 온다믄 천군만마를 얻은 것이나 다름읎어불겄지라."

두 사람은 모두 명군이 오기를 학수고대했다. 그들뿐만 아니라 성 안의 장수들 대부분이 그랬다. 그러나 황진의 얼굴이 먼저 일그러졌다. 비봉산을 넘어온 대부대는 명군이 아니었다. 깃발들이 왜군의 것이었다.

"대장 성님, 명군이 아니라 왜놈덜 부대그만요."

"김해 부사의 말이 맞그만. 낭구에서 메기를 구허는 것과 같다는 김해 부사의 말이."

김천일과 최경회는 극도로 낙심하여 북장대를 내려섰다. 명군의 지원을 기대했던 자신들의 오판을 후회했다.

"김공, 그래도 믿을 건 오직 의병덜 뿐이그만요."

"맞소. 도원수를 비롯해 순변사, 병사, 조방장 등이 진주입성을 꺼려

달아나버렸지 않소. 성 외곽에서 공성전을 허겄다는 것인디 다 변명일 뿐이지라.”

두 사람은 성을 나가려 했던 서예원 진주 목사에게도 분풀이하듯 불만을 터뜨렸다.

“서예원은 총소리만 나도 눈을 제대로 뜨지 못하고 쥐구멍만 찾는 장수인께 바꿔부러야겄소.”

“누가 좋겄소?”

“전라좌의병 부장이었던 사천 현감 장윤이 임시로 목사직을 맡으면 으쩔께라.”

“장윤이라면 믿음직허지라. 허지만 더 지켜보는 것이 좋겄그만요. 전투도 크게 해보지 않고 바꾼다믄 진주관군덜 사기가 떨어져불 수도 있응께.”

“김공, 지헌티 맽겨주시믄 지가 알아서 처리해불겄소.”

“우병사께서 고로코롬 해주씨오.”

김천일은 아들 김상건 등에 업혀 대장처소로 돌아왔다. 촉석루 뜰에는 나주에서부터 따라왔던 유생 출신의 지휘관인 서정후, 허협, 김무신, 노희상, 오윤겸, 윤의, 김시헌 등이 무언가를 만들고 있었다. 양산숙이 김천일에게 말했다.

“대장님, 나주 의병덜이 가마를 만들고 있그만요.”

“무신 가마?”

“나리께서 타고 다닐 가마지라우.”

김상건은 가마를 만드는 그들이 야속했다. 아버지 김천일은 당장 처소에 머물며 의원 치료를 받아야 할 몸인 것이었다. 나주 의병들은 금세 가마를 만들었다. 두 개의 박달나무 작대기에 참나무 의자가 하나 얹힌 아주 단순한 가마였다. 김천일은 눈시울을 붉혔다. 작년 6월 3일 나주를 떠난 이후 1년이 넘도록 생사고락을 함께 했던 의병 동지들이 만들어 준 가마였으므로 콧잔등이 시큰거리지 않을 수 없었다.

다음날 진시(辰時). 22일의 아침 해가 성 안의 동헌 뜰까지 비칠 무렵이었다. 왜군 기병 5백 명이 북쪽 산자락에 올라 시위를 했다. 기병을 앞세워 공격하려는 신호이기도 했다. 김천일은 가마를 타고 돌면서 관군과 의병들의 사기를 북돋았다. 최경회가 지휘하는 동문 안 군사들은 성벽 뒤에 웅크린 채 미동도 하지 않았다.

"적이 성 밑에 오기 전까정은 머리를 내밀지 말어라!"

최경회는 장졸들에게 왜군을 성벽까지 끌어들였다가 맞받아치라고 지시했다. 황진은 계속해서 성을 돌며 방비 대오를 바로잡았다. 왜군은 사시 무렵부터 대부대를 둘로 나누기 시작했다. 한 부대는 개경원 산자락에, 또 한 부대는 향교 앞쪽에 진을 쳤다. 이윽고 향교 길가에 진을 친 부대가 진주성으로 진군해 왔다. 그런 뒤 동문 쪽은 우키다 부대, 북문 쪽은 가토 부대, 서문 쪽은 고니시 부대가 포진하더니 두어 식경쯤 지나서 동문 쪽부터 공격했다. 북쪽과 서쪽은 해자를 파놓았으므로 함부로 넘어오지 못했다. 김천일이 명령했다.

"동문 군사는 듣거라, 활을 쏴부러라!"

동문의 성안 관군과 의병들이 일제히 화살을 쏘자 왜군 30명이 순식간에 나무토막처럼 쓰러졌다. 성안 군사의 함성과 북소리, 징소리에 왜군들이 싱겁게 물러갔다. 초저녁이 되자 왜군 전투부대가 또 다시 공격해 왔지만 이경 무렵에 비봉산으로 퇴각했으며, 왜군 공병부대는 해자의 둑을 터뜨리고 물이 빠지기를 기다렸다가 흙을 져와 메우고 길을 닦았지만 마치지 못했다. 조선관군과 의병군의 완승이었다.

진주성 전투2

성을 돌며 군사를 격려하고 감독하는 순성장을 독전장(督戰將)이라
고도 불렀다. 말을 타고 달리면서 싸우는 군사들을 독려하기에 그랬
다. 수염이 아름다운 순성장 황진은 말을 아주 잘 탔다. 일찍이 임란 전
동복현감 때부터 공무가 끝나면 말을 타고 달리며 무예를 익혀 두었기
때문이었다. 황진은 김해부사 이종인처럼 키가 컸고 힘이 뛰어난 데다
동작도 빨랐다. 왜군에 맞서 수성하는 군사들을 수시로 점고하며 번개
처럼 달렸다.

"군사덜은 화살을 아껴부러라잉!"

"성민덜은 돌멩이를 무자게 모아부러!"

"아녀자덜은 항시 팔팔 끓는 물을 준비허고!"

황진은 전투가 있건 없건 간에 아침부터 밤까지 진지를 돌면서 성
안팎을 살폈다. 그의 등 뒤에서 깃발을 들고 달리는 장수는 강진에서
온 황대중이었다. 황진의 육촌동생인 황대중 역시 말을 잘 탔다. 진주
성 장수들 가운데 승마에 능한 두 사람을 꼽으라 한다면 단연 황진과
황대중이었다. 황대중은 말을 잘 탈 수밖에 없었다. 20대 때 어머니가
학질에 걸려 위중해지자 그의 왼쪽 엉덩이 살을 베어 약으로 올렸는

데, 그때부터 왼쪽 다리를 절게 되어 말을 타고 다녔던 것이다. 그래서 사람들은 그가 '효행으로 다리를 절룩거린다'며 효건(孝蹇)이라고 불렀다.

황대중이 진주성으로 오게 된 것은 한양에서 이여송을 만났기 때문이었다. 전라도 별초군 80명을 이끌고 한성으로 갔다가 유성룡의 명으로 이여송의 길잡이장수 즉 전도비장(前導裨將)을 맡아 영남 조령에서 황진을 만났던 것이다. 그때 황대중은 자신을 따라온 별초군 기병 50명 앞에서 출정가를 지어 읊조렸다.

큰 뜻은 충신 모신 곳에 있고
정신은 호랑이를 사로잡을 수 있다네.
수천 년 빛나는 장순(張巡)과 허원(許遠)의 충절이여
그들이 죽은 희양성은 어디인가.
壯志麒麟畵 神圖熊虎兵
千秋巡遠義 何處睢陽城

황대중은 진주성으로 가는 황진의 부장이 되어 휘하의 별초군을 데리고 합류했다. 황진은 창의사 김천일과 약속하고는 진주로 달려가고 있는 중이었던 것이다. 전장에서 선두에 나서기를 좋아하는 황진은 용맹한 장수 가운데 한 사람이었다. 총알이 빗발처럼 날아오는 데도 투구를 벗어던진 채 갓을 쓰고 싸우기도 했다.

진주성에 입성한 황진은 수성전을 펴면서 적진에 공격을 가하는 유격전을 병행하자고 주장했다. 성 안에서 수성만 할 것이 아니라 성문을 열고 나가 왜군에게 타격을 주어 사기를 떨어뜨려 놓자는 것이었다.

"여러 군사가 성 안에 함께 몰려 댕기다가는 크게 당헐 수 있고, 성 밖에서 구원하는 군사가 읎을 때는 반다시 위태로와질 거그만요."

"황 병사는 성 밖으로 나가 싸우자는 거요?"

"모든 부대가 성 안에만 있을 것이 아니라 때로는 성 밖으로 나가 유격전을 펴야 헌당께라우. 그래부러야 적덜이 맴 놓고 공격허지 못한당께요."

"유격전을 펴다가 실패허믄 성 안 군사의 사기는 떨어지고 말 거요. 성 밖은 겡상도 의병덜에게 맡겨야 헌당께. 비봉산 너머에 곽재우 의병군이 있고 남쪽으로는 최강, 이달의 고성의병군도 있응께 겡상도 의병장덜 활약을 쪼깐 더 지달려 보더라고잉."

김천일은 황진의 주장에 난색을 표했다. 성 안의 군사전력을 극대화시켜 성을 사수하자는 것이 김천일의 생각이었다.

"대장 성님, 인자 적덜이 동문 해자까정 메꽈부렀소. 겡상도 의병덜 지원을 무작정 지달릴 수는 읎당께요. 성문을 열고 나가 해자를 메꾸는 적덜을 섬멸해야지라우."

"우리덜은 움직이믄 냄시난께 똥 밟은 거맨치로 가만히 있다가 비호멩키로 달라들어 싸와부러야 한당께."

성 안 군사들은 김천일의 지시대로 따랐다. 웅크리고 있다가 건들면 털을 세우는 고슴도치처럼 왜군을 잘 방어했다. 왜군이 해자를 메운 뒤 낮 동안에 세 번을 공격해 왔지만 그때마다 격퇴했다. 왜군은 수십 명의 사상자만 내고 퇴각했다. 아녀자들이 끓는 물을 붓고 성민들이 돌멩이를 던졌다. 그리고 군사들이 화살을 쏘아대므로 왜군들은 번번이 성 밑을 파고들지 못했다. 진주성은 밤에도 왜군의 공격을 네 번이나 받았지만 철옹성이나 다름없었다.

결국 왜군은 공격이 여의치 않자 마현에 6천여 명의 군사를 증원했다. 그리고 동문 밖에 6백여 명의 군사를 더 지원하여 진을 쳤다. 전날과 달리 쉽게 공격하지 않고 숨고르기를 했다. 10여 만의 대군으로 포위한 채 파상공세를 펴봤지만 김천일이 지휘하는 진주성 방비가 워낙 물샐 틈이 없었으므로 이제는 다른 공격작전을 짜는 듯했다.

"왜적덜이 흙을 져 나르고 있십니데이."

북장대에 있던 거제 현령 김준민이 소리쳤다. 경상우도 병사 최경회가 북장대로 올라가 보니 왜군들이 개미떼처럼 줄을 서서 흙이 담긴 자루를 동문 앞에 쌓고 있었다. 진주성보다 높이 쌓아 성안을 들여다보며 조총공격을 하고자 흙산을 만들고 있음이 분명했다. 과연 해가 기울 무렵이 되자 흙산은 진주성 성벽보다 더 올라갔다. 이윽고 왜군들은 흙산에 대나무와 판자를 이용해 토굴과 망루를 짓고는 조총공격을 개시했다. 김천일은 화포장들을 불러 지시했다.

"인자 총통을 쏴부러라!"

성벽 화포대에서 현자총통과 지자총통으로 응수했다. 그러나 총통은 흙산의 토굴을 명중시키지 못했다. 흙산이 화포대보다 높았던 것이다. 김천일과 최경회는 왜군의 조총공격이 잦아든 밤을 이용해 동문 안에 흙산을 쌓기로 결정했다. 황진이 책임을 맡았다. 다른 장수와 군사들은 각자의 위치에서 성문과 성벽을 지켜야 했다.

황진은 황대중에게 성을 순시하는 임무를 삼시 맡겼다. 그런 뒤 자신은 갓과 갑옷을 벗고 돌들을 들고 날랐다. 황대중은 순성장 황진을 대신하여 말을 타고 성을 돌았다. 황진은 장사와 같은 체구였으므로 등짝만한 돌들도 가볍게 들고 뛰었다. 황진의 모습을 본 남녀노소 성민들이 너도나도 흙과 돌을 옮겼다. 김천일과 최경회는 감격해 눈물을 흘렸다. 성민 모두가 한 몸이 되어 흙과 돌로 흙산을 쌓았다.

마침내 새벽이 되자 왜군의 흙산이 눈 밑으로 내려갔다. 그러자 진주 판관 성수경이 화포장과 함께 흙산 봉우리에 총통을 거치했다. 황진이 큰소리로 명했다.

"공격해부러라!"

"왜놈 토굴을 박살내겠십니더."

화포장에게 총통 훈련을 시켰던 성수경이 발포를 명했다.

"토굴을 몬자 박살낼끼구마!"

"판관 나리, 알았십니더."

지자총통보다 성능이 더 좋은 현자총통의 포탄이 먼저 날아갔다. 화포장은 단 한 방으로 왜군의 토굴을 통쾌하게 명중시켰다. 왜군들이 토굴에서 흙탕물처럼 뛰쳐나와 나뒹굴었다. 잠시 후에는 총통의 포신이 뜨거워지자 화약도 아낄 겸 화살공격으로 바꾸었다.

황진의 팔뚝은 돌에 긁혀 퍼렇게 멍이 들고 상처가 나 핏자국으로 얼룩져 있었다. 그의 수염은 흙투성이가 되어 숫제 붉었다. 성을 여러 바퀴 돌고 온 황대중이 말했다.

"성님, 모든 성문은 이상없어라우."

"한숨도 못 잤제?"

"성님이 요로코롬 애 쓰신디 누가 잠을 자겄소? 모다 한 몸맨치로 혼연일체가 돼야 움직이고 있그만이라우."

"동상, 요것이 바로 우리덜 조선사람의 고래심줄 같은 근성이여."

"긍께 그저께맨치로 낮에 시 번, 밤에 니 번 싸와서 우리덜이 모다 이겨부렀지라우."

"근디 앞으로가 걱정이네. 왜놈덜이 더 발악헐 것인께."

"의병 지원군을 기대허는 것은 무리그만요. 최강, 이달이 이끄는 고성의병군이 이짝으로 오다가 왜적에게 포위돼 포도시 빠져나갔다고 허그만요."

"우리덜 6만도 작은 숫자가 아니네. 끝까정 뭉치기만 하든 적덜도 함부로 공격허지 못할 것이네."

날이 환하게 밝았다. 남강에서 피어오른 안개가 성을 감쌌다. 왜장 우키다는 흙산을 쌓아 동문을 공격하려던 작전이 수포로 돌아가자, 이번에는 화살공격을 막고자 생가죽을 씌운 나무궤짝 수레인 귀갑차(龜甲車)를 방패삼아 성 밑으로 다가왔다. 그러나 성벽 위에서 큰 돌을 굴려 수레를 부수고 뜨거운 물을 부어대자 왜군들은 더 버티지 못하고 물러났다. 우키다는 동문 밖에 망루를 급조해 화공작전을 개시하기도 했다. 군사와 성민들의 숙소인 초가와 지휘소 건물들을 태우기 위해서였다. 우키다의 느닷없는 화공작전은 전과를 올리는 듯했다. 불화살이 날아와 초가를 태웠다. 초가에 불길이 번지면서 연기가 하늘을 뒤덮었다. 사상자가 불어나자 목사 서예원은 겁이 나 어쩔 줄 모르고 갈팡질팡했다. 김천일이 혀를 차며 최경회에게 말했다.

"최공, 서예원을 더 이상 믿지 못해불겠소."

"기회를 줬지만 으쩔 수 읎그만이라. 창의사께서 저티허시지라."

김천일은 일전에 최경회와 합의를 본 대로 장윤을 불러 임시 진주목사로 임명했다. 장윤은 비호처럼 화재현장으로 뛰어가 번지는 불길을 진압했다. 다행히 때마침 장대비가 내렸으므로 불길은 곧 잡혔다. 장대비는 공방전을 잠시 멈추게 했다. 조선관군이나 왜군 모두 쏟아지는 비에 홀딱 젖어 지치기는 마찬가지였다. 빗줄기가 멈추자 왜군 주장(主將)인 우키다 명의로 쪽지를 단 화살이 하나 날아왔다.

<대국의 군사들도 이미 항복해 왔는데 너희네 작은 나라가 감히 항거하려 하느냐? 입성하면 너희들은 일시에 도살될 것이다. 이는 참혹한 일이니 장수 한 사람을 보내거라. 성민들은 편히 살 수 있을 것이다. 강화를 원한다면 전립(戰笠)을 벗어서 표하라.>

장윤이 들고 온 왜군의 쪽지를 본 김천일이 비웃더니 종사관 양산숙에게 말했다.
"내 말을 받아 쪽지를 적어 보내볼게."
그러자 양산숙이 김천일의 말을 받아 한자로 적었다.

<우리는 결사적으로 싸울 뿐이다. 더구나 대국의 군사 30만 명이 지금 한창 너희들을 추격하고 있는데 한 놈도 남기지 않고 다 죽여 버릴 것이다.>

진주성에서도 쪽지를 단 화살이 적진으로 날아갔다. 잠시 후 동문 앞에 진을 치고 있던 왜군 군사들이 엉덩이를 까고 두드리면서 소리쳤다.

"명군은 다 물러갔다!"

"할딱바구 왜놈덜아, 감자나 묵어라!"

성 안의 의병들도 지지 않고 주먹을 내밀면서 감자를 먹었다.

다음날에도 왜군은 전날과 같은 방법으로 공격했다. 동문과 서문 바깥에 흙산을 다섯 개나 만들어 토굴과 망루에서 조총공격을 했다. 성 밑을 파고드는 선봉대를 위한 일종의 엄호사격이기도 했다. 관군과 의병군은 동문과 북문 쪽만 집중적으로 방어하고 있다가 서문 쪽에서 고니시 부대 왜군에게 일격을 당했다. 처음으로 성문 수비군사 중에서 사상자가 3백여 명이나 났다. 광양형제의병장 강희보까지 총알을 맞고 전사했다. 고종후가 강희보의 시신을 수습하며 울었다.

그러는 동안 우키다는 귀갑차를 이용해 왜군 수십 명을 보내 동문 쪽 성벽을 쇠막대로 뚫었다. 이에 이종인은 단기필마로 동문을 열고 나가 선봉대 다섯 명을 연달아 죽였다. 사기가 다시 오른 관군들이 불화살을 쏘아대자 왜군 선봉대원들이 불에 타 죽었다. 초경에도 왜군들이 북문 쪽을 침입해 왔지만 이종인은 다시 그들을 격퇴시켰다. 자정 전에 온통 흙먼지범벅이 된 황진이 김천일에게 보고했다.

"초경에 쳐들어온 적덜도 이종인 부사가 심껏 싸와 물리쳤그만요."

"그대와 이종인 부사가 읎어부렀다믄 큰일 날 뻔했네."

"우리 군사 3백여 명과 광양의병장 강희보가 전사헌 것이 맴을 아프게 허는그만요."

"이종인 부사는 시방 으디에 있는가?"

"동문 쪽에 있습니다요."

"얼릉 불러 오게."

"서예원이 지휘허는 서문 수비가 걱정 돼야서 그러네."

잠시 후, 김천일의 부름을 받은 이종인이 왔다. 김천일은 이종인에게 지시했다.

"서문 쪽을 살펴보고 오게. 그짝이 자꼬 신경이 쓰이네."

"초경에 지가 적덜을 물리치고 서예원 목사에게 서문 방비를 맡겼습니다만."

이종인의 말대로 서문 쪽 방비는 서예원이 맡고 있었다. 그러나 김천일은 서예원을 믿지 못하여 다시 이종인을 보냈던 것이다. 이종인은 김천일의 명을 받고 서문 쪽으로 가 성벽을 샅샅이 수색했다. 어둠이 물러가면서 새벽빛이 안개처럼 부옇게 번졌다. 그제야 왜군에 의해 뚫린 성벽이 확연하게 보였다. 그믐날이 가까워지는 컴컴한 밤중을 틈타 왜군들이 성 밑으로 접근해 와 성벽을 허물었음이 분명했다. 성벽이 기우뚱 무너질 것 같았다. 이종인이 서예원을 불러 심하게 꾸짖었다.

"목사는 적덜이 두더지맹키로 성벽을 뚫는 디도 막지 않고 멀 혔소?"

"부사께서 초경에 적덜을 물리쳐 한밤중에는 오지 않을 줄 알았소."

장수들이 급히 모였다. 순성장 황진과 부장 황대중, 진주성 임시목사 장윤, 김해 부사 이종인, 경상우도 병사 최경회, 부장 고득뢰 등이 군사를 이끌고 허물어진 서문 쪽과 동북 쪽 성벽으로 집결하여 방어선을 쳤다. 이종인이 김해와 진주관군 군사로 1차 방어선을 치고 최경회와 장윤이 의병군으로 2차 방어선을 쳤다. 황진은 성벽 위에서 내려다

354

보며 방어선에 선 군사들을 독전했다.

"성벽이 뚫려 낭패인 건 분명헌디 허지만 고것이 우리덜에게 반다시 나쁜 것만은 아니여."

"성님, 으째서 고로코롬 생각허요?"

황대중이 의아한 표정으로 묻자 황진이 덤덤하게 답했다.

"괴기를 잡을라믄 괴기덜이 지나는 목에 그물을 대고 있어야 허는 거맨치로 왜놈덜이 뚫린 성벽으로 몰려올 틴께 우리 군사덜은 방어선에 숨어 있다가 왜놈덜이 오는 족족 모다 죽이믄 되는 것이여."

"성님, 까꾸로 생각허는 작전도 기차부요 잉."

황진과 이종인은 의기투합하여 뚫린 성벽을 이용하여 역으로 왜군 섬멸 작전을 세워두고 있었다. 죽기를 각오하고 맞설 배짱이 없으면 감히 생각하지 못할 작전이었다. 황진은 성벽 위에서 총통공격과 돌을 날릴 준비를 하고 있었으며 이종인과 최경회, 장윤은 1차방어선과 2차방어선에서 화살과 죽창 공격을 준비하고 있었다. 과연, 날이 밝자 왜군들이 뚫린 성벽으로 밀물처럼 몰려 들어왔다.

황진과 이종인의 작전은 적중했다. 왜장 고니시와 가토, 우키다의 명으로 왜군들이 밀려들어왔다. 그러나 황진이 지휘하는 성벽 위의 총통공격으로 왜군의 대오가 흐트러졌다. 더욱이 화살을 날리는 이종인의 1차방어선은 강했다. 왜군들이 1차방어선을 뚫지 못하고 여기저기서 쓰러졌다. 도망치는 왜군들은 성벽 위에서 성민들이 던지는 돌과 아녀자들이 쏟아부어대는 뜨거운 물에 혼비백산했다. 더구나 검은 투구와 붉은 갑옷을 입은 고니시의 부장 한 사람이 화살을 맞고 쓰러지자 왜군들은 전의를 잃은 채 시신을 끌고 달아났다. 황진이 '성벽 위에서 외쳤다.

"우리덜이 왜적 천여 명을 죽였다! 적덜 시체가 해자를 덮어부렀다."

"와아 와아!"

관군과 의병군들이 함성을 질렀다. 성민들도 너나 할 것 없이 환호했다. 왜군과 맞서 힘껏 싸운 지 9일 만에 올린 최대의 전과였다. 왜군의 화공과 조총공격으로 3백여 명이 죽은 것에 대한 확실한 복수였다.

그런데 모두가 승리에 도취해 있을 때였다. 성벽 밑에서 조총소리가 났다. 시신 무더기 속에 숨어 있던 왜군이 쏜 조총소리였다. 총알은 방어용 나무판자에 빗맞아 튀어 황진의 왼쪽 이마를 뚫었다. 황진이 피를 흘리며 쓰러지자 승전의 분위기는 갑자기 돌변했다. 황진, 이종인, 장윤 등은 전투할 때마다 군사들의 든든한 기둥이나 다름없었던 것이다. 군사들이 성 밑으로 쫓아가 숨어 있던 왜군을 잡아끌고 왔다. 이종인이 눈을 부릅뜨며 즉시 왜군의 목을 벴다. 떨어진 목이 데굴데굴 구르자 성수경이 주워서 긴 간짓대 끝에 효수했다.

다음날. 김천일은 서예원을 촉석루로 불러 순성장 임명장을 주었다. 황진이 순절했으니 진주성을 속속들이 잘 아는 서예원을 순성장으로 임명할 수밖에 없었다. 그러나 겁이 많은 서예원은 투구도 갓도 거추장스러웠던지 벗어버리고 울상이 되어 말을 타고 성 안을 돌아다녔다.

"우짜노! 우짜노!"

"목사 나리가 울면서 돌아댕기고 있데이."

"아이고, 남사시러버라."

겁에 질린 채 다니는 서예원의 모습을 보고 군사들이 동요했다. 보다 못한 최경회가 서예원의 목을 베려다가 임시 진주목사 장윤에게 순성장도 겸임하도록 지시했다. 순성장은 전장에서 몹시 위험한 장수였다. 성 안을 돌아다니며 독전하므로 왜군의 표적이 될 수밖에 없었다. 장윤은 순성장을 맡은 지 한나절 만에 왜적의 총탄에 쓰러졌다.

용맹을 떨치던 황진에 이어 장윤마저 전사하자 군사들의 사기는 더욱더 떨어졌다. 설상가상으로 오후 미시에는 빗물을 머금고 있던 동문 쪽의 성벽이 허물어졌다. 왜장 우키다 부대가 무너진 성벽을 타고 들쥐 떼처럼 기어들어 왔다. 이종인은 어제처럼 방어선을 쳤다. 왜군이 눈앞까지 가깝게 다가오기를 기다렸다. 이종인은 활을 버렸다. 방어선에 선 군사들도 마찬가지였다. 백병전의 무기는 칼과 창이었다.

"물러서지 말라!"

"부사 나리, 물러서지 않겠십니더."

감포현령 송제화가 복창했다. 이종인의 군사가 죽기 살기로 버티자 우키다의 지휘를 받는 왜군이 주춤거리며 밀렸다. 동문 쪽의 무너진 성 위에도 왜군의 시체가 산더미처럼 쌓였다.

그러나 왜장 고니시의 왜군이 서문을, 가토의 왜군이 북문을 동시에 공격하자 김천일과 최경회의 의병군들이 방어대오를 이탈하여 흩어졌다. 그 여파는 순식간에 동문의 군사들에게까지 미쳤다. 고종후, 오유, 강희보, 이잠, 고득뢰, 양산숙 등의 장수들이 군사를 데리고 김천일과 최경회가 있는 지휘소 촉석루로 모여들었다. 모든 성문이 뚫려버린 상태로 촉석루는 마지막 보루가 돼버렸다. 왜군들은 기세를 타고 서문과 북문, 동문 쪽 성 위에 올라 칼을 휘두르며 날뛰었다. 이미 서예원은 달아나고 보이지 않았다. 이종인 부하들만이 고군분투하고 있었다. 이종인의 칼에 죽은 왜군 시체들이 남강으로 내려가는 오솔길을 덮었다.

이종인은 남강으로 왜군을 유인하면서 끝까지 칼을 휘둘렀다. 그러나 이종인은 더 이상 물러설 곳이 없게 되자 칼을 버리고 달려드는 왜군 두 명을 좌우 겨드랑이에 한 명씩 낀 채 크게 소리쳤다. 호랑이가 포효하는 듯했다.

"김해 부사 이종인은 적털을 다 죽이지 못하고 강물에 뛰어드는 것이 한스럽노라!"

적장의 손에 죽지 않기 위해 비록 남강에 뛰어들지만 충의(忠義)의 신하로 영원히 살기를 바라는 비장한 모습이었다. 잠시 후 이종인의 시신이 강물 위로 왜군 시신들을 겨드랑이에 낀 채 떠올랐다. 큰 대(大)자로 강물에 누운 이종인의 시신은 단 한 사람의 왜적이라도 더 죽이겠다고 소리치는 듯했다.

일월처럼 빛나리

　서풍이 거칠게 불었다. 피비린내와 흙먼지가 촉석루 쪽으로 몰려왔다. 관군과 의병군, 성민 수만 명은 촉석루 앞 둔덕과 숲을 이용해 겹겹이 포진했다. 촉석루 바로 뒤쪽 남강에는 시신들이 드문드문 거적때기처럼 떠올라 흘렀다. 김천일과 최경회는 배수의 진을 쳤다. 비록 서문과 북문, 동문의 군사들이 밀려났지만 촉석루에서는 더 이상 물러설 데가 없었다. 왜군도 백병전에서 사상자를 크게 냈기 때문에 파죽지세로 달려들지는 못했다. 특히 서문 안쪽에 있는 산성사 의승군과 복수의병장 고종후가 데리고 온 절노비(寺奴)들이 고니시 부대 왜군들을 절벽까지 유인하여 불의의 일격을 가했던 것이다.

　산성사 의승군은 촉석루 앞 둔덕으로 집결하여 관군과 함께 몰려오는 왜군을 막았다. 의승군이나 다름없는 절노비들도 마찬가지였다. 관군 뒤쪽은 의병군과 성민들이 죽창과 낫, 돌멩이를 들고 몇 겹의 방어선을 쳤다. 피아간의 작전은 이제 백병전뿐이었다. 진주성의 관군, 의병군, 성민 수만 명이 굴을 파고 나무와 바위 뒤에서 촉석루를 사수했다. 왜군은 예상치 못했던지 잠시 공격을 멈추었다. 성문만 돌파하면 단숨에 승리의 깃발을 꽂을 줄 알았는데 뜻밖에노 조신관군과 의병군의 저항이 강했기 때문이었다. 김천일이 진주 판관 성수경을 불러 물었다.

"성 안에 소가 멫 마리나 있제?"

"모르겠십니더. 숲속에 숨기라 캤십니다만."

"이짝으로 끌고 와서 모다 잡아불게."

"군사덜에게 멕일라고라우? 장졸덜 사기가 올라가겠습니요."

강희열이 입맛을 다시자 태인에서 의병군 3백 명을 데리고 온 민여운이 말했다.

"그라믄요. 군사덜은 배가 불러야 잘 싸우지라."

"인자 국 끓일 시간도 읎을 턴께 비빔밥에 육회를 넣어 군사덜에게 멕이게."

"군량은 아직도 충분허니까네 배불리 묵을 수 있십니더."

"서둘러불게. 왜놈덜이 움직이기 전에."

"예, 창의사 나리."

성수경은 마지막 식사가 될지도 모른다는 직감이 들어 코가 시큰거렸다. 체구가 다부진 민여운이 촉석루 앞에 모인 부장들에게 김천일의 지시를 전했다.

"창의사께서 소를 잡아 군사덜에게 멕이라고 허요. 왜적이 오기 전에 서둘러야겄소."

"잘 묵고 죽은 귀신은 때깔도 좋다, 아입니꺼."

김준민이 분위기가 무거워지자 우스갯소리를 했다. 민여운의 부장 정윤근은 비(飛)자 깃발을 들고 있었다. 원래 비(飛)자 장표는 광양 형제 의병장이 금산으로 올라가면서 썼는데, 민여운이 스스로 '비(飛)자 깃발을 든 의병장' 즉 비의장(飛義將)이라고 하여 지금은 태인의병군이 비(飛)자를 장표로 쓰고 있었다. 태인의병군은 진주성에 들어온 지 7일째로 다른 의병군의 입성보다 조금 늦은 셈이었다.

장졸들은 소고기 육회가 들어간 비빔밥을 받았다. 창의사 김천일, 경상우병사 최경회, 해남 의병장 임희진, 영광 의병장 심우신, 복수의병장 고종후, 태인 의병장 민여운, 광양 의병장 강희열, 남원 적개의병장 변사정의 부장 이잠, 전라우의병 부장 고득뢰, 창의사 김천일의 종사관 양산숙, 전사한 황진의 육촌동생 황대중, 거제 현령 김준민, 감포 현령 송제화, 해미 현감 정명세, 진주 판관 성수경 등은 비빔밥을 촉석루 마루에서 사발로 받았다. 숲속으로 피신한 서예원만 보이지 않았다. 대부분의 군사와 성민들은 주먹밥으로 만든 비빔밥을 받았다. 주먹밥은 둥글기가 돼지 오줌보만 했다. 군사들은 자기 위치에서 주먹밥을 두서너 개씩 먹으며 배를 가득 채웠다. 일촉즉발의 전운이 감돌았지만 소고기 육회가 든 주먹밥은 순식간에 동이 났다. 김천일이 고종후를 불렀다. 고종후는 자신을 따라온 절노비들이 있는 곳으로 가려다가 돌아섰다.

"대장님, 으쩐 일이십니까요?"

"자네는 시방 성을 나가는 것이 좋겄네."

"으째서 그럽니까요?"

"금산에서 순절하신 자네 선친이 생각나서 그러네. 자네는 살아남아 집안의 대를 이어야 허지 않겄는가."

"광주를 떠날 때 우리 아부지와 동상 인후, 그라고 시는 이미 나라에 목심을 바치기로 혔지라우. 지에게는 오직 사즉사(死卽死)만 있을 뿐입니다요."

"죽기로 싸와서 죽기로 혔다니 헐 말이 읎네만."

"사즉사는 아부지와 성제간에 약속인께 지켜불라요."

고종후는 절노비들의 지휘를 고경형에게 맡겼다. 고경형은 금산에서 순절한 고경명의 배다른 동생이었다. 첩의 자식이었으므로 늘 앞서지 못하고 고종후 뒤에서 그림자처럼 싸워왔던 우직한 사람이었다.

왜군들이 다시 북과 나무판때기를 시끄럽게 쳐댔다. 이어서 조총소리와 왜군의 괴성이 산지사방에서 들려왔다. 왜군들이 촉석루를 향해 대공세를 취하고 있음이 분명했다. 실제로 촉석루 앞 둔덕 너머에서는 백병전이 벌어지고 있었다. 거친 비명소리와 칼이 부딪치는 날카로운 소리가 커지고 있었다.

한 식경쯤 지났을 때였다. 촉석루에서 비빔밥을 먹고 진지로 나갔던 민여운이 시신으로 수습되어 업혀 왔다. 민여운의 시신은 참혹했다. 십여 군데나 창검을 맞은 채 왼손이 잘리고 오른손이 부러져 있었다. 강희열이 민여운의 시신을 보고서는 분기탱천하여 의병 몇 십 명을 데리고 적진 아수라장으로 돌진했다.

"죽일 놈덜!"

"대장님, 놈덜이 미친 개맨치로 달라붙고 있십니다."

김준민이 소리쳤다. 시신이 된 장수 가운데 왜군의 화살이 목을 관통한 채 꽂혀 있는 사람도 있었다. 김천일이 탄식했다.

"영남의병군이 끝까정 와불지 않을 모냥이여. 우리덜이 촉석루를 사

362

수허고 있응께 적덜은 독 안에 든 쥐새끼나 다름읎는디 말이여."

"김공, 우리 군사덜이 10일을 잘 막아 주었는디도 무심허그만이라."

최경회도 고개를 흔들며 낙심했다. 왜군들의 괴성은 더욱더 크게 다가오고 있었다. 조총의 총알이 촉석루 지붕에 비 오듯 떨어졌다. 기둥 여기저기에 총알이 박히고 스쳤다. 좀 전까지 함께 비빔밥을 먹었던 장수들이 하나둘 시신이 되어 돌아왔다. 성수경이 다급하게 말했다.

"창의사 나리, 급합니더. 이 자리를 피해야 왜놈들과 더 싸울 수 있을 낍니더."

"나는 이미 나주를 떠난 날 죽음을 각오혔네. 내 목심이 오늘까정 이른 것도 기적이 아니겄는가."

김천일은 눈을 지그시 감았다. 작년 6월 3일 나주에서 출병하던 날이 떠올랐다. 그리고 독성산성 전투와 강화도 이진(移陣), 한강 양화도 전투, 선조의 교지와 유서 등이 어둠 속의 등불처럼 명멸했다.

"왜적 군사덜도 시방 몇 만 명은 죽었은께 함부로 날뛸 수 읎을 것이여. 심이 떨어지고 지쳐부러서 호남으로 들어가 맴대로 분탕질은 못헐 거그만. 호남의 울타리인 진주가 요로코롬 강헌지 질려부렀을 거그만."

방금까지 김천일 옆에 있다가 칼을 빼어들고 나갔던 김준민이 보이지 않았다. 다른 장수들도 약속이나 한 듯 돌아오지 않았다. 마음이 다급해진 김천일의 장남 김상건이 울부짖었다.

"아부지, 장차 으쩔랍니까?"

"거병하던 날 나는 이미 내 목심을 내놔부렀느니라. 다만 느그덜이 가엾구나."

양산숙이 애원하듯 물었다.

"대장께서는 인자 으쩌실라요?"

"……"

김천일은 양산숙의 말에 대답하지 않고 관복을 바르게 여미더니 북쪽을 향해 4배를 올렸다. 그 순간 총알이 날아와 김천일을 수행해 왔던 정계인의 이마를 뚫었다. 김천일 곁을 지키고 있던 김상건, 조인호, 장천강, 이성철, 최덕남, 김득붕 등이 김천일을 에워쌌다. 왜군이 촉석루 둔덕 머리까지 나타나 길길이 위협하고 있었다. 김천일이 호상에 앉은 채 중얼거렸다.

'부모님께서 주신 몸을 왜적덜에게 더럽힐 수는 웂제. 나는 부끄럽지 않게 죽을 것이다.'

이제는 왜군의 총알뿐만 아니라 화살까지 촉석루로 날아왔다. 김천일을 호위했던 나주 출신의 아병(牙兵)들이 창과 칼을 들고 가깝게 다가온 왜군들과 백병전을 치렀다. 왜군의 시신들이 촉석루 뜰을 덮었다. 그래도 조선관군과 의병군들의 최후방어선은 차츰 무너지고 있었다. 김천일이 김상건을 불러 나직이 말했다.

"상건아, 왜적이 내 몸땡이에 손을 대는 것은 참을 수 웂는 일이어야. 왜놈에게 붙잡히느니 나는 저 남강에 내 몸땡이를 맡길 것이다. 니는 으쩔 것이냐?"

"아부지, 거그가 으디던지 다리가 불편허신 아부지를 부축허고 따라가야지라우."

"내 아들이로구나. 우리덜이 어처케 왜놈덜에게 붙잽히는 수모를 당허겄느냐?"

364

김천일은 김상건의 부축을 받으며 촉석루를 내려섰다. 뒷일은 최경회에게 부탁했다.

"최공, 비록 이 못나고 병든 몸뗑이는 사라지겠지만 내 넋은 남강에서 시퍼렇게 살아 있을 것이오."

"김공, 우리덜 넋이사 곧 만날 것인께 지달려부씨요."

"그럼, 몬자 가서 지달리겄소."

김천일은 최경회와 작별하자마자 두 팔을 벌려 김상건을 껴안았다. 그런 뒤 곧바로 남강에 몸을 던졌다. 김천일 부자를 받아들인 남강은 더욱 도도하게 흘렀다. 그러자 양산숙도, 김천일을 수행해 왔던 아병들도 몸을 날렸다. 최경회가 어흑어흑 소리 내며 눈물을 흘렸다. 입술을 깨물어 피가 흘렀다. 김천일, 최경회와 더불어 삼장사(三壯士)로 불리던 고종후도 몸을 날렸다. 장수들이 전복 자락을 휘날리며 낙엽처럼 날리더니 사라졌다. 육촌형 황진을 잃은 황대중은 투신하려다가 머릿속을 벼락처럼 스치는 외침에 멈추었다.

'내 칼과 말(馬)은 아직 다 써보지 못했다!'

장수들의 투신에 충격 받은 황대중은 왜적을 한 사람이라도 더 죽여야 한다는 적개심이 솟구쳐 몸을 떨었다.

'공적 읎이 죽는 것보담 왜적을 섬멸허는 것이 내 길이다. 나라에 충성하는 길이다.'

황대중은 강진에서부터 뜻을 같이해온 나주 출신의 정기수에게 말했다.

"우리가 지금까정 죽지 않은 것은 필시 하늘의 도움 같아부요."

"나는 남깅을 예임처 삐쪄니기 볼겠소."

"내 등 뒤에서 쫓아오는 적을 죽여부씨요."

황대중은 남강을 건너려던 정기수를 자신의 말에 태우고 비호처럼 내달렸다. 앞을 가로막는 왜군 서너 명의 목을 베고 왜장의 부장 한 명을 죽이고는 진주성을 벗어났다. 그가 앞길을 트자 성민들이 너도나도 무너진 성벽을 넘었다.

이와 같이 진주성 전투는 관군장수와 의병장, 성민들의 충의는 숭고했으나 중과부적으로 허망하게 끝나버렸다. 왜군들도 무너지기는 마찬가지였다. 진주성에 입성한 지 얼마 안 되어 퇴각했다. 심대한 타격을 입은 탓에 진주성에 더 머물 수 없었다. 왜장들은 또 공격해 올지도 모르는 조선관군과 의병군이 두려웠다. 왜군은 호남으로 진군하지 못하고 부산과 울산으로 물러섰다. 전투력 상실로 호남을 정벌하라는 도요토미 히데요시의 특명을 지킬 수 없었던 것이다. 수성전으로 맞서자고 한 창의사 김천일의 주장이 옳았음이었다.

그해 초가을.

나주 고향집에 있던 김천일의 차남 김상곤은 아버지와 형이 순절했다는 비보를 들었다. 김상곤은 어찌할 바를 모르고 통곡했다. 그때 이성찬이 찾아와 김상곤을 위로했다.

"나랑 진주로 가세. 진주 가는 길을 알고 있응께 걱정 마소."

"외아재, 어처케 가요?"

"지난여름에 내게 창의사 아재가 군마를 내주었네. 둘이 타고 가믄 되네."

두 사람은 행장을 가볍게 꾸린 뒤 다음날 새벽에 나주를 떠났다. 군마는 조랑말과 달리 하루에 1백여 리를 달렸다. 두 사람은 밤낮으로 달려 나흘 만에 진주성에 도착했다. 진주성은 처참했다. 성벽은 여기저기 허물어져 있고 관아의 건물과 성민의 초가들은 숯덩이로 변해 있었다. 살아 있는 성민들은 굶주려 쓰러진 채 아무 데나 널브러져 있었다. 이성찬은 성을 순시하는 군사에게 말했다.

"창의사 대장님께서 쓰던 방이 으디인가?"

"저기 쪼맨헌 사당입니더."

한두 사람이 겨우 잘 수 있는 조그만 사당이 진주성 관군과 의병군, 성민을 지휘한 대장 처소였다. 김상곤은 대장 처소가 나무숲이 없는 언덕 위에 있어 화마를 면했다는 생각이 들었다. 두 사람은 잰걸음으로 걸어올라 갔다. 방문을 열자 문짝이 곧 떨어져나갈 것처럼 삐걱거렸다. 사당 안에는 아무 것도 없었다. 성민들이 쓸 만한 물건들을 다 가져가버린 채 텅 비어 있었다. 다만, 쭈그러진 망건 하나와 볼품없이 찢어진 갓이 방구석에 뒹굴고 있을 뿐이었다.

"조카, 이것이라도 유품인께 챙기세."

"예, 외아재. 아부지 것이그만요."

김상곤은 아버지 김천일의 유품이란 것을 한눈에 알아보았다. 김상곤은 손바닥으로 방 안을 쓸었다. 그러자 흰 머리카락 서너 올이 손바닥에 붙었다.

"이 흐건 머리카락은 아부지 것 같으요."

"맞네. 이 방에서 흐건 머리카락을 가진 사람은 창의사 성님뿐이었겄제."

"그라고 이 검은 머리기락은 성님 것이 아닐게라우?"

두 사람은 검은 머리카락과 흰 머리카락을 수습했다. 그런 뒤에야 남강으로 나가 혹시나 하고 두리번거렸다. 그러나 며칠 동안 남강을 오르내렸지만 허사였다. 전투가 끝난 뒤, 조선의 장수들 시신은 왜군이 먼저 거두어갔고, 왜군철수 뒤에는 관군이, 그 다음은 진주 사람들이 찾아갔던 것이다. 남강은 투신해 순절한 조선 장수들의 충의인 양 시퍼렇게 흐르고 있을 뿐이었다.

　결국, 김상곤과 이성찬은 김천일과 김상건의 머리카락과 유품만 보자기에 싼 채 군마에 올라탔다. 나주에서 떠날 때와 마찬가지로 이성찬이 말고삐를 잡았다. 김상곤은 이성찬의 허리춤을 붙들었다. 나주로 되돌아올 때는 군마가 더 빨리 달렸다.

　흥룡마을에 사는 양성이씨 노인들은 두 사람을 기다리고 있었다. 양성이씨 선산인 금성산 산자락에 김천일을 안장하려고 묘 자리를 정해둔 노인들이었다. 조부와 같았던 외조부와 외조모, 부모처럼 도와주었던 애일당 이광익의 유택 바로 밑이 김천일의 묘 자리였다. 김천일은 살아서도, 죽어서도 외갓집과 함께 하는 셈이었다. 김상건의 묘 자리는 수십 걸음 아래쪽에 잡고 미루었다. 김천일의 산역(山役)이 더 급했기 때문이었다.

　사흘 만이었다. 흥룡마을 사람들은 금성산 산자락에 김상곤과 이성찬이 진주에서 가져온 김천일 유품을 묻고 초혼장(招魂葬)을 지냈다. 김천일의 혼을 불러 안장한 것이었다. 그런데 세월이 흐를수록 김천일의 충(忠)과 효(孝)는 잊혀 사라지지 않고 눈부신 해와 자애로운 달처럼 나라 안 백성들의 사표가 되었다. 그 진실한 기록의 역사는 다음과 같다.

순절한 지 2년. 선조27년(1594) 3월 20일에 오성부원군 이항복이 임금에게 의논드렸다."김천일이 창의하여 사지(死地)로 나아간 것은 태양처럼 찬란하여 다시 의논할 것도 없는바, 인격과 명망이 으뜸이 되기에 충분합니다. 그를 세상에 널리 알리는 일은 마땅히 성상의 결단에서 나와야 합니다."

순절한 지 7년.
선조33년(1600)에 김천일 창의사의 충의에 감탄했던 명나라 장수 오종도가 진주를 지나면서 예의를 갖추고 직접 제문을 지어 제사를 지냈다.

순절한 지 10년.
선조36년(1603)에 임금이 김천일 창의사를 숭정대부 좌찬성에 추증했다.

순절한 지 13년.
선조39년(1606)에 나주 유생들이 월정봉 아래에 김천일 창의사를 배향하는 사당을 지었다. 그러자 선조임금은 사당에 정렬사(旌烈祠)란 사액을 내리고 김천일의 장남 상건과 양산숙에게 좌승지 벼슬을 추증했다.

순절한 지 25년.
광해군10년(1618)에 임금이 김천일 창의사에게 일인지하 만인지상

인 대광보국숭록대부 의정부 영의정(大匡輔國崇祿大夫 議政府 領議政)을
추증했다.

  순절한 지 88년.

  숙종7년(1681)에 임금이 김천일 창의사에게 '문열(文烈)'이란 시호를
내렸다. '학문에 힘쓰고 묻기를 좋아했다'라는 뜻에서 문(文)이라 하였
고, '굳세게 이겨내어 왜적을 토벌했다'라는 뜻에서 열(烈)이라 하였다.

<끝>